현대문학 교수 350명이 뽑은

2016 올해의 문제소설

한국현대소설학회 엮음

2016 올해의 문제소설

초판 1쇄 인쇄 · 2016년 2월 5일 | 초판 1쇄 발행 · 2016년 2월 10일
초판 2쇄 인쇄 · 2016년 3월 15일 | 초판 2쇄 발행 · 2016년 3월 20일
초판 3쇄 인쇄 · 2017년 10월 12일 | 초판 3쇄 발행 · 2017년 10월 19일

엮은이 · 한국현대소설학회
펴낸이 · 한봉숙
펴낸곳 · 푸른사상사

주간 · 맹문재 | 편집 · 지순이, 김선도 | 교정 · 김수란
등록 · 1999년 7월 8일 제2-2876호
주소 · 경기도 파주시 회동길 337-16(서패동 470-6)
대표전화 · 031) 955-9111~2 | 팩시밀리 · 031) 955-9114
이메일 · prun21c@hanmail.net
홈페이지 · http://www.prun21c.com

ISBN 979-11-308-0606-8 03810

값 15,700원

이 도서의 국립중앙도서관 출판예정도서목록(CIP)은 서지정보유통지원시스템 홈페이지(http://seoji.nl.go.kr)와 국가자료공동목록시스템(http://www.nl.go.kr/kolisnet)에서 이용하실 수 있습니다. (CIP제어번호 : CIP2016002450)

2016 올해의 문제소설

한국현대소설학회 엮음

『2016 올해의 문제소설』을 펴내며

매번 반복되는 일이라 그 자체는 신선하지 않지만 그 반복에 깃든 의미를 따져보면, 또는 그 반복 속에서 발생하는 차이를 의미화하면 그 어느 것보다 세상에 신선한 충격을 가하는 일들이 있다. 전국의 대학에서 한국현대소설을 읽고 맥락화하고 가르치는 교수들이 주축이 된 '한국현대소설학회'에서 매년 그해의 문제작을 골라내고 그 문제작에 스며 있는 문제성을 규명하는 책 『올해의 문제소설』을 내는 일 또한 그러하다.

한국현대소설학회에서는 2002년부터 한 해도 빼놓지 않고 『올해의 문제소설』을 내왔다. 매년 행해지는 일이라 '작년에 나왔던 책이 올해 또 나왔구나' 하는 정도의 감상으로 받아들여질지 모르겠지만, 연례행사처럼 반복되어 출간되는 이 책이 가지는 의미는 만만치 않다. 소설은 비유를 사용하자면 시대의 풍향계다. 그것도 아주 예민하고 예리한 풍향계다. 소설은 우리 시대에 존재하는 그 어떤 제도나 형식보다도, 발언권도 없고 어렵게 발언해도 어느 누구도 들어주는 이 없는 계층들의 목소리를 적극적으로 반영하고 또 그래야만 그 문제성을 인정받는 장르이다. 그래서 소설에는 항시 그 시대의 상징 질서가 원초적으로 억압하고 은폐하는 '쓸모

없는 실존으로 격하된 존재'들의 아프고 무시무시하고 외설적이면서도 기묘한 목소리들이 들끓는다. 우리가 살고 있는 시대가 어떤 병증을 앓고 있으며 때문에 현존재들이 어떤 윤리로 다시 태어나야 보다 열린사회가 될 수 있는지에 대한 시대를 앞서 나간 문제의식이 날 선 채 웅크리고 있는 형식, 그것이 바로 소설인 셈이다. 그러므로 한 해의 문제작을 뽑고 맥락화하는 일은 단지 뛰어난 소설 몇 편을 골라 한자리에 묶는 것 정도에 의미가 그치지 않는다. 그 일은 곧 우리가 살고 있는 이 시대가 어디에서 와서 어디로 가고 있으며, 점점 더 빠르게 막다른 골목으로 치닫고 있는 이 열차를 멈추기 위해 우리 모두가 어떤 윤리를 가져야 하는지에 대한 가장 절박하고도 근원적인 성찰을 행하는 일과 같다, 그렇다면『올해의 문제소설』은 현재에 대한 차가운 분석과 미래에 대한 손대기 힘들 정도로 뜨거운 희망을 동시에 확인할 수 있는 바로 그 책에 다름 아니다.

은폐된 시대의 아픔을 읽어내고 그 아픔을 이겨나갈 길을 찾는 일은 중단되어서는 안 되는 일이므로 올해에도 어김없이『2016 올해의 문제소설』을 발간한다.『2016 올해의 문제소설』은 2014년 겨울부터 1년 동안 문예지에 발표된 중 · 단편 소설들을 하나하나 읽어가며 뽑아내고 슬며시 내려놓았다가 다시 검토하고 하는 지난한 과정을 통해 가장 문제적이며 문학적인 작품으로 합의된 작품을 정선해 엮은 책이다. 그런 까닭에『2016 올해의 문제소설』은 해당 기간에 발표된 작품 중 가장 기묘한, 그러니까 현재의 상징 질서로는 포착되지 않는 무시무시하면서도 외설적인 새로운 징후들을 예민하게 포착한 현단계 소설의 정점들을 한자리에 모은 책이자 한국소설의 전미래를 확인할 수 있는 책이기도 하다.『2016 올해의 문제소설』에 수록된 12편의 작품은 다음과 같다.

김금희,「보통의 시절」,『작가세계』, 2015. 여름.

김연수,「다만 한 사람을 기억하네」,『문학동네』, 2014. 겨울.

김의경, 「물건들」, 『세계의문학』, 2014. 겨울.
김혜진, 「어비」, 『21세기문학』, 2015. 가을.
백민석, 「개나리 산울타리」, 『21세기문학』, 2015. 가을.
백수린, 「중국인 할머니」, 『작가세계』, 2015. 봄.
이갑수, 「T.O.P」, 『문학과사회』, 2015. 봄.
이은희, 「선긋기」, 『세계일보』, 2015. 1. 1.
임철우, 「연대기, 괴물」, 『실천문학』, 2015. 봄.
조해진, 「사물과의 작별」, 『문학과사회』, 2014. 겨울.
천희란, 「창백한 무영의 정원」, 『현대문학』, 2015. 6.
최은영, 「미카엘라」, 『실천문학』, 2014. 겨울.

(작가명 가나다순)

올해는 유난히 독자(獨自)의 목소리로 무장한 개성적인 작품들이 많아서 이 소설들 안에서 어떤 분명한 경향성을 읽어내기가 힘들다. 그래도 추상도를 높이면 그 어떤 공통분모를 찾아낼 수 없는 것은 아닌데, 그렇게 추출해볼 수 있는 『2016 올해의 문제소설』에 수록된 소설들의 공통분모는 세월호 사건이다. 세월호 사건 이후 한국문학, 특히 한국소설은 크게 달라지고 있다. 굳이 "아우슈비츠 이후에 서정시를 쓰는 것은 야만적이다"라는 아도르노의 명제가 아니더라도 세월호 사건 이후로 서정시를 쓰는 것은, 다시 말해 이전의 문학 행위 그것을 반복하는 일은 무책임한 일일지도 모른다. 그토록 수많은 순진무구하고도 선한 존재들을 한순간에 죽음으로 내몰고도 그 어떤 누구도 책임을 지지 않은 사건이 세월호 사건이 아니던가. 그 결과 악의 평범성을 목도한 정도가 아니라 평범성의 악을 발견하고 전율한 사건이 아니던가. 그렇다면 세월호 사건 이후에도 한국소설이 이전의 세계에 고착되어 있다면 그것은 곧 한국문학의 퇴행의 징조라고 볼 수밖에 없을 터이다. 그러나 다행히도 한국소설은 소설이라는 형식이

짊어져야 할 고행의 길을 충실히 걷고 있다. 세월호 사건 이후 한국소설은 미세하지만 근본적으로 변화하고 있으며 『2016 올해의 문제소설』에 수록된 소설들의 경우는 그 변화의 징후가 역력하다.

세월호 사건 이후 한국소설에서 나타나고 있는 변화는, 그러니까 『2016 올해의 문제소설』에 수록된 소설에서 눈에 띄는 특이점은 크게 두 가지이다. 하나는 평범성의 악에 대한 문제. 세월호 사건 이전의 한국소설은 거칠게 단순화하자면 우리 사회의 예외적인 존재들, 그러니까 (정신적으로) 앓고 있는 자, 악한 자들을 집중적으로 그리면서 그들 역시 우리와 다르지 않음을 밝히는 데 주력하고 있었다. 그런데 세월호 사건 이후 한국소설의 초점은 서서히 옮겨가고 있는 듯하다. 우리의 상징 질서에 순종하는 신체들 자체가 얼마나 치명적인 셈법과 기억법을 가지고 살아가는지에 대한 인식상의 전환이 이루어지고 있다고나 할까. 『2016 올해의 문제소설』에 나타난 또 하나의 특이점은, 첫 번째 특이점과 연관된 것으로 죄의식 혹은 죄책감에 대한 보다 철저한 문제의식이다. 이제 한국소설은 직접적인 가해자들에게만 죄를 묻는 것이 아니라 그것을 방관한 존재들, 아니면 그러한 가해자의 출현을 막기 위해 아무것도 행하지 않은 존재들에 대한 죄의식 문제를 다룬다. 우리가 윤리적 존재로 거듭나기 위해서 반드시 거쳐야 할 문제가 '죄와 벌'의 문제라면 세월호 사건 이후 나타나고 있는 죄의식에 대한 소설적 천착은 매우 소중하고 의미 있는 변화라 할 것이다.

물론 이러한 변화가 아직 징후적인지라 이것이 한국소설을 한 단계 비약시킬지 아니면 예전의 수준을 반복하는 차원에서 그치고 말지를 단언할 수 없다. 하지만 세월호 사건을 계기로 우리는 아우슈비츠의 악몽에 버금가는 사건의 가해자이자 동시에 피해자라는 이율배반적인 상황에 놓이게 되었고, 때문에 당연히 우리들의 부조리한 실존 형식을 들여다보는 일에 대해서도 그리고 그것으로부터 벗어날 가능성을 탐색하는 일에 대해서도 손을 놓을 수 없는 자리에 놓이게 되었다는 것만큼은 분명하다. 이런 자리에 선 만큼 한국소설이 인류 전체를 이 임박한 파국으로부터 구원해낼 어떤 잠재성들을 찾아낼 수 있을 것이라는 기대를 갖는 것은 그리 헛된 망상은 아닐 것이다. 이미 『2016 올해의 문제소설』에서 단적으로 확인할 수 있듯 한국소설 전반이 현대인의 실존형식에 대한 근본적인 성찰과 새로운 가능성에 대한 새로운 모험을 시도하고 있기 때문이다.

2002년부터 한 해도 거르지 않고 출간된 『올해의 문제소설』의 장처는 현 단계의 문제작을 선별하되 그 과정에 어떤 자의성도 개입하지 않는다는 점이다. 한국문학을 대표하는 작가들의 이름이 붙은 수상작품집들이 이 책과 동일한 형식을 취하고 있는 것은 사실이나 그러한 수상작품집들 관례에 따라 이미 수상을 한 작가들의 작품은 제외되기 일쑤이다. 그런 만큼 오랜 역사를 가진 수상작품집일수록 그것은 현 단계 한국문학의 정수를 망라하기보다는 자의적인 기준에 의해 배제할 수밖에 없다. 그렇다면 『올해의 문제소설』은 전문적인 소설 연구자들의 냉정한 시선에 의해 그해의 소설적 성과를 그야말로 가장 객관적으로 망라한 경우에 속한다고 할 것이다. 『2016 올해의 문제소설』 역시 지난해 한국소설에서 일어난 변화의 징후를 가장 객관적으로 예민하게 수용한 바로 그 책임은 물론이다. 그러니 부디 『2016 올해의 문제소설』을 통해 현대 한국소설을 객관적으로 조감하는 한편 그를 통해 임박한 파국을 헤쳐나갈 불가능한 것의 가능성을 발견할 수 있기를 기대해본다.

2016년 2월
한국현대소설학회
『2016 올해의 문제소설』 기획위원회

차례

보통의 시절

김금희

—

1979년 부산 출생. 2009년 『한국일보』 신춘문예로 등단.

소설집 『센티멘털도 하루 이틀』. 신동엽문학상 수상.

보통의 시절

성탄절에 가족들이 만나는 것은 나쁘다. 4년 만이라면 더 그렇다. 심장이 얼어붙을 것 같다. 하지만 심장이 그렇게 쉽게 얼어붙지는 않지. 어려서 큰오빠가 무서워 심장이 멎을 것 같다가도 시간이 지나면, 큰오빠의 화가 가라앉으면 우리는 다시 심상하게 모여 아이스크림 같은 것을 먹었으니까. 그것은 심상한 일이었다. 심상한 분노, 심상한 공포, 심상한 회복, 심상한 단맛.

그 시절 나는 큰오빠를 괴물이나 마귀, 악당이라고 생각했고 좀 커서는 그냥 샐러리맨이라고 생각했다. 마귀에서 샐러리맨까지는 간격이 큰 듯해도 살다 보면 거기서 거기라는 걸 알게 된다. 그렇게 못 되면 그것이 더 나쁜 일이다. 내 경우가 그렇다. 여덟 살부터 마흔 다 된 지금까지 학교를 다니니까. 물론 학생이기만 하지는 않고 가르치기도 한다. 대학에서 가르치고 싶지만 지도 교수가 죽지 않고 선배들도 죽지 않아서 내 차례는 안 온다. 그래서 공부방을 한다.

하지만 난 스스로 선생이라 생각하지 않고 어른이라 여기지도 않는다. 나는 배우는 사람이고 배우는 사람은 순진무구한 사람이다. 순진무구한 사람은 나이가 들어도 아기 같은 사람이다. 상준이에게 이렇게 얘기하면

걔는 이게 뭔가 대단한 말인 줄 안다. 적어도 상준이에게는 그런 공손함이 있다. 아, 아줌마 왜 그래요, 아, 구려 냄새나, 하다가도 내가 좀 근엄하게 그게 그런 거야, 사는 이치야, 하면 진지한 얼굴로 고개를 끄덕인다.

상준이는 우리 공부방 첫 졸업생이다. 열심히 챙겼지만 대학을 못 갔고 올해도 다르지 않아서 한동안은 애프터서비스를 해야 할 것 같다. 다른 친구들은 다 대학을 가서 놀 사람이 없는지 하루가 멀다 하고 찾아온다. 우리 집에 죽치고 앉아서 공부방 중학생들을 가르치기도 한다. 그렇다 해도 얘를 이 자리까지 달고 올 필요는 없었는데, 이게 무슨 짓인가. 하지만 혼자 있기 싫다는 상준이를 뿌리칠 수는 없었다. 오늘은 성탄절이니까.

"여기 있는 게 편하겠지?"

"편하니까 천천히 와요. 여기 있을게."

"갔다 와서는 영화를 보자."

"추로스도 먹고요."

"그래, 추로스."

그 길고 찐득하고 기름진 과자를 상준이는 왜 좋아하는지 모르겠다. 오래 들고 있으면 있을수록 기름이 배어나오고 식으면 마치 종이를 씹는 듯한데. 아무래도 맨송맨송한 것이 맛이 무료한데 공짜로 줘도 먹을까 말까 한 맛인데.

처음 약속을 잡을 때만 해도 언니는 오랜만에 집밥을 먹자고 했다. 어쩌면 나올 수 없어서 그랬는지도 몰랐다. 언니는 언젠가부터 사람 많은 데를 가면 식은땀이 흐르고 심장이 뛰어서 대중교통을 못 탔다. 백화점도 한적한 오전에만 간다. 그런데 언니가 최종적으로 정한 약속 장소는 여기 구리의 고향삼계탕이다. 여기는 언니네 집도 아니고 우리만의 추억이 담긴 장소도 아니고 맛집 같지도 않다. 그냥 여기는 그냥 여기인 것 같다. 4년 만에 가족들이 아무 기대 없이 만나는 그냥 그런 곳같이 생겼다.

식당 안으로 들어가자 계산대를 보던 아줌마가 이제 다 오셨네, 했다.

큰오빠가 이미 취한 얼굴로 앉아 있고 언니가 주방을 향해 닭 올려요, 하고 일렀다. 그런 언니는 벌써 어떤 것들에 들볶인 얼굴이다.

삼계탕이 나왔지만 젓가락이 안 간다. 언니, 오빠들의 얼굴을 보니 우리는 아주 닮았구나 하는 생각만 든다. 이렇게 단춧구멍처럼 작은 눈들을 하고, 복 없는 좁은 턱과 불거진 광대를 하고 4년 동안 다들 어떻게 지냈나. 아예 연락을 끊고 산 사람은 큰오빠였다. 퇴직하고 작은 사업을 벌이다 실패하더니 오늘 이렇게 나타날 때까지 소식이 없었다. 술이 더 나오고 잔이 채워졌다. 작은오빠가 소주잔을 한번에 들이켰다.

"왜 술을 안 해?"

"차 가져왔어, 운전해야 해. 언니는 뭐 타고 왔어?"

"택시 탔어."

"왜 시골짝 식당을 잡았어? 유명한 식당 같지도 않은데."

"우리 동서가 하던 데잖아, 거의 접었어. 어디 조용한 데서 보고 싶어서, 닭장에 닭도 남았다 하고. 지금 먹는 게 마지막 닭이야. 다 죽었어, 이젠 없어. 근데 그게 문제가 아니다."

언니가 얼른 냅킨으로 코를 막았다. 닭장의 닭을 비워야 했다고 심드렁하게 말할 때는 언제고 갑자기 눈물 바람인가.

"나 다음 주에 수술받는다."

큰오빠가 말했다.

"어디가 아파서요?"

"암이야."

"암이요? 무슨 암?"

"위암."

언니가 울지 않았으면 했다. 언니가 시끄럽게 코를 풀며 우니까 집중이 안 된다. 어쩌면 언니는 큰오빠 말을 귀담아 듣지 않으려고 저렇게 소리를 내서 우는 건가. 언니는 큰오빠와 나 그리고 작은오빠가 사업도 망하고 취직도 못 하고 이혼도 당하는 동안 단 한 번의 부침도 겪지 않은 사람이었다. 우리가 힘들 때 시원하게 도와준 적 없었고 호들갑스럽게 반응만 했다. 우리보다 더 느꼈다, 불안과 공포를. 그런 면에서 보면 언니는 몽상가 기질이 있다. 불안과 공포를 몽상한다.

어흑어흑어흑, 언니가 계속 울었다. 나는 너무 익어서 군내가 다 나는 열무김치를 들고 아줌마에게 이것 좀 가져가라고 했다. 졸고 있던 아줌마가 와서 멀뚱히 서 있기에 좀 먹을 수 있는 걸 내오세요, 했다.

"다 먹죠, 다른 손님 다 맛있다던데."

"그렇게 맛 간 걸 어떻게 먹어요?"

"아유, 이 정도는 보통 사람들 다 먹어요."

"그러면 그 사람들한테나 내놔요. 우리는 못 먹으니깐."

언니가 날 도왔다.

"은숙아."

큰오빠가 언니를 불렀다. 목이 잠겨 있었다.

"네가 그렇게 우니까 오빠 마음이 아프다. 울지 마라. 수술하면 된다니까."

"모르는 소리 말아요, 오빠. 암 그거 열어봐야 아는 거예요. 나 아는 사람도 열어보고 다 번져서 얼마 못 살고……."

작은오빠가 누나, 그만 좀 해, 하고 나직하게 말했다. 넘치지도 덜하지도 않게 아주 적당한 톤이었다. 그러게 위로해도 시원치 않을 마당에 누구를 벌써 황천길로 보내려고. 언니는 주위를 한번 둘러보더니 손수건으로 얼굴을 닦았다. 그런데 다 망했다는 큰오빠가 무슨 돈으로 수술을 할까. 혹시 치료비가 필요해서 모이자고 했나.

"암 선고받고 생각해봤다. 내 인생이 왜 이렇게 됐나 하고. 그리고 니들을 부를 생각을 했지. 김대춘을 만나러 가려고."

"오빠, 뭐요?"

언니가 놀라서 되물었다. 내가 잘못 들었나? 김대춘은 보일러실에 불을 질러 부모님이 운영하던 목욕탕을 전소시킨 사람이었다. 목욕탕 근처의 역에서 생활하던 노숙자였다고 했다. 그렇게 부모님이 세상을 떠나고 큰오빠는 열여섯 살에 가장이 되었다. 1982년 당시에는 꽤 이슈가 된 일이라고 했지만 나는 겨우 걸음을 걸을 때라 잘 알지는 못했다.

그래도 김대춘이라는 이름을 기억하는 건 크리스마스카드 때문이었다. 성탄절마다 큰오빠가 김대춘에게 크리스마스카드를 쓰라고 했으니까. 황당하고 유치하지만 큰오빠는 카드에 '우리가 널 죽이러 가겠다'라고 쓰라고 했다. 좀 이상하고 무서운 말이기는 하지만 오빠가 그러라니까 우리는 잠자코 그렇게 썼다. 우리가 널 죽이러 가겠다. 카드 앞면에는 뚱뚱한 눈사람이 고깔모자를 쓰고 루돌프는 빨간 코를 반짝이는데 널 죽이러 가겠다. 색동 한복을 입은 아이들이 연을 날리고 썰매를 타는 어린애들이 해 가는 줄을 모르는데 널 죽이러 가겠다. 새해 복을 많이 받고 만수무강해야 하는데 널 죽이러 가겠다. 아마 그 카드들은 검열을 통과 못 하고 다 버려졌겠지, 답장도 반송도 없었으니까.

"형, 김대춘을 어떻게 만난다는 거야?"

"나왔단다, 내가 알아봤어."

언니가 약을 꺼내 삼켰다. 언니는 왜 몹쓸 병에 걸렸을까. 몽상가이기 때문이다. 가진 게 많은 사람은 여유가 있고 여유가 있으면 몽상이 생긴다. 가진 게 많으니까 지킬 게 많고 지킬 게 많은 사람은 불안하니까 몽상은 불안을 먹고 자란다. 우리 부모가 그렇게 떠나버린 일도 언니의 몽상을 키웠을 것이다. 언니는 큰 탕이 네 개나 있었는데도 불이 번졌다고 한탄했다. 그렇게 물이 남아도는 목욕탕에서도 불이 나 죽을 수 있다는, 사는 게 그렇게 우습다는 언니 말은 매번 아주 지독한 농담처럼 들렸다.

"난 안 가요, 안 가."

언니가 몸을 밖으로 틀었다. 나도 가고 싶지 않았다. 난 부모님 얼굴이 기억나지 않고 부모를 사랑한다거나 귀여움을 받는다든가 하는 감정들에도 실감이 없으며 특별한 원한 같은 게 남아 있지 않았다. 김대춘은 내게 원수라기보다는 그냥 살인자였다. 성탄 카드를 쓸 때 언니, 오빠들과 공유했던 증오나 원망, 복수심도 흉내 낸 것에 불과했다. 큰오빠가 안다면 뒤로 나자빠질 일이지만 그 당시 유행하던 홍콩 영화의 과장된 연기 같은 것이었다. 복수는 장국영이나 주윤발 같은 애들이나 하러 가는 거지, 우리가 왜 가? 이제 와 어쩌려고. 김대춘이 보고 싶으면 혼자서 가면 되지, 왜 우리더러 가자고 해?

"갑시다, 형. 소원이면 가야죠."

작은오빠가 결론을 내렸다. 언니는 설득이 되지 않았고 내 차를 써야 하니까 나는 반드시 가야 한다고 했다. 싫다고 했지만 결국 가는 도중에 언니를 내려주고 나는 일산까지만 같이 가기로 했다. 언니는 김대춘이 일산에 산다니까 제깟 놈이 무슨 돈이 있어서 일산엘 사느냐고 화를 냈다. 주소가 아파트예요, 어디예요, 묻더니 큰오빠가 아파트라고 하자 언니는 다시 냅킨으로 얼굴을 닦으며 울었다. 엄마, 아빠를 찾으며 울었다. 우리는 침통해졌다.

아홉 시가 다 되어서 우리는 출발했다. 상준이는 큰오빠와 작은오빠 사이에 불편하게 끼어 앉았다. 일산으로 간다고만 하고 누구를 만나는지는 상준이에게 말하지 않았다. 가는 동안은 큰오빠만 떠들었다. 전신 CT를 찍으려고 촬영실에 누워 있는데 다른 생각은 안 나고 자기가 추운 날 무슨 일인가로 우리를 골목으로 내쫓았던 기억만 떠올랐다고 한다. 벌을 세우고 불러들이자 우리 손이 다 곱아서 펴지지가 않았는데 그 와중에도 내가 깔깔대며 웃었다고 했다. 촬영실이 추워서 그랬나 보다고, 손이 곱을 정도로 추워서 몸이 떨리는데 귓가에는 어린애의 웃음소리가, 영하의 날씨에 내복만 입고 내쫓긴 어린 동생의 웃음소리가 떠나지를 않았다는 것이다.

그렇게 내쫓긴 것쯤은 아무것도 아니지, 나는 속으로 생각했다. 우리가 큰오빠한테 얼마나 맞았는데.

"아, 겨울인데 너무하셨네요."

그나마 상준이가 대꾸를 했다.

"왜 그러셨어요?"

"잘되라고 그랬지. 부모 없다고 돼먹지 않게 자라면 안 되니까. 그래서 그랬어, 내가 그랬어."

말투가 평소와 다르게 힘없고 좀 착잡한 것 같아서 큰오빠가 아픈 게 실감 났다. 그러게 그렇게 아픈 몸으로 김대춘을 만나러 가서 어쩌자고 가자는 건가, 죽일 것도 아니면서. 정말 죽이기라도 하는 날에는 큰일이긴 하지만. 큰오빠는 자기가 감상적이다 싶었는지 정치니 경제이니 하는 화제로 바꿨다. 상준이는 그런 건 잘 모르니까 듣고만 있었다.

"근데 그쪽은 학생인가?"

"재수생이요. 아니, 이제 삼수생이요."

"과는 뭘 가려고?"

"건축학과요."

큰오빠는 건축학과? 하더니 반가운 듯이 내가 건축학과 85학번이잖아, 했다. 그리고 누구인지 알 수 없는 건축가들을 지루하게 설명했다. 재미가 없었다. 하기는 살인자를 만나러 가는데 무슨 이야기인들 재미가 있을까 싶었다.

"웃긴 얘기 하나 할까? 내가 다닌 대학 건축학과 건물이 날림으로 지어졌거든. 철근 제대로 안 쓰고 콘크리트 경도도 무시하고 지었어. 7, 80년대 건물 중에 그런 거 많았어. 그러니 백화점도 무너지고 다리도 무너지지. 아직도 무너질 건물 많다. 도시 전체가 허깨비야. 나는 알지, 건설 회사에서 20년 일했으니까. 아무튼 그때 우리 과 교수들은 지진계를 자기 방에 달아놨어. 건물이 흔들려서 언제 무너질지 모르니까 여차하면 뛰쳐나가려고. 안 믿기지? 그때는 그런 일이 흔했어. 근데 어느 날 신입생 입학 시험을 우리 건물에서 본 거야. 애들이 한꺼번에 계단을 올라가는데 건물이 흔들리는 거야. 우리는 느끼는 거야. 무너지면 몇 명이 죽는 거야? 고등학생 수백 명이 죽는 거야.

학과장이 진땀을 뺐어. 시험 보다가 무너질까 봐. 시험 다 끝나고 학과장한테 가서 교수님, 신경 쓰지 마세요. 시험 끝나고 애들도 다 돌아갔어요, 했거든. 그러니까 학과장이 사색이 되어 있다가 그래, 남 조교, 애들은 애들이고 남 조교, 이 건물이 무너지면 가장 걱정되는 게 뭔 줄 아나? 사람 죽는 게 가장 걱정되죠, 그러니까, 학과장이 아니 그것도 그런데 생각해보게 남 조교, 건축학과 건물이 무너졌다고 생각해보게. 교수들은 뭐가 되고 여기서 배우고 나간 졸업생들은 뭐가 되나? 선생질하겠나? 취직이나 되겠어? 산 사람은 살아야 하는데 어디 가서 명함이나 내밀겠냐고."

모두 웃었다. 이런 긴장에서 어떻게 웃을 수 있는지 몰라도 교수는 뭐가 되고 졸업생들은 뭐가 되나에서 웃음이 터졌다. 언니를 내려주려면 서초에서 빠져야 했지만 웃느라 지나치고 말았다. 하기는 그러고 싶은 마음은 별로 없었다. 왜 늘 언니만 쏙 빠지는가. 김대춘을 보러는 안 가도 나와 함께 차에 남아 오빠들을 기다리기는 해야 할 것 아닌가. 전혀 상관없는 상준이도 일산을 가는데 언니가 뭐라고 빠져? 한소리 들을 줄 알았는데 막상 이렇게 되니까 언니는 일산까지 가보겠다고 했다. 아마 웃음 때문일 것이다. 같이 웃거나 같이 울고 나면 긴 공백을 뚫고 친밀감이 되살아나니까.

일산으로 접어들면서 우리는 긴장으로 다시 말을 잃었다. 인조 풀장이 있는 놀이공원을 지나 우리는 거기서 거기인 듯 보이는 아파트 단지들을 돌았다. 안온하고 가정적인 분위기의 베드타운이었다. 여기에는 베드만 있고 살인자는 없을 것 같았다. 김대춘이 사는 아파트로 들어서자 언니가 소형 평수네, 하며 차창을 내렸다.

"15평도 안 돼 보여."

김대춘 집이라는 207호에는 불이 훤하게 켜져 있었다. 큰오빠가 내릴 준비를 하면서 선선히 문 열어주지는 않을 테니 야식 배달 왔다는 말로 속여야겠다고 했다. 하지만 큰오빠는 모직 코트에 양복 차림이었고 작은오빠는 때늦은 바바리 차림이었다. 속을 리가 없었다. 작은오빠가 차라리 2층이니까 베란다 쪽으로 기어올라가 보자고 했다. 그것도 말이 안 된다. 힘들고 날이 추워서 아예 매달리지를 못할 테니까. 우리는 상준이가 있다는 것도 잊고 대체 그놈의 원수가 어떻게 하면 현관문을 열지 의논했다. 내가 자꾸 안 된다고 하니까 큰오빠가 그러면 어쩌자는 거야? 하면서 화를 냈다.

"제가 할까요?"

상준이가 우리 이야기를 이렇게 저렇게 생각하며 듣다가 물었다.

"점퍼랑 모자랑 딱 알바생 느낌인데."

그렇기는 했지만 상준이를 보낼 수는 없었다. 늙고 병들어 풀려났다고 해도 살인자는 살인자니까.

"그럼 그렇게 하지 뭐."

큰오빠가 반색했다. 내가 안 된다고, 상준이는 끌어들이지 말라고 말렸지만 소용없었다.

"일단 현관이 열리면 학생은 차로 돌아와서 기다리면 돼. 어린 친구가 험한 꼴 볼 필요 없이."

"험한 일이 있어요?"

"……말이 그렇다는 얘기야."

상준이와 오빠들이 아파트 안으로 들어가자 언니는 전화를 걸어 조카들의 귀가를 챙겼다. 평소와 다르다고 느꼈는지 막내 조카가 엄마 어디 아파? 하고 묻는 소리가 전화기 너머로 들렸다.

"기뻐서 그래. 이모랑 외삼촌이랑 만나서 좋아서. 응, 그래, 내일 또 가

봐야지. 공항철도 타러 가야지."

언니는 아무렇지 않은 듯 대화하다가 끊을 때쯤에는 울먹울먹했다.

"공항철도는 왜?"

"요즘 애들이랑 전철 타기 연습을 해, 의사도 그러라 하고. 공항철도는 좀 한산하니까."

"너무 신경 쓰고 살지 마. 그만하면 괜찮잖아. 언니보다 못하게도 다 사는데."

"그 사람들처럼 못살게 될까 봐 그러니, 내가?"

"그럼?"

언니는 한참 말이 없다가 춥다고 한마디했다.

"사람 사는 거 다 거기서 거기지. 뭐 다르다고?"

"그건 네가 세상을 한 면만 봐서 그렇고. 다 안 그래. 안 그렇게 살 수 있어. 네가 몰라서 그렇지. 모르는 사람들이나 자기 위안으로 그렇게 생각하지. 안 그래."

언니는 마치 내가 맛보지 못한 어떤 좋은 음식을 가리키듯 말을 아껴가며 했다. 그때 상준이가 겅중겅중 뛰며 아파트에서 나왔다. 오빠들은 집안으로 들어갔나 했는데 곧 뒤따랐다. 인터폰에 불이 잠깐 들어오긴 했지만 기척이 없다고 했다.

"갑시다, 가요."

언니가 추운지 목소리를 떨었다. 오빠들은 말이 없었고 상준이는 룸미러를 보면서 한동안 모자를 고쳐 썼다.

"학생은 집이 어디야?"

언니가 물었다.

"방배동이요."

"그러면 초등학교 어디 나왔어?"

"남선초등학교요."

"우리 아들이랑 동문이네."

"아드님도 남선 출신이에요?"

"응, 거기 공원 뒤쪽에 초등학교 있잖아."

"개구리색 체육복,"

"그래, 개구리색 체육복, 거기 나왔지. 지금은 대학 갔고."

"좋겠어요. 대학도 가고 엄마도 있고."

"학생은 엄마가 없어?"

"없어요, 죽었어요."

"저런."

"추우세요?"

상준이가 머플러를 풀어서 언니에게 건넸다.

"고마워."

큰오빠가 확실히 집에 있긴 있으니까 가서 정공법으로 문 열어라, 전과자 새끼야, 살인자야, 하겠다고 했다. 아파트 사람들 다 알게 되는 게 싫으면 틀림없이 연다는 말이었다. 정말 그게 통할까 싶었지만 이번에는 안 말렸다. 큰오빠는 뭔가를 하는 사람이지, 뭔가를 안 하는 사람은 아니니까.

"상준이는 여기 놔둬요."

나는 상준이에게도 가지 말라고 일렀다.

"학생은 학생이 알아서 해."

큰오빠가 그렇게 말하고 차에서 내리자 상준이와 작은오빠가 재빨리 뒤따랐다.

"왜 가니, 거기를 왜 가?"

내가 놀라서 불렀더니 상준이가 그러게요, 하고 답하면서 손을 흔들었다.

"아까는 맘이 약해져서 울긴 했지만 인간 말종이야. 난 오빠 무서워서 생리도 열여덟에 했다. 밥을 못 먹고 잠도 제대로 못 자서 발육이 늦어서 내가 그 나이에 생리를 했어."

언니가 불안하다, 불안해, 하면서 진땀을 닦다가 대책 없는 인간이야, 제멋대로 하는 인간이야, 하면서 큰오빠를 욕했다. 언니가 화를 내자 차라리 마음이 편해졌다. 왠지 공포를 느끼는 사람을 보면 지은 죄도 없는데 죄책감이 든다. 그러니까 두려워하는 사람보다는 화난 사람 곁이 차라리 속 편하다.

"자기가 언제부터 부모 생각을 그렇게 했다고, 이 추위에 여기까지 와?"

"하기는 언니 말이 맞네. 제사도 안 지내면서."

큰오빠는 평생 화가 나 있는 사람이었고 부모에게도 마찬가지였다. 동생을 셋이나 낳아서 화나고 비명횡사해서 화나고 목욕탕을 해서 화난다. 양장점이나 금은방 같은 가게를 했으면 그렇게 죽지 않았을 거라고 했다. 어중이떠중이 다 몰려와서 때 벗기고 머리 감는, 문턱이 낮다 못해 없다시피 한 일을 해서 이렇게 되었다는 것이다. 하지만 말은 바로 하라고 목욕탕은 문제가 아니지. 우리는 그 목욕탕으로 돈을 벌어서 집을 두 채나 샀다고 하니까.

"그리고 연주 이모, 너 연주 이모 기억하지?"

"그럼 기억하지."

"그렇게 부려먹은 이모를 그 인간이 어떻게 했는지도 기억하지?"

"어떻게 했는데, 자기가 도망간 거 아니었어?"

"그 착한 사람이 도망을 어떻게 가니? 너도 크고 식모는 이제 필요 없으니까 할머니가 알아봤다는 시골 재취 자리로 보내버렸다. 쉰이 다 된 사람이라는데 거기로 쫓아내다시피 했다가 한 계절 뒤인가 이모가 우리 집에 거지꼴로 찾아왔는데 저 인간이 어떻게 한 줄 아니? 뺨을 몇 번이나 후려쳐서 내쫓았단다. 아이처럼 쬐그만 연주 이모 얼굴이 한쪽으로 완전히 돌아갔지. 큰오빠 저렇게 아프게 된 거 다 죄받은 거야."

그랬구나 하는 생각이 들자 이상하게 긴장도 사라졌다. 그렇게 된 거였구나, 그랬구나, 하니 긴장의 자리를 따끈한 분노 같은 것이 채웠다. 연주이모는 부모님이 살아 있을 때 식모로 왔다가 우리가 서울로 온 뒤로도 10년 넘게 같이 살았던 사람이었다. 착했지만 어딘가 좀 모자랐고 의지가지할 식구가 없었다. 그래도 내게는 엄마 역할을 해준 사람이었는데 어느 날 말도 없이 사라져버렸다. 그때가 하필이면 중학생 시절이라 나는 아주 너덜너덜한 마음으로 사춘기를 보내야 했다. 그런데 이제 보니 날 그렇게 너덜너덜하게 만든 게 큰오빠였구나, 언니가 생리를 늦게 한 것도 큰오빠 탓이고, 작은오빠가 홀아비로 늙고 있는 것도 큰오빠가 하도 쪼다, 멍청이라 욕을 해서다. 그러면 우리의 원수는 큰오빠인가 싶은데 큰오빠는 김대춘이 원수라고 하고 사실 공식적으로도 그러니까 다시 원수는 김대춘이 된다.

"그건 그렇고 가봐야 하는 거 아니니? 전화는 왜 안 받아, 무슨 일 난 거 아니니?"

그렇게 욕할 때는 언제고 언니는 다시 불안에 떨었다. 몽상은 노래처럼 리듬이 있는 것 같았다. 멈추고 연속되고 하면서 주기를 만든다. 큰오빠는 우리 원수이지만 우리 가장이고 우리 가장은 인간 말종이지만 지금은 죽음과 신 앞에 선 가엾은 단독자이며 원수를 갚으려는 전직 샐러리맨이다. 그렇게 몽상하다 멈추고 몽상하고 몽상하다 보면 그런 일들이 다 맨송맨송해지면서 그냥 그런 보통의 일이 된다. 샐러리맨도 보통이고 마귀도 보통이다. 인간 말종도 원수도 가엾은 단독자도 다 보통의 것, 그냥 심상한 것, 아무렇지 않은 것, 잊으면 그만인 것, 거기서 거기인 것들이다.

큰오빠에게 진작 이렇게 말했으면 일산까지 오지 않아도 되었을 텐데. 나는 어떤 중요한 사실을 깨달은 듯한 기분이 들었다. 누구를 용서하고 말고 할 것 없이 불행을 일반화, 불행을 평준화, 불행을 보통화해서 마음의 평화를 얻을 수 있다. 그런 건 큰오빠 말마따나 우리처럼 미친 목욕탕집 네 남매나 할 수 있지, 마구간에서 태어난 예수처럼. 그렇게 누추한 곳에서 태어나도 예수는 세상이 끈질기게, 아주 끈질기고 한결같이 불행한 덕분에 신도 됐으니까. 그러고 보면 오늘이 어쩌면 신이 될지도 모르는, 인생을 새롭게 살 수 있을지도 모르는 절호의 기회인데 큰오빠는 바보처럼 일산까지 와서 김대춘이 사는 아파트 안에 들어가겠다고 저렇게 부산을 떨고, 한심하다, 한심해.

나는 큰오빠가 김대춘에게 폭력을 휘두르거나 해서 일을 크게 만들지 않았을까 걱정이 들었다. 그러면 오빠들도 오빠들이지만 상준이가 뭐가 되나. 걔는 아무것도 모르는데. 언니가 오빠들에게 다시 전화를 했지만 받지 않았고 우리는 더 기다릴 수가 없어 차에서 내렸다.

문은 상준이가 열어주었다. 집 안으로 들어가니 한 늙은 남자가 오체투지를 하는 것처럼 바닥에 납작 엎드려 있었다. 얼마나 말랐는지 살구색 내복이 허물처럼 헐렁했다. 김대춘이냐고 묻자 상준이가 고개를 끄덕였다.

"근데 왜 저러고 있니?"

"넘어졌어요, 실랑이하다가."

혹시 머리를 부딪쳐서 졸도하지 않았나 싶었는데 그런 것 같지는 않았다. 허물을 벗으려는 애벌레처럼 김대춘은 몸을 이리저리 틀었고 어구구구 하고 웅얼거렸으니까. 우리를 상대로 진을 빼느니 저렇게 이상한 자세로 버티는 편을 선택한 모양이었다.

내가 식탁에 앉자 큰오빠가 주전자에서 물을 따랐다. 김대춘은 저녁상을 못 치운 채 오빠들을 맞은 것 같았다. 포일로 감싼 생선이 접시에 놓여 있었다. 꽁치였다. 김치 뚝배기에 들어 있는 건 갓김치였다. 갓김치는 연주 이모가 잘 담갔는데 그건 맛있어서, 너무 맛있어서 우리는 다 익기도 전에 먹어치우곤 했다. 신김치가 좋았던 연주 이모는 따로 제 몫을 남겨두었다가 자기만 익혀서 먹고. 그러다 더 익으면, 완전히 익으면 멸치 국물을 내서 지져 먹었지. 나는 신김치는 안 먹어도 그 찌개는 좋아했다. 그 시큼시큼하고 칼칼한 찌개 맛은 연주 이모와 나만 알았다.

"이거 보리차야, 뜨끈뜨끈해."

우리는 이 집 주인인 양 식탁에서 보리차를 나눠 마셨다. 언니는 마시지 않겠다고 했다. 그게 뭔 줄 알고 먹어, 하면서 손을 내저었다. 집에는 김대춘 말고도 누군가가 있었다. 작은방을 열었더니 뇌성마비인지 몸이 뒤틀리고 얼굴도 한편으로 돌아간 여자가 거실로 나오려고 안간힘을 쓰고 있었다. 양말이 다 벗겨진 여자의 발이 눈에 들어왔다. 그렇게 된 발이 몸을 앞으로 밀기 위해 버둥대는 것이.

"안 되는데, 안 돼요."

상준이가 두꺼운 담요로 여자를 싸안았다. 그리고 아기를 들듯 조심스럽게 방으로 옮겼다. 이불을 더 꺼내 여자가 문 쪽으로 못 나오게 방 중간에 쌓았다. 나는 여기서 얼른 나가고 싶었지만 큰오빠는 우리가 들어오자 오히려 목소리가 높아졌다. 구구절절 신세 한탄이었다.

"은숙아, 막내야, 이제 너희가 한마디해라."

그만하면 됐는지 큰오빠가 말을 마쳤다. 언니는 답이 없었다. 아까부터 한 손으로 이마를 짚은 채 식탁에 기대 김대춘만 뚫어져라 보고 있었다. 그런 언니 얼굴이 뭐랄까, 너무 조용하고 미동이 없었다. 청색시대의 어떤 그림들처럼 창백하고 표정이 없고 우울이, 온도를 헤아릴 수 없을 만큼 차가운 우울이 있었다.

"은지 네가 해라. 참으면 나처럼 병 되니까, 일산까지 왔으니까 어서."

바통을 이어받은 나는 그러나 뭐라고 해야 할지 생각이 안 났다. 뜸 들이는 사이 작은오빠가 복도에 나갔다 왔고 고소한 담배 냄새가 났다. 나도 담배 한 대가 간절해졌다. 얼굴도 못 보게 저렇게 엎드려 있으니 말은 더 안 나왔다. 존대를 써서 물어야 하는지, 오빠들처럼 하대를 해야 하는지부터가 감을 잡을 수 없었다. 저 늙은이를 희롱하고 모욕하는 데 내가 얼마만큼의 지분이 있는지 가늠이 안 됐다. 김대춘은 자기가 당연히 그런 취급을 받아야 한다는 듯 엎드려서, 세상에서 가장 비천하고 두려움 있는 인간의 자세를 하고 있지만 그런 자세는 어딘가 과장되고 공격적이어서 도리어 모욕감을 느끼게 했다. 하지만 지금 이 상황에서 내가 왜 이런 걸 따지고 있나. 뭐 필요한 일이라고, 어서 말을 해야지, 하고 얼른 여기를 벗어나야지.

"그게 그때 그 크리스마스카드들은 받았을까……."

말을 내뱉자마자 후회했다. 받았을까라니 대체 누구에게 하는 말인가? 어구구구어구구구…… 김대춘이 웅얼거렸다. 어구구구가 뭐야, 그렇다는 거야, 아니라는 거야, 뭔지 알아야 반응을 하지, 말을 이어보지. 김대춘이 그렇게 한결같으니 분위기는 다시 가라앉았다. 크리스마스카드에 쓴 것처럼 성탄절이 되어 왔는데 우리 중 누구도 김대춘을 어떻게 할 생각은 없는 듯했다. 이럴 거면 뭣하러 왔을까 하는 생각도 들지만 마음의 평화를 얻기 위해서는 언제나 구도의 길이 필요하니까. 그 구도의 길이 멀리 중국이나 인도도 아니고 일산 정도니까 정말 다행이지. 작은오빠가 시계를 보며 이제 그만 가자고 했다. 그래, 그러자, 하고 다 같이 일어서려는데 언니가 가긴 어딜 가니? 하고 입을 열었다.

"저놈 얼굴도 안 보고 어떻게 간단 말이야? 얼굴을 알아야 내일이라도 딱 마주치면 알 것 아니니. 뒤통수 안 맞을 것 아니냐고."

하긴 그랬다. 하지만 그렇게 마주칠 가능성이 얼마나 된다고 얼굴을 꼭 봐야 한다는 걸까. 언니가 김대춘에게 일어나, 일어나, 하고 소리 질렀다. 그렇게 두려움이 많아 광장에도 나가지 못한다면서 정작 살인자의 집에서는 그러지 않았다. 형제들이 있어서인가, 김대춘이 날 잡아 잡수라는 듯 저러고 있어서인가. 그러면 언니의 불안은 위계의 문제인가. 일어나, 일어나, 하면서 언니가 식탁에 서서 김대춘에게 삿대질을 했다.

"우리 부모를 그렇게 죽이고 그래, 이렇게 버젓한 아파트에 떵떵거리며 살고 있단 말이야? 빼앗아버려야 해. 법이 있어, 범죄자 재산 몰수, 그런 법이 다 있단 말이야."

"아녀, 딸 아파트, 난 아무 상관 없는 아파트."
김대춘이 다급하게 입을 열었다. 다 갈라지고 쉬어 터진 목소리였다.
"상관이 왜 없어? 부모 자식 간에. 그래, 우리 부모를 죽여놓고 너는 다 늙어 딸이랑 이렇게 야무지게 잘살고 있었단 말이야?"
"내가, 내가 죽게 하질 않았는데."
김대춘이 다시 말했다. 아주 자신 없고 모기만 한 소리였다. 하지만 그 작은 소리에 우리는 린치를 당한 사람들처럼 아연해졌다. 잘못 들었겠지, 아니 잘못 듣지 않았다면 거짓말을 하는 것이겠지. 김대춘이 이번에는 똑똑히 들리게 죽인 게 아녜요라고 했다.
"보일러실에 불을 질렀잖아."
작은오빠가 아주 답답하다는 듯 나서며 말했다.
"아니야, 난 거기서 잠만 잤어요."
"불이 났는데 무슨 소리야?"
"더럽다고 목욕을 안 받아서……."
"그래서 불을 질렀잖아."
"아니아니, 불을 끄려고. 괘씸해서 보일러를 꺼서 장사나 못 하게 하려고."
"그런데 불이 왜 났어?"
"몰라요."
"모른다고?"
"잠이 들어서 몰라."
"형까지 살아놓고는 왜 몰라?"
"살았지. 살라니까 살았지, 잘은 몰라."
작은방의 여자가 그러지 마요, 그러지 마요, 하면서 우는 소리가 들렸다. 그러지 말라니? 우리가 한 일이라고는 여기 들어와서 보리차로 목이나 축이면서 신세 한탄한 것밖에 없는데. 지금 누가 누구에게 하라, 하지 마라야, 우리 부모가 누구 손에 죽었는데. 우리는 어떻게든 불미스러운 일은 만들지 않으려고, 성탄절이니까 예수처럼 원수를 사랑하지는 못하더라도 어떻게 하든 마음의 평화를 찾아보려고 일산까지 왔는데. 이제 와서 자기가 안 죽였다니, 김대춘은 원수인데 확실히 그런데, 이제 와서 원수가 아니라고 하니 정말 원수처럼 미웠다.

"가시오, 가."

김대춘이 더는 못 견디겠는지 상체를 완전히 일으켰다. 드디어 드러난 김대춘의 얼굴은 그냥 늙은 얼굴이었다. 한없이 쪼그라들고 골이 파인, 늙음이라는 단어를 떠올리면 누구나 생각할 만한, 너무 흔해서 아기들도 단번에 그려낼 듯한 그런 얼굴이었다.

"이제 내 딸도 풀어주고. 그만 했으면 가요."

방금 전까지 벌벌 떨 때는 언제고 김대춘은 이제 다 귀찮다는 투였다. 상준이가 작은방으로 가서 이불을 치웠다. 김대춘은 자기 뒷머리를 천천히 쓰다듬으면서 우리를 외면한 채 창밖의 눈을 보았다.

큰오빠는 고속도로를 타기 전에 카페 앞에 차를 세웠다. 잠깐 요기를 하고 가자고 했다. 그사이 눈이 내려서 도시가 묻히고 있었다. 24시간 영업이라는 네온사인만 선명하게 불을 밝혔다. 성탄절이 지난 지 몇 시간 되지 않았는데 트리의 전구가 꺼져 있었다. 나는 가서 트리를 켜보려고 하다가 코드가 말려 있는 것을 보고 그냥 돌아왔다. 차와 추로스를 주문하고 우리는 자리에 앉아 각자 휴대전화를 확인했다. 언니는 대학생 조카가 이렇게 눈이 오는데 차를 가지고 나갔다며 걱정이었다. 불안한 것 같았다. 하기는 눈 오는 도시야말로 정말 위험하다. 그것은 나아가지 못하게 하니까. 미끄러지고 후진해서 우리를 아연하게 뒤로 처지게 하니까.

큰오빠는 안색이 나빴고 몸을 움츠리고 있었다. 큰오빠의 긴장되고 추운 듯한 얼굴은 내가 가지고 있는 몇 안 되는 가족사진을 생각나게 했다.

어느 유원지에서 찍은 사진들인데 까까머리 고등학생인 오빠는 화사한 꽃과 솜사탕과는 아주 상관없는 무뚝뚝하고 날카로운 얼굴을 하고 있었다. 카메라를 정면으로 바라보고 있는 눈에서는 무엇에도 속지 않겠다는, 인생의 허방을 딛지 않겠다는 어떤 결의 같은 것도 엿보였다. 그리고 우리네 남매 옆에는 머리를 아이처럼 양갈래로 땋은 연주 이모가 한손으로 치마를 살짝 쥐며 서 있고.

"오빠, 손을 왜 이렇게 떨어요?"

나는 나도 모르게 큰오빠 손을 잡으며 물었다.

"추워서 그렇지."

"김대춘을 보니 그래, 마음이 풀렸어요? 김대춘 얘기는 다 뭐예요?"

언니가 여전히 울상을 하면서 물었다. 큰오빠도 작은오빠도 대답은 없었다. 언니도 정작 물어놓고는 다시 조카에게 전화를 걸었다.

"은숙아, 은지야, 명철아, 죽은 사람은 죽은 사람이고 산 사람은 살아야 하지 않겠어? 넌 직장 잘 다니고 넌 애가 고3이니 그 걱정만 하고 너도 대학에서 공부하느라 힘든데 신경 쓰지 마라. 잊어버려."

큰오빠가 담담하게 말했다. 마음이 놓였다. 어차피 부모의 불행을 들려준 것도 원수의 이름을 알려준 것도 그의 얼굴을 보여준 것도 큰오빠 아닌가. 큰오빠가 신경 쓰지 말라고 하면 말면 된다. 나는 공부하는 사람이고 공부하는 사람은 순진무구한 아기 같은 사람이니까, 그런 문제에 대해서는 생각해봐야 알 수 없고 답도 못 찾는다.

"그렇게 생각하는 사람이 우리를 일산까지 막무가내로 데려와요? 오빠도 참 별종이야."

별종이야, 하면서 언니가 큰오빠 팔을 살짝 꼬집었고 우리는 같이 웃었다. 그렇게 꼬집어봐야 오빠는 지금 너무 아픈 사람이라 간에 기별도 안 간다고 아무리 우리가 세게 꼬집어도 그냥 누가 간질이는 건가 할 거라며 웃었다.

"상준이 너도 오늘 본 일은 다 잊어, 알았지?"

상준이는 휴대전화로 누구와 메시지를 주고받으면서 다리를 달달 떨었다. 괜찮겠지, 상준이는 좀 단순한 아이이니까. 함께 공부하고 농담하고 영화도 보면 다 잊을 것이다. 무슨 일이 생기지는 않았으니까. 우린 그냥 얘기나 좀 하다가 그 집에서 나왔으니까.

"잊기는 어떻게 잊어요? 이미 봤는데 어떻게 잊어요? 이미 들었는데 어떻게 잊어요?"

상준이가 그렇게 말하자 우리 넷은 천천히 웃음을 거뒀다.

"잊지는 못하고요, 선생님. 그렇다고 이 일이 왜 이렇게 됐나. 누가 어떻게 하다가 사람들이 죽었나, 누가 제일 나쁜 놈인가 그런 생각은 안 할게요. 그냥 이건 보통 일이 아닌 것 같고 난 머리가 나쁘니까 보통도 안 되는 놈이니까 지금은 생각해서 뭘 해요."

"그래 그래, 학생은 생각하지 마. 상관없는 일이니까 그냥 생각을 하지 마."

큰오빠가 말했다.

"그럴게요."

"미안해요, 학생한테. 우리 아들이나 마찬가지인데."

언니가 말했다.

"왜 미안해요?"

"그냥 미안해."

상준이는 에이, 왜 이렇게 진지한 분위기예요, 하고는 음료를 가지러 갔다. 온풍기 바람이 테이블 위의 촛불을 이리저리 흔들리게 했다. 그리고 그렇게 생겨나는 음영들은 어떤 몽상들을 불러냈다. 어두운 보일러실 계단을 내려가는 촛불의 움직임이었다. 따뜻하다. 이제껏 느껴본 적 없는 따뜻함이 거기에 있다. 따뜻함은 너무 따뜻해서 잊게 하지. 강철의 추위나 모욕감 같은 것을. 그리고 잠들게 하는 것이다. 상상했던 모든 것을 잊어버리도록, 발을 쭉 뻗고 팔베개를 하게 만드는 것이다. 꿈도 꾼다, 집으로 가는 꿈을. 거기에는 어린 딸이 기다리고 푹신한 담요가 있다. 그러다 운이 나쁘면 어쩌다 좀 방심하다 보면, 이유를 알 수 없는 거대한 불행이 일어나기도 하고 거기에 휘말리기도 하는 것이다.

하지만 그런 일들은 얼마나 하잘것없는, 특별할 것 없는 몽상들일까. 나는 마음 한편에 이는 불안을 꺼트리며 그렇게 생각했다. 그리고 상준이가 가져온 진한 커피와 추로스를 먹으면서 생각했다. 단맛이 있구나 하고, 어찌 되었든 오늘도 단맛이 있는 날이긴 하네, 하고.

김근호 전남대학교 국어교육과 교수

가족과 일상의 단맛

우선 민망한 고백 좀 해야겠다. 솔직히 나는 요즘 출간되는 문예지를 읽는 데 게으른 편이다. 어쩌다 보니 그렇게 되어 있는 나 자신을 발견하고는 스스로 민망해해왔다. 소설 공부의 한 축은 분명 '지금' '여기'의 작가들이 부단히 써내는 작품을 읽고, 그에 대한 비평적 감각을 계속 유지·발전시키고, 또 미래의 소설에 대한 전망을 갖추는 것이다. 그것은 내 공부의 근거이자 존재의 이유이다. 그런 점에서 이 글은 나에게 중요한 그렇지만 잠시 동안 망각했던 소설 연구자의 본능을 일깨우는 계기가 되었다. 우연찮게 하게 되는 일이 필연적인 과업과 연결되고, 필수적으로 수행해야 할 일이 우연한 깨달음과 성장을 이끌어내고. 인생은 그런 것인 듯하다. 한국현대소설학회의 '올해의 문제소설'의 해설을 쓰는 이번 작업은 나에게는 어찌 소중하고도 고마운 일이다. 최근 신예 작가들은 무슨 이야기를 쓰는가? 또 어떻게 쓰는가? 나는 이런 마음으로 신예작가 김금희의 「보통의 시절」을 읽었다.

이 작품은 "성탄절에 가족들이 만나는 것은 나쁘다."라는 문장으로 시작한다. 이 표현은 이야기의 핵심 거점으로 가족을 내세우고 있으면서 그 가족의 상황이 호락호락하지 않음을 내비치고 있다. 그리고 "어려서 큰오빠가 무서워 심장이 멎을 것 같다가도 시간이 지나면, 큰오빠의 화가 가라앉으면 우리는 다시 심상하게 모여 아이스크림 같은 것을 먹었으니까." 라고 하면서 이 작품의 중심인물이 '큰오빠'라는 점을 부각시켜 전체 이야기의 향방을 가늠하게 해주고 있다. 작가는 그 문장에 이어서 "그것은 심상한 일이었다. 심상한 분노, 심상한 공포, 심상한 회복, 심상한 단맛."이라는 말로 압축 요약해버린다. '심상한'이라는 용어와 바로 그 뒤에 따라붙는 '분노', '공포', '회복', '단맛' 등의 용어가 불편한 대립쌍을 구축하고 있다. 그것은 '보통의 시절'이라는 제목처럼 심상한 세월과 세상을 이야기한다고 하면서, 실상은 심상치 않는 삶을 이야기하겠다는 작가의 의지를 이중적으로 표상하는 것과도 어울린다. 이 작품은 편안하고 온전해 보이는 세상에 잠재하는 불편한 진실을 함께 보여주겠다는, 아니 더욱 본질적으로는 그 불편한 문제를 제대로 파고들겠다는 의욕을 담뿍 담아내고 있는 것이다. 요컨대 이 작품은 첫 단락에서 이미 이야기의 핵심 사항을 요약 · 정리해버리는 친절한 방법을 택함으로써 독서의 방향을 분명하게 지시해준다.

그리하여 구체적인 이야기가 전개되는 이 작품은 한마디로 말하자면, 큰오빠의 주장으로 온 가족이 김대춘을 찾아가고 만난 후 돌아오는 이야기이다. 김대춘은 누구인가? 그는 보일러실에 불을 질러 화자 '나'의 부모가 운영하던 목욕탕을 전소시킨 사람이다. 그 일 때문에 화자의 부모는 둘 다 죽었고, 큰오빠는 소년가장이 되었다. 그들이 그 이후 겪은 고난의 삶에 대한 보상과 보복을 위해 큰오빠가 드디어 동생들을 이끌고 일산에 있는 김대춘을 찾아간다. 그를 찾아간 가족들은 예상과는 달리 김대춘이 별로 보잘것없는 삶을 살고 있고, 또 감옥을 다녀온 것에 대해서도 도리어 억울해하며, 궁극적으로는 자신이 불을 지른 것이 아니라는 강변을 늘어놓는 상황을 맞이한다. 그래서 복수는 의미가 없어지고 지금까지의 그에 대한 원한은 매우 허망한 것으로 바뀐다. 이 소설은 이러한 허망함을 다루고 있다. 사실은 그냥 평범한 문제이거나 오해였던 것일 뿐이다. 그래서 본질적으로는 어떤 의지도 나아갈 삶의 치열한 가치도 없는 상황에서 지금껏 살아온 삶을 마치 대단한 것인 양 생각하며 살아온 생애 자체가 허위였음을 드러내고 있다.

우리는 어디서 왔고 또 앞으로 어디로 가야 하는가? 이 작품은 그런 점에서 삶의 가치와 방향성을 찾을 길 없는 오늘날의 심각한 혼란을 별것도 아닌 이야기로 풀어내고 있다. 마지막 단락에 나오는 "그런 일들은 얼마나 하잘것없는, 특별할 것 없는 몽상들일까."라는 표현은 그런 허무 의식의 반영이다. 따라서 이 작품의 첫 단락과 마지막 단락의 상호 조응은 빛난다. "어찌 되었든 오늘도 단맛이 있는 날이긴 하네, 하고."라는 이 작품의 마지막 문장은 하루하루를 단맛처럼 일각의 만족을 추구하며 살아가는 오늘날의 삶을 의미하는 것이리라. 과거와의 치열한 연속성을 찾을 수 없는 현재, 그리고 그에 기반한 멋진 미래를 예단하기 어려운 오늘날의 파편화된 삶을 상징하는 것이리라. 사람들이 오직 붙들 만한 것은 하루하루의 '단맛'일 뿐이다. 그러나 그것이 어찌 단맛이겠는가? 오히려 쓴맛이 아니겠는가? 따라서 이 작품에서 말하는 단맛은 쓴맛이다. 요즘 사람들이 흔히 하는 말로 '웃프다'.

웃픈 와중에서 이 작가가 주목하는 것은 가족으로 보인다. 이야기의 처음부터도 그러했지만, 이 작품에서 가족은 이야기의 핵심 거점이다. 이 작품에는 크게 두 가족이 나온다. 화자의 가족과 김대춘의 가족이다. 그들은 원수지간처럼 생각될 수도 있는바, 복수하려고 화자의 가족이 김대춘을 찾아가지만, 보잘것없이 살아가는 김대춘의 가족은 원래의 거창한 복수심 따위를 의미 없는 것으로 만들어버린다. 그래서 이 작품은 사건의 진실에 대한 무지가 얼마나 삶을 우스꽝스럽게 만드는지를 보여준다. 쓴맛에서 단맛 찾기란 지금 이 순간 함께하는 가족의 실존과 그에 대한 긍정적 인식에서 가능하다. 작중 화자가 인식하듯이 "거기에는 어린 딸이 기다리고 푹신한 담요가 있다. 그러다 운이 나쁘면 어쩌다 좀 방심하다 보면, 이유를 알 수 없는 거대한 불행이 일어나기도 하고 거기에 휘말리기도 하는 것이다." 다분히 허망한 결론이라 하겠지만, 새삼스럽게도 가족과 일상의 단맛이 바로 이 작품이 도달한 궁극적인 주제이다.

문제는 과정이다. 화자의 큰오빠와 동생들이 처하게 된 불행은 곧 가족의 불행이다. 그것도 조실부모(早失父母)한 상황에서 큰오빠는 대범하지도 든든하지도 못한 존재로 형상화된다. 박완서 소설의 오빠 표상처럼 매우 중요한 무게를 지니면서 한국 근대사의 본질적 문제를 떠안는 존재로도 형상화되기 어려운 것이 「보통의 시대」에 나오는 큰오빠이다. 이 부분이 신예 작가 김금희가 기존의 대가급 선배들과 다른 점이 아닐까 한다. 아직 신예 작가이기에 앞으로의 행보가 궁금해지지만, 현재로서는 하나의 문제적 지점 하나에 착목한 것으로도 볼 수 있을 듯하다. 그것을 어떻게 풀어가느냐가 문제인데, 우선 이 시대에 널리 산포되고 산적되어 있는 다양한 에피소드를 많이 수집하고 조사하여 의미 있는 소설로 구체화하는 치열한 작업이 바로 작가의 역량이 집중되어야 할 부분이 아닐까 한다.

하지만 한 사람의 독자로서 내가 이 작품에서 느낀 아쉬움 하나를 말하면서 마무리해야겠다. 이 작품은 단편으로서의 유기적 결속력에 대한 의문을 갖게 한다. 사실 이 작품에서는 그러한 미적 탄탄함이 다소 부족한 것이 아닌가 한다. 보기에 따라서는 그것도 하나의 전략일 수도 있겠지만, 그럼에도 의문은 남는다. 즉 일상의 소소한 그리고 파편화된 삶을 형상화하기 위해서는 억지스런 유기적 완결성이 도리어 작위적인 것으로 비쳐질 수도 있어 그러한 점을 피하고자 했다고도 볼 수 있겠지만, 단편에서 요구되는 미적 응결성은 다소간 약하다는 느낌을 지울 수 없는 것이다. 예를 들어 처음에 제시되는 서울행 장면에서의 건축학과 출신 행인의 이력 소개와 그에 따른 부자연스러운 대화는 서사 전체의 전개에 별 도움이 되지 못하는 삽화라고 판단된다.

또 이 작품에서 심상하고 심상하지 않음의 경계는 허물어진다. 가벼움 속에서도 심각함이 숨어 있고, 심각한 세상 속에서도 가벼운 일상이 숨어 있다. 그 일상에 불행이 있는 것이 아니라 불행의 원인을 모르는 무지가 문제라는 것이다. 그러나 그 같은 흥미로운 문제의식을 담아내기에 김대춘 가족을 만난 대목의 이야기는 다소 싱겁게 느껴진다. 긴장을 죽여버림으로써 이야기를 급히 마무리지어버린 듯하다는 것이다. 다른 에피소드로 바꾸거나 김대춘의 캐릭터를 더욱 적극적으로 살릴 방안은 없었을까? 작가는 이에 대해 어떤 생각인지 궁금하다. 이러한 나의 문제 제기가 작가 김금희로 하여금 보다 깊은 고민에 착수하게 하고, 또 그러한 과정을 통해 앞으로 더욱 생산적인 문학 세계를 이룩해나가는 데 이바지할 수 있기를 희망한다.

다만 한 사람을 기억하네

김연수

—

경북 김천 출생. 성균관대학교 영문과 졸업.

1994년 장편소설 『가면을 가리키며 걷기』로 제3회 작가세계문학상을 수상하며 등단.

소설집 『세계의 끝 여자친구』 『나는 유령작가입니다』 『내가 아직 아이였을 때』 『스무 살』,

장편소설 『네가 누구든 얼마나 외롭든』 『밤은 노래한다』 『빠이 이상』 『사랑이라니 선영아』 『7번 국도』

『가면을 가리키며 걷기』 『7번 국도 Revisited』, 산문집 『대책없이 해피엔딩』 『여행할 권리』 『청춘의 문장들』

『우리가 보낸 순간』 등. 동서문학상, 동인문학상, 대산문학상, 황순원문학상, 이상문학상 등 수상.

다만 한 사람을 기억하네

지난 4월, 멀리 희진에게서 이메일이 한 통 날아왔다. 우리는 지난 2008년, 광화문에서 우연히 만난 뒤 몇 번 이메일만 주고받다가 연락이 끊어진 상태였다. 열어보니 "이메일 주소가 바뀌거나 하진 않았겠지?"라는 문장으로 시작되는, 아주 긴, 정말 긴 편지가 나왔다. 그다음 문장은 "지금 여기는 서울이 아니라 도쿄의 요쓰야야."였다. 도쿄에는 한 번 가본 적이 있지만, 시부야나 신주쿠 혹은 긴자만 간신히 생각날 뿐, 요쓰야란 곳은 어딘지 감이 잡히지 않았다. 그럼에도 그녀가 멀리 있다거나 낯선 곳에 있다는 느낌은 전혀 들지 않았는데, 그 이유는 아마도 그즈음 이메일을 쓴 한국인이라면 누구라도 언급했을 그 사건, 그러니까 제주도로 수학여행을 떠나는 학생들을 태운 여객선이 진도 앞바다에서 침몰한 사건 때문이리라. 당연히 그녀 역시 이메일에 그 사건에 대해 적어놓았다. 희진이 그 이메일을 쓴 건 배가 가라앉은 다음 날 밤이었다. 그녀는 아침에 호텔 뷔페를 먹고 올라와 무심코 TV를 켰다가 그 장면을 보게 됐다고 썼다. 거의 비슷한 시각에 나도 그 장면을 보고 있었다. 혹시 그 배에 그녀의 친지가 타고 있었던 건 아닌가, 설사 그렇다고 한들 내게 장문의 이메일을 보낼 이유는 없지 않은가, 뭐 그런 생각을 하면서도 나는 혹시나 싶어 오른손

엄지로 화면을 밀어올리며 얼른 훑어봤다. 하지만 그게 전부인 것 같았다. 그러니까 아침에 뷔페를 먹고 올라온 뒤 TV를 통해 몇 번이고 배가 가라앉는 영상을 봤다는 것. 그것뿐이라는 걸 알아내는 데도 한참이 걸릴 만큼 편지는 길었다. 무슨 이유로 그토록 긴 편지를 보냈는지는 집에 가서 천천히 읽어보면서 알아보기로 하고 나는 스마트폰 화면을 껐다.

그날, 요쓰야의 한국문화원에서 희진은 모두 여덟 곡의 노래를 부르기로 돼 있었다고 이메일에 써놓았다. '2014년 K-Culture의 매력'이라는 제목하에 여러 장르의 한국 대중음악을 일본에 소개할 목적으로 기획된 연속 공연에 그녀는 인디 가수를 대표해서 초대된 것이다. 그런데 막상 3백석 규모의 한마당홀 무대에 올라가보니 앞쪽으로 절반쯤 자리를 메운 청중 대부분이 중년 이상의 연장자들이었다. 〈돌아와요, 부산항에〉나 〈노바디〉 같은 노래를 기대하고 모인 사람들은 아닌지, 자신의 쓸쓸한 노래들이 그들을 만족시킬 수 있을 것인지 살짝 염려됐지만, 어쿠스틱 기타를 직접 연주하며 그녀는 준비한 곡들을 차례대로 담담하게 불렀다. 한 곡 한 곡 노래가 끝날 때마다 희진의 몸을 떠난 목소리가 공연장의 공기를 팽팽하게 긴장시켰다. 시간이 흐를수록 거기 객석의 어둠 속에 자신의 노래에만 집중하는 사람들이 있다는 사실이 피부에 와 닿을 정도로 확실해졌다.

그녀가 준비한 노래를 다 부르자 어둠 속의 그들은 앙코르를 청했다. 무슨 노래를 부를까 고민할 필요도 없이 지난해 연말, 혼자 배를 타고 제주도로 가던 밤, 멀미에 시달려서 괴로운 와중에도 뭔가 멜로디가 떠올라 흥얼거리면서 한 소절 한 소절 다시 부르고 또 잇대며 지은 곡이 바로 떠올랐다. 그때껏 남들 앞에서는 한 번도 부른 적이 없었지만 그날만은 그 노래, 〈한 사람을 기억하네〉를 꼭 부르고 싶었다. 그렇게 "그 밤, 바다에서 나는 마크 로스코의 빛을 보았네"라며 노래를 시작했으나 그다음 가사를 떠올리자마자 목이 메는가 싶더니 그 너머에서 이름을 붙일 수 없는 감정이 울컥 치밀었다. 그 밤의 빛은 여전히 희진의 눈앞에서 경계를 넘나들며 흔들리고 있었다. 거기 출렁이는 어둠 속에 누군가가 있어 자신의 노래를 듣고 있었다. 다시 한 번, 그건 거의 확실했다. 그 생각을 하자니 그만 눈물이 나오는 것이었다. 노래하다 감정이 고조된 끝에 눈물이 나오는 건 공연에서 흔한 일이었고, 그래서 때로는 공연의 일부처럼 느껴지기도 해서 닦을 생각도 없이 눈물을 흘리면서 노래를 부르기도 했는데, 그날만은 더 이상 노래를 부를 수가 없었다. 공연이 끝나는 시점이 되어서야 그런 날에도 노래를 불러야만 하다니, 뭐, 그런 자책감이 든 것이다.

그렇게 노래는 멈추고, 조명은 정지하고, 객석은 침묵에 빠졌다. 희진은 당장 울음을 그치고 싶었으나 그건 마음먹는다고 되는, 그런 종류의 일이 아니었다. 울음의 주도권은 울음이 쥐고 있었다. 그때 객석의 한쪽 귀퉁이에서 박수 소리가 들렸다. 힘을 내라는 의미의 박수라는 걸 깨달은 다른 청중이 동조했다. 박수 소리는 이내 객석 전체로 퍼졌다. 다시 한 번, 그 밤의 빛이 희진의 눈앞에서 출렁거렸다. 그렇다면 그건 아마도 언젠가 우리가 함께 나란히 서서 바라본 빛일지도 모르겠다. 마크 로스코의 빛이라면 말이다. 내 머릿속으로는 하얗게 핀 벚꽃잎들과 한없이 어두운 갈색의 사각형들이 곧장 떠올랐다. 가와무라 기념미술관에서 그 빛과 마주했을 때, 우리는 스물여섯, 스물넷이었다. 평창의 한 리조트에서 열린 음악 페스티벌에서 맥주를 마시다가 우연히 만나서 인사를 하고, 또 농담처럼 프로젝트 밴드를 결성한 지 2년이 지날 무렵이었다.

마땅하게도 공연은 울음으로 끝났다고 그녀는 적었다. 다음 일정은 근처 스시집에서 K-Culture진흥회라는, 말하자면 한류 팬클럽 같은 이름의 단체 회원들과 저녁을 함께 먹는 자리가 기다리고 있었는데, 희진은 그냥 호텔로 돌아가고 싶었다. 그러자 그 공연을 후원한 한국 광고회사의 담당자가 대뜸 이렇게 말했다.

"호텔로 가서 혼자서만 실컷 울려고요?"

'혼자서만'이라는 말에 많은 의미가 담겨 있었다. 김포공항에서 만나 도쿄까지 날아가는 동안에도 두 사람은 공연이나 일정에 대해서만 얘기했을 뿐, 사적인 대화는 단 한마디도 나누지 않았다. 그래서 말수가 적고 무뚝뚝한 사람인가 싶었더니만 그게 아닌 모양이었다. 그게 아니면, 그날은 그렇게라도 떠들어대지 않으면 견딜 수가 없었거나.

"혼자서는 울지 않아요."

희진이 말했다.

"그럼 식당에 가서 같이 웁시다."

그가 농담조로 말했다.

"근데 난 이미 다 울어버려서."

"우는 일 말고도 다른 할 일이 많아요. 일본 팬들 궁금하지 않아요? 조희진 씨를 아는 일본 팬들도 있어요."

그가 말했다. 일본 팬들이 궁금했던 것은 전혀 아니었지만, 그렇게 대화를 주고받는 사이 그녀는 한국 대중문화에 관심이 많은 현지인들이 자발적으로 만든 K-Culture진흥회가 그 공연을 주관하고 기획했다는 사실을 알게 됐다. 호텔에 가서 혼자 울 게 아니라면 행사를 주관한 사람들과 저녁을 먹으면서 얘기를 나누는 게 좋겠다는 무언의 암시를 희진은 거부할 수 없었다.

이미 다들 스시집에 자리를 잡았다고 해서 희진은 기타를 메고 문화원 밖으로 걸어나갔다. 후원사와 문화원 담당 직원 등 서넛이 앞서거니 뒤서거니 희진과 함께 걸었다. 조금 걸어가려니 광고회사의 그 남자가 희진 쪽으로 다가왔다.

"한국에 인디 가수가 그렇게 많은 줄은 이번에 처음 알았네요."

희진은 한국에 인디 가수가 그렇게 많다고는 생각한 적이 없었지만, 무슨 이야기를 하는가 싶어서 귀를 기울이고 그의 말을 들었다.

"조희진 씨를 찾느라 인디 가수들 명단을 쭉 뽑았었거든요. 여자 인디 가수이고 포크송을 부른다. 이름이나 별명의 이니셜은 HJ인 것 같다. 2004년에 일본을 방문한 적이 있었다. 그게 제가 받은 정보의 전부였어요. 제가 얼마나 고생했을지 알 만하죠?"

"왜 그런 고생을 하셨나요?"

희진이 물었다.

"그러게요. 씨엔블루도 있고, 엑소도 있고, 동방신기도 있는데 말이죠. 이번에는 꼭 그 가수를 불러달라는 사람이 있었어요. 어떻게 하겠어요. 회장님 부탁인데, 들어드려야죠."

"회장님이라면?"

"K-Culture진흥회의 후쿠다 준 의원님 말이죠. 그분이 조희진 씨를 위해서 만든 자리니까 꼭 참석해달라고 한 겁니다."

그녀는 걸음을 멈추고 그를 한 번 쳐다봤다. 그리자 그 남자도 걸음을 멈췄다. 희진은 점퍼 주머니를 뒤져서 담배를 꺼내 입에 물었다. 그녀가 담배에 불을 붙이는 동안, 앞서 가던 사람들 중 하나가 뒤를 돌아보며 늘 가는 스시집의 이름인 듯 그들을 향해 "사쿠라로 와요!"라고 외쳤다. 담배를 피우면서 희진은 그에게는 조금도 눈길을 주지 않고, 대신에 길 건너편 식당의 바람에 휘날리는 검은색 차양이나, 멀리, 밖에 내놓은 메뉴판 따위를 바라봤다. 일본 의원님께서 포크송을 부르는 한국 여자 가수를 찾아 도쿄까지 불러들여서는 저녁 자리를 만들었으니 인사하러 가야 한다는 말을 들었을 때 희진이 어떤 심정이었을지는, 대학 노래패 시절의 그녀를 기억하는 사람이라면 충분히 짐작할 수 있으리라.

하지만 그녀도 이제는 서른네 살이 됐고, 예전과는 많이 달라진 모양이었다. 메일에 희진은 다음과 같이 쓰고 있었다. "공교롭게도 그 순간, 사쿠라로 오라는 말을 들었던 거야. 우연의 일치치고는 정말 신기한 일이었지. 담배를 피우며 나는 생각했어. 저녁 식사고 뭐고, K-Culture고 뭐고, 지금 당장 사쿠라로 가서 한 번 더 그 빛을 볼 수 있다면 얼마나 좋을까? 이미 사위는 캄캄해져버렸고, 4월도 중순이 지났으니, 산책로의 벚꽃들은 모두 져버렸을지도 모르지만, 그래도 우리가 함께 본 빛은 아직 거기 남아 있지 않을까? 일본의 의원이라니 그 사람한테 부탁하면 힘을 좀 써주지 않을까? 그런 말도 안 되는 생각." 부탁해도 안 되겠지. 오래전에 그 빛은 꺼져버렸으니까. 그녀의 메일을 읽으며 내가 중얼거렸다. 대화를 주고받듯 나는 메일을 읽고 있었다.

거기까지 읽은 뒤, 나는 인터넷을 열고 구글 검색창에다 'Mark Rothko japan'이라고 입력했다. 'Mark Rothko's "Seagram Murals"', 즉 '마크 로스코의 "시그램 벽화"'라는 페이지가 제일 먼저 검색됐다. 링크를 클릭하자, 일본 지바 현 사쿠라 시(佐倉市)에 있는 DIC가와무라 기념미술관에 소장된 시그램 벽화 일곱 점에 대한 설명과 함께 작품들을 걸어놓은 로스코 방의 사진이 나왔다. 희진과 내가 그날 오후 그림들을 바라보며 오랫동안 앉아 있었던, 바로 그 방이었다. 1958년 뉴욕 시그램 빌딩의 고급 레스토랑인 포 시즌스의 벽에 걸릴 그림들을 그려달라는 주문을 받은 마크 로스코는 석 달 동안 40점에 달하는, 훗날 '시그램 벽화'로 불리는 연작들을 그렸다. 나중에 레스토랑을 방문한 그는 그 공간이 자신의 그림과는 너무 어울리지 않는다고 생각하고 계약금을 돌려준 뒤, 그 프로젝트를 더 이상 진행하지 않았다. 이 연작들은 지금 세 군데 갤러리에 흩어져 있다. 그 한 곳이 우리가 찾아간 가와무라 기념미술관이었고, 다른 두 곳은 런던의 테이트 미술관과 워싱턴 DC의 내셔널 갤러리였다. 그때 우리는 거기 로스코 방에 앉아 나머지 그림도 모두 같이 보자는, 여태 이뤄지지 못한, 그리고 아마도 영영 이뤄지지 않을 약속을 했더랬다.

스시집까지 같이 걸어간 광고회사 직원의 말이, 니혼슈(日本酒)를 만드는 양조장집 아들로 태어나 유복하게 자랐다더니 후쿠다 준은 귀밑이 희끗

한 것을 빼면 전혀 50대처럼 보이지 않았다. 참의원에서 활동하는 대표적인 지한파 의원인 그는 여행자로서 의사소통이 가능할 정도의 한국어를 구사했고, "너무 진하지 않은 향기를 담고" 같은 가사의 한국 노래도 곧잘 흥얼거렸다. "그렇게 많은" 인디 가수 중에서 HJ라는 이니셜을 가진 포크 가수를 꼭 불러달라고 요청했다는 말을 들어서인지 그녀는 자꾸만 그가 신경 쓰였다. 그래서인지 공연을 마칠 때쯤에는 꽤 배가 고팠는데, 스시를 서너 점 먹고 나니 배가 불렀다. 그녀가 젓가락을 내려놓고 맥주를 들이켜자, 후쿠다 옆에 앉은 또다른 중년 남자가 그를 바라보면서 나지막이 말했다.

"역시, 실연 때문일까? 아까 울었던 것 말이지."

공연 중에 그녀가 흘린 눈물의 의미를 실연과 연결시키다니 가당치도 않았지만, 거기다 대고 또 뭐라고 설명하면 좋을지 희진으로서도 난감했다.

"실연 같은 소리 하고 있네. 자네는 뉴스도 안 보는가?"

망설이고 있는 사이에 후쿠다가 먼저 그 남자에게 나지막이 말했다.

"뉴스? 한국에서 배가 가라앉은 일? 에에, 그것 때문에 가수가 노래를 부르다가 운다고?"

그가 과장된 표정을 지으며 희진을 쳐다봤다. 희진은 가만히 있었다.

"가수라는 건 원래 그런 사람들이야."

후쿠다가 다시 말했다.

"그렇게 치자면 노래 부를 틈이 없지 않을까? 지난달에만 해도 말레이시아 항공 여객기가 실종되지 않았나?"

"손님을 모셔놓고, 바보 같은 소리. 게다가 저분은 일본어를 다 알아들을지도 모르는데 말이야."

후쿠다가 희진 쪽을 바라보며 겸연쩍게 웃었다. 그녀가 일본어를 다 알아들을지도 모른다고 한 건 한번 떠보는 소리였을까? 원한다면 배가 가라앉았기 때문인지, 아니면 어제 남자와 작별했기 때문인지 말해줄 수도 있었지만 그렇더라도 그들이 자신의 눈물을 이해할 수는 없는 일이라고 희진은 생각했다. 그들은 그 배를 타지 않았고, 또 어제 누구와도 헤어지지 않았으니까. 아무리 설명해봤자 그건 그저 그들의 마음속에 당황스런 눈물의 논리를 세워줄 뿐, 이해와는 거리가 멀었다. 뭐라고 말하는 대신에 희진은 잔에 반쯤 차 있던 맥주를 비웠다. 차가운 기운이 지나가며 목구멍이 따끔거렸다.

"틀린 말은 아니네요. 그럼 역시, 실연 때문일까요. 동일본 대지진이 났을 때는 버젓이 웃으며 공연했으니까요."

잔을 내려놓으며 희진이 말했다.

"에에, 일본말을 꽤나 하는군요. 실례했습니다."

그 남자가 말했다.

"일본말을 꽤나 하는 제 쪽이 오히려 더 실례입니다. 일본 노래가 좋아서 배운 말이라 보통 때는 잘 쓰지 않습니다만."

희진이 잔을 치켜들면서 생맥주를 한 잔 더 주문했다. 빨리 마셔서인지 금세 취기가 돌았다.

"이 친구도 나쁜 의도를 가지고 한 말은 아니니 용서해주세요. 눈치가 없이 고지식한 사람이긴 하지만, 한국 문화가 좋아서 K-Culture진흥회에서 일하는 것이니까. 오시기 전에 우리끼리 나눈 대화의 맥락에서 나온 말이라 불쾌할 수도 있겠지만, 어쨌든 이 사람 쪽에서는 조희진 씨가 예쁘다는 말을 하려다가 그만 그렇게 된 것입니다. 저도 사과할게요."

후쿠다가 희진에게 말했다.

"일본에 처음 왔을 때라면 모를까, 이제 와서 예쁘다는 말은 좀 민망하네요. 그런데 어쩐지 저에 대해서 아시는 게 많네요. 여기 오다가 들었는데 2004년에 제가 일본에 온 건 어떻게 아셨나요?"

희진이 후쿠다에게 물었다.

"몇 년 전부터 한 사람을 찾고 있었는데, 일본말을 하는 걸 보니까 제가 찾는 사람이 거의 맞는 것 같습니다."

후쿠다는 뭐라고 더 얘기하려다가 말을 멈추고 잠시 뭔가를 생각하는 눈치였다.

"한국어로 말해도 되겠습니까? 당신을 만나면 꼭 한국말로 얘기하고 싶어서 배웠습니다."

후쿠다가 더듬거리며 말했다.

"왜 저를 찾으신 건가요? 왜 저와 얘기하려고 한국어를 배우나요?"

희진이 눈을 동그랗게 뜨고 물었다.

"그게 어떤 노래 때문입니다. 조금 있다가 제가 그 노래를 들려드리겠습니다. 그 노래를 안다면, 확실히 제가 찾는 바로 그 사람입니다."

거기까지는 한국어로 말한 뒤, 후쿠다는 다시 일본어로 바꿨다.

"일단 여기는 K-Culture진흥회에서 주관한 식사 자리이고 하니 다른 분들하고도 좀 얘기하도록 하고요. 다들 조희진 씨랑 얘기하고 싶어하니까요. 저하고는 식사를 모두 마친 뒤, 다른 곳으로 자리를 옮겨서 자세한 이야기를 나누면 어떨까요? 저도 얘기하고 싶은 게 많으니까요. 괜찮겠습니까?"

후쿠다가 말했다.

도무지 어떻게 된 영문인지 당장이라도 알고 싶었지만, 기다리는 수밖에는 없었다. 그러면서 희진은 정말 오랜만에 나를 떠올렸다고 썼다. 처음에는 후쿠다와 내가 아는 사이가 아닐까 생각했다고 했다. 한국에서든 일본에서든 혹은 다른 곳에서든, 후쿠다와 내가 공적인 일로 만났다가 친해졌고, 그러다가 일본에 여행 갔던 이야기를 하면서 자연스럽게 아직 가수로 활동하는 자신에 대한 이야기가 나왔을 수도 있다고. 그러나 결국 희진도 알게 됐다시피 지금 이 순간까지도 나는 후쿠다가 어떤 사람인지 전혀 모른다. 우리는 한 번이라도 마주치기는커녕 멀찌감치 스쳐간 적조차 없었다. 게다가 2004년에 희진과 내가 둘이서 일본을 여행했다는 사실을 아는 사람은, 그녀도 잘 알고 있겠지만, 아무도 없어야 옳았다. 물론 여행 도

중에 불가피하게 어울린 사람들이 있긴 하지만, 10년이 지나서까지 그녀를 기억하고 있다가 한류 콘서트 같은 행사에 초청할 만한 일본인을 만난 적은 없었다. 희진과 마찬가지로 나 역시 도무지 영문을 알 수 없었다. 하지만 그때 아이들 소리가 들려 나는 노트북을 껐다. 수영장에 갔던 아이들이 돌아온 모양이었다.

다음 날 이른 아침, 다시 노트북을 켜고 이메일을 열어보니 편지 속, 희진 일행이 저녁 식사를 마치고 나온 스시집 앞 거리로는 이슬비가 내리고 있었다. 나는 커튼을 젖히고 바깥 날씨를 살펴봤다. 로테르담의 전형적인 4월, 눈이 시리도록 푸른 날의 아침이었다. 몸에 와 닿는다는 느낌이 들 정도로 강한 햇살은 저녁 아홉 시가 지나야 완전히 사라질 터, 이틀 전의 도쿄처럼 이슬비가 내렸다면 편지에 더 몰입할 수 있었을 텐데……. 그런 아쉬움을 뒤로하고 나는, 일행과 헤어져 스시집 앞에 대기 중이던 후쿠다의 검정색 렉서스에 올라탄 희진을 쫓아가기 시작했다. 아스팔트는 비에 젖어 안 그래도 깨끗한 거리를 더욱 말끔하게 만들었다. 렉서스는 희진이 묵는 호텔에 잠깐 들렀다가(기타를 두고 가야 했기 때문이라고 희진은 굳이 밝혀놓았다) 곧장 진보초로 갔다.

진보초는 후쿠다의 생각이었다. 단골 바가 거기 뒷골목에 있다고 했다. 하이랜드라는 이름의 그 바는 열 명 남짓 들어가면 실내가 꽉 찰 정도로 협소했지만, 바텐더로 일하는 중년의 주인이 대저택의 집사처럼 나비넥타이를 매고 서서 손님들의 잔에 스카치 위스키를 따르는 곳이라고 그녀는 썼다. 후쿠다에 따르면 "밤이면 인근 출판사의 편집자들과 기자들이 담배 연기처럼 몰려드는 곳"이었다. 순례길에 이교도 사내들에게 피랍된 귀부인처럼 희진은 등을 꼿꼿이 세우고 창가 하얀색 3인용 소파에 앉아 예스런 황금빛 액자에 든 풍경화와 초상화를 바라봤다. 풍경이든 초상이든 동양과는 거리가 멀었고, 그림에서 느껴지는 시대 역시 이젠 접할 수 없는 과거의 것들이었다. 이내 그녀의 시선은 하얀색 커튼이 겹겹이 드리운 창을 거쳐 소파 뒤 벽면에 설치된 목제 장식장에 이르렀다. 거기에는 위스키, 브랜디, 샴페인 등 각종 술을 위한 크리스털 잔들이 영롱한 빛을 발하며 놓여 있었다. 스피커에서 울려 퍼지는 장중한 바로크 선율을 들으며 그 빛을 바라보노라니 불현듯 어린 시절, 아버지가 양주를 넣어두던 거실장이 희진의 머릿속에 떠올랐다.

하지만 그 순간, 음악이 멈췄다. 잠시 여백이 흐른 뒤, 스피커에서 어쿠스틱 기타 소리가 나른하게 들려오기 시작했다. 그 연주를 들으며 희진은 자세를 바로하고 소파 깊숙이 몸을 묻었다. 후쿠다가 자신에게 들려주고 싶은 노래가 무엇인지 희진은 금방 눈치챌 수 있었다. “‘今日もほほえみが私を過ぎた. 何も, 何もなかったように(오늘도 미소가 나를 스쳤다. 아무 일도, 아무 일도 없었던 것처럼).’ 기억하고 있을까?”라고 그녀는 이메일에 썼다. 처음에는 기억나지 않았지만, 조금씩 그 노래에 얽힌 일들이 떠오르기 시작했다. 10년 전의 일들이 택시 차창으로 흘러가는, 비에 젖은 밤거리 불빛들처럼 그녀의 머릿속을, 그리고 내 머릿속을 스쳐 지나갔다. 그 시절, 그녀는 틈만 나면 “私の心ははりさけそうだ, 人を愛せないゆえに(내 마음은 찢어질 듯하다, 사람을 사랑할 수 없는 까닭에)’라고, 노래로도 부르고 글로도 썼다. 나는 일본어를 잘 몰랐지만, 그녀가 몇십 번이고 가사에 대해서 설명했기 때문에 그 노래만은 모를 수가 없었다. 담배를 피우면서 그 노래를 부르던 20대 중반의 희진을 이젠 다시는 볼 수 없겠지. ‘明日よ, 自由を, 自由をおくれ(내일이여, 자유를, 자유를 다오)’라는 그 가사처럼, 한때는 간절한 마음이 전부였던 시절이 우리에게도 있었건만 이제는 서로를 비추는 두 개의 거울처럼, 서로의, 서로에 대한 기억들만이 원망의 목소리도, 흐느낌도, 한숨소리도, 웃음소리도 없이 순수한 묵음으로 남아 있을 뿐이니.

“아카이 토리(赤い鳥)의 시로이 하카(白い墓), 하얀 무덤입니다. 기억납니까?”

글렌모렌지 한 잔을 앞에 놓고 앉은 후쿠다가 한국어로 말했다. 희진으로서는 그저 고개만 끄덕일 수밖에 없었다. '시로이 하카'까지 알고 있다면, 후쿠다는 또 무엇을 알고 있는 것일까? 그는 어떻게 그 모든 것을 알고 있는 것이며, 왜 알고 있는 것일까?

"요즘은 잘 듣지 않지만, 그렇다고 해서 잊을 수는 없는 노래죠. 이 노래 때문에 일본어를 배웠으니까. 그런데 제가 이 노래를 안다는 거 어떻게 아셨죠?"

"긴 이야기입니다만, 짧게 말하겠습니다."까지 말한 뒤, 그는 다시 일본어로 돌아갔다. "지금으로부터 10년 전, 제 신세는 주인의 값비싼 접시를 함부로 다루다가 그만 대리석 바닥에 내동댕이쳐지고 만 불쌍한 하녀의 꼴이었습니다. 45세에 이르러 제 인생은 완전히 파탄이 나고, 저는 지옥의 가장 어두운 곳으로 전락했습니다. 더 이상 살아갈 자신이 없었으므로 죽기로 결심하고 어린 시절을 보낸 고향으로 내려갔습니다. 그렇게 백골들에게 쫓기듯 게이세이사쿠라 역에 내린 건 2004년 4월 중순의 일이었습니다. 처음에는 사쿠라 성터에 조성한 사쿠라조시(佐倉城址) 공원에 갈 생각이었습니다. 가봤다면 아시겠지만, 4월의 사쿠라조시는 평화, 그 자체입니다. 봄에는 어느 때라도 가족들이 자리를 깔고 행복에 겨운 표정으로 앉아 있지요. 죽어버리겠다고 마음먹은 마당에 왜 하필이면 그 공원이 생각났는지는 저도 잘 모르겠습니다. 가장 아름다운 추억을 회상하며 죽고 싶었던 것일지도 모릅니다. 하지만 막상 게이세이사쿠라 역에 내리자, 발길은 공원 쪽인 남쪽 출입구가 아니라 북쪽 출입구로 향하더군요. 공원으로 가는 길을 몰랐던 것은 아니니, 아마도 속마음은 죽기 싫었던 게 아닐까 싶습니다. 역에서 빠져나와 낯익은 거리를 조금 걷노라니 어디선가 갓 볶은 커피향이 풍기길래 굶주린 개처럼 그 냄새의 근원지를 찾아갔습니다. 곧 죽을 테니 마지막으로 커피를 마시자는 생각이었습니다. 그렇게 담배 한 개비와 커피 한 잔을 앞에 두고 카페에 앉게 되었습니다. 그런데 얼마나 시간이 흘렀을까? 갑자기 눈에서 눈물이 주르르 흐르는 것이었습니다. 문득, 그때 스피커에서 〈하얀 무덤〉이 흘러나온다는 사실을 불현듯 깨달았기 때문이었죠."

목이 마른지 그는 잠시 이야기를 멈추고 물을 마셨다. 그러더니 물잔을 내려놓고 옆에 놓인 위스키잔을 집어 향을 음미하면서 천천히 마셨다.

"한번 흐르기 시작한 눈물은 그칠 줄을 몰랐습니다. 아까 조희진 씨가 흘리던 눈물처럼 말입니다. 아카이 토리는 중학교 시절에 꽤나 인기가 있었던 밴드였습니다. 다들 히트곡인 〈다케다의 자장가(竹田の子守唄)〉나 〈날개를 주세요(翼をください)〉 같은 노래를 좋아했지만, 저는 나중에 그렇게 되려고 그랬는지 어려서부터 〈하얀 무덤〉처럼 슬프고 어두운 노래가 좋았습니다. 사쿠라 시에서 살 때는 정말 유복했거든요. 아버지의 사업은 승승장구했고, 저는 원한다면 어떤 사람이든 다 될 수 있었습니다. 그래서 남들이 다 좋아하는 〈날개를 주세요〉 같은 노래보다는 〈하얀 무덤〉을 더 좋아했던 것인지도 모르죠. 그러다가 세월이 흐르고, 나는 어른이 되고, 그러면서 그런 노래도 다 잊어버리고, 중학교에 다닐 때 내가 어떤 소년이었는지도 다 까먹고 있었는데, 그 기타 소리를 듣자마자 그 일들이 죄다 떠올랐던 겁니다. 나도 나 자신을 잊어버릴 정도이니 아마 다른 사람들은 오죽했을까요. 그즈음에는 중학교 시절의 나를 기억하는 사람은 아무도 없었습니다. 몇 번의 사업 실패와 무모한 선거 출마로 집안은 거덜이 난 데다가……."

그는 말을 멈췄다. 마음 깊은 곳에서 어떤 감정이 북받쳐오르는 모양이었다. 그는 한참 가만히 숨만 몰아쉬다가 "미안합니다"라고 말했다. 그는 다시 말을 이었다.

"그런데 그 노래는, 〈하얀 무덤〉만은 이렇게 중학교 시절의 나를 기억하고 있구나 하는 생각이 들었어요. 그때 내게는 날개가 필요없었지. 나중에 남자로서 죽을 일이 생긴다면, 4월의 사쿠라조시 공원의 벚꽃들을 바라보면서 죽겠다고 생각했었지. 맞아, 모든 게 다 생각나네. 이제 알겠네. 내가 왜 여기까지 왔는지. 우연히 흘러나온 노래 하나에 온갖 의미를 부여하는 걸 보니, 진짜 죽기 싫었던 모양이라고 생각할지도 모르겠어요. 맞아요, 어쩌면 전 죽기 싫어서 거기 고향까지 내려간 것인지도 몰라요. 거리를 걷다 보면 누군가 한 사람이라도 나를 알아보고 '이보게, 후쿠다 준 아닌가! 고향에는 오랜만이네. 뭐라고? 자살이라고? 그게 무슨 소리야?'라고 말해주기를 바랐던 것인지도 모릅니다. 그래서 4월이면 늘 사람들로 북적대는 사쿠라조시 공원으로 가려고 했겠지요. 그런데 말입니다, 제게는 그 한 사람이 없었습니다. 한 사람만 있으면 충분했는데 말입니다. 대신에 노래가 있었던 것이죠. 너무나 감격한 나머지, 저는 카페 주인에게 말했습니다. '이거 나도 꽤 좋아하는 노래입니다. 옛날 노래인데, 어떻게 아시나 봐요?' 그러자 카페 주인이 대답하더군요. '저는 잘 모르는 노래입니다. 아까 한국에서 온 어떤 남녀가 이 노래를 틀어달라며 CD를 주길래 듣고 있었는데, 그만 저도 까먹고 그 사람들도 까먹고 그냥 가버렸네요.' '그 사람들은 어떻게 이런 노래를 알았을까요?' 'CD를 받으면서 얘기해보니까 여자가 한국의 인디 가수라던데, 어쨌든 가수라면 일반인이 잘 모르는 노래라도 알고 있어야 하지 않을까요?' 카페 주인이 말했습니다. '그 사람들 어디로 갔는지 혹시 아시나요?' 제가 물었습니다. '글쎄요, 아는 분들인가요? 관광 왔다니까 역사민속박물관이나 가와무라 기념미술관 같은 데 가지 않았을까요? 참, 방명록에다가 뭘 적어놓고 갔는데, 그걸 한번 보시지요.' 그래서 저는 카페에 비치된 방명록을 들춰봤습니다. 제일 마지막 페이지에 일본어로 〈하얀 무덤〉의 가사와 함께 서명인 듯 'H.J.'라는 알파벳이 적혀 있었습니다. 그 아래에는 한국어로 뭔가가 적혀 있었구요. 그땐 한국어를 몰랐으니까 읽을 수도 없었습니다. 저는 주인이 다른 일을 하는 틈을 타 슬그머니 그 페이지를 찢어서 주머니에 넣었습니다. 거기에 한국어로 뭘 썼는지는 알아야겠다고, 그때까지는 일단 살아 있자고 생각한 것이죠. 웃기지만 슬픈 이야기이기도 합니다. 말하자면 그게 저의 유일한 생명줄이었던 셈이죠. 그걸 몇 년 동안 부적처럼 주머니에 넣고 다녔습니다. 물론 이후 곧장 한국어를 배우지는 못했어요. 그럴 시간도 없었으니까. 그렇게 저는 재기하게 됐습니다. 완전히 다시 태어난 것이죠. 한국어를 배우기 시작한 건 3년쯤 전의 일입니다. 그제야 거기에 적힌 한글이 무슨 뜻인지 알게 됐죠. 일단 그 내용을 알고 나니, 그 여자 가수를 만나서 알려줘야겠다는 생각이 들더군요. 물론 개인적으로 그때 노래를 들을 수 있어 다시 살아갈 힘을 얻었다는 말도 전할 겸 말입니다. 그렇게 해서 겸사겸사 K-Culture 진흥회에도 들어갔고, 그때부터 HJ라는 이니셜을 가진, 2004년에 일본을 방문한 적이 있는 한국의 유명한 여자 인디 가수를 수소문한 것입니다."

후쿠다의 이야기는 그렇게 끝났다. 그의 이야기에 나오는 여자는 분명 자신이 맞는 것 같은데, 어떻게 그럴 수가 있는지 희진으로서는 이해가 가지 않았다. 아무리 기억을 되짚어봐도 그날 오후 마크 로스코의 '시그램 벽화' 연작을 보고 나와서 미술관 옆 산책로를 거닐면서 벚꽃이 만발한 아름다운 풍경에 취해 있었다는 사실만 또렷할 뿐, 다른 건 떠오르지 않았다. 특히 사쿠라의 카페에서 아카이 토리의 음악을 들었다는 부분은 정말 처음 듣는 이야기였다. 희진은 미술관 옆 산책로를 둘러본 뒤 올 때와 마찬가지로 셔틀버스를 타고 사쿠라로 돌아가 바로 도쿄행 기차에 올라탔으리라고 짐작했다. 그도 그럴 것이 귀국 편이 그다음 날 오전 비행기여서 그날 저녁에 시부야에서 쇼핑한 건 분명히 기억나니까. 게다가 아침에 사쿠라행 기차를 탄 곳도 도쿄 역이었다. 그 말은 우리가 사철(私鐵)을 탄 게 아니라 JR선을 탔다는 이야기이고, 그렇다면 게이세이사쿠라 역 쪽으로는 갈 일이 아예 없었다는 뜻이다. 그런데 어떻게 된 영문인지 알 길이 없어, 혹시 내가 기억하는 게 따로 있는지 궁금해서 호텔로 돌아오자마자 이메일을 쓴다고 그녀는 밝혔다. 그렇게 해서 무슨 이유로 그렇게 긴 편지를 내게 보내야만 했는지에 대한 궁금증이 풀리게 됐다.

그래서 나도 그녀의 궁금증을 풀어주기로 하고 답장을 썼다. “그때 갈 때는 네가 생각하는 것처럼 도쿄 역에서 소부본선을 타고 사쿠라 역까지 간 게 맞아. 거기서 셔틀버스로 갈아타고 곤장 미술관까지 이동했지. 그런데 돌아올 때는”이라고 나는 썼다. 돌아올 때는 웬일인지 그 셔틀버스가 게이세이사쿠라 역에 먼저 들른 뒤에 사쿠라 역으로 향했다. 게이세이사쿠라 역은 사쿠라 역에 비해 규모도 작고 동네 분위기도 달랐지만, 멍청하게도 나는 셔틀버스에서 내린 뒤에야 그 사실을 알았다. 처음 도착했던 역과 다른 역에 서 있다는 사실을 알게 된 순간부터 희진은 짜증을 부리기 시작했다. 가는 길과 돌아오는 길이 달라지는 게 왜 그렇게 중요한 것인지 알 수 없어서 나는 당황했다. 거기서도 도쿄로 돌아갈 수 있다고 말했지만, 그녀는 사쿠라 역으로 가야만 한다고 고집을 부렸다. 그러다가 우리는 도쿄로도, 사쿠라 역으로도 가지 못하고, 잠시 커피를 마시며 좀 쉬자고 해서 그 카페로 들어갔던 것 같다. 커피 볶는 냄새가 카페 전체에 배어 있었다는 것? 그 정도까지가 내가 말할 수 있는 전부다. 거기서 희진은 아카이 토리의 〈하얀 무덤〉을 들었나 보다. 나는 뭘 했는지 이제 전혀 기억나지 않는다. 희진과 마찬가지로 나 역시 기억이 희미했다. 그 시절의 우리를 우리조차도 기억하지 못하는 셈이었다.

메일에는 그녀가 짜증을 냈다는 이야기는 생략하고 왜 갈 때와 올 때 다른 선로를 타게 됐는지에 대해서만 썼다. 그 당시에는 미처 알지 못했던 사실들에 대해서도 인터넷을 검색해서 정확하게 썼다. 보고서를 쓰는 것처럼 소부본선(総武本線), 사쿠라 역(佐倉駅), 게이세이 본선(京成本線), 게이세이사쿠라 역(京成佐倉駅) 등의 한자도 병기했다. 우리가 음악을 들었던 카페의 이름도 찾아내 그대로 복사해서 붙였다. 보내기 버튼을 클릭하기 전에 내가 쓴 이메일을 읽었더니 그건 마치 어떤 사랑의 종말기 같았다. 그 누구도, 심지어는 사랑했던 두 사람도 기억하지 못하는, 짧고 은밀했던 사랑의 종말에 대한 보고서.

답장을 보내고 며칠이 지나자, 희진에게서 이메일 한 통이 다시 배달되어 왔다. 그 편지는 마치 내가 쓴 글에 대한 반박처럼 보였다. 그러니까, 종말 이후의 사랑에 대해 말하는 편지 같았다. 그녀의 편지는 다음과 같았다.

하이랜드에서 후쿠다 씨가 10년 만에 내게 돌려준, 카페 방명록에서 찢어낸 종이에는 내가 쓴 〈하얀 무덤〉의 가사가 일본어로 적혀 있었어. 그 가사 아래에는 'H. J.'라는 이니셜이 있었는데, 아마도 거기까지가 내가 쓴 부분일 테고. 그 오른쪽 아래로는 비스듬하게 누군가, 아마도 남자가 한글로 이렇게 적어놓았더라구. "우리에게는 아직도 지켜볼 꽃잎이 많이 남아 있다. 나는 그 꽃잎 하나하나를 벌써부터 기억하고 있다는 걸 네게 말하고 싶었던 것일 뿐." 그리고 그 아래에는 무슨 일인지 '2014년 4월 16일'이라는 날짜가 적혀 있었지. 잘못 쓴 게 아니라면, 이건 10년 뒤 미래를 기약하는 프러포즈인 것 같다며 후쿠다 씨는 내게 말했어. 나는 그에게 그렇지 않다고 반박하려고 했는데, 그만 입이 열리지 않았어. 그러다가 나는 후쿠다 준이라는 사람이 이 세상에 살고 있어서, "날개를 주세요"라고 말할 필요도 없을 정도로 유복하게 살기도 하고, 고향에서 가장 행복했던 시절을 떠올리며 자살하려고 하기도 하면서도 살아남으려고 안간힘을 쓰다가 어느 시점부터인가 줄곧 나를, 한 번도 만나본 일도 없고 얼굴도 모르는 나를 기억하게 된 일에 대해서 생각했어. 나는 그런 사람이 이 세상에 살고 있다는 것조차 모르고 있는 동안에도 말이야. 그렇다면, 그 기억은 나에게, 내 인생에, 내가 사는 이 세상에, 조금이라도 영향을 끼칠 수 있을까? 우리가 누군가를 기억하려고 애쓸 때, 이 우주는 조금이라도 바뀔 수 있을까? 하이랜드에서 나와 후쿠다 씨의 자동차를 타고 다시 요쓰야의 호텔로 돌아가는 길은 비에 푹 젖어 있었지. 빗물이 흘러내리는 차창으로 스며든 빛들을 바라보며 나는 작년에 혼자서 제주도로 가던 밤을 떠올렸어. 그래, 바로 그 배야. 인천에서 출발해서 제주까지 가는 여객선. 난생처음 그렇게 오랫동안 배를 탄 것인데 출항 직후부터 멀미가 나기 시작하더라. 밤새 한잠도 못 잘 정도로 고생했어. 속이 울렁거려서 누워 있을 수가 없었거든. 식당으로 가서 밤새 탁자에 몸을 기댄 채 둥근 창밖만 내다봤지. 거기에는 그저 어둠뿐이었어. 세상 누구도 기억하지 않을, 그저 캄캄한 밤바다. 그런데 가만히 바라보노라니까 그 어둠 속에도 수평선이 있어서 어둠과 어둠이 그 수평선을 가운데 두고 서로 뒤섞이는 거였어. 제주 가는 길에 대한 기억이라면 그것뿐이야. 캄캄한 밤바다, 경계를 무너뜨리며 서로 뒤섞이는 두 개의 어둠. 그건 어쩐지 그해에 가와무라 미술관에서 우리가 함께 본 마크 로스코의 벽화 연작들을 떠올리게 하더라구. 그래서 흥얼흥얼 노래를 불러보았지. 멀미에 시달리면서. 그 밤, 바다에서 나는 마크 로스코의 빛을 보았네, 라고 한번 불러보고. 괴롭고 힘들어서 좀 쉬었다가 다시, 내가 눈을 떼면 그대로 사라져버리는 빛을 보았네, 라고 불러보고. 음을 바꿔보기도 하고, 손으로 박자를 두들겨보기도 하고. 그대로 두 팔에 얼굴을 파묻고 엎드려 제발 멀미가 사라졌으면 하고 바랐다가, 다시 몸을 일으키고 앉아서 뒷부분을 불러봤지. 한 사람을 기억하네, 다만 한 사람을 기억하네, 라고. 그러고 나니 그 부분이 마음에 들더라. 그래서 그 밤을 보낼 수 있었던 거야. 자는 듯 마는 듯, 웃는 듯 우는 듯, 한 사람을 기억하네, 다만 한 사람을 기억하네, 라고 흥얼거릴 수 있어서.

이태숙 단국대학교 교양교육대학 교수

기억의 공간, 4월 16일

시간은 어떻게 존재하는 것일까? 흔히 우리는 과거, 현재, 미래가 연계되어 존재하며 그 순서를 바꿀 수 없는 것이라고 생각한다. 그리고 그러한 시간은 개인의 지각과 무관하게 객관적으로 존재하는 선험성의 영역이라고 인식한다. 그리고 시간과 함께 존재의 구체성을 만들어가는 것이 바로 공간이라고 인식한다. 김연수의 「다만 한 사람을 기억하네」는 바로 그러한 시간과 그 시간을 기억하는 것에 관한 소설이다.

이 소설의 화자 '나'는 우연히 마주친 것조차 6년의 세월이 지난 옛 여자 친구 '희진'의 메일을 받는다. 그 메일로부터 두 사람이 함께 있었던 2004년 4월 16일의 기억을 재구성하기 시작한다.

그녀와는 2008년 이후 연락이 끊어진 상태라고 화자는 적고 있다. 현재 희진이 있다는 "요쓰야란 곳은 어딘지 감이 잡히지 않았다. 그럼에도 그녀가 멀리 있다거나 낯선 곳에 있다는 느낌은 전혀 들지 않았는데, 그 이유는 아마도 그즈음 이메일을 쓴 한국인이라면 누구라도 언급했을 그 사건, 그러니까 제주도로 수학여행을 떠나는 학생들을 태운 여객선이 진도 앞바다에서 침몰한 사건 때문이리라." 희진이라는 잊혀진 과거의 인물과 '요쓰야'라는 낯선 공간에 대한 인식을 낯설지 않게 만들었던 것은 무엇일까? 그것은 비극적 사건을 통한 감정의 연대 때문이었다고 화자는 말하고 있다. 희진은 그 비극적 사건이 있었던 날 저녁, 한국문화원의 K-pop 공연에서 앙코르 곡으로 〈한 사람을 기억하네〉를 부르면서 울게 되고 노래를 마치지 못한다. 말레이시아 항공기 사고나 동일본 대지진의 경우에는 울지 않았는데 그날 울었던 것은 '실연' 때문인가라고 관객들이 다시 묻고 있다. 같은 비극적 사건임에도 불구하고 다른 두 사건과 그날의 사건이 다른 것은 무엇일까. 희진과 화자를 오랜 시간이 흘렀음에도 불구하고 감정의 공유상태로 만들었던 사건, 그리고 청중들이 희진의 눈물을 이해할 수 있게 만든 사건은 2014년 4월 16일의 비극적 사건이다.

하지만 희진이 묻고 있는 것은 그 비극적 사건이 아니라 10년 전 4월 16일의 요쓰야의 한 카페에서 들었던 노래에 관한 기억이다. 일본의 포크그룹 아카이 토리(赤い鳥)의 〈하얀 무덤(白い墓)〉은 서술자와, 희진, 그리고 희진을 한국문화원에서 열린 공연으로 이끈 일본의 한 의원 후쿠다를 연결하는 노래이다. 아카이 토리는 일본의 포크밴드로 〈날개를 주세요〉라는 곡이 일본 초등학교 교과서에 실릴 정도의 인지도를 가진 국민 밴드이다. 그들의 노래 중에서 〈하얀 무덤〉은 슬픔과 그 슬픔을 벗어나고 싶은 간절함을 담은 노래이다. 하지만 후쿠다에게 그 노래는 그 노래가 상기시키는 행복했던 요쓰야에서의 소년 시절을 기억하게 하는 노래이고, 죽음을 결심하고 마지막으로 찾아갔던 요쓰야에서 그를 삶에 연결시켜준 노래이기도 하다. 자살을 결심하고 우연히 들렀던 요쓰야의 한 카페에서 우연히 듣게 된 아카이 토리의 이 노래는, 우연히 그곳에 들렀던 희진과 화자의 사랑했던 순간을 기억하게 했던 노래인 것이다. 희진에게도 화자에게도 잊혀졌던 노래와 기억이었지만 후쿠다에게는 10년 동안 자신을 삶으로 이끌었던 노래와 기억인 것이다. 우리가 함께했던 그 시간과 공간에 대한 기억을 묻는 희진의 메일에 차근차근 재구성해서 써내려간 나의 답

메일은 보내기 전 다시 읽어보았을 때는 "어떤 사랑의 종말기"처럼 보였다. 하지만 희진에게서 다시 온 메일은 사랑의 종말이 아닌 "종말 이후의 사랑"에 대한 편지였다고 한다. 그 이유는 후쿠다에게 있었다. 희진이 후쿠다를 전혀 모르던 그 시간에 희진이 남긴 아카이 모리의 노래는 후쿠다의 삶에서 가장 행복했던 순간을 기억하게 하는 힘이 되었다. 다시 두 사람의 사랑의 종말을 읽어가던 희진이 발견한 것은 그 노래가 주는 희망인 것이다.

> 우리가 누군가를 기억하려고 애쓸 때, 이 우주는 조금이라도 바뀔 수 있을까? (58쪽)

희진이 멀미로 고생하면서 바라본 제주 밤바다는 앞이 보이지 않는 캄캄한 어둠 속에서 수평선을 가운데 두고 어둠과 어둠이 뒤섞이면서, 그날 두 사람이 함께 보았던 가와무라 미술관의 마크 로스코의 시그램 연작들을 상기시켰던 것이다. 잊고 있었던 스물네 살의 희진과 스물여섯의 내가 함께 보았던 그 빛은 두 사람의 기억 속에서 행복했던 순간을 재구성하는 경험적 사건이었던 것이고, 〈한 사람을 기억하네〉라는 그녀의 노래를 만들어내었던 힘이었던 것이다.

후쿠다가 10년 동안 간직하고 있었던 카페의 방명록에는 희진의 글씨로 노래 가사가 적혀 있었고, 그 아래에는 남자의 글씨로 이렇게 적혀 있었다.

> 우리에게는 아직도 지켜볼 꽃잎이 많이 남아 있다. 나는 그 꽃잎 하나하나를 벌써부터 기억하고 있다는 걸 네게 말하고 싶었던 것일 뿐. (58쪽)

그 말미에 적혀 있는 날짜는 "2014년 4월 16일"이었다. 후쿠다는 그 날짜를 10년 뒤의 미래를 기억하는 프러포즈라고 해석하고 있었다. 하지만 그날은 비극적 사건이 일어난 날이 되고 말았고, 그 사건은 희진과 화자가 오랜 시간 이후에도 서로를 공감할 수 있게 하는 사건이기도 했던 것이다.

2004년 4월 16일을 기억하는 방식은 세 사람 모두 달랐다. 그날을 기억하고 있지만 왜 요쓰야에 갔었는지를 기억하지 못하는 희진과, 두 사람은 잊고 있었지만 그 카페에 두 사람이 있었던 사실을 기억하는 후쿠다, 그리고 그 사실을 잊고 있었지만 그날을 객관적 지식에 의해 재구성하고자 하는 화자, 세 사람이 과거를 기억하는 방식은 기억의 세 가지 다른 방식을 보여주고 있다. 후쿠다에게 그날의 기억은 지금까지의 10년을 지탱해 준 힘이었으며, 새 삶을 준 계기였다. 따라서 그날의 기억은 하나하나 생생하게 살아 있는 기억이다. 희진에게 그날의 기억은 카페에서의 특정한 시간을 지워버린 기억이다. 그리고 나에게 그날의 기억은 구글과 인터넷의 정보를 통해 재구성되는 기억이다. 마르셀 프루스트의 『잃어버린 시간을 찾아서』에서는 '비자발적 기억'이 서술의 주요 기제로서 작동한다. '홍차에 적신 마들렌'처럼 그를 어린 시절로 이끄는 내적이고 정신적인 경험의 기억이 그것이다. 후쿠다에게 그날의 기억은 카페의 커피향과 아카이 토리의 〈하얀 무덤〉으로 연결되며, 그에게 삶의 재생이라는 경험을 안겨준다. 희진에게 그날의 기억은 마크 로스코의 나머지 작품들을 같이 보자는 스물네 살의 약속과 함께 빛으로 남아 있다. 그리고 '나'에게 그날의 기억은 구글과 JR 선로를 통해 재구성되는 기억인 것이다. 그날을 기억하는 각각의 방식은 서로 다르지만 그날의 기억은 한국문화원에서의 공연을 통한 만남과 스마트폰으로 전해진 메일처럼 소통을 통해서 하나로 재구성되면서 연결되고, 공통의 기억으로 만들어진다.

이렇게 본다면 이 소설은 잊혀졌던 시간에 대한 소설인 것처럼 보인다. 하지만 베르그송이 말한 '시간은 존재하는 것이 아니라 공간의 속성으로 치환된 시간, 즉 공간화된 시간'이라는 해석에 동의한다면 이 소설은 4월

16일이라는 시간에 대한 소설이 아니라 '요쓰야의 카페', 그리고 '제주 바다'라는 공간이 만들어낸 '시간의 기억'에 관한 소설이 될 것이다. '요쓰야의 카페'나 '제주 바다'가 없었다면 4월 16일이라는 시간은 존재할 수 없는 것이다. 시간과 공간이 함께 씨줄과 날줄처럼 얽혀서 하나의 존재를 만들어내는 것이라는 생각을 가지고 있다면 조금 혼란스러울 수도 있다. 그리고 이 소설은 그러한 기억을 만들어내는 시간에 관해 줄곧 이야기하고 있기 때문이다. 하지만 시간 자체가 공간의 속성이라면, 우리는 이 소설을 다른 방식으로 독해해야 할 필요가 있는 것이다. 화자가 답 메일을 보내면서 다 쓰고 보니 "사랑의 종말에 관한 보고서" 같았다고 했지만, 다시 받은 희진의 메일이 "종말 이후의 사랑"에 관한 편지처럼 읽혔던 것은 그런 이유일 것이다. 시간은 과거의 것으로 지나갔지만, 세 사람을 연결해주었던 공간은 남아 있으며, 그것은 세 사람의 삶의 의미를 구성하는 새로운 가능성이 열려 있음을 알려주는 공간이기 때문이다. 그것은 '기억의 공간'이며, 내가 기억하는 것이 아니라 기억이 나를 만들어간다는 의미일 것이다. 따라서 희진이 "우리가 누군가를 기억하려고 애쓸 때, 이 우주는 조금이라도 바뀔 수 있을까?"라고 물었을 때, 우리는 대답할 수 있게 되는 것이다.

'요쓰야의 카페', 아카이 토리의 <하얀 무덤>, 마크 로스코의 그림은 세 사람의 기억 속에서 화석화되어 존재하고 있었지만 10년이 지난 후의 어떤 사건으로 인하여 이 경험들은 연결되고, 세 사람의 기억이 연결되는 방식들을 통하여 우리는 2014년 4월 16일을 어떤 방식으로 기억해야 할 것인가에 대한 대답을 얻게 되는 것이다. 세 사람의 개별적 기억이 하나로 모아지는 과정을 통하여 우리는 '집합 기억'이 어떻게 만들어지는가를 알게 되며 그리고 그 기억이 구성되는 방식을 따라가게 된다. '그' 사건을 기억하는 방식은 개별적이다. 하지만 그러한 개별적 기억들이 구성하는 '집합 기억'은 단순한 기억들의 산술적 합이 아니라 새로이 구성되는 기억이며, 비극적 기억을 감싸 안을 수 있는 힘을 주는 방식인 것이다. 그것은 역사가 구성되는 방식과 같다. 단순히 과거적 시간으로 구성되는 것이 아니라, 특정한 역사적 사건들을 통하여 구성되는 것이 역사인 것처럼, 기억은 비극적 사건을 통하여 우리의 존재를 규정한다. 따라서 4월 16일 이전과 이후의 우리는 같을 수 없다. 그것이 2004년이든, 2014년이든 말이다. 시간이란 하나의 굳어진 형태로 고정되고 간접화된 형식이 아니다. 사람들의 삶의 방식, 삶의 리듬이 달라짐에 따라 변화될 수 있는 역사적이고 개별적인 형식인 것이다.

그렇게 이 소설은 우리에게 시간을 기억하는 방식, 그리고 그것을 통해 우리의 삶이 구성되는 방식에 대한 질문을 하고 있는 것이다.

물건들

사진제공_ 민음사

김의경

—

1978년 서울 출생.

2014년 『한국경제신문』 청년신춘문예로 등단. 장편소설 『청춘파산』.

물건들

특별할 것 없는 오후였다. 월급날 동료들의 맥주 한잔을 뿌리치고 그곳으로 향했다. 뉴스에서는 지금이 심각한 불황이라고 말했지만 그곳은 언제나처럼 붐볐다. 그냥 갈까, 하는 생각을 하지 않은 건 아니지만 유리문 안에 놓인 물건들이 물고기처럼 반짝거리는 것 같아 차마 그냥 지나칠 수 없었다. 열린 자동문 옆에 놓인 장바구니를 들고 나는 여유로운 발걸음으로 진열대를 둘러봤다. 월급날인 만큼 망설이지 않고 장바구니에 넣었다. 생리대 두 뭉치, 식이 섬유가 풍부한 프룬, 두뇌 회전에 좋다는 드림카카오. 2층으로 올라간 나를 반기는 것은 지난주보다 한층 다양해진 머그컵이었다. 가을이어서인지 단풍이나 은행잎 무늬가 새겨진 머그컵이 눈에 띄었다. 지난주에도 머그컵을 샀지만 하나 더 넣었다. 새로 산 머그컵에 커피를 따르면 새로운 기분으로 아침을 시작할 수 있다. 청소용품 코너에서는 가장 먼저 곰팡이 제거제가 눈에 들어왔다. 담쟁이덩굴처럼 벽 밑에서부터 조금씩 차오르는 곰팡이와, 창틀에 희미하게 핀 곰팡이를 떠올리며 바구니에 넣었다.

전체적으로 지난주보다 상품이 더 다양해졌다. 사람이 살아가는 데 이렇게 많은 물건이 필요할까 싶으면서도 하나하나 들여다보면 쓸모없는 물건이 단 하나도 없는 것 같았다. 한 달에 몇 번이나 이곳에 오는지는 세어 보지 않았다. 그저 시도 때도 없이 나는 이곳을 들락거렸다. 생각이 잘 풀리지 않을 때나, 점심을 먹은 후 소화를 시키기 위해 슬리퍼 바람으로 걷다 보면 어느새 이곳이었다. 월급날은 월급날이라서, 친구 집들이를 갈 때도 나는 어느새 이곳에 와 있었다.

자주 들락거리게 된 이유는 어디까지나 개 때문이었다. 유학을 가게 된 친구가 떠맡긴 개는 생각보다 손이 많이 갔다. 개를 키우는 건 처음이라 난감했는데 뜻밖에도 정답은 다이소에 있었다. 개에게 필요한 것이라면 이곳에 다 있었으니까. 애견용품은 가격이 비싼데 이곳은 무조건 저렴했다. '무조건'이란 사실은 중요하다. 길거리 좌판에서도 만 원은 하는 강아지 옷이 이곳에선 5천 원이었다. 하긴 다이소에선 5천 원이 최고가였다. 당근 모양의 개껌을 손에 집어 들고 뒤로 돌아선 순간, 빙그레 웃는 그의 얼굴과 마주했다.

"너 맞구나? 긴가민가했어."

영완이었다. 대학 동기인 구영완. 영완이 내민 손을 나도 어정쩡하게 잡았다.

우리는 고른 물건을 각자 계산한 후 근처 카페로 자리를 옮겼다. 그러고 보니 대학 때도 서로 조금씩 호감은 있었더랬다. 다른 다이소에서 만났더라면 대수롭게 생각하지 않았을 거다. 하지만 이곳 종각점은 전국 최대 규모의 다이소다. 이곳은 원래 종로서적이 있던 자리로 고등학생 때 나도 주말마다 습관처럼 방문하곤 했다. 인터넷 서점이 하나둘 생겨날 즈음, 사람들은 친구를 만나기 위해, 시간을 때우기 위해 종로서적으로 모여들었지만 그곳에서 책을 구입하진 않았다. 나 역시 그곳에서 책을 펼쳐 본 다음, 집에 가서 인터넷 서점에 접속해 구입했다. 십수 년 전에 책이 빼곡히 꽂혀 있던 공간을 지금은 수많은 물건들이 차지하고 있다. 추억의 공간이 사라진 것은 서운한 일이지만 이곳을 구경하다 보면 그런 생각은 어느새 머릿속에서 사라지고 만다.

전국에 매장이 거의 1천 개나 되고, 1층부터 5층까지 생활에 필요한 모든 물건이 진열된 드넓은 다이소에서 우리는 3층, 그것도 한쪽 구석에 배치된 애견용품 코너에서 만났다. 나는 흔치 않은 우연이라고 생각했다. 이런 걸 필연, 아니 인연이라고 하는 걸까. 영완은 애견을 키워볼까 생각하는 중이라고 했다. 자취방에서 반겨주는 존재가 있으면 싶다는 것이다. 그러면서도 선뜻 동물 가게에 가기가 망설여진다고 했다.

"살아 있는 것을 키운다는 게 말이야. 쉽게 결정할 수 있는 문젠 아니더라고."

우리는 맥주를 마시며 자연스럽게 서로의 일상을 탐색했다. 그는 2년 전 여자 친구와 헤어진 뒤 개를 키워볼까 하는 생각이 더 강해진 것 같다고, 자신이 혼자라는 사실을 넌지시 흘렸고, 나도 영완도 잘 아는, 대학 시절에 사귄 남자 친구가 몇 달 전에 결혼했다는 이야기를 맥줏집에 흐르는 음악들 사이로 흘려보냈다. 나는 역시 흘리듯이, 난 매주 금요일 저녁에 다이소에 간다고 했고 그다음 주 금요일에 한동안 꺼내 입지 않은 미니스커트를 입고 애견용품 코너로 향했다. 영완도 약속이라도 한 듯 그곳에서 강아지 옷을 들척이고 있었다.

다음 날 영완은 내 방으로 찾아왔다. 영완이 다이소에서 사 온 개 간식을 내밀더니 개를 품에 안고 머리를 쓰다듬으며 말했다.

"보고 싶어서 참을 수가 있어야지."

나는 일곱 시에 오기로 해놓고는 다섯 시에 왔다며 허둥지둥 방을 청소했다. 무심코 밖의 음식은 몸에 안 좋으니 토요일에 같이 식사를 하자는 이야기가 오갔더랬다. 약속을 해놓고도 무엇을 차려야 하나 멍하니 넋을 놓고 있었다. 특별한 날에 해 먹는 샤브샤브를 할까 하다가 너무 오버하는 것 아닌가 싶어 마트에서 스파게티와 소스를 사놓았을 뿐이다.

영완은 오랜 자취생답게 빠르게 방을 정리해나갔다. 여기저기 벗어놓은 옷을 하나씩 개켜 한곳에 쌓고, 구석에 처박힌 목재 의자 위로 책을 쌓아 올렸다. 내 만류에도 아랑곳없이 20여 분 청소를 하던 그가 자리에서 벌떡 일어나더니 나에게 말했다.

"가자."

어딜? 나는 직감적으로 그가 다이소로 향하고 있다는 것을 알았다. 영완은 그곳에 들어서자마자 바구니를 한 손에 들고 이것저것 척척 담기 시작했다. 그가 일에 몰두하는 기술자처럼 망설임 없이 바구니를 한가득 채울 동안 나는 하품을 하며 내일 동창의 집들이에 무엇을 사 가야 하나, 생각했다. 영완은 10분 만에 쇼핑을 마쳤고 우리는 다시 자취방으로 돌아왔다. 그는 뭐가 그리 신나는지 허둥대며 신발을 벗고 봉투의 물건을 와르르 쏟더니 빠른 손놀림으로 트렁크 종이 정리함을 조립하기 시작했다. 양 겨드랑이에 구멍이 뚫린 종이 상자 안에 철 지난 옷들이 차곡차곡 담겨 뚜껑이 덮였고 방 한구석에 3층으로 자리잡았다. 그는 3천 원짜리 2단 스틸 신발장 위에 여섯 켤레의 운동화와 구두를 올리며 신발이 많아지면 단을 올릴 수 있다고, 언제든 필요하면 자기를 부르라고 했다. 마지막으로 그는 스티커 타입의 벚꽃나무 무늬 벽지를 곰팡이 흔적이 남은 곳에 붙이며 곰팡이는 몸에 해로우니 생기지 않도록 주의하라고 말했다. 내가 붙인 것과 달리 그가 작업한 벽지는 단 한 군데도 울지 않았다. 별것도 아닌 몇 가지 물건으로 내 방은 많이 달라 보였다.

다행히 내 요리 실력은 괜찮은 편이라 영완에게 내심 뽐낼 수 있었다. 나는 스파게티를 냉장고 안에 집어넣고 돼지고기, 순두부, 호박 등속을 꺼내 씻기 시작했다. 집에서는 웬만해선 요리를 안 해 먹는다는 영완에게 '집밥'을 먹이고 싶었다. 그는 내가 요리하는 동안 앨범을 꺼내 보며 키득거리고 바이러스가 걸린 컴퓨터를 치료해주었다. 못질을 하고 선반을 달아 수납 공간도 만들어주었다. 나는 찬장에 처박아둔 아기자기한 다이소 그릇들을 꺼내 반찬을 하나씩 보기 좋게 담았다. 영완은 탄성을 내지르며 한동안 먹으려 하지 않았다. 왜 그러느냐고 했더니 먹기가 아깝다고 했다. 그는 순두부찌개와 잡채, 제육볶음을 천천히 음미하듯 먹었는데 빨리 먹기가 아까울 정도로 맛이 있다고 과장을 했다.

우리는 저녁을 먹은 후 함께 개를 산책시키고 다시 방으로 돌아와 달콤쌉싸름한 수입 맥주를 마시며 이런저런 얘기를 나누었다. 그날은 열한 시즈음 헤어졌지만 1주일 뒤 밤 늦은 시각, 영완은 내 호출로 10분 만에 내 방으로 달려왔다. 전화를 걸어 뭐하냐기에 몸살 기운이 있다고 했는데 호들갑을 떨며 약국에서 약을 지어 왔다.

그날 영완은 집에 돌아가지 않았다. 나는 연애란 외로움과 외로움이 만나는 지점에서 생겨나는 우연의 산물이라는 생각을 했다. 30대의 연애란, 불꽃같은 열정이라기보다는 아무리 애를 써도 뿌리 뽑을 수 없는 허무함과 고독을 잠시 잊을 수 있다면 기꺼이 뛰어들 수 있는 그 무엇이다. 나에게 영완은 타이밍을 잘 맞춰 눈앞에 나타나, 자존심을 굽히지 않고도 잠시 쉬다 갈 수 있도록 허락해준 친밀한 타인이었다. 그것만으로도 내가 영완을 사랑할 이유는 충분했다.

영완은 이후로도 종종 내게 올 때마다 다이소에서 물건을 사다 주었는데 나를 가장 즐겁게 한 것은 삼나무로 만든 화장품 정리함이었다. 커다란 파우치에 아무렇게나 넣어둔 화장품을 그는 와르르 쏟더니 정리함에 빠른 속도로 정리하기 시작했다. 정리함은 겉에서 보면 그냥 서랍장으로 보였지만 뚜껑을 열면, 뚜껑 밑에 달린 거울 덕분에 화장대로 변신했다. 그리고 며칠 뒤, 영완이 구급약품 정리함에 한가득 의약용품을 채워 왔을 때 나는 그의 목에 매달려 사랑한다고 소리쳤다. 사랑이란 더 이상 쉽게 내뱉을 수 없는 말은 아니었다. 우리에겐 든든한 부모도, 거액의 적금 통장도 없지만 작은 물건으로 충분히 행복을 누릴 수 있다는 이상한 자부심이 생겼다.

영완은 연애 초기부터 짐짓 겁을 주었다. 석 달간 꿈 같은 연애를 하고 있을 때였다. 취기를 틈타 용기를 낸 것이기도 했다.

"우리 집은 나 중학교 다닐 때 망했어. 예물은 물론이고 호화 결혼 같은 건 꿈도 못 꿔. 그래서 사실 결혼 안 하기로 결심했어. 그냥 연애만 하려고 했지. 얼마 전까진."

그는 얼굴을 붉히며 덧붙였다.

"솔직히 양가에 말하지 않고 그냥 같이 살고 싶어. 이렇게 얘기하면 여자들은 싫어하지? 벌써부터 말하고 싶었는데 못 했어."

내가 아무 말 없자 영완은 실수했다고 생각했는지 고개를 조아리는데 나는 그럼 같이 살자고, 모아둔 돈이 조금 있다고 말했다.

내가 그렇게 쉽게 결정한 건 그 '방' 덕분이었다. 그리고 가볍게 퐁퐁 솟아오르던 비눗방울. 내가 영완을 좋아한 이유는 바람 같은 척하지만 실은 소박한 그의 성품 때문이었다. 그의 방에 처음 갔을 때 나는 깜짝 놀랐다. 여자 방처럼 그의 방엔 틈이 없었다. 선반을 여러 개 달아 공간을 모두 활용하고 아래 공간은 최대한 살렸다. 행거에 옷을 깔끔하게 정리했는데 옷걸이 색깔은 원목으로 맞춰 산뜻했다. 많지 않은 옷가지들이 셔츠, 바지, 넥타이별로 쓰임이 다른 옷걸이에 완벽하게 정리되어 있었다. 심지어 구석에도 코너 가구를 들여놓아 놀고 있는 공간이 없을 정도였다.

나를 가장 놀라게 한 것은 욕실이었다. 초록색 변기 커버에 나뭇잎 모양의 비누받침, 그 위에 놓인 은은한 녹색이 도는 녹차 비누, 층층이 쌓여 있는 초록색 타월, 연두색 샤워 타월, 연갈색의 미끄럼 방지 발매트까지. 그곳은 마치 숲 속 같았다. 입을 헤벌리고 있는 나에게 영완이 머리를 긁적이며 변명하듯 덧붙였다.

"혼자 사니까 아줌마가 되어가는 것 같아. 금방금방 싫증이 나서……."

영완이 욕실 찬장을 열더니 무엇인가를 꺼냈다. 고래 모양의 비눗방울 장난감이었다. 그가 비누 용액을 넣고 버튼을 누르자 고래등에서 녹색 비눗방울이 뿜어져 나왔다.

그동안 3, 4년간의 직장 생활을 통해 우리가 모은 돈은 얼마 되지 않았다. 집안의 빚을 갚느라 영완은 1천 5백만 원, 나는 아버지의 지병 때문에 2천만 원. 그래도 내가 좀 더 많았다. 나는 "너 여복은 있네." 하며 으스댔다. 월세를 내고 매달 50만 원은 무조건 적금에 부어 모은 돈이었다. 내가 사는 방은 보증금 5백만 원에 월세 35만 원이었다. 영완도 크게 다르지 않은 처지였고 함께 살면 최소한 월세는 줄일 수 있었다. 월급 150만 원 중 월세와 적금을 제외한 나머지는 대부분 아버지 약값과 병원비로 들어갔다. 그래도 직장인인데 계절이 바뀔 때마다 옷을 두세 벌 구입하면 한 달 용돈은 2, 30만 원이 겨우 쥐어졌다. 가장 힘든 일은 영화나 책, 음악 CD에 들어가는 돈을 줄이는 것이었다. 책은 빌려 보고 CD도 블로그를 찾아가며 들었지만 좋아하는 영화를 컴퓨터 화면으로 보는 것은 참 싫었다. 그래도 한 달에 한 번은 꼭 조조로 영화관에서 영화를 봤다. 좋아하는 것도 하지 못하고 내가 왜 사나, 하는 우울감이 밀려들 때도 나는 다이소로 갔다. 하나둘 내키는 대로 장바구니에 담으면 많아야 2만 원. 어차피 사야 할 물건들이니 낭비라고 생각되지 않았다.

쇼핑의 재미가 주는 행복감은 생각보다 컸다. 초라한 옷차림으로 백화점 매장에는 들어가기도 뭣했지만 다이소에서는 그 누구의 눈치도 볼 것 없이 하나씩, 천천히 물건들을 들여다봤다. 나는 1주일에 두 번은 다이소에 들렀는데 물건을 사지 않고 나올 때도 많았다. 아이쇼핑을 하다 보면 원인을 알 수 없는 만성적인 옮은 우울감에서 벗어날 수 있었다.

두 사람이 함께 살게 됨으로써 월세 걱정은 하지 않아도 된다고 좋아했지만 3천 5백만 원으로 구할 수 있는 전셋집은 없었다. 무가지에 실린 '3500만 원 전셋집'이라는 줄광고에 솔깃해 찾아가면 지층인지 1층인지 알 수 없게 기울어진 집이 대부분이었고, 이 정도면 지층이 아니라 1층이지, 라고 말하는 주인의 미소마저 한쪽 입초리가 올라가 보였다. 그게 아니면 집을 보러 온다고 부랴부랴 청소해놓았지만 곰팡이가 많이 피는 집이 분명했다. 세면대가 없는 화장실, 숨이 찰 정도로 언덕을 올라가야 하는 고지대의 집을 보고 돌아 나오는 길에도 나는 영완의 손을 잡아끌고 다이소로 향했다. 영완은 아무 말 없이 내가 바구니에 담는 대로 결제해주었는데 아무래도 동거는 무리인가, 하는 생각이 밀려들었다.

다음 날 이런 집을 발견했다니! 하는 영완의 호들갑에 옷도 대충 걸치고 집을 보러 갔다가 화장실이 옆집과 같이 쓰는 공용이라는 것을 알았을 때, 나는 그곳에서 나오자마자 바닥에 퍼더앉아 엉엉 울었다. 우습게도 타인과 변기를 공유해야 한다는 것이 굉장히 수치스럽게 느껴졌다. 영완은 내가 실수했다며 저놈의 영감탱이가 화장실이 없다는 얘기는 하지 않았다고 위로하려 했지만 낚시질을 한 노인보다 꼼꼼치 못한 영완이 더 미웠던 것이 사실이다.

한 달간 발품을 팔아 3천 5백만 원짜리 집을 겨우 구했다. 물론 월셋집이었다. 이 근방에서 이제 전셋집 구하기는 하늘에 별 따기였다. 월세는 23만 원. 이 정도도 꽤 좋은 조건이었다. 나보다 연봉이 높은 영완은 짐짓 남자다운 척 월세랑 가스비, 전기세는 자신이 부담하겠다고 했다. 나는 "그럼 장 보는 건 내가 할게."라고 새침하게 답했다.

둘이서 구한 집에 처음 들어간 날도 우리는 대강 짐을 정리하고 다이소로 갔다. 청소용품 코너로 가서 온갖 청소 도구와 바퀴벌레를 제거하기 위한 연막탄을 샀다. 단 하나라도 빠뜨리면 안 될 것처럼 이름도 못 들어본 청소 도구를 사서 돌아와, 집 구석구석을 청소했다.

세상에 청소 도구가 이렇게 많은지는 처음 알았다. 락스와 세제, 빨랫비누는 기본이고 변기가 막혔을 때를 대비한 기다란 막대기인 배수관 클리어, 쉽게 배수구 쓰레기를 처리할 수 있는 배수구망, 가죽 소파나 가죽 핸드백을 청소하는 가죽 클리너, 블라인드와 에어컨을 간편히 청소할 수 있는 블라인드 클리너까지. 이렇게 다양한 청소 도구를 갖춰놓고 보니 우리가 10년은 함께 산 부부처럼 생각되었다. 청소를 함께 하는 것이 섹스를 하는 것보다 어쩌면 더 내밀한 행위라는 생각까지 들었다. 블라인드 클리

너는 기다란 발톱 세 개가 달린 짐승의 발처럼 생겼는데 그 발톱에 천을 덮어씌워 놓았다. 그것으로 블라인드 청소를 하고 있으면 우리가 외국 영화의 커플처럼 생각될 정도로 이국적으로 느껴졌다.

짐 정리가 끝난 후 우리는 다이소에서 사 온 하트 무늬 머그컵에 원두커피를 따라 마셨다. 밤에는 역시 다이소에서 산 와인잔에 와인을 따라 한두 잔 마셨고 달큰한 와인 향 속에서 몸을 섞으려 했지만 끝내 잘되지 않았다. 나는 그저 오늘 미처 사지 못한 물품들을 머릿속에 그리고 있을 뿐이었다.

월급날에는 꼭 다이소에 들러 쇼핑을 했다. 영완은 장바구니를 들고 옆에 서 있었고 내가 담는 것은 무엇이건 사주었다. 다이소에는 우리와 같은 젊은 커플이 많았는데 사이 좋게 장을 보는 커플들에게 동질감이 느껴졌다. 나는 가난한 연인들을 행복하게 해주는 이 따뜻한 공간이 집에서 가깝다는 것이 다행이라는 생각마저 했다.

물론 다이소는 종종 나를 멍해지게 만들었다. 분명히 뭔가 필요해서 들어갔는데 그곳에서 나올 때는 그 무언가는 깡그리 잊어버리고 다른 물건이 손에 들려 있곤 했다. 2, 3일 지나서야 그날 진짜 사려던 것이 생각나 달려가면 반드시 그것보다 더 필요한 다른 무엇이 눈에 들어왔다. 아무래도 상관없었다. 잠시라도 기분이 좋으면, 쇼핑을 하면서 골치 아픈 것들을 머릿속에서 몰아낼 수 있다면, 천 원 2천 원 정도의 돈은 전혀 아깝지 않았다.

처음에는 주로 1층에서 쇼핑을 끝내곤 했다. 5층까지 돌아보는 경우는 많았어도 필요한 것은 대개 1층에 있었다. 생리대, 면봉, 휴지, 인스턴트 커피, 과자를 비롯한 주전부리도 1층에 있었다. 미리 날씨를 챙기는 습관 같은 건 없는 나는 비가 오면 늘 다이소에서 우산을 샀는데 변덕스러운 날씨가 마치 나와 새로운 물건 간의 인연을 만들어주는 것 같았다. 나는 결코 똑같은 모양의 우산을 구입하지 않았다. 빨갛고, 노랗고, 파란, 그리고 도트무늬의, 물결무늬의, 아라베스크 문양의 우산은 그날그날의 내 기분에 조금씩은 영향을 미쳤다.

언젠가부터 2층에서 보내는 시간이 더 많아졌다. 2층에는 생활용품과 주방용품이 다양하게 구비되어 있었는데 나는 이제 막 결혼한 새댁마냥 평소에는 살 생각을 하지 않던 물건들에 관심이 쏠렸다. 사람의 상체 모양의 판에 와이셔츠를 입혀놓고 다림질을 할 수 있는 다용도 다리미판, 특별한 날 분위기를 낼 수 있는 티라이트와 유리 캔들홀더, 계란을 망가뜨리지 않고 조각내 주는 스테인리스 계란 절단기, 상큼한 요리의 맛을 살려줄 레몬즙 짜개까지. 왜 예전에는 이런 물건들이 눈에 띄지 않았을까 싶게 기발하고 유용한 상품들이었다. 물론 이런 물건들은 자주 사용하는 것은 아니었다. 하지만 그 희소성으로 인해 그 물건들은 좀 더 가치 있는 무언가로 여겨졌다. 좀 더 엄밀히 말하자면 그 물건으로 인해 얻게 된 경험이 그런 느낌을 주었다. 유리 캔들홀더에 놓인 초에 불을 켜고 계란 절단기로 계란을 자르면서, 레몬즙 짜개로 돈가스에 레몬즙을 뿌리면서 나는 한 번 가려면 며칠간 궁색하게 살 것을 각오해야 하는 일류 레스토랑에 온 기분이 들었다.

다이소에서 산 물건 때문에 소비가 늘기도 했다. 동그란 구멍이 아홉 개 달린 스카프걸이를 사 들고 온 날, 나에겐 스카프가 두 개밖에 없다는 것을 깨닫고 부랴부랴 두 개를 더 구입했고, 우드 버터나이프를 산 다음 날에는 제과점에서 식빵과 버터를 구입했다. 생각해보니 버터처럼 잘 녹는 음식은 은이나 스테인리스 나이프가 아닌 우드 나이프가 더 잘 어울렸다. 그동안 스테인리스 나이프로 버터를 다룬 내가 둔감한 사람처럼 여겨졌다.

다이소는 물건을 사는 장소만이 아니었다. 그곳에서 우리는 수없이 많은 화해를 했다. 영완과 사소한 일로 크게 다툰 후 나는 화가 나서 집 밖으로 뛰쳐나왔고 하릴없이 거닐다가 다이소로 들어갔다. 그곳에 들어갈 때만 해도 내일이면 당장 영완과의 동거를 정리하고 다시 나만의 방을 알아보겠다고 결심했다. 나는 숨을 고르며 물건들 사이를 스쳐 지나갔다. 그날따라 유난히 학창 시절을 떠올리게 하는 물건이 눈에 많이 들어왔다. 색연필을 비롯해 크레파스, 파스텔, 그리고 미니 칠판까지.

중학교에 들어갈 무렵, 나는 선생님이 사용하는 분필과 청색 칠판이 정말 갖고 싶었다. 나는 아버지를 졸라 작은 칠판을 사서 학교놀이에 빠져들었다. 혼자 선생님과 학생의 2인 역할을 하면서 놀면 아버지가 돌아오는 시간까지 심심하지 않았다. 어머니가 곁에 없었던 유년 시절과 학창 시절은 대체로 그렇게 흩날리는 기억뿐이었다. 집 안에는 먼지가 쉽게 쌓였고, 백묵 가루까지 더해져 아버지는 일을 마치고 집에 돌아와 한참 동안 걸레질을 하고서야 몸을 씻을 수 있었다.

왜 뜬금없이 지금, 이 미니 칠판을 보고 그 일이 떠오르는지 모를 일이었다. 눈물이 나려는데 영완이 물건들 사이로 얼굴을 내밀었다.

"혹시나 하고 와봤는데 여기 있네?"

영완은 멋쩍게 웃으며 머리를 긁적였다. 나는 그의 손에 미니 칠판을 쥐어주었다. 그는 계산을 하며 말했다.

"요즘도 이런 게 나오네?"

집에 돌아오는 길에 영완이 나에게 말했다.

"야, 너 나 없인 살아도 다이소 없인 못 살겠다?"

"겨우 2천 원짜리 물건에 엄살이 너무 심한 거 아냐?"

"하긴, 강남 아줌마들은 하루에 한 달치 월급을 긁어댄다더라."

영완은 백화점도 아니고 겨우 다이소에서 나에게 핀잔을 준 것이 미안하다고 했다. 나는 다이소에서 한 달치 월급을 긁어대려면 정말 힘들겠다고 말하며 깔깔 웃었다. 한 달치 월급이 2백만 원이라고 하면 2천 원짜리만 산다고 해도 천 개의 물건을 사야 한다. 차로 두세 번은 날라야 하지 않을까? 끙끙대며 차로 물건을 나르는 영완을 상상하면 재미있다. 하지만 그런 쇼핑은 생각만큼 신나지 않을 것 같다. 고민하고 고민하면서 물건을 고르는 것이야말로 쇼핑의 묘미일 테니.

집에 돌아와서 나는 한참 동안 칠판에 무언가를 끼적이다가 잠들었다.

손가락에 하얀 분말이 묻자 이상하게 눈물이 흘러나왔다. 분말에 눈을 맵게 하는 성분이라도 들어 있는 것처럼 나는 손가락에 묻은 흰색 분말을 셔츠에 문질러 닦았다.

충동구매를 하는 경우는 대부분 향수를 자극하는 물건들이었다. 어린 시절을 떠올리게 하는 휴대용 연필깎이와 향기 나는 형광펜은 당장에 필요하진 않지만 별다른 고민 없이 장바구니 안으로 속속 자리를 잡곤 했다. 연필을 쓸 일은 많지 않았지만 연필깎이의 작고 비밀스러운 구멍 안에 연필을 넣고 돌리다 보면 생각이 정리되곤 했다. 향기 나는 형광펜을 잡으면 중학교 시절 교과서에 밑줄 긋던 생각이 났다. 국어 선생님을 짝사랑하던 나는 선생님의 밑줄 그어라, 라는 말을 형광펜의 상큼한 향기와 함께 기억하고 있었다. 다이소는 그것마저도 잘 파악하고 있는 것 같았다. 그 시절에는 불량식품이라고 폄하되던 쫀드기와 같은 옛날 간식들이 다이소 진열대 몇 칸을 떳떳이 점거하고 있었다.

고교 동창을 만나기로 한 날, 차가 밀려 늦을 것 같다는 친구의 문자를 받고 늘 그렇듯이 다이소 안으로 걸어 들어갔다. 안 그래도 사야 할 물건이 있던 참이었다. 내 귀에는 얼마 전에 영완이 사준 14K 귀걸이가 아슬아슬하게 걸려 있었다. 귀걸이 뒤꽂이를 잃어버린 탓에 불안하지만 귀에 애매하게 꽂고 나온 것이다. 덜렁거리는 성격 탓에 늘 귀걸이 뒤꽂이를 잃어버려 정작 중요한 날에는 착용하지 못하는 경우가 허다했다. 엊그제 영완은 다이소를 샅샅이 뒤졌지만 귀걸이 뒤꽂이만 따로 팔지는 않더라며, 다이소에도 없는 게 있더라고 했다. 나는 고개를 끄덕이면서도 영완이 찾지 못했을 것이라고 생각했다. 내 기억에 다이소에는 없는 게 없었다. 블라우스의 가슴 부분이 벌어져 찾아 헤매었던 똑딱단추도, 디지털 체중계의 동그란 건전지도, 바느질에 필요한 후크도 그곳에 가면 찾을 수 있었다. 다이소가 생기기 전에는 물건보다 더 비싼 배송료를 부담하며 구입하던 물건들이었다.

귀걸이 뒤꽂이를 찾다가 30분이 훌쩍 지나갔다. 약속 장소에 도착했다는 친구의 문자를 확인하며 나는 카운터로 다가가 귀걸이 뒤꽂이는 없느냐고 물었다. 직원은 고개를 갸웃하며 말했다.

"그것만 모아놓은 건 없어요. 정 필요하시면 귀걸이를 하나 사시면 어때요?"

"귀걸이를요?"

"천 원짜리 귀걸이가 있거든요. 뒤꽂이가 같이 있으니까요."

"그럼 그 귀걸이는 어떻게 해요?"

점원이 우물거리는 사이 나는 "그럼 귀걸이는 버리라는 건가."라고 중얼거리며 귀걸이가 진열되어 있는 미용용품 코너로 다가갔다. 어린애들이나 할 법한 조잡한 플라스틱 귀걸이가 천 원 태그를 달고 걸려 있었다. 플라스틱 귀걸이를 손에 집어 들고 카운터로 다가가 계산한 후 약속 장소로 서둘러 달려갔다.

친구는 임신을 했다고 기뻐했다. 5년간 아기가 안 생긴다고 양가에서 하도 걱정을 하는 통에 스트레스를 받아 더 힘들었다고 푸념했다. 친구는 세 차례의 시험관 아기 시술 끝에 성공했는데 나는 집에 돌아오는 길에 아기가 안 생겨서 안 낳는다는 핑곗거리라도 있으면 좋겠다고 중얼거렸다. 시험관 아기는 돈이 없는 사람은 시도조차 할 수 없다.

그때부터였을까. 다이소에 갈 때마다 유난히 아기용품이 눈에 들어왔다. 베이비 버블 샴푸캡은 아기 머리에 씌우는 스티로폼 재질의 모자인데 이것을 씌우면 눈에 샴푸가 들어갈 염려를 하지 않아도 된다. 이 물건을 보고서야 알게 된 사실이지만 아기들은 목욕할 때 눈에 거품이 들어가 따가워하는 경우가 많은 모양이었다. 인터넷 제품 후기를 찾아보니 정작 아기들이 욕조에서 캡을 벗어 장난감으로 사용하는 경우가 많아 제 역할을 하지 못하는 경우가 많았다. 그래도 목욕을 시키는 동안 정신을 다른 곳에 팔리게 할 수 있으니 그것만으로도 활용 가치가 크다 할 것이다. 해바라기처럼 머리에 샴푸캡을 뒤집어쓴 아기라니. 아기 목욕을 시켜본 적도 없는 나는 마치 저 물건을 수십 번은 사용해본 것마냥 얼굴이 찌푸려지면서 기분이 좋았다. 바가지처럼 생긴 남아 소변기를 보면 오줌이 마렵다고 칭얼대는 사내아이가 떠올랐다. 사내아이를 화장실에 데려가 어른용 변기에 억지로 앉히는 것보다 고추 아래에 유아 소변기를 대어주는 것이 인격적으로 대접해주는 것이란 생각이 들었다. 유아용 변기 커버는 어른 머리에 왕관처럼 씌워질 것처럼 자그마했다. 유아용 변기를 설치하려면 돈이 얼마나 들까 생각하며 물건을 들여다봤다.

나는 어느새 다이소의 모든 층에서 물건을 구입하게 되었다. 혼자 살 때는 들여다보지도 않던 코너에서 오래도록 시간을 보냈고 살까 말까를 고민했다. 주방용품, 미용용품, 인테리어 용품…… 이렇게 물건을, 생활을 세분화하는 것은 삶의 질을 풍요롭게 만드는 것 같았다. 물건들이 나를 쉬어 가게 해주는 것 같았다. 음식을 먹을 때 그에 맞는 분위기의 식탁을 꾸미는 것, 그 음식에 걸맞은 그릇을 찾아내는 것, 싸구려지만 조금이라도 격조가 있어 보이는, 언젠가는 거장이 될지 모르는 아마추어 예술가의 도자기 작품을 찾아내는 것은 생계를 위해서만 살아가는 것과는 다르다고 생각했다. 나는 갖가지 물건의 용도에 집중하는 것에 즐거움을 느꼈다. 돈이 많이 드는 것도 아닌데 그것을 하지 않을 이유가 없었다.

가을이 되자 결혼식이 늘었다. 나는 영완 친구의 결혼식에 동행했고 내 친구의 결혼식 때 역시 영완과 동행했다. 모두 평균적인 결혼식이었다. 남자 쪽이 1억에서 3억 사이의 전셋집을, 여자는 3천만 원 정도의 혼수를 해가는 결혼식. 눈꼴이 실 정도로 운이 좋은 친구는 시댁에서 사준 7억짜리 아파트에서 시작하게 되었지만 남편의 차를 함께 타고 다녀야 하는 것이 창피하다고 했다. 그녀의 일과는 점점 불러오는 배를 붙들고 백화점 문화센터 강좌를 듣는 것이었다. 그녀는 명품관과 백화점을 제집처럼 드나들었다. 산달이 다가오면서 그녀의 쇼핑은 횟수를 더해갔고 나는 그녀의 부탁으로 몇 번 그녀의 쇼핑길에 동행했다. 그녀가 명품관에 들어서자 직원들이 환한 미소로 반겼다. 그녀는 큰 고민 없이 명품을 구입했고 쇼핑을 하면 우울감이 가신다고 했다. 나는 그런 것이 그리 부럽지는 않았다. 하지만 그 친구의 불행을 은근히 바랐는지도 모르겠다. 저렇게 부유한 부부는 3년이 되기 전에 균열이 생길 것이라고 생각했다. 사업을 하는 친구 남편이 나이 어린 여자와 놀아날지도 모른다. 그 사실을 알게 된 친구는 이혼녀라는 오명을 뒤집어쓰기 싫어 우울증 치료를 받아가며 쇼핑에 몰두하다가 쇼윈도 부부로 살아가겠지. 그럼 친구의 집 안에 진열된 값비싼 물건들은 생기를 잃고 말 것이다. 물론 그런 생각을 할 때면 스스로가 더없이 초라하게 느껴졌다.

결혼식이 있고 몇 달 안 되어 영완 친구의 집들이에 초대받았다. 그곳에는 영완의 고교 동창 다섯 명이 각기 짝을 지어 모여 있었다. 30평 남짓 되는 그 집은 안주인의 성격을 드러내 보여주듯 인테리어가 세련되었다. 하지만 그날 내 시선을 잡아끈 것은 그 집이 아니었다. 동석한 커플 중 한 엄마가 데려온 두 살배기 아들에게 나는 자꾸 시선이 갔다. 아기의 노란색 턱받이와 분홍색 털모자, 아기가 몸에 걸친 옷이 모두 예뻤다. 아기가 손에 든 소리 나는 물건은 내가 어린 시절에 갖고 놀던 것인 양 낯이 익었다. 하지만 그 모든 것은 '아기'라는 작은 존재의 매력에 비할 바가 아니었다. 아기의 유리알 같은 동그란 눈, 실핏줄이 들여다보이는 투명한 피부, 소시지 같은 작은 혀, 쉴 새 없이 움직이는 입술, 힘을 주는 대로 형태가 변하는 점토처럼 다양하게 변하는 표정. 그 모든 것은 너무나 만져보고 싶어서 다가갔다가도 명품관에 놓인 핸드백처럼 생경하게 느껴져 금세 의도적으로 눈길을 돌리게 했다. 눈치 없는 영완이 "네 애야? 왜 그렇게 힐끔힐끔 쳐다봐?"라고 해서 한바탕 웃음이 터졌다. 나는 온갖 재롱을 떠는 아이를 지켜보며 머릿속에서 아이를 우리 집으로 옮겨다놓았다. 여름이면 곰팡이가 올라오는 방에서도 저 아이는 저렇게 웃을까? 생각만 해도 한숨이 나왔다.

가벼운 연애로 시작한 우리의 관계는 공식적으로 결혼할 사이로 굳어져 가고 있었다. 우리는 취향이 잘 맞았고 대화도 잘 통하는 편이었다. 한쪽이 다른 한쪽에게 크게 의존하지 않아 다툴 일도 많지 않았다. 그런데 이상하게도 나는 영완과 결혼하는 것을 상상하기 힘들었다. 그와 한 공간에서 함께 있는 것에 불편함을 느낀 적은 없지만 아이를 낳아 키우는 것은 상상할 수 없었다. 만삭인 나를 위해 길에서 손을 잡아주는 영완을, 터진 살에 로션을 발라주는 영완을, 분만실에서 탯줄을 자르며 눈물 흘리는 영완을, 막 출산한 나를 안쓰러운 눈길로 내려다보는 영완을 나는 상상하기 힘들었다. 더 나아가는 것은 아예 불가능했다. 기저귀, 젖병 같은 아기용품을 구입하는 영완을, 아장아장 첫걸음마를 뗀 아이를 향해 팔을 벌려주는 영완을, 아이 손을 잡고 어린이집 버스를 기다리는 영완을 나는 상상할 수 없었다.

동거를 시작한 지 2년이 되었을 때, 영완이 혼인신고를 하자고 했다. 나는 아기가 생기면 하자고 말했다. 영완은 아무렇지도 않게 말했다.

"아기? 그건 아무래도 무리지."

"아기를 낳지 말자는 거야?"

영완은 바닥에 펼쳐놓은 신문을 넘기며 말했다.

"그게 아니라 지금 우리 생활도 빠듯한데 아기를 어떻게 낳아. 4, 5년 뒤면 가능할까."

"그때면 난 노산 중에서도 노산이라 아기를 못 낳을지도 몰라."

말은 그렇게 하면서도 영완이 당장 아기를 낳자고 하면 자신이 없기도 했다. 지금 당장 아기를 낳자는 것은 동거로 인해 얻게 된 자그마한 삶의 여유를 포기하는 것이었다. 매달 영화 한 편 보지 못하고 아기용품 말고는 어떤 것도 쇼핑 목록에 추가하지 못하는 삶이라니. 생각만 해도 싫었다. 하지만 마흔 살까지 출산을 미루다가 영영 아기를 갖지 못하고서 사는 것 역시 상상하기 힘든 건 사실이었다. 영완은 신문을 한 장 더 넘기며 말했다.

"입양을 해도 괜찮을 것 같아. 마흔 정도면 자리 잡힐 거고. 그때 다섯 살쯤 된 애를 입양하는 건 어때? 난 핏줄에 대한 집착 그런 거 없어. 그런 건 다 환상일 뿐이야. 부모 자식 간에 돈 때문에 서로 죽이는 세상이라고."

우리는 한 번쯤 이 일로 티격태격하긴 했지만 이후로 이 이야기가 화제에 오른 적은 없다. 나 역시 나를 닮은 아이를 반드시 세상에 내놓아야 한다고 생각하는 건 아니었다.

나는 다음 날 퇴근길에 다이소 2층에서 물건들을 둘러봤다. 늘어만 가는 살림살이 때문에 수납 상자를 더 구입할 생각이었다. 공중에 달 수 있는 부직포 7단 서랍식 정리함을 바구니에 담았다. 자투리 공간을 활용할 수 있고 영완의 모자를 깔끔히 정리할 수 있을 것 같았다. 베이지색이니 원목과 녹색 위주로 꾸민 방과의 조화를 해칠 염려도 없었다. 잠시 후 기다란 인형이 눈에 들어왔다. 다시 보니 부츠키퍼였다. 부츠 안에 넣으면 부츠를 구김 없이 보관할 수 있었다. 부츠에 개구리 두 마리가 들어간 모습을 상상하며 바구니에 넣었다. 그 옆에는 'DIY 인형 만들기'라는 제품이 있었다. 완제품이 아니라 인형 만드는 재료가 든 것으로 스스로 인형을 완성하게 되어 있었다. 주말이 무료하던 참에 이런 취미를 가져보는 것도 좋겠다 싶어 5천 원이 넘는 제품이지만 장바구니에 넣었다. 날이 갈수록 예전에는 볼 수 없던 값나가는 제품이 속속 들어오고 있었다. 하지만 늘 천 원, 2천 원에 쇼핑을 하다 보니 가끔 이곳에서 5천 원 이상의 물건을 구입하는 것이 사치라는 생각은 들지 않았다.

"어린애도 아니고 인형놀이는."

주말에 영완은 인형을 만드는 나를 보며 피식 웃었다.

"원래 이런 건 아이들하고 만들어야 하는 건데…… 예전에 친구가 태교로 이걸 만들더라고. 그래서 한번 사봤어. 되게 재밌어 보였거든."

확실히 인형 만들기는 재미있었다. 10분이면 끝나는 쉬운 작업인데도 완성해 탁자에 올려놓으면 괜히 뿌듯했다.

나는 두 달 후에는 '베란다 새싹 만들기'라는 제품에 푹 빠져버렸다. 내가 가장 갖고 싶은 건 다름 아닌 베란다였다. 하지만 우리가 살 수 있는 가격대의 집에서 베란다 같은 것은 기대할 수 없었으므로 베란다 없이도 작은 정원을 만들 수 있는 이 제품은 나를 행복하게 해주었다. 2천 원씩 하는 페퍼민트와 레몬밤 씨앗을 사 와 물을 주고 며칠 기다려 초록색 머리가 돋아나게 하는 '놀이'에 나는 한동안 정신이 없었다. 물 주는 것을 잊어버린 날, 나는 점심시간에 잠시 집에 들렀을 정도로 집 안의 식물들에게 애착을 느꼈다.

한두 개의 식물에 만족할 수는 없었다. 나는 며칠 뒤 샐비어와 백일홍을 사 와서 화분에 심고 하루에도 몇 번씩 들여다봤다. 그러고는 화초가 자라는 동안 어렸을 때 샐비어를 뽑아 뒤꽁무니의 달콤한 즙을 빨아먹던 생각에 들떠 있었다. 몇 달간 인터넷을 뒤져가며 화초 키우기에 열중했다. 이 즐거움은 인형 만들기에 비할 바가 아니었다. 중간에 죽어버리면 어쩌나 하는 생각에 안절부절못하다 보면 일터에서 받은 스트레스는 금세 잊어버렸다. 영완은 그런 나를 어이없어하면서도 가끔은 화초가 얼마나 자랐는지 궁금해하는 눈치였다.

"아이랑 같이 화초 키우면 재밌을 텐데. 오른쪽 끄트머리 집에 사는 여자는 다섯 살짜리 딸이랑 정원 가꾸더라."

영완은 피식 웃으며 한마디를 던졌다.

"혹시 너 말이야, 나 들으라고 그러는 건 아니지?"

"그게 무슨 소리야?"

"꼭 시위하는 것 같아. 너 요즘 임신, 아기 그런 말 입에 달고 살아. 한동안 아기 얘기 같은 건 안 하기로 했잖아. 솔직히 요즘 돈 없어서 아이 못 낳는 사람이 한둘도 아니고."

나는 솔직히 너는 단지 돈이 없어서 아이를 낳지 않는 것이 아니지 않느냐고 쏘아붙이려다가 가까스로 참았다. 나는 퉁명스럽게 말했다.

"자기 먹을 건 다 갖고 나온다더라."

영완은 자세를 고쳐 앉으며 말했다.

"분명히 말하는데 난 정말 아기 생각 없어."

"그건 또 무슨 소리야? 전에는 4, 5년 뒤에는 할 수 있다고 했잖아."

영완은 그것은 나를 위해서지 자신이 원해서는 아니라고 했다. 나는 그럼 평생 혼자 살지 왜 연애는 하고 동거는 하냐고 소리쳤고 영완은 자기는 나만 있으면 된다고 했다. 말다툼은 흐지부지 끝났지만 그 일은 과연 나 자신이 정말로 아이를 원하는가에 대해 깊이 생각해보게 해주었다. 그즈음의 나는 현실에서 어떤 불안을 느끼고 있었다. 그리 하고 싶은 일은 아니지만 생계를 위해 직장에 나가고, 끼니를 거를 정도는 아니지만 그렇다고 넉넉하지도 않은 생활에 나는 지쳐가고 있었다. 생활하는 데 큰 지장은 없지만 결혼을 하고 아이를 낳아 키울 수는 없는 애매한 상황은 불같은 연애 감정이 사그라진 이후로 이상한 불안감으로 나를 자극했다. 나는 쳇바퀴처럼 돌아가는 단조로운 일상이 불만스러웠다. 나만 있으면 된다는 영완의 말이 진심이 아니란 것은 알고 있었지만 나는 영완처럼 너만 있으면 된다고 말할 자신이 없었다. 회사와 집, 그리고 다이소를 오가는 나보다는 하품을 하며 밤새 아기의 울음소리에 잠을 설쳤다고 불평하는 친구의 삶이 좀 더 진짜에 가까워 보였다.

나는 계속해서 생활에 윤활제가 되어줄 무언가를 찾아다녔다. 개를 키우는 것도 그중 하나였다. 처음에는 개를 떠맡긴 친구를 원망했지만 칭얼대는 보드라운 개는 나에게 더없이 소중한 존재였다. 개에게 음식을 먹이고, 목욕을 시켜주는 것에서 나는 행복감을 느꼈다.

영완을 만나기 전, 1년 정도 혼자였을 때 문득 이래서 사람들이 자살하나 보다, 생각한 적이 있다. 외로움이 켜켜이 쌓이던 때였고 나는 그 누구에게도 외롭다고 말하고 싶지 않았다. 밤중에 영문 모를 외로움이 깊이 다가올 때 그것은 분명한 형체를 띠고 있진 않았지만 나는 방 안에 내가 싫어하는 누군가가 가부좌를 틀고 앉아 있는 것 같은 께름칙한 기분이 들었다. 그런 날에는 별다른 이유 없이 가위에 눌리곤 했다. 주말 아침에 열두 시까지 자리에서 일어날 생각도 하지 않고 누워 있거나 밤늦게 혼자서 소주 한 병을 비워낼 때면, 순간적으로 엄습하는 '더 이상 살고 싶지 않다. 이제 겨우 서른이라니.'라는 생각은 참으로 뜬금없었다. 사소한 일로 친구와 독기 서린 말을 주고받고, 회사에서 상사에게 시달리던 그해 겨울, 죽어버렸으면 좋겠다고 생각했을 정도로 심하게 몸살을 앓은 날, 따뜻한 체온을 전달하며 품에 안겨 드는 강아지 덕에 자리에서 일어날 수 있었다.

그때나 지금이나 내가 가장 고심하며 고르는 물건은 애견용품이었다. 나는 혹시나 해로운 음식을 먹일까 봐 애견 간식 포장지에 적힌 성분표를 유심히 읽고서야 바구니에 넣었다. 계절마다 강아지 옷을 바꾸는 내게 영완은 극성스럽다고 말했고 나는 그것이 아이 교육에 극성을 떠는 엄마에게 던지는 비아냥인 것 같아 깔깔 웃었다.

"나 돈 더 많이 받는 일 알아볼까? 우리 초롱이 이렇게 좁은 데서 키우기 싫어."

어느 날 밥상머리에서 이렇게 말했을 때 영완은 헛웃음을 지으며 개가 뛰어놀 수 있는 집이려면 최소한 20평은 돼야 할 거라며 자신이 좀 더 열심히 일해서 승진하겠다고 했다. 나는 집은 좁아도 상관없으니 마당 있는 집을 구해보자고 했다. 개가 마당에 나가 소변을 누며 영역 표시를 하고, 화초에 코를 대고 킁킁거리는 모습을 상상만 해도 즐거웠다.

1박 2일로 지방에 다녀온 적이 있다. 영완은 기회라고 생각했는지 그날 친구들과 밤을 지새워 술을 마셨다. 나는 다음 날 점심때가 되어서야 그 사실을 알았고 집에서 배를 곯고 있을 초롱이를 생각하며 속을 끓였다. 우리는 전화로 크게 다투었는데 그는 개새끼 밥 주는 게 뭐가 그리 중요하냐고 했고 나는 함께 아이를 낳아놓고 육아는 여자 몫이라고 생각하는 남편을 마주한 기분이었다. 나는 종각역에 닿자마자 다이소로 향했다. 나는 빠르게 애견용품을 쓸어 담았다. 친환경 애견 샴푸, 개가 좀 더 자유롭게 움직일 수 있는 긴 목줄, 안전 라이트와 치석 제거 간식……. 전속력으로 달려 현관문에 열쇠를 꽂는 순간 안에서 초롱이가 끙끙대는 소리가 들려왔다. 문을 열자 개는 품에 안겨 들었다. 나는 하루하고도 반나절이나 굶은 개에게 얼른 밥을 준 다음 영완에게 전화를 걸어 화를 내려다가 수화기를 내려놓았다. 어쨌든 개가 아기는 아니었으므로 공동 육아에 대한 주장을 펼칠 기분은 아니었다.

그날 밤, 나는 안전 라이트를 개의 목에 걸어주고 산책을 시켰다. 버튼을 누르면 빛이 나기 때문에 목줄을 걸지 않아도 개의 위치를 쉽게 알 수 있었다.

"도로공사장에서 인부들이 달고 다니는 걸 강아지에게 사주고 앉았네."

영완이 혼잣말처럼 중얼거렸다. 그 말을 시발점으로 우리는 목청을 높여 싸웠다. 함께 키우는 생명체에 대한 존중감을 가지라고 나는 버럭버럭 소리를 질렀다.

"주인은 들어오지도 않고 이틀간 밥도 못 먹은 강아지에게 안전 라이트 사준 게 아까워?"

그때 젊은 부부가 서너 살 난 아이의 손을 한쪽씩 잡고 우리 곁을 스쳐 지나갔다. 나는 갑자기 전투력이 상실되어 개를 데리고 집으로 들어와버렸다. 소꿉장난을 하던 중 소꿉장난이라는 것을 잊어버리고 모래 밥을 입에 넣다가 옆집 친구에게 들켜버린 기분이었다.

다음 날 로션이 떨어졌다는 내게 영완은 다이소에서 2천 원짜리 로션을 사다주었다. 나는 그것을 즉시 쓰레기통에 던져 넣으며 나는 피부가 예민하므로 기초 화장품만은 좋은 걸 쓰고 싶다고 소리를 질렀다. 싸구려 물건만으로는 해결되지 않는 부분이 분명히 있었지만 드러나지 않는 부분에서는 싸구려 물건으로 참아낼 수 있었다. 하지만 선배의 결혼 선물은 싸구려 물건으로 대체할 수 없었다. 중요한 날에 하는 너무 값싼 선물은 오히려 안 하는 것만 못하기 때문이다. 친언니가 낳은 아기에겐 만 원짜리 시장 옷을 선물할 수 있지만 직장 선배가 낳은 아기에게 만 원짜리 옷을 선물할 수는 없으므로 백화점 세일 기간을 놓치지 않고 찾아가 백화점 종이 봉투에 담아 선물했다. 사회생활을 하는 사람인 이상 다이소가 아닌 곳에서 물건을 사야 할 일은 때때로 생겨났다. 물건은 곧 마음이기도 하고, 나 자신이기도 했으므로 나는 물건에서 결코 자유로울 수 없었다.

많은 계절이 많은 물건과 함께 흘러갔다. 그해 어떤 일이 있었는지는 정확히 기억나지 않지만 그해 계절이 바뀔 때 산 물건들은 또렷이 기억난다. 그 물건들을 어떤 이유로 내다버렸는지는 기억나지 않지만 그 물건을 처음 발견했을 때의 반가움은 희미하게 남아 있다. 영완과 함께 살기 시작한 첫해 겨울, 나는 다이소에서 어린 시절에 사용했던 손난로를 구입해 출근길에 영완의 주머니에 넣어주었다. 비싸서 자주 사 먹지 못하는 군고구마도 다이소 법랑 고구마 냄비 덕분에 겨울 내내 먹을 수 있었다. 불을 올린 것을 까먹고 조는 바람에 하마터면 집을 홀라당 태워 먹을 뻔했지만 고구마와 우유는 환상의 조합이라며 아침을 챙겨주던 영완의 따뜻한 미소는 영원히 잊지 못할 것이다.

동거를 시작한 지 4년, 우리는 건조한 대화를 나누며 식사를 했다. 그즈음 나는 유리 캔들홀더에 담긴 초에 불을 켜는 것도, 각양각색의 그릇에 음식을 담는 것도 싫증이 난 상태였다. 우리는 같은 공간에 있었지만 서로 다른 물건들에 둘러싸여 있었다. 우리는 각자의 방에서 잘 나오지 않았고 서로의 방에 들어가서 발견하는 물건들로 서로의 관심사를 짐작할 뿐이었다.

동거를 막 시작한 4년 전만 해도 나는 그에게 좀 더 돈을 벌 것을 낮은 어조로 꾸준히 요구했다. 결혼을 하고 아이를 가지려면 얼마큼의 수입이 필요한지를 설명했다. 하지만 집안의 빚을 갚느라 지칠 대로 지친 그에게 요즘은 아무런 말도 하지 않는다. 영완의 아버지가 최근에 벌인 일마저 실패한 이후로 영완은 아버지가 전화하면 받지도 않았다. 하지만 어머니에게 다달이 보내던 생활비는 여전히 보내는 눈치였다. 나는 영완에게 나이 든 부모를 외면하라고 말할 수는 없었다. 나는 다만 비슷한 용도의 물건을 계속해서 모을 뿐이었다.

연말이 되자 영완의 얼굴을 보기가 더 힘들어졌다. 그는 야근이 잦았고 이런저런 모임에 불려 다녔다. 역시 직장 생활에 지친 나는 영완을 기다리다가 먼저 잠드는 일이 많아졌다.

나는 어느 날 밤 무언가가 서로 부딪히는 소리에 깨어났다. 밤늦게 만취해 들어온 영완이 내 방 한구석에 높게 쌓인 물건들을 벽을 향해 마구 던지고 있었다. 젖병과 딸랑이, 배냇저고리, 턱받이, 속싸개, 수유 쿠션, 젖병 소독기, 아기띠와 힙시트……. 그것들이 서로 부딪혀 내는 소리는 기이하고 생뚱맞았다. 영완은 나를 향해 무언가 알아들을 수 없는 말을 중얼거리다가 더 이상 던질 물건이 없자 침대 위에 쓰러져 잠들었다.

다음 날 영완은 전날 밤의 일을 기억하지 못하는 것 같았고 나 역시 아무 말 하지 않았다. 나는 가슴이 답답해져 물건을 몇 개 더 구입해 비닐도 뜯지 않고 방 한구석에 쌓아두었다.

다이소의 품목은 갈 때마다 다양해졌다. 매달 전달에는 보지 못한 물건들이 들어와 있었다. 하지만 백 퍼센트 마음에 드는 물건을 만나는 것 또한 드문 일이었다.

다이소 매장을 거닐다가 손에 한두 개의 물건을 들고 문득 저쪽 구석을 돌아봤다. 소실점 끝에 뭔가 독특한 물건이 보이는 것 같았다. 얼핏 A 같기도 하고 B 같기도 한 그것이 무엇인가 싶어 다가가면 그다지 특별할 것 없는 물건이었다. 그 물건을 만지작거리다가 또 오른쪽 끝으로 시선을 돌리면 소실점 끝에 색다른 물건이 보이곤 했다. 그날 나는 무려 세 시간 동안 1층부터 5층까지 매장을 샅샅이 훑었지만 어떠한 물건도 장바구니에 담을 수 없었다.

더 이상 쇼핑에 흥미를 느끼지 못할 때쯤 우리의 지난한 연애도 막을 내렸다. 우리는 주말마다 습관처럼 다이소에 가서 장바구니에 무언가를 담았는데 언젠가부터 쇼핑을 하면서 아무런 대화도 나누지 않게 되었다. 그곳에 가는 것마저 귀찮아질 무렵, 우리는 말없이 각자의 짐을 정리하고 있었다. 영완은 대부분의 물건을 미련 없이 재활용 쓰레기로 문밖에 내놓았다. 나는 이삿짐센터에 가서 커다란 바구니를 몇 개 얻어 와 짐을 차곡차곡 담았다. 버리는 데 가장 큰 고민을 안겨준 것은 3~5층에서 가져온 물건들이었다. 이제 제법 잎을 무성하게 단 화초들, 애견용품들, 그리고 언젠가 필요할 수도 있는 아기용품들. 나는 그것들을 버리지 않고 바구니에 담았다.

아무 생각 없이 한가득 다이소 장바구니를 채우던 나는 아무렇지도 않게 오늘이 함께 쇼핑하는 마지막 날일 거라고 말했다. 영완은 그 자리에 우뚝 서더니 정말 필요한 것을 하나 골라보라고, 선물하고 싶다고 했다. 나도 영완에게 한 가지를 고르라고 했다. 우리는 10분 후 애견용품 코너에서 만나기로 하고는 헤어졌다.

여전히 반짝거리는 물건들이 눈앞에 펼쳐진다. 저 멀리 소실점처럼 보이는 곳이 애견용품 코너다. 그곳까지 천천히 걸어가며 필요한 물건을 물색한다. 발을 옮길수록 물건들이 조금씩 윤기를 잃어가는 것 같다. 나는 귀걸이 뒤꽂이를 만지작거린다. 원래는 조잡한 분홍색 플라스틱 귀걸이의 짝이었던 귀걸이 뒤꽂이. 짝을 잃은 귀걸이를 어디에 두었더라? 10분이 지났지만 필요한 것을 찾지 못했다. 사야 할 것이 있었는데 뭐였더라……? 고개를 굽혀 블루베리 향이 나는 초를 들여다보는데 오른쪽 코너에 독특한 색감의 물건이 시선을 잡아끈다. 빠른 걸음으로 물건을 향해 다가갔는데 지난번에도 봤던 것과 비슷한 물건이다. 사놓고 몇 번 쓰지도 않고 버린 물건. 그렇게 몇 바퀴를 돌다가 시계를 보니 20분이나 지났다.

성급히 애견용품 코너로 갔지만 영완은 보이지 않는다. 이리저리 고개를 돌려보지만 영완은 없다.

김지혜 가천대학교 가천리버럴아츠칼리지 조교수

만물의 세계 속 '리얼 월드'에 대하여

후기 자본주의 사회를 살아가는 현대인들은 수많은 '물건들'에 둘러싸여 소비를 향유하며, 혹은 강요당하며 살아가고 있다. 이 시대가 이룩해낸 물질적 풍요는 다양한 개인들의 취향을 섬세하게 만족시키는 듯하지만, 그 개성과 취향을 만들어내고 분화시킴으로써 소비자들에게 불필요한 물건의 소비를 강요하는 동시에 사용가치가 아닌 교환가치에 의해 형성된 새로운 위계적 계급을 만들어낸다. 사물은 정신을 규정하며, 소비는 개인들에게 새로운 정체성과 계급을 부여하고 있는 것이다.

김의경의 소설 「물건들」은 두 남녀의 만남과 헤어짐의 과정을 통해 이러한 소비사회를 살아가는 개인들의 욕망과 소외의 문제를 그려낸다. 직장 여성인 '나'는 대학 동기인 구영완을 만나 사랑에 빠지고 동거를 시작하지만 경제적 어려움과 결혼에 대한 갈등을 극복하지 못하고 헤어지게 된다. 이 소설은 넉넉하지 않은 두 사람의 평범한 사랑과 이별에 초점을 맞추고 있는 듯하지만, 그 과정을 강력하게 통어(統御)하고 있는 것은 바로 '물건들'이다. 이들의 만남과 헤어짐의 중심에는 저가형 백화점이자 만물상인 '다이소'가 놓여 있는 것이다.

대학 동기인 이들은 "전국에 매장이 거의 1천 개나 되고, 1층부터 5층까지 생활에 필요한 모든 물건이 진열된 드넓은 다이소"에서, 그것도 3층 한쪽 구석의 애견용품 코너에서 다시 만난다. 이 흔치 않은 우연은 사실 이들이 지닌 사회적, 경제적 배경과 취향의 일치를 기반으로 일어난 필연이라 할 수 있다. 아버지의 병원비를 대느라, 집안의 빚을 갚느라 빠듯한 월급으로 생활하고 있다는 것과 홀로 자취를 하면서 애완견에 대한 관심을 갖고 있다는 공통점은 이들을 다이소 3층에서 재회하게 만든 것이다. 그리고 이들의 서로의 자취방을 오가며 다이소의 물건들을 통해 서로에 대한 애정을 키워간다. 특히 '나'는 다이소의 물건들로 자신의 방을 정리해주는 영완의 다정함에 사랑을 느끼며, 다이소의 물건들로 소박하고 깔끔하게 정돈된 영완의 방을 보고 그와의 동거를 결정한다. "사랑이란 더 이상 쉽게 내뱉을 수 없는 말은 아니었다. 우리에겐 든든한 부모도, 거액의 적금 통장도 없지만 작은 물건으로 충분히 행복을 누릴 수 있다는 이상한 자부심이 생겼다."는 '나'의 내면에서 드러나는 것처럼, 이들의 사랑은 다이소를 통해 중개된다. 천 원에서 5천 원의 가격으로 생활에 필요한 모든 것을 제공하는 다이소의 소박한 물건들은 열악한 형편을 뛰어넘어 행복한 가정을 꾸릴 수 있으리라는 희망을 심어준 것이다.

이들은 둘이 모은 돈을 합쳐 간신히 마련한 3천 5백만 원짜리 월셋집에서 '스위트 홈'의 환상을 키워나간다. '나'는 새댁마냥 2층의 생활용품과 주방용품에 관심을 갖게 됐으며, 이전에는 필요하지 않았던 다양한 물품들로 신혼 살림을 구비해나간다. 사람 상체 모양의 다용도 다리미판, 분위기를 더해주는 티라이트와 유리 캔들홀더, 계란을 조각내주는 계란 절단기, 레몬즙 짜개, 우드 버터나이프 등의 새로운 물건들이 자신의 삶을 풍요롭고 고급스럽게 만들어준다고 생각한다. 세분화되어 있는 다이소의 희소성 있는 물건들은 생활 양식을 섬세하게 변모시킴으로써 '나'에게 중산층 이상의 문화적 만족감을 제공하는 것이다.

또한 다이소는 물건을 사는 공간만이 아니라 청색 칠판과 분필, 연필깎이, 형광펜, 쫀드기 등의 물건들을 통해 학창 시절의 추억을 떠올리게 해주기도 한다. 이러한 소소한 물건들은 일상생활의 고됨에 지치고 연인과의 갈등에 힘겨워하는 '나'에게 큰 위안을 선사한다. 만물(萬物)을 채운 다이소는 미래를 꿈꾸게 하는 장소이자 과거와 현재를 매개하여 추억을 되살리는 감수성의 장소이자 행복을 암시하는 장소가 된다. 즉 다이소의 물건들은 행복한 삶에 대한 '나'의 욕망을 자극하고, 그 욕망이 이루어질 수 있다는 희망을 품게 하는 것이다.

그러나 '나'의 이러한 욕망은 아기용품에서 균열을 일으키기 시작한다. 시험관 아기 시술을 통해 결혼 5년 만에 아기를 가진 친구의 모습, 영완 친구의 집들이 모임에서 본 작고 앙증맞은 아기의 모습은 '나'에게 새로운 욕망을 품게 한다. '나'는 영완과의 관계가 가벼운 연인 사이에서 공식적으로 결혼할 사이로 굳어지면서 귀여운 아이를 욕망하고, 다이소에서 아기용품에 눈을 돌리기 시작한다. 그러나 이러한 '나'의 욕망은 현실적인 경제 사정에 부딪히며 좌절되고 만다. 현재의 빠듯한 형편에 아이를 낳아 키우기 힘들다는 영완에게 "자기 먹을 건 다 갖고 나온다"며 반박해보지만, 자신 역시 영완과 결혼하여 아이를 낳아 키우는 미래를 상상할 수 없는 것이다. 결국 '나'는 아기 대신 강아지를 키움으로써 대리만족을 해보려 하지만 미래가 불투명한 영완과의 동거에 지치고, 영완 역시 아기용품을 사 모으며, 애완견을 아이처럼 키우는 '나'의 모습에 환멸을 느낀다. '나'가 욕망하는 아이는 3천 5백만 원짜리 월셋집에서 시작된 불안정한 동거가 아닌 "1억에서 3억 사이의 전셋집"에서 시작된 평균적인 결혼 생활을 기반으로 한다. 다이소에 진열된 다양하고 저렴한 물건들만으로는 이들이 원하는 아이를 낳아 키울 수 없다. "생활하는 데 큰 지장은 없지만 결혼을 하고 아이를 낳아 키울 수는 없는 애매한 상황"은 '나'의 새로운 욕망, 즉 완벽한 가정에 대한 욕망과 함께 파국을 맞게 된다. 서너 살 난 아이의 손을 잡고 가는 젊은 부부의 모습을 본 '나'는 자신의 삶이 하나의 소꿉놀이에 지나지 않음을 느낀다. 그리고 다이소의 저렴한 물건들을 통해 소박하지만 행복한 가정을 꾸릴 수 있을 것이라는 생각이 환상에 지나지 않았음을 깨닫는다.

이들은 다이소에서 마지막 쇼핑을 같이 하며 이별을 맞는다. 서로에게 정말 필요한 한 가지씩을 사주기로 하고 물건을 골라 10분 후 다시 만나기로 하지만, '나'는 아무 것도 고르지 못한 채 영완을 잃어버린다. 다이소를 가득 메운 만물은 더 이상 '나'의 욕망을 자극하지 못한다. 행복한 생활을 욕망하게 했던 다이소의 물건들이 비루한 허상에 지나지 않았음을 깨닫게 되는 것이다. '나'는 영완과의 관계에서 미래를 발견할 수 없었듯이, 다이소에서 진정으로 욕망하는 미래를 찾지 못한다.

이 소설은 필요가 물건을 발명하는 것이 아니라 물건이 필요를 발견해내는 시대, 즉 물건들이 새로운 라이프 스타일을 창출해내는 현대사회를 그려내고 있다. 그리고 이러한 물화된 세계가 만들어낸 욕망이 경제적인 위계화에 따라 통제되고 좌절되는 과정을 보여준다. 장 보드리야르가 밝힌 것처럼 소비는 관계의 능동적인 양식, 즉 우리의 문화 체계가 기초를 두고 있는 체계적 활동 및 포괄적 양식이다. 백화점은 조합을 통해 아름다운 무늬를 만들어 내는 만화경(萬華鏡)처럼 다양한 상품을 진열함으로써 새로운 상품의 조합들을 만들어내며, 새로운 형태의 라이프 스타일을 고안해낸다. 그리고 저가형의 백화점이라 할 수 있는 만물상점 다이소는 유용하고 독특한 저렴한 상품들을 통해 소비자의 라이프 스타일을 창출해내고, 행복한 생활에 대한 소비자의 욕망을 충족시킨다. 티라이트와 유리 캔들홀더, 계란 절단기 등은 저렴한 가격으로 "일류 레스토랑에 온 기분"을 낼 수 있게 해주며, 구멍이 아홉 개 달린 스카프걸이와 우드 버터나이프 등은 또 다른 소비로 연결되며 섬세하게 세분화된 라이프 스타일을 영위하게 도와주는 것이다.

'나'가 다이소에서 찾아 헤맨 것은 '스위트 홈'에 대한 꿈이다. 다이소는 천 원에서 5천 원의 가격으로 누구나 평등하게 그 스위트 홈의 생활을 영위할 수 있음을 보여주는 매혹적인 장소이다. 그러나 '나'가 그토록 찾아 헤맨 실제 '스위트 홈'은 다이소에 존재하지 않는다. '나'는 만물상점 다이소에서 그 환상을 잡아보려고 하지만, 그가 직시한 현실은 싸구려 물건들만으로는 아이를 낳아 키우는 실제 가정을 영위할 수 없다는 것이다.

> 싸구려 물건만으로는 해결되지 않는 부분이 분명히 있었지만 드러나지 않는 부분에서는 싸구려 물건으로 참아낼 수 있었다. 하지만 선배의 결혼 선물은 싸구려 물건으로 대체할 수 없었다. 중요한 날에 하는 너무 값싼 선물은 오히려 안 하는 것만 못하기 때문이다. …(중략)… 물건은 곧 마음이기도 하고, 나 자신이기도 했으므로 나는 물건에서 결코 자유로울 수 없었다. (88~89쪽)

물건에서 자유로울 수 없었던 두 가난한 남녀는 결국 현실에서 단단한 뿌리를 내리지 못하고, 만물의 세계 속에서 길을 잃는다. 전작 『청춘파산』에서 암울한 청춘들의 모습을 조명한 김의경은 다시 한 번 경제적 기반이 없이는 미래를 꿈꿀 수조차 없는 현재의 엄혹한 사회를 묘파한다. 미래를 약속하지 못하고 부유하는 청춘들, 이들은 경제적 위기 속에서 삼포 세대, 사포 세대로 지칭되는 수많은 젊은이들의 모습이자 기본적인 인간의 행복권을 포기해야 하는 현대인들의 슬픈 초상이다.

어비

김혜진

—

1983년 대구 출생. 2012년 『동아일보』 신춘문예에 「치킨런」 당선되어 등단.

장편소설 『중앙역』. 중앙장편문학상 수상.

어비

나는 아침 조회 시간에 어비를 처음 봤다.

열 개 조가 구획별로 정렬하면 팀장이 오늘 작업량과 주의 사항 같은 것들을 알려주었다. 나는 계속 운동화를 내려다보는 데에 정신이 팔려 있었다. 산 지 얼마 되지 않은 것 같은데 때가 타고 여기저기 실밥이 터지려고 했다.

아닌데요.

어비였다.

아니, 지난주만 해도 클레임이 이렇게 많지 않았다니까.

팀장이 목소리를 높였다. 네가 오기 전에는 문제가 없었는데 네가 오고부터 문제가 생겼으니 네 탓이 아니냐. 그런 뜻인 것 같았다. 처음이니까. 누구든 처음엔 엉뚱한 상자에 책을 넣거나 사은품을 빼먹거나 라벨 바코드를 바꿔 붙이거나 그런 실수를 많이 했다. 누가 뭐라고 하면 죄송하다거나 미안하다거나 조심하겠다고 하면 됐다. 어차피 하다 보면 조금씩 느는 게 일이었다.

아닌데요.

그러나 어비는 사과할 마음이 없어 보였다. 백여 명의 직원이 지켜보는

가운데 팀장과 똑바로 눈을 맞추며 서 있었다.

그럼 여기 다 베테랑인데 도대체 누가 실수를 했다는 거야?

팀장이 목소리를 높였다.

전 아니라고요.

어비는 낮고 차분한 어조로 아니라는 말만 했다. 아니다. 정말 아니다. 내가 아니다. 8시 20분에 시작한 조회가 30분을 넘어섰다. 결국 팀장이 한 발 물러섰다. 실수가 없도록 하자는 말이 끝나고 모두 박수를 쳤다. 조회가 끝나면 매일 다 같이 하는 거였다. 박수를 치지 않는 사람은 어비와 나, 둘뿐이었다.

창고 앞마당에서 나는 어비와 몇 마디를 나눴다. 점심을 먹고 나와 어슬렁거리는데 개집 앞에 쪼그리고 앉은 어비가 보였다. 환한 햇살 탓에 바가지를 덮어놓은 듯한 어비의 머리칼이 반짝거렸다. 나는 이런 말을 했다.

걔 이름이 어비예요.

어비가 돌아봤다. 나는 개집 앞으로 다가가 손을 흔들어봤다. 개는 오지 않았다. 할 수 없이 앞발을 쥐고 내 쪽으로 끌어당겨야 했다.

얘 이름이 어비라고요.

어비는 잠자코 개를 쓰다듬기만 했다. 내 쪽으로는 눈길 한번 주지 않았다. 어쩔 수 없이 자꾸 말을 걸게 됐다. 일은 할 만해요? 날씨 좋죠? 집에서 안 멀어요? 몇 시에 일어나요? 피곤하죠? 질문을 던지면 예, 아니오, 하는 대답만 돌아왔다. 한마디 건너가면 한마디 돌아오고. 대화라고 할 만한 게 시작되어야 하는데 어비는 번번이 내 말을 그대로 삼켜버렸다.

매번 그런 식인 것 같았다. 그래서 늘 어떤 오해와 선입견 같은 것들이 어비를 따라다녔다.

애가 좀 이상한 것 같지 않아?

집으로 돌아가는 셔틀버스 안에서 누군가 어비 이야기를 꺼내면 예의가 없다거나 제멋대로라거나 건방지다는 대답이 따라 나왔다. 물류 창고는 도심을 벗어나서도 비포장 길을 오래 달려야 하는 변두리에 있었다. 오가는 데 긴 시간이 걸렸고 사람들에겐 지루함을 물리칠 뭔가가 필요했다. 주로 새로 온 사람이거나 관리자거나 가끔씩은 뉴스나 텔레비전 방송으로 화제가 옮겨 다녔는데 언젠가부터 어비에게 계속 고정되어 있었다.

그냥 성격이 좀 무뚝뚝해서 그래요.

서너 번쯤 어비를 두둔하려 해보았지만 별 소용이 없었다.

사실 어비는 그리 호감 가는 인상이 아니었다. 체구가 큰 편이었는데 살집이 붙어서 어딘가 둔할 거라는 편견을 갖게 했다. 표정이라 할 만한 게 없어서 늘 화가 난 사람처럼 보이기도 했다. 그러나 문제는 그런 외모 때문이 아니었다. 어비는 자신을 따라다니는 편견과 선입견에 대해 어떤 식으로든 변명하거나 해명하려는 노력을 단 한 번도 기울인 적이 없었다.

우리는 매일 카트를 끌며 백 평이 넘는 창고 안을 돌아다녔다. 주문서에 적힌 책들을 카트에 싣고 돌아와 상자에 넣어 포장하고 라벨을 붙여서 컨베이어 벨트에 올리는 게 주된 일이었다. 한 번에 2, 3백 권이 넘는 책을 신속하고 정확하게 찾아내야 했다. 철제 책장에 매달리다시피 해서 책을 뽑고 허리를 굽혀 바닥에 놓인 책들을 뒤지다 보면 두세 시간이 금방 갔다. 제멋대로 다리가 후들거리고 몸은 금세 녹초가 됐다. 물을 마시고 또 마셔도 입안은 계속 마르고 코안은 종일 먼지로 뒤덮였다. 책이 높이 쌓여 시야를 가리면 카트를 앞에서 잡아끌어야 할 때도 많았다.

다리 아프죠?

언젠가 화장실에서 어비를 마주친 적이 있다. 다리가 아파서 변기에 오래 앉아 있다가 나왔는데 어비가 손을 씻고 있었다. 새하얀 세면기 여기저기 붉은 자국이 보였다.

다쳤어요?

다가갔더니 손가락에서 피가 흐르고 있었다. 손톱 끝이 반쯤 잘려나가고 없었다. 커터 칼에 베인 게 분명했다. 책들은 순서대로 바닥에 진열되어 있었다. 진열된 책이 다 소진되면 누군가는 새로운 상자를 뜯어야 했다. 나도 몇 번이고 손을 벤 적이 있었다. 바깥쪽을 향해 칼을 쓰라는 충고를 듣기 전이었다. 뭔가 도움이 될 만한 이야기를 해주려는데 어비가 한 걸음 물러섰다.

괜찮아요.

돌아온 건 퉁명스러운 대답이었다.

휴게실에 약통이 있어요. 그거 밴드 붙여야 돼요.

다시 한 걸음 다가갔는데 어비는 또 물러섰다.

별거 아닌데요.

나는 잠자코 휴지를 말아 건넸다. 어비는 그것마저 거절해버렸다.

괜찮아요. 진짜로요.

그런 후에는 서둘러 밖으로 나가버렸다.

그러니까 사람들이 어비를 못마땅해하는 데에는 이유가 있었다. 뭐랄까. 어비에겐 늘 사람들을 밀어내는 기운 같은 게 있었다. 여기까지라고 금을 그어놓고 내내 그 경계를 지키는 데 필사적인 사람 같았다. 그게 뭐든 일단 가까이 오려고 하면 고개부터 저었다. 그런 반응이 사람들을 물러서게 하고 위축시키고 괜한 짓을 했다고 자책하게 만든다는 걸 생각지도 못하는 것 같았다.

어비는 내내 철제 책장을 올려다보거나 바닥을 보며 걸었다. 항상 이어폰을 꽂고 있었는데 사람들이 건넨 인사와 질문을 그냥 지나친 게 여러 번이었다. 식사 시간엔 빠르게 밥을 먹고 나가버리거나 사람들이 다 빠져나간 다음 뒤늦게 들어와 밥을 먹었다. 사람들과 눈을 맞추고 수다를 떠는 모습은 거의 본 적이 없었다.

어비는 있었나 싶으면 어느새 가고 없는 사람이었다.

어디 갔지 하고 찾으면 늘 작업장으로 되돌아가 있었다. 거대한 철제 책장 사이를 빠른 걸음으로 오가거나 작업대 주변에서 몸을 움직였다. 모두가 쉬는 그 시간에 크기별로 상자를 정리하고 카트에서 책을 꺼내 포장했다. 작업대 아래 먼지를 쓸고 사람들이 함부로 던져둔 노끈 뭉치와 포장지를 한데 모아 조용히 갖다 버릴 때도 있었다. 언젠가 화장실 세면대에서 무언가를 꼼꼼하게 씻고 있었는데 그게 개집 앞에 놓인 물그릇이라는 건 나중에 알았다. 뭐 저런 것까지 신경 쓰나 싶었지만 어쨌든 아무도 모르는 사이 어비의 성실함과 부지런함은 누구도 신경 쓰지 않는 작은 개집에까지 닿아 있었다.

집이 어디야?

한번은 사람들이 작정한 듯 어비를 둘러싸고 질문한 적이 있다. 오후 4시부터 20분간 주어지는 간식 시간이었다. 먼저 말을 꺼낸 건 어비가 속한 조의 조장이었다.

이것 좀 빼고. 사람들이랑 이야기도 하고 그래야지.

다가가 어비의 귀에서 이어폰을 뺀 사람은 우리 조의 조장이었다. 조장들은 대체로 나이가 많은 여자였다. 3년씩. 5년씩. 10년 넘게 일한 사람도 많았다. 자판기 옆에서 소보로빵을 조금씩 떼어 먹던 어비가 고개를 들었다. 당황한 표정이었다.

몇 살이야?

어비는 잠자코 먹던 빵을 포장지 안으로 집어넣기 시작했다. 바스락거리며 비닐 구겨지는 소리가 요란했다. 나는 빨대 끝을 힘껏 깨물고 우유를 조금씩 빨아먹는 중이었다. 그러면서 계속 어비를 힐끔거렸다. 어비는 빵을 넣고 포장지를 단단히 봉했다. 그러는 동안 학생이야? 졸업했어? 혼자 살아? 부모님은? 형제는? 맏이야? 고향은? 학교는? 하는 질문들이 따라나왔다.

사람들이랑 같이 이야기도 하고 해야지. 단기로 들어왔어? 그래서 그래?

누군가 또 한마디 거들었다.

아무리 그래도. 일할 동안은 다 같이 친하게 지내고 그래야지.

언뜻 보면 어비에게 살가운 충고와 조언을 아끼지 않는 것 같았는데 어비의 표정이 좋지 않았다. 웃으려고 하는데 그게 맘대로 안 되는 것 같았다. 그러거나 말거나 사람들은 하나둘 더 가세했다. 나중엔 어비를 빙 둘러싸고 짓궂은 농담을 하며 자기네끼리 깔깔거리는 것처럼 보였다. 지나치다는 생각이 들었는데 그렇다고 어비를 편들고 싶지는 않았다. 저렇게 침묵을 지키는 게 사람들을 계속 자극하는 게 아니고 뭔가, 하는 생각 때문이었다. 어비는 그냥 우유 팩 모서리만 만지작거렸다. 그게 다였다.

이후에도 그런 비슷한 일이 몇 차례 더 있었다.

관심과 호기심 정도에 머물던 사람들의 말투는 비난이나 질책처럼 느껴질 때가 많았다. 모르는 사람이 보면 어비가 무슨 대단한 잘못을 한 것처럼 오해할 정도였다.

사람들이 좀 그렇죠?

그러나 나도 별다를 건 없었다. 어떤 상황이 종료되면 이쪽도 저쪽도 아닌 쪽에 서서 애매한 말을 건네는 게 전부였다. 퇴근 후 셔틀버스를 기다릴 때였다. 사람들은 다정하게 붙어 서서 대화를 하고 담배도 나눠 피웠다. 어비는 뒤늦게 창고에서 나와 내내 목장갑을 접었다가 펼치며 우두커니 서 있었다. 주차된 셔틀버스들이 일제히 전조등을 켜고 시동을 걸었다. 엔진 소리 탓에 나도 모르게 자꾸 목소리를 높이게 됐다.

힘들죠?

버스에 오르는 사람들의 뒷모습이 보였다.

뭐가요?

호주머니에서 이어폰을 꺼내며 어비가 되물었다. 다가갔는데 어비는 또 정확히 그만큼 물러났다. 나는 이렇게 바꿔 물었다.

말하기 싫어요?

어비를 다그치거나 탓할 의도는 없었다. 그래도 번번이 이런 식으로 호의와 친절과 배려와 관심 같은 걸 아무것도 아니게 만들어버리는 어비의 태도가 답답했다. 아주 사소한 호기심과 궁금증을 부풀리고 키워서 나중엔 자신도 상대도 모두 어쩔 줄 모르는 상황에 빠뜨리는 것도 마음에 안 들었다.

말할 게 없어요.

한참 만에 어비가 중얼거렸다.

말할 게 없다고요.

그러면서 어비는 분명한 목소리를 냈다. 그 순간엔 정말이지 멀쩡한 사람 같았다. 말 못 할 사연을 가졌거나 심각한 상처를 입었거나. 무료할 때마다 사람들이 주고받는 그런 추측과 억측과는 아무 상관이 없는 것 같았다.

그냥 별로 말할 게 없어요. 진짜요.

그리고 어비는 정말 아무 말 없이 일을 그만둬버렸다.

새 학기가 시작될 무렵이었다. 매일 교과서와 참고서, 문제집 주문이 쏟아졌다. 연일 야간 작업이 이어졌다. 8시 반까지 출근. 조회가 끝나면 일이 시작되고. 30분 만에 점심을 먹고 다시 일. 간식을 먹고 다시 일. 30분 만에 저녁을 먹고 또 일. 10시에 퇴근해서 11시 정도에 잠들면 어느새 일해야 하는 날이 밝아 있었다.

그만둬야겠다는 생각이 저절로 들었다. 처음부터 오래 다닐 생각도 없었다. 몇 달만 할 계획이었고 이미 3개월이 지난 후였다. 오늘 말하자. 내일은 말하자. 금요일에는, 다음 주에는 하는 식으로 미루고 미루다가 겨우 팀장을 찾아갔는데 거기 누군가 있었다. 그 뒷모습에 가려 팀장의 얼굴은 보이지 않았다. 그래도 어딘가 몹시 언짢은 기색은 분명했다. 어쩔 수 없이 나는 두 사람의 이야기가 끝날 때까지 계속 문밖에 서 있게 됐다.

서로 조금씩 조심하자는 거지. 실수가 많잖아. 요즘.

팀장의 목소리가 들렸다.

저는 안 그랬는데요.

높낮이가 없는 목소리가 따라 나왔다.

어린 사람이 왜 이렇게 고집이야. 누가 잘못을 했다는 게 아니라. 서로 좋게 이야기해서 해결하자는 거잖아.

고집이 아니고요. 잘못한 게 없어요.

잠시 말이 끊어지는가 싶었는데 가만히 타이르는 팀장의 말소리가 새어나왔다. 달래는 것처럼 낮고 부드러운 목소리가 이어졌는데 차츰 언성이 높아지고 날이 섰다. 상대는 아무 반응이 없었다. 침묵이 시작됐고 길어졌고 마침내 문을 열고 나온 사람은 어비였다. 어쩐지 몰래 엿들은 모양새여서 상황을 설명하려 했는데 어비는 눈도 마주치지 않고 그대로 나가버렸다.

왜 너도 그만두려고?

팀장은 나를 보자마자 그렇게 물었다. 어비 때문이었다. 어비가 이른 아침에 전화를 걸어 그만두겠다는 말을 했다고 했다. 일단 출근은 하라고 했더니 출근하자마자 사무실로 와서 그만두겠다는 말을 똑같이 반복했다는 거였다.

왜요?

팀장이 고개를 들고 눈을 맞췄다. 너도 다 알고 있지 않느냐 하는 눈빛이었다. 주문이 많으면 실수가 늘기 마련이었다. 보내지 말아야 할 곳에 책을 보내거나 한두 권씩 책이 빠진 채로 배송이 되는 일이 반복됐다. 더 받은 사람은 말이 없고 덜 받은 사람은 성화여서 손해가 컸다. 다섯 명이 한 조여서 누가 어떤 실수를 했는지 정확히 가려내기도 어려웠다. 그런데도 사람들 모두가 어비 탓을 한 모양이었다.

아닐걸요. 걔 일은 잘했잖아요.

그렇게 중얼거렸는데 팀장이 짜증을 냈다.

일만 하면 그게 잘하는 거야. 도대체.

이해하지 못하는 표정을 짓자 팀장이 한마디 더 했다.

종일 일만 하면 그게 잘하는 거야. 일만 하면 되나? 일만 하면 돼?

어쩔 수 없이 나는 한 주만 더 일하기로 했다. 딱 한 주만. 그러나 바빴던 시기가 지나고 하루 이틀 지나다 보니 한 달이 지나 있었다. 팀장은 끈질기게 나를 잡았다. 1년을 채우면 조장이 되고 더 일하면 팀장도 되고 나중엔 더 높은 직급이 되는데 왜 그만두냐는 거였다. 여긴 너처럼 젊은 사람이 필요하고 이 일은 네가 생각하는 것보다 훨씬 보수도 괜찮고 그런 말을 들었던 기억이 난다. 그 말처럼 직급이 오르고 보수가 나아지고 그러다 보면 조장이나 팀장처럼 이곳에서 다 늙어버릴 게 분명했다. 햇볕 한 줌 들지 않는 이 커다란 창고를 빙빙 돌면서 인생을 낭비하고 싶은 마음은 조금도 없었다. 어쨌든 더 나은 일을 구해야 했다.

저도 이제 좀 제대로 취업을 해야죠.

결국 그렇게 쐐기를 박고 나와버렸다. 어비는 까맣게 잊어버렸다. 연락처를 주고받은 적도, 따로 만나야겠다고 생각한 적도 없었다. 다시는 만날 일이 없겠지 여겼는데 몇 주 뒤 거짓말처럼 또 마주치긴 했다. 1주일 단위로 사람을 쓰는 생활용품 창고에서였다.

어비는 정지된 지게차 다리 위에 걸터앉아 종이로 감싼 유리컵들을 살펴보고 있었다. 불량품을 골라내는 거였다. 바로 옆에서 커다란 지게차 두 대가 쉬지 않고 오갔다. 상자가 쌓인 플라스틱 팔레트를 필요한 곳에 정확하게 옮기는 작업이었다. 삑삑거리는 신호음이 멀어졌다가 가까워지길 반복했다.

어?

내가 알은체를 하자 어비가 고개를 들었다. 그뿐이었다. 다시금 내가 다가가 목소리를 높이게 됐다. 지게차의 엔진 소리 때문이었다. 오랜만이네? 언제 왔어요? 그때 왜 나갔어요? 그런 질문에는 한마디 대답도 않던 어비가 중얼거렸다.

거기서 오래 일할 줄 알았는데요.

나는 아예 카트를 한쪽에 세워두고 어비 곁에 쪼그리고 앉았다. 어차피 딱 1주일만 하는 일이었다. 1주일이 지나면 모두 안 볼 사람들이었다. 누가 뭐라고 하면 얼른 자리로 돌아가 열심히 일하는 척하면 됐다. 나는 이런 이야기를 했다. 이런 일은 돈이 없어서 하는 거고. 어디까지나 잠시만 하는 거고. 이런 건 내가 진짜 하려는 일이 아니고. 나는 취업 준비를 하는 중이고. 어비는 내 말을 듣는 둥 마는 둥했다. 어쩐지 웃고 있는 것 같아서 돌아봤는데 금이 간 유리컵을 요리조리 돌려보면서 알 듯 모를 듯한 얼굴을 하고 있었다.

퇴근 후에 나는 집으로 가는 어비를 뒤쫓아갔다. 어쩌다 보니 그런 모양새가 됐다. 어디든 셔틀버스는 장기 직원만 이용 가능했다. 단기로 일하는 사람들은 각자 알아서 집으로 가야 했다. 창고를 나와 걷다 보니 이어폰을 끼고 걸어가는 어비의 뒷모습이 보였다.

버스 타고 가요? 집이 어딘데요? 얼마나 걸려요?

한참 만에 어비는 자신의 집이 이곳에서 멀지 않다고 말했다. 그러니까 그런 대답을 들으려고 같은 질문을 몇 번이나 반복한 후였다. 우리는 목재, 펄프, 비닐, 제지, 재생 같은 글자가 적힌 건물들을 차례로 지나쳤다. 멀리 산 아래 버려진 컨테이너 위로 노을이 지고 있었다. 그것들은 장난감처럼 조그마해 보였다. 마음만 먹으면 한꺼번에 몇 개씩 집어 멀리 던져버릴 수도 있을 것 같았다. 화물차 여러 대가 줄지어 들어가고 노랗게 먼지가 일고 그때마다 도로 끝으로 비켜서는 짓을 얼마나 반복했는지 모르겠다. 마침내 2차선 국도가 나타났고 사람들이 도로변 좁은 버스 정류장을 빼곡하게 채웠다. 어색하고 서먹하고 맥 빠진 기운이 가득한 그 안으로 어쩐지 들어갈 엄두가 나질 않았다.

말없이 정류장을 지나쳐 걸어가는 어비를 따라가다가 문득 밥이나 같이 먹자는 말을 해버렸다. 가도 가도 밥집은 나오지 않고 마침내 우리가 마주

앉은 곳은 화물차 기사와 정비소, 공업소 직원들이 드나드는 작은 식당이었다. 동그란 철제 테이블 하나를 차지하고 앉자 주방 안쪽에서 주인이 나와 불판을 올리고 고기를 가져다주었다.

여기서 조금만 더 가면 나로호 발사 지역인데요. 그게 발사될 때요. 한밤중인데 대낮처럼 환해요. 땅이 막 흔들리고요. 벽이 막 떨려요. 창문도 뜨겁고요. 몇 시간이나요. 거기 가면 아직 우주 센터라는 게 남아 있는데요.

나는 고기를 씹고 맥주를 마시며 어비의 이야기를 들었다. 한 번도 들어본 적 없는 이야기여서 나는 자꾸만 진짜? 정말? 그래서요? 질문하게 됐다. 그러면 어비는 또 한참 뜸을 들이다가 내가 들어본 적 없는 이야기를 하고 또 했다. 나중엔 어비도 나도 무슨 이야기를 하고 무슨 이야기를 듣는지 알 수 없었다. 어느 틈엔가 둘 다 취해버린 게 분명했다.

어떻게 집까지 돌아왔는지 모르겠다. 다음 날 일어나보니 가방 속에서 구겨진 택시 영수증이 나왔다. 휴지 뭉치와 껌 한 통, 뭘 적었는지 알 수 없는 메모지와 칫솔, 삼단 우산까지 다 꺼냈는데도 지갑은 보이지 않았다. 가방을 거꾸로 들고 흔들고 몇 번이고 샅샅이 훑어봐도 지갑만 사라지고 없었다. 서둘러 카드 분실 신고를 하고 사용 내역을 조회하고 새로 신분증을 만들고 하다 보니 출근 시간이 한참이나 지나 있었다. 버스를 타고 가는 내내 나는 지갑을 택시에 두고 내렸거나 어딘가에 두고 왔거나 어쩌면 어비가 챙겨두었을지도 모른다는 생각을 하고 또 하고 계속했다. 괜한 의심과 불신이 살아나지 않도록 내내 다른 가정을 하고 거기에 주의를 기울여야 했다. 창고 앞에 도착했을 땐 점심 무렵이었다.

어비는 보이지 않았다.

나는 서둘러 G구역 안으로 들어왔다. 점심시간이 끝나고 오후 작업이 시작됐는데도 어비는 나타나지 않았다. 나는 카트를 밀며 내내 어비만 찾아다녔다. 어쩔 수 없이 그렇게 됐다. 한자리에 멍청하게 서 있다가 지게차에 부딪힐 뻔하고, 뜯지 말아야 할 상자를 뜯고, 엉뚱한 물건을 집어 오고, 아무 이유도 없이 3층과 4층을 수시로 오갔다. 용무도 없이 화장실 앞에 우두커니 서서 안을 기웃거리기도 했다. 그런 다음 퇴근하자마자 곧장 사무실로 갔다. 어비의 연락처를 물어보기 위해서였다.

여기서 일하는 사람이 얼마나 되는지 알아요?

문을 열고 나타난 인사 담당자는 뜬금없이 그런 질문을 했다. 못마땅한 기색이었다. 지갑을 잃어버렸고 어쩌면 어비가 가져갔을지도 모르고. 그런 사정을 더듬더듬 말하려고 했는데 담당자는 또 이렇게 물었다. 여기 하루 주문량이 어느 정도 되는지 알아요? 여기 물품 종류가 몇 개나 되는지 알아요? 하루 매출이 어느 정도인지 알아요? 알아요? 알아요? 온통 아느냐는 질문이었다. 내가 대답을 하지 않자 그는 내일부터는 나오지 않아도 된다는 말을 했다. 뭔가 더 말하고 싶은 듯 입술을 달싹이며 오래도록 날 내려다보았는데 문을 닫고 그대로 사무실 안으로 들어가버렸다.

그게 끝이었다.

이후 나는 매일 여러 개의 취업 사이트를 띄워놓고 정작 이상한 동영상을 보고 쓸데없는 기사를 읽으며 밤을 보냈다. 하루는 길고 1주일은 금방 지났다. 멍하니 있으면 순식간에 마흔이 되고 쉰이 되고 아무 곳에서도 써주지 않을 만큼 늙어버릴 것 같았다. 정말이지 이젠 좀 제대로 된 일이 필요했다.

직장을 구해야 했다.

그러나 나는 될 대로 되라는 심정으로 마우스를 움직이고 차례로 열리는 인터넷 창을 따라 아주 멀리까지 갔다. 문득 정신을 차려보면 정말 엉뚱한 곳에 멍청히 서 있는 꼴이었다. 그래도 그런 식으로 어비가 있는 곳까지 가게 될 거라고 예상한 적은 없었다. 거기. 그러니까 수많은 사람들이 개인 방송을 하는 사이트였다. 언제 어디서나 마음만 먹으면 방송을 하고 누구나 시청할 수 있는 곳이었다.

처음 본 건 거구의 남자였다. 그는 도마 위에 산처럼 쌓인 뭔가를 숟가락으로 떠 먹는 중이었다. 빵이거나 삶은 고기인가 하고 봤는데 번데기였다. 번데기를 씹고 삼키는 소리가 적나라했다. 더럽고 혐오스러웠는데 어쩐지 계속 보게 됐다. 뭐지, 하는 생각으로 있다 보니 거짓말처럼 몇 시간이 금방 지났다.

뭐해요? 뭐하는 사람이에요?

악의에 찬 사람들이 시비를 걸면 그는

번데기 먹는 사람.

입을 벌려 씹다 만 번데기를 보여주었다. 그러니까 그곳엔 그런 사람들이 넘쳐났다. 특히 주말 밤에는 수백, 수천 개의 방송들이 사람들을 끌려고 밤새도록 반짝거렸다. 말이 방송이지 대부분 방송이라 말하기도 민망한 수준이었다. 좁고 작은 방을 배경으로 얼굴을 내밀고 앉아 아무 이유도 목적도 없는 일에 몰두하며 시간을 보내는 사람들이 대부분이었다.

그런 걸로도 돈을 벌 수 있다는 게 놀라웠다.

신기했고 재미있었는데 뭐랄까, 불쾌해졌다. 별풍선 하나는 백 원. 열 개는 천 원. 열 사람이 열 개씩이면 만 원. 백 사람이 백 개씩이면 백만 원이 되는 거였다. 그걸로 집도 사고 차도 사고 가게도 내고 사업도 하면 안 되는 거 아닌가. 그러려고 하면 안 되는 거 아닌가. 일을 해야 하는 게 아닌가. 그런 생각이 들면 다른 사람들처럼 아무 말이나 하게 됐다. 아무 방송에나 들어가서 아무 말이나 지껄이고 쫓겨나고 또 쫓겨나고 계속 쫓겨나는 게 그즈음 내가 밤마다 하는 일이었다.

그러다 문득 어비라는 이름을 발견한 거였다. 어비는 물류 창고 앞마당에 묶여 있던 개 이름이었다. 어비야, 어비야. 종종 개집 앞에 쪼그리고 앉아 어비를 불렀던 기억이 난다. 왜 그런 이름을 닉네임으로 정했을까 하고 봤더니 어비였다. 개 어비가 아니라 사람 어비. 아무 말 없이 사라져버린 그 어비였다.

오죽하면 모르는 사람들 앞에 얼굴을 내놓고 방송을 할 생각을 했을까.

그래도 다른 사람들처럼 별풍선을 선물할 생각은 안 했다. 이런 건 일이 아니고 이런 식으로 돈을 버는 건 반칙이고. 그보다 내가 아는 어비는 이런 걸로 뭘 해보려는 사람이 아니었다. 그러니까 어비는 열심히 일할 줄 알고 열심히 일해야 한다는 걸 잘 아는 사람이 아닌가.

화면 앞에 앉은 어비는 말이 없었다. 사람들이 인사를 건네고, 질문을 하면 겨우 더듬더듬 몇 마디를 했는데 말을 이어나가고 사람들을 계속 붙잡아두는 재능 같은 건 도무지 생겨나지 않았다. 하루도 거르지 않고 방송을 했는데 사람을 끌어들일 만한 외모도, 몸매도 하다못해 재치와 센스 같은 것도 없어서 드물게 찾아온 사람도 다 놓쳐버리기 일쑤였다.

이 사람 뭐죠? 이거 무슨 방송이죠?

사람들은 그렇게 몇 번 묻다가 나가버렸다. 그보다 더 인내심이 있는 사람들은 뭔가 하겠지, 다른 게 나오겠지 기다리다가 인신공격을 하고 어비를 자극하는 데 골몰했다. 나는 어비 말고 어비 너머 보이는 배경들을 오래 살폈다. 방의 한쪽 면을 차지한 책장과 티셔츠 몇 장이 걸린 옷걸이, 네모난 거울과 통기타 같은 것들을 찬찬히 훑는 거였다. 방은 아담해 보였다. 문고리나 벽지는 낡아 보였는데 대체로 잘 정돈된 분위기가 느껴졌다. 그러나 그런 것들을 다 보고 나면 다른 사람들처럼 곧 지루해졌다.

뭐든 좀 하지.

그런 말을 했던 기억이 난다.

실은 그건 내가 들은 말이었다. 면접을 보면서 몇 달을 흘려보낸 뒤 나는 아는 선배의 소개로 작은 무역회사에 들어갔다. 말이 회사지 낡은 건물에 세든 열 평짜리 사무실이었다. 예전 여행사 간판을 그대로 달고 있어서 미로 같은 건물 내부를 오래 헤매야 발견할 수 있는 그런 곳이었다. 어쨌든 선배는 자신이 없는 동안만이라고 단서를 달았다.

그래도 모르지. 네가 일을 잘하면.

그런 여지를 남기긴 했는데 막상 가보니 무슨 일을 해야 하는지 말해주는 사람이 아무도 없었다. 나를 계속 서로에게 미루고 떠넘기려는 분위기가 역력했다. 때문에 나는 종일 파티션 아래 웅크리고 다른 사람들처럼 열심히 일하는 척 흉내를 냈다. 일하는 것보다 그러는 척하는 게 몇 배나 더 힘들었다.

그런데요. 저는 무슨 일을 해야 하죠?

결국 며칠 만에 옆자리에 앉은 사람에게 도움을 청했는데 그 사람은 뜨악한 표정을 지었다.

여기 일하러 오셨잖아요. 뭐든 하셔야죠.

선심 쓰듯 한마디 한 뒤 고개를 돌려버렸다. 알아서 하라는 뜻이었다. 물론 할 일이 전혀 없는 건 아니었다. 그러나 우표를 붙이고 우편물을 발송하고 주소록을 정리하고 비품을 사 오는 일은 길어도 한두 시간이면 끝났다. 몇 개 되지도 않는 화분에 물을 주고 쓰레기통을 비우는 일은 더 빨리 끝났다. 그런 일들은 아무리 시간을 끈다 해도 종일 할 수 있는 일이 아니었다. 나는 의기소침해지고 주눅이 들고 불쾌해지고 수시로 화가 치밀었다.

작정하고 사람을 우습게 만들려는 게 아니면 이게 뭔가.

그런 생각이 들면 당장이라도 그만두고 싶었다. 그러니까 그곳에서 내가 종일 한 일은 그런 충동과 분노를 가만히 잠재우는 것이었다. 그런 것들은 언제나 시도 때도 없이 살아났고 어쨌든 나는 모른 척하는 방법을 배워야 했다. 결국엔 멀찌감치 떨어져서 우스워지는 나 자신을 남의 일처럼 구경하는 수밖에는 없었다.

퇴근 후에는 습관적으로 어비를 찾게 됐다.

어느 날 보니 어비는 웃통을 벗고 선글라스를 낀 채 화면 앞에 서 있었다. 책장이 있었던 자리는 텅 비어 있었다. 벽지에 알 수 없는 해괴한 낙서가 가득했다. 고추장인지 빨간 물감인지 모를 어떤 것들로 크게 어비의 이름을 적어놓은 거 이외엔 도무지 알아볼 수가 없었다.

여러분, 여러분들이, 여러분께서.

어비의 입에서 그런 말들이 아무렇지 않게 나왔다. 접속자 수가 빠르게 늘었다. 어비는 두 팔을 크게 움직여 젓가락을 뜯은 다음 바닥에 놓인 음식들을 소개했다. 짜장면, 짬뽕, 볶음밥, 우동, 탕수육으로 이어지는 싸구려 중국 음식들이었다. 어비는 화면 상단에 타이머를 띄운 다음 그것들을 빠르게 먹어치우기 시작했다. 일부러 마이크 가까이 입을 갖다 대고 요란하게 음식 씹는 소리까지 냈다. 뭐랄까. 그럴 때 어비는 뭔가를 먹는 사람이 아니고 먹는 일을 하는 사람 같았다. 입안을 가득 채운 음식이 자꾸만 입술을 비집고 튀어나왔다. 하나둘 사람들이 모여들었고 채팅창이 넘실거렸다. 말들이 빠른 속도로 솟구치기 시작했다.

네 그릇을 깨끗하게 비워갈 때쯤 별풍선이 터졌다. 처음엔 한두 개 터지더니 열 개를 넘어서고 백 개, 2백 개, 3백 개를 넘어섰다. 어비는 음식을 씹다가 말고 바닥에 엎드려 고맙습니다, 감사합니다, 큰 소리를 냈다. 입안에서 씹다 만 음식이 튀어나오는 게 다 보일 정도였다.

그리고 나는 어느 순간 방송을 꺼버렸다.

한심하다는 생각이 들었는데 방송이 꺼지고 고요해진 방에 우두커니 앉아 있는 동안 점점 더 설명하기 힘든 기분이 됐다. 뭐 저런 식인가. 저런 걸로 어떻게 돈 벌 생각을 하나. 벌어도 되나. 벌 수 있나. 얼마나. 얼마큼. 그럴 필요가 없다고 생각하면서도 나는 자꾸만 따져보게 됐다. 가만히 방안에 앉아 배달 음식을 시켜놓고 그걸 먹는 대가로 단 몇 시간 만에 어비가 벌어들인 돈과 앞으로 벌어들일 돈을 카운트해보는 거였다.

한번은 상무의 아이를 데리러 초등학교에 간 적이 있다. 외근을 나왔는데 아이가 아프다는 연락을 받았다는 거였다. 어쨌든 집까지만 좀 데려다 달라는 부탁이었다. 몹시 무더운 날이었다. 좁고 가파른 골목을 한참 걸어 올라가야 했다. 운동장에 깔린 모래들이 허공으로 떠오르고 연기처럼 어른거리는 착각이 들 정도였다. 곧장 교무실로 가서 아이의 이름과 학년을 말하고 상황을 설명했는데 아무도 아는 사람이 없었다. 상무와는 연락이 닿지 않고 한참 만에 통화가 됐는데 그는 오히려 내게 화를 냈다. 거기가 아니라는 거였다. 분명 제대로 알려줬는데 왜 일을 이렇게 만드느냐며 이럴 거면 처음부터 하지를 말지 어쩌고저쩌고 하는 비난이 이어졌다.

그런 비슷한 일은 반복됐다.

다들 말로는 부탁이라고 하고 아주 당연하게 사람을 부렸다. 나는 몇 정거장 떨어진 도서관에 가서 대출 기한을 넘긴 책들을 반납했다. 주문서와 영수증을 들고 백화점 여러 군데를 돌며 주문한 물건을 찾고 사이즈가 맞지 않는 옷과 신발을 교환했다. 견인된 차를 찾으러 한 시간 넘게 지하철을 타고 차량 보관소까지 간 적도 있었다. 너무하는 게 아닌가 싶었지만 그러려니 했다. 어쨌든 이렇게 사람들의 부탁을 들어주다 보면 가까워질 테고 그러면 제대로 된 업무를 할 수 있겠지. 일다운 일을 할 수 있겠지. 그렇게 생각했던 것 같다.

어느 일요일 저녁 방송을 켰을 때였다.

어비는 길 위에 있었다. 휴대폰으로 방송을 켜고 어디론가 걸어가는 중이었다. 사람들이 어디 가냐, 뭐하러 가냐, 묻는데도 어비는 그냥 앞으로, 앞으로만 가는 데 정신이 팔려 있었다. 어비는 좁은 골목길을 빠져나와 불을 켜고 작업 중인 공사 현장을 지났다. 한참 만에 멈춰 선 곳은 작은 버스 정류장이었다.

그 순간 나는 전화 한 통을 받았다. 사장이었다.

잠시 나올 수 있나? 여기 문제가 좀 있는데.

전화를 받자마자 사장은 큰 소리를 냈다. 당장 나오라는 뜻이었다. 사무실로 가야 하냐고 물었더니 다른 장소를 말해줬다. 어쨌든 빨리 와달라는 부탁이었다. 서둘러 옷을 챙겨 입고 집을 나섰다. 조급한 마음에 택시를 탔고 계속 기사를 재촉하게 됐다. 도착한 곳은 높은 빌딩들이 즐비한 번화가였다. 어디나 사람이 많았다. 똑바로 걸어갈 수가 없을 정도였다. 사장이 알려준 대로 큰 건물을 찾고 뒤편으로 돌아갔더니 술집이 다닥다닥 붙은 골목이 나타났다. 수많은 간판들로 사방은 대낮처럼 환하고 바닥은 울긋불긋한 광고 전단지로 어지러웠다.

사장은 한참 만에 나타났다. 비슷한 연배로 보이는 남자 서넛과 함께였다. 누군가와 어깨동무를 하고 뒤뚱거리며 다가온 사장은 나를 제대로 알아보지도 못했다. 눈을 가늘게 뜨고 한참 내 얼굴을 노려보기만 했다. 나는 잠자코 기다렸다. 술기운에 만만한 직원 하나를 불러내서 주거니 받거니 술을 마시며 시간을 보내고 싶을 수 있지. 이해하려고 안간힘을 쓰는 중이었다. 분위기가 좋으면 내 업무에 대해 한 번쯤 따져 물을 기회가 생길지도 몰랐다. 그러면 사무실에서 보이던 냉담한 반응 말고 어떤 구체적인 답변이나 친절한 해명이 돌아올 수도 있었다. 잘만 하면 내일부터는 비로소 업무라고 할 만한 게 주어질지도 몰랐다. 그러니까 그런 기대를 전혀 하지 않은 건 아니었다. 나는 횡설수설하는 사장의 이야기를 알아들으려고 기를 썼다. 그러나 사장은 나머지 사람들을 나에게 떠넘기다시피 하고 택시를 타고 가버렸다. 어쨌든 집까지 잘 모셔다드리라는 요구가 그날 내가 알아들은 유일한 말이었다.

나는 어비가 어두운 건물 근처를 서성이는 모습을 휴대폰으로 봤다. 두 사람을 차례로 집 앞에 내려주고 남은 한 사람을 택시로 데려다주는 길이었다. 도로는 꽉 막혀 있었다. 터널로 진입하자 끝도 없이 늘어선 붉은 미등이 나타났다. 나는 계속 휴대폰을 만지작거리게 됐다. 화면 속에서 환한 불빛과 기다란 그림자와 바닥에 끌리는 발소리와 더운 숨소리 같은 것들이 제멋대로 뒤섞이고 있었다. 멀미가 일었다. 결국 뒷좌석에 있던 사람이 먹은 것을 다 게워냈다. 가도 가도 끝은 안 보이고 나는 열린 창으로 쏟아져 들어오는 뜨거운 매연을 마시며 기사의 원망을 들었다.

터널을 빠져나오자마자 차부터 세웠다. 잠든 사람을 뒷좌석에서 끌어내고 호주머니를 뒤져 지갑을 꺼냈다. 열어보니 현금이 꽤 많았다. 밤 장사를 망쳤고 시트를 갈아야 하는데 냄새는 잘 안 빠지고 어쩌고저쩌고 떠들던 기사는 지갑에서 돈을 꺼내주자마자 군말 없이 떠났다.

택시가 간 다음 나는 곧장 뒤돌아섰고 앞만 보고 걸었다. 한 손에 지갑을 든 채였다. 편의점을 발견하곤 캔 맥주 두 개를 단숨에 비웠다. 그러는 동안 뭔가 뜨겁고 단단한 것이 계속 나를 충동질하고 지나가는 걸 분명히 느낄 수 있었다. 그런 충동은 내 안의 뭔가가 다 깨지고 부서지고 망가지고 박살날 때까지 절대 그치지 않을 것 같았다. 그런 예감이, 확신이 점점 더 선명해졌다. 그리고 그런 순간엔 당장 무엇이라도 저지를 수 있는 기분이 됐다. 그게 뭐든 아무 상관이 없었다.

어비가 도착한 곳은 물류 창고 앞이었다. 불 꺼진 창고를 향해 어비는 아무 말이나 지껄여댔다. 바로 여기가 우주 센터이고. 인공위성이 발사됐고. 전 세계에서 기자들이 몰려왔고 밤이 대낮처럼 환했고. 땅이 흔들렸고 창이 뜨거웠고. 미친놈. 개새끼. 나는 손가락을 움직여 험한 말과 욕설과 쓰고 또 썼다. 별풍선이 터지고, 터지고 계속 터졌다. 내 말은 자꾸 빠르게 위로 밀려났고 보이지 않게 되어버렸다. 어비의 얼굴은 점점 더 환해지고, 나는 실은 네가 내 지갑을 훔쳐갔고 네가 하는 건 죄다 거짓말이고 겨우 그런 식으로 돈을 버는 인간이고 그런 말을 하고 또 하고 계속했다.

결국 할 수 없는 건 아무것도 없다는 생각이 들었다.

그 밤 내가 마지막으로 본 것은 주홍색 가로등 불빛이 쏟아지는 철제 대문 앞에 쪼그리고 앉아 있던 어비였다. 아니, 도로변에 앉아 내내 환한 화면을 들여다보던 나였는지도 모른다. 어쨌든 그곳으로 달려가 어비의 멱살을 잡고 내 지갑의 행방을 묻고 그따위로 살지 말라고 비난을 하고 욕설을 퍼붓고 싶었지만 그럴 수 없었다. 지갑을 어쨌냐고 물으면 정말 아무것도 모르는 순진한 얼굴로 저는 모르는 일이라고 시치미를 뗄 게 분명했다. 그게 아니면 길이 막히고 하필이면 그때 그 사람이 갑자기 구토를 하고 어쩌고저쩌고 하면서 다른 사람 핑계를 댈 거였다. 말도 안 되는 변명을 늘어놓으면서 사정을 할지도 몰랐다. 그것도 아니면 모든 게 제 탓이고 제 잘못이고 정말 죄송하다는 마음에도 없는 말을 하면서 굽실거리게 되겠지. 굽실거려야 하겠지. 어쨌든 이건 아니고, 정말 아니고, 진짜 아니지 않느냐고 따져 묻는 어비는 이제 없었다.

나는 도로변을 따라 걷다가 육교를 건너고 커다란 다리 위로 접어들었다. 난간에 붙어 서서 넘실거리는 강을 내다보는 사람들이 보였다. 내내 길 위를 서성이던 어비는 보이지 않았다. 깨진 담벼락과 캄캄한 지붕과 노란 불빛들이 뒤엉키는가 싶었는데 어느 틈에 방송이 꺼져버렸다. 아무리 기다려도 방송은 다시 켜지지 않았다. 나는 난간에 몸을 기대고 시커먼 강을 오래도록 노려보았다. 이 모든 게 어비 때문이고 어비 탓이고 그런 생각이 들면 당장 달려가 실컷 화풀이라도 하고 싶었지만 그럴 수 없었다. 서늘하고 축축한 바람이 불어왔다. 가야 했다. 그러나 나는 또 계속 주변을 두리번거리며 서 있기만 했다. 계속 앞으로 가는 것도, 되돌아나가는 것도 아득해 보이긴 마찬가지였다. 어느 방향으로 가야 좀 덜 걸을 수 있을까. 금방 다리를 벗어날 수 있을까. 어차피 그런 건 없었다. 그런 생각이 들었다. 나는 걷기 시작했다.

홍순애 동덕여대 국어국문학과 교수

'유령'의 존재론

김혜진의 「어비」는 가상현실을 사유하는 또 하나의 방식을 보여준다. 전자 매체의 시대에 존재하는 타자는 끊임없는 응시(gaze) 안에서만 의미화된다. 타자는 해석되는 존재가 되어 끊임없이 일방향적인 관계만 재현된다. 그러나 그 해석의 결과는 상호 소통의 결과로 얻어진 것이 아니기에 고정되지 않고 유동성을 띠고 변동된다. 소용돌이치는 타자적 존재의 의미는 구성된, 모방된 존재이기에 '유령'과 흡사하며, 존재와 비존재 사이에서 부유한다.

이 소설에서 보여주고 있는 가상현실은 그리 새롭지 않다. 소설은 미래의 일상을 논리적으로 재현한다거나 우주적 상상력을 과도하게 허구화하기보다는 현실에서 가능한 1인 인터넷 방송이라는 사이버 공간(vertual-space)의 차원만을 재현한다. 기표만이 존재하는 시대, 즉 기의보다는 기표가 중심이 되는 시대에 있어 이러한 기법은 오히려 진부한 느낌이 드는 것이 사실이다. 그러나 이 소설은 미디어에 의해 생산된 가상현실을 생산, 소비하는 과정에서의 주체와 타자 문제를 논의하고 있다는 점에서 주목할 만하다.

우리의 일상을 침범하고 있는 상징적 기호와 이미지들의 범람은 인식의 새로운 차원이라는 비전을 제시하기도 하지만, 재현과 실재의 관계가 역전되는 아이러니를 갖기도 한다. 이 소설에서 재현하고 있는 1인 인터넷 방송이라는 소재는 우리가 잘 알고 있는 시뮬라시옹의 개념을 단적으로 보여줌으로써 실재와 파생된 실재 간의 존재론적 관계를 생각하게 한다. 1인 인터넷 방송은 신체의 가상화를 통한 존재의 한 방식으로, 고착화된 기존의 존재 방식을 넘어 다른 존재 방식을 모색한 결과로 얻어진 것이다. 또한 이것의 탈지역화, 탈공간화, 탈시간화의 존재 방식은 복수의 시뮬라크르를 생산하며 하이퍼 리얼리티를 생산한다. 모든 실재하는 것들의 인위적인 대체물인 시뮬라크르는 실재보다 더 실재적이고, 원본보다 더 원본과 같은 것이며, 원본과 모사물의 구별이 없는 상태 그 자체이다. 1인 인터넷 방송은 이러한 시뮬라시옹의 질서 안에서 그 존재론을 고수한다. 그리고 1인의 구술자는 복수의 시뮬라크르 중에서 어느 존재에도 귀착되지 못하고 의미화되지 않음으로써 '유령'적 존재가 된다.

이 소설은 1인칭 객관 시점과 1인칭 주인공 시점을 모두 사용하고 있다. 소설의 초반에서부터 중반까지는 전자에 속하고, 중반 이후에는 후자의 서술 시점을 사용한다. 줄거리는 간단하다. '나'는 이름이 명명되지 않은 채 '나'로 시작되며, 어비는 '나'가 관찰하는 대상으로 서술된다. '나'는 어비를 책을 배송하는 아르바이트에서 처음 만나게 된다. 물류 창고 옆에 붙어 있는 개 이름이 어비였고, 어비를 쓰다듬고 있던 그는 어비로 명명된다. 어비는 아르바이트하는 누구와도 이야기를 하지 않고 따로 떨어져 홀로 다닌다. 책을 상자에 포장하고 컨베이어 벨트에 올리는 일을 하면서 어비는 손을 베기도 하지만 누구의 도움도 필요로 하지 않는다. '나'는 계속해서 말을 걸지만 어비는 침묵으로 일관한다. 스스로 고립을 자처하고 있는 어비는 '말할 게 없어요', '말할 게 없다고요', '그냥 별로 말할 게 없어요, 진짜요'만을 반복한다. 새 학기 주문이 폭주하던 때 팀장은 배송 오류에 대해 그 잘못이 어비에게 있다고 혼내지만 어비는 그것을 부정하면서 아르바이트를 그만두게 된다. 첫 번째 만남은 이렇게 '나'가 어비를 관찰하는 것으로 끝난다.

두 번째 어비와의 만남은 몇 주 뒤 생활용품 창고에서 이루어진다. 제대로 된 직장을 갖지 못한 채 1주일만 하기로 한 아르바이트에서 어비를 만나지만, 그는 여전히 자발적인 고립을 행하고 있었고, 우연히 일을 마치고 버스를 타러 가면서 어비와 밥과 술을 먹게 된다. 어비의 자발적인 고립은 식사를 하면서 깨지지만 어비는 "조금만 더 가면 나로호 발사 지역인데요. 그게 발사될 때요. 한밤중인데 대낮처럼 환해요. 땅이 막 흔들리고요. 벽이 막 떨려요. 창문도 뜨겁고요. 몇 시간이나요. 거기 가면 아직 우주 센터라는 게 남아 있는데요."라는 말만 되풀이한다. 사실이 아닐 수 있는 말에 '나'는 계속해서 의심을 표명하지만 어떤 대답도 얻지 못한다. 다음 날 '나'는 지갑이 사라진 사실을 알고 어비를 의심하지만 어비는 아르바이트를 나오지 않았고, 연락처나 주소도 알 수 없는 상태로 또 관계가 끊어진다. 두 번째 만남에서도 어비가 누구인지, 어디에 사는지, 무엇을 하는 사람인지 아무것도 알지 못하는 상태가 지속된다. "학생이야? 졸업했어? 혼자 살아? 부모님은? 형제는? 맏이야? 고향은? 학교는?" 하는 존재에 대한 질문들은 묻혀진 채, 어비는 타자의 존재론도 갖추지 못한다. 자아의 상대 개념으로서, 자아와의 비교적 존재로서의 '타자'는 두 번째 만남에서도 성립되지 않은 것이고, 그럼으로써 어비는 유령의 존재로 존속한다.

세 번째 어비와의 만남은 1인 방송이라는 가상현실에서 이루어진다. 그리고 소설은 여기에서부터 1인칭 주인공 시점으로 '나'와 어비의 서사를 같이 서술한다. 취업 사이트의 창을 타고 클릭하면서 만나게 된 어비는 1인 개인 방송을 하고 있었고, 어비는 화면 앞에 앉아 아무 말도 하지 않는다. '나'는 선배가 없는 동안만이라는 단서를 달고 무역회사에 들어가지만, '나'에게는 어떤 일도 주어지지 않는다. '나'는 분노를 잠재우면서 생산하지 않은 인간으로 전락한 채 동료들을 '구경'한다. 퇴근 후 습관적으로 화면을 통해 만나게 되는 어비는 웃통을 벗기도 하고 음식을 먹기도 하면서 사람들을 모은다. '나'는 아무것도 안 하면서 구경하는 인간이 되지만, 어비는 반대로 구경 대상이 되는 존재가 된다. 가상 세계에서 다중의 타자로 현현하고 있는 어비를 '나'는 낯설게 바라볼 뿐이다.

> 어비가 도착한 곳은 물류 창고 앞이었다. 불 꺼진 창고를 향해 어비는 아무 말이나 지껄여댔다. 바로 여기가 우주 센터이고. 인공위성이 발사됐고. 전 세계에서 기자들이 몰려왔고 밤이 대낮처럼 환했고. 땅이 흔들렸고 창이 뜨거웠고. 미친놈. 개새끼. 나는 손가락을 움직여 험한 말과 욕설과 쓰고 또 썼다. 별풍선이 터지고, 터지고 계속 터졌다. 내 말은 자꾸 빠르게 위로 밀려났고 보이지 않게 되어버렸다. 어비의 얼굴은 점점 더 환해지고, 나는 실은 네가 내 지갑을 훔쳐갔고 네가 하는 건 죄다 거짓말이고 겨우 그런 식으로 돈을 버는 인간이고 그런 말을 하고 또 하고 계속했다.
> 결국 할 수 없는 건 아무것도 없다는 생각이 들었다.
> 그 밤 내가 마지막으로 본 것은 주홍색 가로등 불빛이 쏟아지는 철제 대문 앞에 쪼그리고 앉아 있던 어비였다. 아니, 도로변에 앉아 내내 환한 화면을 들여다보던 나였는지도 모른다. (116쪽)

'나'가 어비에게 하는 말은 무수한 의미 없는 말들과 함께 화면 밖으로 밀려나고, '나'의 말은 어비에게 전달되지 않는다. 공간을 초월한 가상 세계를 향해 '나'가 할 수 있는 것은 한정되어 있고, '나'의 말은 어비에게 닿지 않은 채 소멸된다. 그러나 소설의 끝에서 현실의 '나'와 가상 세계의 어비의 경계는 무화되고 겹쳐진다. 술 취한 거래처 사람의 지갑을 들고 나오는 '나'의 행동은 과거 어비가 '나'의 지갑을 가지고 갔던 것과 동일시되고, 언젠가 어비가 말한 우주 센터 이야기는 1인 방송에서 다시 재구술된다. 그리고 철제 대문 앞에 쪼그려 앉아 있던 어비는 도로변에 앉아 화면을 들여다보던 나와 동일시된다. 그리고 방송은 꺼지면서 가상의 세계는 중단된다.

가상현실은 실제 세계의 모방을 근거로 하기 때문에 그들의 언어는 원본적 세계에 닻을 내리지 못하고 허공을 맴돈다. 우주 센터를 이야기하는 어비의 구술은 그래서 더 유령적이다. 현존하는 모든 것에 대한 무관심, 존재의 언어가 현재에 닻을 내리지 못하듯이 존재 또한 부유하는 존재인 유령적 존재가 된다. 이러한 가상 세계에 대해 데리다는 실재성과 관념성의 이분법에 잡히지 않는 탈형이상학적 존재, 유령적 존재라고 명명한다. 유령의 존재론은 비존재의 존재인 것이고, 존재의 비존재인 셈이다.

그러나 어비가 속해 있는 가상현실은 '나'의 욕망이 절연된 상태의 현실보다 더 자본에 충실한 공간으로 서술된다. 어비의 행동이 과장되고 우스워질수록 화면의 댓글들이 빠른 속도로 솟구치고 별풍선이 터지는 것을 보게 되지만, 이런 식으로 돈을 버는 것, 즉 이미지를 왜곡함으로써 보상되는 과정, 별풍선으로 대리되는 가상 세계의 자본 축적 방식으로 어비는 생산되고 소비된다. 아무것도 생산하지 않고 돈을 버는 가상 세계, 다만 소비로서 또 다른 생산이 되는 아이러니한 세계가 가상 세계인 것이다.

완벽한 시뮬라시옹인 1인 개인 방송은 폐쇄회로와 연계되어 갇힌 이미지로 전달된다. 과다 이미지의 시대는 현실성을 실종케 한다. 어비의 현실 속에서의 침묵과 가상현실 속에서의 의미화되지 않는 언어들은 전혀 다른 방식으로 전달되지만 결국은 소통의 부재라는 하나의 쟁점 안에서는 같은 것이 된다. 1인 방송의 범람으로 인한 가상현실, 사이버 공간은 인간 경험의 질적 변화를 촉발하고 있다고 하지만, 한 명의 발신자와 다수의 수신자 간에 탈중심화된 담론은 오히려 인간을 유령적 존재로 부유하게 한다. 존재하지만 아무 곳에도 없는 일종의 유령적 효과가 공공적 질서 자체를 지배하는 시대가 지금인 것이다. 전원이 공급되지 않으면 나타나지 않는 존재. 이것은 유령이고, 유령은 정주처가 없다. 현실도 가상 세계에서도 정주하지 못하고 거부되는 이 시대의 유령들. 시뮬라크르들의 완벽한 모델인 디즈니랜드에서도 추방된 존재. 소설의 끝에서 작가는 말한다. "계속 주변을 두리번거리며 서 있기만 했다", "금방 다리를 벗어날 수 있을까" 생각하지만 "어차피 그런 건 없었다", 그리고 "걷기 시작했다." 할 수 있는 것은 목적지 없이 움직이는 것뿐이다. 유령이다.

김혜진의 소설에서 이러한 유령적 존재의 서사는 그녀의 첫 장편소설인 『중앙역』을 통해서도 재현된 바 있다. 왜 노숙을 하게 되었는지에 대한 정보 없이 소설은 시작되어 또 다른 노숙인 여자를 만나면서 트렁크는 분실된다. 트렁크를 찾는 과정에서 여자를 사랑하게 되지만, 여자는 사라졌다 나타나는, 끊임없이 부유하는 존재로 서술되고 각인된다. 이 소설의 주요 배경으로 서술되는 광장과 다리는 구체적으로 묘사되지 않음으로써 여자와 남자의 관계 또한 불불분명하게 읽힌다. 소설에서 광장은 시간이 흐르지 않는 공간이면서 때로는 역변하는 공간이고, 현실의 질서가 지배되지 않는 공간으로 제시된다. 그러면서도 이들은 서로를 유인하고 밀어내는 자장 안에서 존재한다. 『중앙역』에서 존재이지만 비존재의 양태를 지향하는 인물들은 「어비」에서도 비슷한 양상으로 반복되고 있다. 존재와 비존재의 경계가 모호해지는 것, 실재가 함몰될 수 있는 가능성이 곳곳에 산재해 있는 것, 그것이 망(NETWORK)으로 구성된 현대 인간의 존재 양태인 것이다.

개나리 산울타리

백민석

—

1971년 서울 출생. 1995년 『문학과사회』로 등단. 단편집 『16믿거나말거나박물지』 『장원의 심부름꾼 소년』 『혀끝의 남자』, 장편소설 『헤이, 우리 소풍 간다』 『내가 사랑한 캔디』 『불쌍한 꼬마 한스』 『목화밭 엽기전』 『러셔』 『죽은 올빼미 농장』.

개나리 산울타리

남자는 이 일을 시작하고 나서 깨닫게 된 사실이 있었다. 흥미롭지 않은 사람은 없다는 것이다. 세상에 하품만 나는 사람은 없다. 그는 진료실로 나와서 하루 일과를 시작하기 전에 꼭 이 말을 되뇌곤 했다.

검은 아우터에 흰 블라우스를 단정하게 받쳐 입은 이 초로의 부인도, 개나리꽃처럼 샛노란 색깔의 하늘을 머릿속에 이고 살고 있었다. 대학병원 안과에서 남자에게로 보내진 부인이었다. 색을 지각하는 시세포에도, 색을 이해하는 중추신경에도 이상이 없었다. 색약도 색맹도 아니고, 다른 강남 부유층처럼 부티크에 가서 스무 가지의 서로 다른 적색과 녹색을 구분해 스태프들을 놀라게 할 수 있었다.

다만 부인이 사는 머릿속 세상의 하늘만, 오직 하늘만, 만발한 개나리꽃처럼 샛노란 색깔이었다.

"이제 곧 가든 콘테스트 예선이 시작되잖아요."

찾아온 첫날 부인은 가든 콘테스트 건으로 시름이 깊었다.

"우리 정원에 아주 쓸 만한 개나리 산울타리가 있어요. 정말 정성스럽게 가꿔서 자식보다 더 정이 가는 산울타리인데, 키워놓은 은덕을 아는지 얼마나 섹시하게 자라줬는지. 남자 심사위원들이 걔만 보면 정신을 못 차린다고요. 우리 집 정원의 화룡점정 같은 애지요."

부인의 걱정은 개나리 산울타리와 하늘이 같은 색이라 구분이 어려워 손질을 할 수가 없다는 것이었다. 꽃과 꽃의 배경이 같은 색깔이라면 누가 봐도 어지러울 것 같았다.

"정원사를 부르시지 그러세요."

남자는 진료 노트에 걱정 1이라고 큰 글씨로 적고는 그 아래 메모를 달아놓았다.

"정원사라고요?"

부인은 눈을 크게 뜨고는 어처구니없다는 표정을 지었다.

"그건 부도덕한 일이잖아요. 우린 가든 콘테스트에서 두 번이나 우승한 집이라고요."

그러면서 이렇게 덧붙였다.

"선생님은 꽃이 가진 아름다움을 모르죠?"

남자는 허허, 하고 웃었다.

"꽃의 아름다움은 충분히 알고 있습니다!"

이태 전 일이었다. 이제 남자는 부인의 집으로 왕진까지 다니게끔 되었다. 그도 부인의 정원을 둘러싼 농밀한 개나리 산울타리에 진심으로 반했다. 하지만 부인의 머릿속 세계에서 하늘과 개나리 산울타리를 어떻게 분리해낼 수 있을지는 여전히 미지수였다.

남자가 해결하지 못한 것은 부인의 하늘 말고도 많았다. 그에게 상담 치료를 받으러 온 환자들의 인생만이 아니었다. 이를테면 주방 그릇장의 헐거운 손잡이. 한때는 드라이버와 펜치를 쥐고 덤비기도 했지만 손을 댔다가는 상태가 더 나빠질 것 같아 그 앞에 한참 앉아만 있다 일어서고 말았다. 결국 아내가 사람을 불러 그릇장의 문짝을 교체했는데, 이번엔 색감이 미묘하게 다른 짝짝이 문짝이 온 가족의 신경을 거슬렸다. 남자와 아내는 그 때문에 다투기까지 했다.

차의 후드도 말썽이었고, 작년 가을부터는 오른쪽 발의 두 번째 발가락도 신경이 상했는지 찌릿찌릿 저려왔다. 5천만 원을 떼어먹은 대학 동창과는 소송이 진행 중이고, 옆집이 2주일마다 마당에서 벌이는 바비큐 파티도 남자의 속을 썩였다. 전세 자금 상환과 세금, 두 간호사의 인건비 같은 재정 건은 그 혼자 떠안기엔 너무 벅찬 것들이었다.

또, 또…….

그래도 남자에겐 이제 초등학교에 들어간 아들과 여전히 꽃처럼 아름다운 아내가 있었다. 그리고 아내 말고 다른 꽃도 있었다. 꽃의 아름다움에 대해서라면 충분히 알고 있다는 그의 말은 거짓이 아니었다.

"자기는 머리에 물 안 들여?"

"물?"

아내는 어깨까지 물결치며 내려오는 머리카락을 만지작거리며 물었다.

"응. 블리치도 넣고. 고등학교 때 일일찻집 가면 그런 여학생들 많았어."

아내는 웃기만 했다. 아내는 충분히 아름다웠지만 아들이 태어난 뒤로 부부는 섹스리스로 지내왔다. 한번 뜸하게 되자 갈수록 성관계 없는 기간이 늘어났다. 하지만 둘 다 불평하거나 하진 않았다. 아들은 잘 자라주고 있었다. 그는 자기의 초등학교 때를 떠올리며, 아내에게 우리 아들은 그러지 않느냐고 이따금 묻곤 했다. 함께 앉은 짝이 꼴 보기 싫어 말도 건네지 않거나, 담임선생을 경멸한다거나, 가사 도우미 아줌마한테 악을 쓴다거나 하는.

아내가 침실로 가 잠든 다음에 남자는 아래층 진료실로 내려갔다. 그는 책상의 스탠드를 켜고 진료실 바닥 러그에 쭈그려 앉아, 학회에서 나온 저널을 뒤적였다.

어제는 대학 동창과 비블레스에서 브런치를 먹었다. 연락을 받고 남자가 동창의 사무실 근처로 간 것이었다. 동창은 슬리퍼를 끌고 나왔다.

"대학으로 도로 들어갔다며?"

둘은 잠시 사는 얘기를 했다. 다른 능력 있는 의사들처럼 동창도 병원 바깥에 개인 사무실을 두고 있었다. 취향이 독특해서 맨발로 있길 좋아하니 사무실 바닥에는 푹신거리는 고급 카펫이 깔려 있을 것이다.

둘은 유나, 라는 어떤 여자에 대해서도 잠깐 이야기를 나눴다. 동창은 유나라는 여자가 병원에 입원했다고 했다. 수원에 있는 큰 병원이라고 했다.

누구? 남자는 아, 그렇지, 하고 소리를 높였다.

"걔! 예뻤지. 근데 정신병원엔 왜?"

동창은 눈을 치뜨곤 말없이 남자를 바라보았다.

"근데 그 얘길 왜 나한테?"

동창은 계속 입을 다물곤 한심하다는 표정을 짓고 있었다.

"내가 정신과 의사라서 알려주는 거냐?"

"……."

"그래, 언제 문병 한번 가야지."

남자는 심상한 투로 지껄였다. 그러자 동창은 애들처럼 욕지거리를 내뱉었다. 그러곤 자리에서 일어나 인사도 없이 카페를 나갔다.

어제 그런 일이 있었다. 그 일 때문에 잠이 안 오는 걸 수도 있었다. 남자는 학회지를 덮어 치우고 손님용으로 갖다놓은 패션 잡지를 꺼내들었다.

유나는 흠 없는 매끈한 다리와 긴 목으로 기억에 남아 있었다. 남자는 『엘르』에서 세미누드 사진을 찾으며 유나쯤이면 모델을 해도 좋았을 거라는 생각을 했다. 그 밖에는…… 대학을 졸업한 지 10년이 훌쩍 넘었으니 유나에 대해 남아 있는 것이 얼마 없다.

문득, 친구들이 침대 아래에서 참을성 없이 아우성치던 장면이 기억났다. 그게 벌써 언제 일인데. 그때는 젊었지, 모두가 젊었지. 유나는 잘 살고 있는 줄 알았다. 졸업하고 천안에 있는 대학병원에 취직했다는 얘기도 들었고, 몇 년 전에는 결혼해 애도 낳고 부부 합쳐 연봉이 2억이라는 소문도 들었다.

남자는 진료실 책장으로 가 대학 졸업 앨범을 꺼내 펼쳤다. 졸업생 중에는 유나가 없었다. 그래, 동기가 아니었지, 후배였지. 그는 이번엔 2층 서재로 올라가 독서등을 켜고 사진첩을 꺼내 뒤적였다. 유나의 얼굴이 기억나지 않았다. 그 긴 목 위에 얹혔을 얼굴이 기억 나지 않았다. 귀는, 귀까지는 어렴풋 떠올랐다. 귓불, 거기까지는 기억났다. 결혼하기 직전, 아내가 아닌 여자와 단둘이 찍은 사진은 모두 없애버렸다. 그런 괜한 짓도 했다.

"뭐해?"

아내가 부은 얼굴로 서재 문테에 어깨를 기대고 서 있었다.

"그냥. 후배 하나가 병원에 입원을 했대."

아내는 두 시가 다 됐어, 하고 침실로 돌아갔다.

그래도 단체 사진은 남아 있었다. 남자는 사신첩을 다시 찬찬히, 첫 페이지부터 넘겨보곤 자신이 유나의 얼굴을 식별하지 못한다는 사실을 인정했다. 동아리 회식 사진, 신입생 환영 파티 사진, 세미나 뒤풀이 사진……. 하지만 마구 뒤섞인 얼굴들 중 누가 유나인지 알 수가 없었다. 블러 처리를 한 것처럼 기억 속 유나의 얼굴이 흐릿했다.

"이 더러운 뽕짝 좀 그만 틀면 안 돼요?"

링고는 오늘도 바의 바텐더에게 소리를 질렀다. 바텐더가 눈썹을 구기며 남자와 그녀가 앉은 테이블을 돌아봤다. 남자는 진정하라고 손을 가볍게 위아래로 흔들며 난처한 표정을 지어보였다. 바텐더는 고개를 저으며 바 저 끝의 플레이어로 가 CD를 바꿔 끼웠다.

어느 CD를 틀어도 남자에겐 그 노래가 그 노래였다. 하지만 링고는 취향이 보통 까다로운 게 아니었다. 그녀는 더러운 뽕짝만 싫은 게 아니었다. 더러운 바텐더, 더러운 주방장, 더러운 서빙 아르바이트생, 더러운 안

주와 칵테일, 더러운 여고생 신분, 더러운 학교, 더러운 가족과 세상.

남자는 그런 링고와 1년째 데이트를 즐기고 있었다. 차를 타고 둘이 사는 강남구의 경계를 넘어 서초구, 광진구, 관악구를 쏘다니기도 했고 멀리 하남시와 구리시로 시의 경계를 넘나들기도 했다. 과감하게 학교 앞에서 야간 자율 학습을 마치고 나오는 그녀를 기다린 적도 있고, 학교 근처 아웃백스테이크하우스에서 이따금 함께 저녁을 먹기도 했다.

누가 보면 조카라고 하면 되었다. 누가 보면 삼촌이라고 하면 되었다. 큰삼촌과 막내 조카뻘 이상으로 보였지만, 남자는 자신을 그렇게 늙게 보지 않았고 링고는 자신을 그렇게 어리게 보지 않았다. 그는 그녀의 이름을 링고라고 알고 있었다. 그녀의 교복엔 명찰을 반복적으로 달았다 뗀 흔적이, 신경질적으로 잡아떼고는 하는 흔적이 뚜렷했다.

남자는 링고가 무슨 뜻이냐고 물었다. 링고는 얼굴을 찌푸리며 일본말이라고만 했다.

"왜 이름을 일본어로 짓지?"

"그야, 뭔가 있어 보이잖아."

링고는 그 이름을 작년에 읽은 어느 소설에서 따왔다고 했다. 남자는 '링고'가 마음에 들었다. 링고가 설마 똥을 의미한다고 해도 링고가 사랑스러울 것이다. 머리는 헤어라이트너로 만져 금발기가 살짝 도는 갈색이었고, 윗눈썹은 집게로 하나하나 뽑아 폭을 7밀리미터로 가늘게, 균일하게 만들었다. 눈썹이 아니라 붓 한 번 긋고 지나간 자국처럼 보였다.

"링고."

"왜?"

"오늘 니 삭스는 얼마?"

남자는 링고가 신고 있는, 정강이까지 올라오는 새하얀 양말을 눈짓으로 가리켰다.

"링고의 니 삭스, 오늘은 거래 불가. 아빠가 집에 오셨습니다."

남자는 잠자코 링고를 응시하며 정말인지 거짓말인지 가늠하다 고개를 끄덕였다. 거래가 성사되었다면 그는 앉은 자리에서 현찰을 꺼내주었을 것이었다. 그리고 차를 타고 나갔겠지. 하지만 오늘은 아빠가 왔다.

남자는 링고를 데려다주고 집으로 돌아왔다. 아내는 거실에서 등을 하나만 켜놓고 어스름한 빛에 잠겨 차를 마시고 있었다. 남자는 옷을 갈아입고 씻고 제 찻잔을 들고 아내 곁에 앉았다.

"후배는 괜찮아?"

남자는 아내에게 병원에 입원한 후배한테 다녀온다고 했다.

"응, 가다 말고 돌아왔어."

"왜?"

"가서 보면 뭘 할까 해서."

남자는 정말 수원까지 갈 생각이었다. 링고를 데려다준 뒤 실제로 양재를 지나 판교 인터체인지 근처까지 가기도 했다. 하지만 더는 나아갈 수 없었다. 그는 어쩐지 갈 수 없었고 돌아와야만 했다. 그리고 핑계 같지만, 야간에 면회를 시켜주는 정신병원이 있다는 얘기도 들어본 적이 없었다. 아내는 더 묻지 않고 찻잔을 들어 다시 한 모금을 마셨다.

아찌, 오늘 경매할까?

링고에게서 카톡이 왔다. 학교 점심시간이 끝날 무렵이었다. 병원의 점심시간이 되려면 아직 10분이 더 있어야 했지만 환자가 없었다.

니 삭스 얼마?

삭스만?

남자는 오호, 하고 소리 내 중얼거렸다.

오늘 체육시간이 있었어. 더웠다고. 아빠는 갔고.

일단 야간 자율 학습이 끝나야 했다. 남자는 링고를 저녁 8시 반에 논현동 코코브루니에서 만나기로 했다. 링고가 더럽다고 불평하지 않고 그곳의

티라미수와 얼 그레이 케이크를 잘 먹었던 기억이 났다. 택시를 타고 오라고 했다. 그는 병원을 마치고 2층으로 올라가 가족과 저녁식사를 했다.

아들은 자기 짝꿍이 엄마가 없다고 했다. 남자는 고개를 끄덕였다. 엄마가 없고 아빠는 춘천이라는 데서 자동차 도로를 만들고 있다고 했다. 아내는 화장실 비데 변기 시트가 흔들린다고 했다.

식사가 끝나자 남자는 자리에서 일어나 아들의 시선을 끌 만큼 큰 소리를 내며 아내에게 입을 맞췄다. 그러곤 아내가 아들을 방으로 데려가 숙제 준비를 시키는 동안 차를 끓였다.

남자는 카페에서 링고에게 케이크를 먹인 다음 강남역의 쇼핑가로 갔다. 그는 옷가게에서 교복 스커트 위로 이런저런 종류의 스키니 진을 대어보는 그녀를 즐겁게 바라보았다. 그녀는 그가 스키니 진에 성적 충동을 느낀다는 것을 아는 눈치였다. 그는 진과 셔츠를 고르게 하고는 그녀를 가까운 모텔로 데려갔다.

다음 날 아침, 식탁에서 아들이 물었다.

"아빠, 밤에 안 자고 뭐해?"

"가끔 못 잘 때가 있지."

남자는 아들이 화장실 갈 때 서재에 불이 들어와 있는 것을 본 모양이라고 생각했다.

"어제 몇 시에 들어왔어?"

이번엔 아내가 물었다.

"한 시 좀 안 돼서?"

남자는 귀가 시간을 속일 수가 없었다. 보안 시스템이 출입문마다 걸려 있어서 출입자와 출입 시간이 엑셀 파일로 찍혀 나왔다.

남자는 진료실 창가에 서서 아들을 학교에 데려다주는 아내를 바라보았다. 아침은 아직 선선했다. 아내는 카디건을 어깨에 두르고 아들을 차에 태우고는 조심스럽게 골목을 빠져나갔다. 그리고 40분쯤 지나 골목으로 돌아왔다.

남자는 저녁때까지 환자 넷을 받았다. 지난해 같은 달과 같은 수였다. 하루 환자 넷은 그가 바라는 삶을 살기에는 꽤 부족한 숫자였다.

유나가 병원에 입원했다는 소식을 들은 지 벌써 한 달이 되어가고 있었다. 잠은 원래 잘 못 잤지만 요즘 부쩍 그런 것 같았다. 유나가 이유일까? 유나가 어째서? 왜?

남자는 링고에게 일요일에 시간이 있느냐고 물었다. 둘이 만날 시간은 의외로 많지 않았다. 그는 병원과 가족을 챙겨야 했고, 그녀는 아빠를 챙겨야 했고 공부를 해야 했다. 공부는 그가 원하는 것이기도 했다. 그는 학업 목표를 걸어놓고 그녀가 달성하면 상금을 주었다. 그녀의 생리 기간도 지켜주어야 했다. 둘은 한 달에 세 번 만나기도 어려웠다.

"일요일?"

"응."

남자는 검지와 엄지로 링고의 젖꼭지를 꼭 쥐었다 놓았다. 연붉은 건강한 색깔에, 주름 하나 없이 탱탱했다. 그녀는 이번 주? 하고 묻고는 곤란하다는 표정을 지었다. 다음 주는 어떻겠냐고 하니, 이 더러운 세상이 어떻게 될 줄 알고 다음 주까지 약속을 잡아놓느냐고 핀잔을 주었다.

"아찌, 무슨 일 있어?"

링고는 어울리지 않게 걱정스러운 얼굴을 하고선 손을 뻗어 남자의 뺨을 어루만졌다.

"아찌 아는 사람이 병원에 입원했거든. 링고랑 같이 가면 좋을 것 같아서."

"링고랑? 하지만 링고는 싫어."

"왜?"

링고는 잠시 입을 다물고 생각을 하는 듯했다. 생각하는 게 괴로운 듯

이마에 얇게 주름이 잡혔다.

"음. 링고는 아찌 일은 모르고 싶어요. 아찌 일을 알게 되면 틀림없이 아찌를 싫어하고 더럽다고 욕하게 될 테니까."

남자는 링고에게 입을 맞추고 섹스를 했다. 그녀는 오늘은 열 시가 되기 전에 들어가야 했다. 무슨 요량으로 그녀에게 병원에 같이 가자고 했는지 알 수가 없었다. 그는 그녀를 바래다주고 귀가한 다음 곧바로 서재에 틀어박혔다.

"뭐했어?"

남자는 고개를 들어 소리 난 쪽을 바라보았다. 아내가 서재 문테에 기대서 있었다. 시간은 벌써 열두 시가 넘어 있었다. 그는 대꾸 없이 아내를 바라보다 미소를 지었다.

"슬리퍼는 신으라고 했잖아."

아내가 다시 말했다. 남자는 발을 뻗어 책상 아래 놓인 슬리퍼를 차례로 발에 꿰었다. 그러면서 고개를 주억거리며 아내의 다리를 살폈다. 아내는 복사뼈가 드러나는 짧은 선홍색 양말을 신고 있었다. 아내는 그가 아는 가장 정갈한 꽃이었다.

"사랑해."

남자는 자신이 아내를 사랑한다고 생각했다. 그는 방으로 돌아가는 그늘진 아내의 등을 보며 다시 링고를 떠올렸다. 아내가 링고를 기억할까. 링고를 처음 만난 날 아내도 있었는데.

그날 남자는 카페 골목에 차를 세워놓고 아내가 부티크에서 나오기를 기다리고 있었다. 2차선 도로 건너편 골목에선 교복을 입은 여학생 대여섯이 옹기종기 쪼그리고 앉아 있었다. 잠시 후 묵찌빠 같은 걸 하더니 학생 하나가 울상을 지으며 골목 앞으로 나왔다. 그러곤 인도 복판에 서서 체크무늬 교복 치맛자락을 넓게 펼쳐 잡고는 부채를 부치듯 펄럭였다. 낮 시간이라 인도엔 보행인이 얼마 없었다. 골목 안의 학생들은 즐거운 듯 깔깔거렸다. 세 번째 학생이 나왔다. 하지만 갑자기 늘어난 보행인에 겁을 먹었는지 치맛자락을 틀어잡고 머뭇거리다 골목으로 돌아갔다. 곧 길고 흰 목이 인상적인 여학생이 자리에서 일어났다. 그녀는 역할을 다하지 못한 친구의 머리를 손바닥으로 때리기 시작했다. 다른 학생들이 골목을 막아섰다.

남자는 차에서 내려 도로를 건넜다. 여차하면 자기를 선도위원이라고 소개하고 경찰을 부를 생각이었다. 정말 그럴 작정이었다. 그는 골목으로 뛰어들어 찰랑이는 검은 머리카락들 사이를 비집고 들어가 소리를 질렀다. 남학생이 무리에 끼어 있지 않는 게 다행이라는 생각을 했다. 그가 쓰러진 학생 곁에 앉아 상태를 살필 때 위에서 소리가 들렸다.

고개를 돌리자 오렌지색 긴 목 양말과 늘씬한 라인의 하얀 허벅지가 보였다. 다른 학생들은 없었다. 아저씨, 감옥 가고 싶어? 뭐? 감옥 가고 싶으냐고? 남자는 자리에서 일어났다. 내가 경찰 불러서 아저씨가 애 막 주물럭댔다고 할 거예요. 더러운 개저씨 변태라고. 더러운 미성년자 성추행 개저씨. 더러워.

남자는 휴대폰을 꺼내 경찰을 불렀다. 여학생은 생글생글 웃으며 자리를 지켰다. 건너편에서 아내가 손을 흔들었다. 잠시 후 아내가 길을 건너 그에게로 왔다. 아내는 당황한 얼굴로 여학생에게 이름을 물었고 그녀는 링고라고 부르라 했다. 그와 아내와 링고는 멀뚱멀뚱 서서 경찰을 기다렸다. 맞은 학생은 이제 일어나 앉아 넋 나간 표정을 짓고 있었다.

무슨 생각으로 그때 링고가 남자를 성추행으로 엮으려 했는지 알 수가 없었다. 경찰이 왔고 맞은 여학생은 학교로 갔고 아내는 집으로 갔고 남자와 링고는 지구대로 가 잠깐 실랑이를 했다. 지구대에서도 링고는 더럽다고 구시렁댔다. 경찰이 더럽고 대기실 벤치가 더럽고 경찰의 책상이 더럽고 지구대 대장이 더럽고. 가랑이에 땀이 차서 부채질 좀 했기로서니 뭐가 범법이냐고 대들었다.

그게 링고였다. 긴 목 양말의 정식 이름을 가르쳐준 것도 그녀였다. 니삭스라고. 좀 사귀어보니 그녀는 일진 같은 걱정할 만한 수준은 아닌 것 같았다. 그저 충동을 조절하는 데 좀 곤란을 겪고 있는 듯했다.

남자는 그런 링고가 좋았다. 그녀는 뭐랄까, 그가 알지 못하고 살아보지 못한 세계에 속해 있었다. 게다가 예쁘기까지 했다. 그는 예쁘지 않은 꽃은 꺾지 않는다는 주의였다.

이 사내는 꽃을 좋아하되, 잘못된 방식으로 좋아했다. 법원 명령에 정해진 기한은 오래전에 끝났지만 사내는 병원을 바꿔가며 간헐적으로 상담 치료를 계속 받고 있었다. 남자의 병원엔 지난주부터 왔다. 중년 나이. 중견 기업의 과장. 이혼 경력. 느릿느릿한 말투에, 오랜 직장 생활로 딱 틀이 잡혀 있는 행동거지. 직장이 강남 지역이었다. 걸어서 와도 될 만큼 병원에서 가까웠다.

여기까지는 흔한 한국 중년 남성이지만, 단단히 오므린 꽃봉오리를 억지로 열려고 한다는 데 사내의 심각성이 있었다. 사내는 몇 년째 역겨운 욕구와 씨름하고 있었다. 스스로도 역겹다고 인지하고 있었다. 이혼했지만 아직 전처를 사랑하고 있었고 아들도 있었다. 함께 살진 않지만 그들에게 책임감을 느끼고 있었다.

남자는 처음엔 간단한 탈무드식 처방을 내릴 생각이었다. 역겹다고 생각하지 말라는 것이었다. 하지만 명칭을 바꾼다고 역겨운 게 달콤하게 되지는 않는다. 회사 생활도 원만하지 않은 듯했다.

"그 친구는 알고 보니 고아더라고요."

"그건 어떻게 아셨습니까?"

"제보가 있었어요."

사내는 그 부하 직원을 깡패 새끼라고 불렀다.

"그 제보, 확인은 해보셨어요?"

사내는 해보나마나 깡패같이 껄렁껄렁하니 아비 어미 없이 자란 놈이 틀림없다고 했다. 대단한 순환 논리였다. 부모가 없으면 깡패 새끼로 자랄 것이고, 깡패 새끼면 보나마나 부모가 없이 자랐을 것이다.

사내는 여론몰이를 해서 그 부하를 자기 부서에서 몰아냈다.

상관 하나도 비슷하게 쫓아냈다. 그의 상관 중에 전문대 기계과 출신이 있었다.

"학벌이 중요한 건 아니니까. 하지만…… 자꾸 남의 아이디어를 훔쳐요. 그게 나중에 얼마짜리 기술이 될지 알고."

사내는 그 상관이 못마땅했고 결국, 사내 학연을 이용해 그도 사무실에서 내몰았다.

"그런데 그게 학력과 무슨 상관이에요?"

"전문대 나온 놈이 무슨 도덕성이 있겠어요. 그렇잖아요. 자존감은 학력을 따라간다고요, 도덕성은 자존감을 따라가고."

남자는 그건 편견 아닙니까, 하고 물었다.

"편견 맞아요. 심한 편견이지. 하지만 그 편견 덕에 내가 살아남았어요."

남자는 그렇다면 이 사내의 학력은 어디까지일지 궁금했다. 하지만 그의 환자 카드에 나와 있는 건 이름과 연락처뿐이었다.

"선생은 어느 대학 나왔소?"

그러면서 사내는 상담실을 천천히 둘러보았다.

하지만 편견이 사내를 백 퍼센트 보호해주지는 못한 것 같았다. 사내는 이미 역겨운 일로 전과가 하나 있었고 이혼까지 했다.

"조금 있으면 장마가 시작되지 않나요?"

사내는 장마철이면 꼭 자신이 물로 된 터널 속을 걷는 기분이 든다고 했다. 그러곤 물의 터널이 머리 위로 무너져 내릴 것만 같다고 했다.

남자는 우산을 들고 물로 만든 터널 속을 느릿느릿 걷는 사내를 상상해 보았다. 그리고 물의 터널이 무너진다. 사내는 어마어마한 물결에 휩쓸려 사라진다.

남자는 진료 노트에 이것은 자기 처벌인가, 하고 적고 물음표 하나와 메모를 달아놓았다. 아무튼 머리 위가 위태로운 건 남자도 마찬가지였다.

링고는 눈을 반짝이며 환자들의 이야기를 들었다. 그녀는 호기심이 많은 아이였다. 다만 추진력이라고 할 열정이 부족했다. 한순간 미친 듯 알고 싶어 하다가도 조금만 시간을 끌면 언제 그랬냐는 듯이 무심한 얼굴로 돌아갔다.

"쥐가 무서운데 왜 자기 애완 고양이를 피해?"

"글쎄, 맞춰봐."

남자는 쇼핑백에서 옷가지를 꺼내 링고에게 입어보라고 건넸다. 그녀는 알몸으로 침대 밖으로 나가 비닐 포장을 뜯고는 일본어로 쓰인 상품 태그를 살펴보았다. 그녀는 자기 또래 일본 여고생들이 입는 체육복을 신기한 듯 살펴보았다. 셔츠 등에는 자주색으로 일본 고등학교 이름까지 쓰여 있었다.

"그냥 배구 선수 언니들이 입는 유니폼 같은데? 아찌…… 정말 이런 걸 입는다는 거지?"

"그렇다니까."

"너무 짧은 거 아냐?"

링고는 남자와 눈을 맞춘 채 시스루로 된 민소매 셔츠와 벽돌색 팬츠를 걸쳤다. 모텔 형광등 불빛 아래 드러난 각진 어깨가 쏙 들어간 허리와 멋진 역삼각형을 이루고 있었다. 시스루 아래 감춘 듯 드러난 젖꼭지가 그를 자극했다. 그가 감탄을 지르자 그녀는 엉덩이를 실룩이며 한 바퀴 돌아보였다. 핏기 없는 살이 팬츠 아래로 살짝 비어져 나와 있었다. 그녀는 깔깔 웃으며 침대로 뛰어올라왔다.

"얘기해줘. 쥐가 무서운데 왜 고양이를 피하냐고."

남자는 잠깐 링고와 스킨십을 하다가 털어놓을 때가 되었다는 듯이 이야기를 했다.

"고양이가 쥐를 잡아먹었거든. 그러니까 고양이가 무서운 게 아니라 고양이 뱃속에 든 쥐가 무서운 거야. 그래서 귀엽다고 쓰담쓰담도 못하게 됐지. 쥐가 고양이의 탈을 쓰고 있는 거니까."

링고는 어머나, 하고 멍한 얼굴로 중얼거렸다. 남자는 이때다 싶어 병원에 같이 가지 않겠냐고 물었다.

"아찌는 병원에 같이 갈 사람이 그렇게 없어?"

남자는 대답하지 않았다.

"링고는 의리 있는 여자예요."

남자는 일요일 오전에 집에서 나와 링고의 집으로 갔다. 그녀는 아빠는 집에 없을 거라고 했다. 그녀의 집으로 들어가는 골목 어귀의 놀이터 앞에 차를 세우고 전화를 했다. 놀이터 그네에서 그녀가 그를 향해 손을 흔들었다.

링고는 한눈에 봐도 정갈하게 차려입으려 한 티가 났다. 캔디핑크 색깔의 여름 재킷에, 물 빠진 파란색 밴딩 팬츠를 입고 있었다. 새 옷은 아니었지만 세탁하고 갓 손질한 것들이었다. 가죽 로퍼도 얼룩 하나 없이 깨끗했다. 재킷 안에는 그가 사준 민소매 체육복을 받쳐 입고 있었다.

캔디핑크니 밴딩 팬츠니 하는 이름들은 모두 링고가 가르쳐준 것이었다.

병원은 남자가 몇 번 방문했던 적이 있었다. 인턴 때도 왔었고 자원봉사를 나온 적도 있었다. 남자는 접수대에서 면회 신청을 했다. 신청을 하는 동안 링고는 코를 씰룩거리며 더러운 냄새가 난다고 불평하기 시작했다.

남자와 링고는 응접실로 안내되어 유나를 기다렸다. 이번에 유나를 보게 된다면, 대학교 2학년 때 유나가 휴학을 한 후로 처음 보는 것이었다. 그는 자신이 얼마나 늙었을까 하는 생각이 들었다. 얼굴을 비춰보려고 무심결에 고개를 돌렸다. 응접실 창밖으로 병원 뒤뜰이 보였다. 환자복을 입은 몇몇이 간병인들과 함께 해바라기를 하고 있었다. 만약 유나가 그를 만나러 응접실까지 내려올 수 있다면 병세는 그리 걱정할 만한 것이 아닐 것이다.

남자와 링고는 응접실의 햇살이 옅은 은행나무 낙엽 빛깔을 띨 때까지 유나를 기다렸다. 계절에 상관없이 그런 색깔은 그의 마음에 스산한 바람을 몰고 왔다. 링고는 휴대폰으로 게임을 했고 그는 그저 아무것도 하지 않고 앉아만 있었다.

네 시 반이 되자 간호사가 응접실로 찾아왔다. 환자가 남자를 만나고 싶어 하지 않는다고 했다. 남자는 면회가 가능한 상태냐고 물었고 간호사는 주치의가 면회를 허락했다고 했다. 남자는 툴툴거리는 링고를 데리고 응접실을 나왔다.

"병원에 있는 언니도 아찌를 싫어하는 거네."

서울로 가면서 링고가 룸미러로 남자와 눈을 맞추고는 중얼거렸다. 그는 말없이 운전을 계속했다. 무슨 말을 할 기분이 아니었다. 그는 오랜만에 만난 유나가 어떤 반응을 보일지 은근히 기대하기까지 했다. 그 기대가 무너진 것이다. 그는 그런 대접을 받을 사람이 아니었다. 그런 대접을 받아선 안 되었다.

남자는 차를 타기 직전까지, 그리고 병원을 빠져나오는 기나긴 진입로에서도 자꾸 뒤를 돌아보았다. 황혼 빛을 받아 반짝이는 병원 창문들이 더 이상 보이지 않게 된 다음에도 자꾸 룸미러로 뒤를 살폈다. 무슨 오해가 있나, 아니면 그냥 아무도 만나기 싫은 걸까. 병실 창가에 서서 차에 탄 자신을 훔쳐보는 유나가 떠올랐지만 이번에도 얼굴은 기억에 없었다.

다음 주말에 남자는 유나의 소식을 전했던 동창에게 연락을 해 만났다. 연구는 잘되느냐, 거기도 요즘 위에서 새 인력을 안 뽑아주느냐, 하고 흔히 할 수 있는 얘기들을 나눴다.

동창은 전자 담배를 물고 있는 남자를 표정 없이 바라보았다. 병원에 다녀온 직후 피우기 시작한 전자 담배였다. 동창은 눈초리가 조금 구겨져 있었지만 딱히 기분이 상한 것처럼은 보이지 않았다. 그러다 남자는, 내가 왜 이 자식 기분을 살피고 있지 하고 생각했다.

"전자 담배 피면 담배 끊는 게 쉬워?"

동창은 곤드레나물밥을 떠 넣으며 물었다.

"끊은 건 오래고. 담배 생각이 나기에 다시 피우게 될까 봐."

"아까 걔는 누구야?"

남자는 식당 창밖으로 시선을 돌렸다. 링고가 아직 거기 있다는 듯이. 그녀가 아프다고 해서 아침에 차로 태워 병원에서 진찰받게 하고는 다시 집 근처인 이곳까지 데려다준 참이었다.

"그냥 아는 조카."

그러자 동창은 대충 눈치챘다는 듯이 소리 내 웃었다. 그러고는 비주얼이 삼촌 조카 사이로는 보이지 않는다고 놀렸다.

"조카면 조카지, 무슨 아는 조카."

"순수한 사이야."

"자식, 우리한테 순수한 게 어디 있냐?"

남자는 말없이 그릇을 비웠다. 그러는 동안 동창은 흥분해서는 자기 연구원들의 불륜 행각을 미주알고주알 늘어놓았다.

"병원에 문병 갔다 왔냐?"

남자는 동창에게 물었다. 동창은 고개를 끄덕였다.

"걔가 만나줬어?"

남자는 뜸을 들이다가 마침내 진짜 궁금했던 것을 물었다.

"아니."

동창은 고개를 가로저었다. 그러면서 소리 나게 젓가락을 내려놓았다.

"술 한잔할까?"

동창의 말에 남자는 대꾸 대신 미간을 찌푸리곤 동창을 쳐다봤다.

"우리를 만나줄 리 없어."

동창이 능청으로 입을 헹구며 말했다.

"왜?"

"참나. 기억 안 나냐?"

"기억나지. 하지만 벌써 옛날 일이고 걔도 다 잊었을 텐데."

"잊었는지 아닌지 네가 어떻게 알아?"

남자는 눈을 동그랗게 뜨고 동창을 바라봤다.

"그 뒤로 학교도 잘 다녔고 취직도 하고 박사 학위도 따고 결혼해서 애도 낳아 기른다며? 그 정도면 요즘 세상에 성공한 인생이야. 우리하고 있었던 일은 다 잊은 거라고."

동창은 자리에서 일어났다. 남자도 따라 일어섰다. 둘은 식당을 나와 주차장 앞에서 잠시 이야기를 나눴다.

"우리가 한 짓을 잊지 못한 거야. 앞으로도 절대 잊지 못할 거야."

동창이 스스로를 비난하는 투로 말했다. 남자는 아무 말도 하지 않았다. 그리고 시선을 내리고 눈알을 굴렸다. 다른 이의 의견에 동의하지 않을 때 그가 습관처럼 내보이는 반응이었다.

"아까 그 여자애, 유나랑 똑같이 생겼더라. 안 그래? 유나 신입생 때 딱 그랬지. 키에 가슴 크기까지 비슷해. 목은 길고 착 달라붙는 스판덱스를 입었지. 유나 동생인 줄 알았어. 특히 그 처진 눈초리."

동창은 스키니 진을 스판덱스라고 불렀다.

"뭐하는 거냐? 유나랑 똑 닮은 애를 데려다놓고? 너도 잊지 못한 거지?"

남자가 대꾸할 말을 찾는 동안 동창은 인사도 없이 몸을 돌려 사무실이 있는 역삼동 쪽으로 걸어갔다.

남자는 링고와 침대에 마주 누워 바라보며 이 여자애의 무엇이 유나와 그렇게 닮았나, 곰곰 생각했다. 얼굴은 기억나지 않지만 유나의 새카만 숱 많은 머리카락과 한 뼘은 됨직한 긴 목은 잊지 않고 있었다. 링고의 목도 꼭 한 뼘 길이였고, 머리숱은 또 얼마나 많은지 침대 시트에 누워 펼쳐놓으면 고급 우단 온장처럼 빈틈없이 광택이 흘렀다. 유나도 링고도 모델을 해도 좋을 몸매를 갖고 있었다. 자신의 치기 어린 표현을 쓰자면 낭심을 녹이는 미모였다. 실제로 링고는 엔터테인먼트 회사에서 픽업도 몇 번 받아본 적이 있다고 했다. 연기도 노래도 머리도 안 돼 매번 오디션 과정에서 걸러지긴 했지만.

"링고가 누굴 닮았다는 얘기를 들었어."

"링고가?"

링고는 아이돌 얘기를 하는 줄 알고 눈을 반짝였다.

"응. 전에 같이 간 병원에 입원한 여자."

"치. 그 미친 여자?"

링고는 실망한 듯 입을 비죽거렸다.

"그런데 그 여자하고 아찌는 무슨 관계야?"

그 말에 남자는 손놀림을 잠시 멈췄다. 생각하기 싫었지만 그렇다고 잊은 것도 아니었다. 그런 일은 잊을 수가 없다.

"아찌랑 아찌 친구들 몇이 술 먹고 실수 좀 했지. 우리 넷이. 아니 다섯이었나."

남자는 잠시 머뭇거리다가 말을 이었다.

"그냥 같이 잤던 거야."

남자는 술에 취해 통제가 안 됐느니 하는 변명은 하지 않았다. 자기 합리화는 하지 않았다. 다만 그 일을 중요하게 생각하지 않을 뿐이었다. 그때나 지금이나. 유나가 경찰에 신고한 것도 아니고 학교에 알려서 정학 처분을 먹은 것도 아니었다. 아무도 처벌받지 않았고, 유나도 휴학하고 나서 다음 해 아무 일 없었다는 듯이 학교로 돌아와 우등생으로 졸업까지 했다니까.

"일본 포르노에서처럼? 막 여럿이서?"

남자는 정말로 그랬나 하고 기억을 더듬었다. 그랬다. 이제 와서 부인할 이유는 없었고, 괴롭기는 했지만 그는 당당했다. 그는 언제나 자신의 인생에 대해 당당했다. 그러고 보니 유나가 많이 울긴 했다. 그녀가 울기를 그치지 않자 티셔츠로 얼굴을 아주 덮어버렸던 기억도 났다. 그가 한 번 더 하려고 하자 다른 친구들이 침대 아래에서 소리를 질러댔다.

"그럼 아찌 때문에 미쳐서 정신병원에 들어간 거야?"

그게 언제 얘긴데. 글쎄, 유나는 아무 일 없었다는 듯이 성공적인 삶을 살았다니까. 나도 그랬고. 친구들도 다 그랬어. 링고는 좀처럼 납득이 안 되는 모양이었다. 그런 링고를 안고 남자는 한참을 뒹굴었다.

자신이 잘못했다는 생각은 들지 않았지만, 늘 자신의 인생에 대해 당당했지만, 남자는 어쨌거나 부서져가고 있었다.

"비명을 질러 이년아! 비명을 지르라고!"

남자는 링고에게 소리를 질렀다. 링고는 놀라 개처럼 엎드린 자세에서 고개를 돌려 그의 얼굴을 보려고 했다. 겁에 질려 뺨이 파들파들 떨리고 있었다. 이제까지 이 정도로 거칠게 다룬 적은 없었다.

"비명! 비명을 지르라고!"

남자는 확실히 부서져가고 있었다. 그는 링고를 부숴버리고 있다고 생각했지만 실은 자신을 부숴버리고 있었다. 공포에 떠는 링고의 눈을 보니 얼핏 그날 유나의 눈을 닮았다는 느낌이 들었다.

그날 밤은 안방 침대에서 일찍 잠들었고 아침까지 한 번도 깨지 않았다. 아침에 일어났을 때 남자는 근래에 이렇게 몸이 개운했던 적이 있었나 놀라기까지 했다.

점심시간이 되자 아내가 전화를 걸었다. 같이 밥 먹자고 했다. 굳이 부르지 않아도 대개 남자는 2층으로 올라가 가족과 점심을 먹었다.

무슨 일이 있나 싶어 남자는 아내에게 이런저런 말을 시켜보았다. 아내는 평소와 다름없이 조용하게, 차분하고 느긋하게 그를 대했다.

"병원에 손님이 없지?"

"불경기니까."

"세상이 다 미쳐 돌아가고 있는데 왜 정신과의원에 손님이 없을까?"

아내는 궁금해서 묻는 게 아니었다. 아내가 궁금한 것은 그게 아니다.

"정신과의원에 손님이 많다면 세상이 미친 연놈들로 가득 찼겠어?"

쓸 만한 답을 내놓았다고 생각했지만 남자는 계속 불안했다.

"요즘 누구 사귀어?"

남자의 밥그릇은 거의 비어 있었다. 그는 아내의 눈을 똑바로 들여다보았다. 그러고 보니 1년 넘게 안 들키고 링고를 사귀었다는 사실이 스스로도 놀라웠다.

"응."

남자는 체념한 듯 씁쓸히 미소 지었다.

"어떤 여자야?"

"말해준다고 알아?"

하지만 아내는 링고와 만난 적이 있고 어쩌면 기억하고 있을지도 몰랐다.

"어디가 좋아?"

"음. 걔는 보지가 예뻐."

아내는 가만히 자리에서 일어나 안방으로 들어가 문을 닫았다. 남자는 식탁을 치우고 커피까지 끓여 마셨다. 진료실로 내려가기 전에 방문을 두드려볼까 망설이기도 했지만 그러지 않았다.

저녁 때 하루 일을 마치고 올라가 보니 2층에 아내가 없었다. 아들도 없었다. 드레스 룸을 열어보니 아내 옷의 3분의 1 정도가 사라지고 없었다.

하늘이 개나리색으로 보이는 초로의 부인은 가든 콘테스트에서 예선 탈락했다. 부인은 의외로 감정을 잘 다스렸다. 부인은 일상의 이야기를 늘어놓았다. 강남 지역 사교계를 틀어쥐고 호령하는 실력자 치고는 뜻밖일 정도로 검소한 일상이었다.

"아무튼 선생님이 1년 안에는 답을 찾길 바라요."

"1년이요?"

"그래요. 가든 콘테스트는 매년 있잖아요. 내년엔 결선에 올라가야죠."

남자는 진료 노트를 덮고 옆 책상에 올려놓았다.

"부인. 전 당신이 뭘 하든 관심이 없어요."

남자는 링고를 떠올리며 말을 이어나갔다.

"당신과 당신 가족이 진짜로 하는 일이 뭔지 알게 되면 틀림없이 당신네를 싫어하고, 욕하고, 진저리치게 될 테니까."

부인은 미소만 짓고 있었다. 그러다 자리에서 일어나 진료실을 나갔다.

남자는 한동안 미동도 않고 있다가 일어나 책상으로 돌아갔다. 간호사에게 홍차를 가져오게 했다. 그는 더운 홍차에 마카롱을 적셔 먹으며 맛을 음미했다. 빠르게 녹아내리며 입안 가득 퍼지는 단맛이 그는 미치게 좋았다.

남자는 이제 링고를 만나지 않고 있었다. 그렇다고 아내를 찾은 것도 아니었다. 링고야 그가 없어도 잘 지낼 것이다. 아마도 잘 지낼 것이다. 그리고 아내도. 아내도 그가 없어도 잘 지낼 것이다. 어쩌면 남자 때문에 그동안 잘 못 지내왔던 건지도 몰랐다.

남자는 다음번에 동창을 만나면 이런 말을 들려줄 생각을 했다. 우리는 젊었지만 한 번도 깨끗했던 적은 없었다고. 순수하고 순결한 젊음은 전혀 우리 것이 아니었다고. 그가 숙고 끝에 내놓은 진심이었다.

이현석 아주대학교 다산학부대학 교수

합의의 파기와 이중 구속

「개나리 산울타리」는 10년간의 절필을 끝내고 3년 전 돌아온 백민석의 문제작이다. 이 소설은 무언가 불투명하고 불안한데, 그 속에는 어떤 갈림길이 놓여 있어서 우리는 짐짓 한걸음 뒤로 물러서서 이 소설의 모양새를 다시금 들여다보게 만든다. 뒤에서 살펴볼 테지만 이는 현재 작가의 글쓰기가 지나는 경로들과 맞물려 있는 것이어서 어쩌면 매우 전략적인 '방법'의 차원에서 독자의 이해를 요구하고 있다고 생각된다.

이 소설은 신경정신과 의사인 주인공의 삶을 중심으로 이야기가 전개되지만, 크게 본다면 주인공의 과거의 사건과 현재적 일상 사이에 놓인 갈등적 요소를 중심으로 한 주 서사와 그와 병행된 보조 서사로서의 두 가지 삽입 에피소드(분석 상담의 예화들)로 구성되어 있다. 이 작품의 제호에 해당하는 '개나리 산울타리'는 주 서사에서 발화되는 것이 아니라 서두에 소개되는 중년 부인의 분석 상담에서 나타나고 결말부 에필로그에서 다시 반복된다. 이는 주 서사의 배경적 요소처럼 보이지만 작가가 제시하고자 하는 주제 의식을 반영하는 메타포로 이해된다.

표면적으로 볼 때 이 소설은 분석가와 환자의 구도를 여러 겹 반복적으로 제시하고 있다. 일반적으로 환자는 분석가를 경유하면서 자기 분석의 과정을 거쳐 자기 처벌의 증상을 극복하게 되며, 분석가는 이때 환자에게 현실의 토대를 보게 한다. 그런데 이 소설에서 특기할 만한 것은, 주인공 남자가 단순히 분석가의 위치에 머무는 것이 아니라 그 역시 자기 분석의 과정과 자기 처벌의 과정을 동시에 수행하고 있다는 사실이다. 이 소설에서 독자를 당혹스럽게 만드는 것은 죄의식이나 반성적 계기가 주어지지 않은 채로 제기되는 주인공 남자의 낯선 윤리 감각이다. 이 소설이 미혹적인 감각으로 이끌어들이는 것은 당당한 남자의 안정감과 그것이 주는 묘한 불안함 사이의 그 어떤 위태로움이 유발하는 긴장감이다. 그것이 다만 자기기만이나 위악으로도 쉽게 읽히지 않는다는 점에서 더욱 그러하다.

그럼 먼저, 주 서사의 줄기를 추적해보기로 한다. 정신과 의사인 '남자'는 겉보기에 평온한 일상을 보내고 있다. 그에게는 아름다운 아내뿐만 아니라 남몰래 원조 교제를 하는 '링고'라는 여자아이도 있다. 링고는 그가 길에서 우연히 마주친 여고생으로, 반항적이고 자신의 충동적 감정을 잘 조절하지 못하며 자신이 처한 모든 현실 상황들에 대해 입버릇처럼 '더럽다'고 표현하는 인물이다. 그런 링고에게 남자는 용돈과 선물, 그리고 고급 레스토랑에서의 식사 등을 주고 관계를 맺고, 아무런 죄의식을 느끼지 않는다.

한편, 남자의 과거에는 '유나'라는 의대 여자 후배가 있다. 10여 년 전, 그는 친구들과 그녀를 윤간했지만, 이후 그녀를 완전히 잊고 살아왔다. 동창 친구가 유나의 근황을 전하기 전까지 그는 그녀의 존재에 대해 전혀 생각지 않았다. 남자는 그녀가 사건 이후 무사히 학업을 마치고 결혼을 했으며 직업 의사로서도 잘 지내고 있는 것으로만 기억했다. 문제는 그녀가 정신병원에 입원해 있다는 소식을 듣고도 아무런 반응도 보이지 않는 그의 일관된 태도에서도 발견된다. 오히려 그는 동창 친구가 그녀의 소식을 왜 자신에게 전하는지 이해하지 못하기조차 했다. 그저 심상하게 한번 문병을 가야겠다고 말하고 친구가 화를 내며 자리를 떠날 때에도 그는 큰 반응을 보이지 않는다. 그는 집으로 돌아와 예전 사진들을 찾아보면서 기억을 되살려보지만 유나의 얼굴을 떠올릴 수 없는 자신을 만나게 될 뿐이다.

남자는 '링고'와 함께 '유나'를 면회하기 위해 병원을 찾았으나, 유나의 거부로 면회는 이루어지지 않는다. 왜 유나가 자신을 만나주지 않는지 모르겠다고 고백하는 남자에게 동창은 다른 이야기를 들려준다. 친구는 유나가 그 일을 잊지 않고 있었으며 그로부터 큰 상처를 받았을 것이라는 점, 그리고 링고가 유나를 많이 닮았다는 사실을 말해준다. 남자의 과거와 현재를 통해 서로 연결되어 있는 두 여자 '유나'와 '링고'는 소설 속에서 고유명사를 부여받은 예외적 인물들이라는 공통점을 지닌다. 그는 자신도 모르게 혹은 무의식적으로 유나에 의해 링고를 찾아냈다고 할 수 있을 것이다. 친구와 헤어진 이후 그는 링고와 가학적인 성관계를 맺으며 자신에게 강간을 당하던 유나의 모습을 떠올린다. 관계 이후 다음 날 아침 그는 근래 없이 개운한 상태가 된 자신을 느끼고 놀란다. 하지만 그날 이후로 링고와의 관계는 끊어졌으며 자신과 링고와의 사이를 눈치챈 아내와의 결혼 생활도 파국을 맞게 된다.

이상에서 본 주 서사는 어쩌면 그다지 새로운 것은 아니다. 과거에 있었던 과오와 그로 인해 현실에서 나타나는 조용한 불협화음(유나의 소식, 링고와의 원조 교제, 결혼 생활의 파국 등)은 서로 대응 관계를 이루고 있다. 과거 사건과 현재의 관계라는 구도는 마냥 낯설지는 않은 것이다. 그리고 소설의 주 모티프는 고대 의대생 성추행 사건을 떠올리게 하는 면이 있기도 하지만 원조 교제나 중산층 가정의 위선적인 사생활은 이제는 일상의 흔한 이야깃거리가 되었다. 그러므로 우리가 이 소설에서 흥미를 갖게 되는 것은 이러한 소재적 측면이 아니라 그것이 다루어지는 방식이다(다음의 작가의 말을 참고한다면 백민석이 취한 문학 창작 관점이 그러하다고 말할 수 있다. "내게 소설은, 이야기나 상상의 문제가 아니라 '방법'

의 문제다. 그래서 내가 늘 재충전해야 할 것은 새로운 상상이 아니라, 변수가 많은 상황에 응전할 수 있는 새로운 방법이다."(『작가세계』, 1999. 2) 사건을 다루는 작가의 관점과 태도라는 점에서 볼 때 이 소설은 쉽게 지나칠 수 없는 문제적인 측면을 드러낸다.

정신과 의사로서의 주인공 남자의 현실적 태도와 관점에는 어떤 불투명성이 내재해 있다. 표면적으로 남자는 냉소적이며 타인의 상처에 무감각할 뿐만 아니라 윤리를 하나의 헛된 감상으로 간주하는 현실주의자이다. 소설은 그가 자신의 과거에도, 그리고 현재에 지속되는 일상에도 전혀 죄의식을 느끼지 않는다는 점을 분명하게 강조한다. 그 자신을 포함하여 그를 둘러싸고 있는 모든 인물들은 어떤 역겨움과 더러움 속에서 살아가고 있다는 점 또한 소설 전편에 걸쳐 반복적으로 제시되고 있다. 다만 주인공의 내면에 전혀 문제가 발생하지 않는 것은 아니라는 단서는 주어져 있다. 항상 냉정함을 유지하던 남자는 링고와의 마지막 관계에서 히스테릭한 가학성을 드러낸다. 서술자는 이러한 남자를 '부서져가고 있다'고 묘사한다. 하지만 남자의 이러한 내적 붕괴의 징후는 바로 다음 날 아침, 남자가 전날의 행위로부터 일종의 개운한 느낌을 받았다는 말에서 다시 뒤집힌다. 링고에 대한 가학 행위가 실제로는 자신에 대한 가학 행위라는 것, 그것은 유나와의 관계를 암시하는 것이기도 하지만 남자의 이러한 태도 변화는 어떤 기이한 착종 관계를 드러내는 것으로 보인다.

그런 점에서 우리가 소설에서 주인공이 윤리적인 기로에서 자신을 바라보고 있다는 신호를 발견하는 것은 쉽지 않고 작가가 그것을 의도하고 있다고 판단하기도 어렵다. 여기에 어떤 가치판단이 개입되어 있는 것인지 소설 자체의 맥락으로서는 파악할 방법이 없는 까닭이다. 그렇다면 우리가 얻을 결론은 타락한 현실에 대한 환멸과 같은 것을 이 소설이 보여주고 있다는 것일까. 여기에 대한 답은 주 서사의 흐름에서는 잘 포착되지 않는다. 다만 주 서사와 병행하여 제시되는 두 개의 에피소드들을 경유하면서 이러한 의문들에 접근해볼 수는 있다. 두 에피소드는 모두 분석가인 주인공 남자와 환자의 사례에 기반하고 있다. 두 환자는 각각 우리 사회에서 전형적인 중년의 남녀의 모습을 보여준다.

「개나리 산울타리」의 첫 장면을 이루고 결말부에서 다시 등장하는 중년 부인의 사례를 보기로 하자. 강남에 거주하는 부유한 중년의 부인은 매년 '가든 콘테스트'에 출전하는데, 그녀의 문제는 개나리 산울타리와 하늘을 구별할 수 없어 울타리를 손질할 수가 없다는 사실에 있다. 그녀에게는 개나리 울타리와 함께 하늘도 노랗게 보이기 때문이다. 이 노란색이 전형적으로 광기의 이미지를 가진다는 것을 전제한다면 우리가 중요하게 보아야 하는 것은 두 가지 측면이다. 먼저 그녀의 증상은 사적 공간과 그것을 포함하는 객관 세계가 구별되지 않는다는 점이다. 울타리가 자신만의 공간을 구획 짓는 경계면을 표시하는 것이라 할 때 이제 그 경계의 내부와 외부의 구분이 불가능하게 되었다. 그녀는 자신의 주관적 감각으로 구성된 현실과 객관적으로 주어진 세계를 구별하지 못한다. 그에 따라 그녀는 더 이상 가든 콘테스트 참가와 같은 자신만의 일상을 구축할 수 있는 방법을 잃어버리고 만다. 뿐만 아니라 더 문제적인 것은 그 구별 불가능성의 기표(노란색)가 비정상성을 함의한다는 점이다. 자신의 세계가 왜곡됨에 따라 그 토대가 되는 현실 지평이 그와 동일하게 일그러진다. 이는 그녀가 주관과 객관 모두를 정상적으로 인식할 수 없게 되었다는 것을 의미한다. 사람은 조건이 허락된다면 누구나 자신만의 현실에서 살아갈 수 있다. 그러나 그 조건은 견고한 객관 세계가 뒷받침되고 있다는 전제하에서 가능한 것이다. 주관이 객관의 영역을 넘어설 때 그리고 주관이 가치판단의 기준을 상실할 때 그 세계는 더 이상 존립하기 어려워진다. 이것이 그녀가 정신과 의사인 주인공을 찾아오게 된 동인이다.

하늘이 개나리색으로 보이는 초로의 부인은 가든 콘테스트에서 예선 탈락했다. 부인은 의외로 감정을 잘 다스렸다. 부인은 일상의 이야기를 늘어놓았다. 강남 지역 사교계를 틀어쥐고 호령하는 실력자 치고는 뜻밖일 정도로 검소한 일상이었다.

"아무튼 선생님이 1년 안에는 답을 찾길 바라요."

"1년이요?"

"그래요. 가든 콘테스트는 매년 있잖아요. 내년엔 결선에 올라가야죠."

남자는 진료 노트를 덮고 옆 책상에 올려놓았다.

"부인. 전 당신이 뭘 하든 관심이 없어요."

남자는 링고를 떠올리며 말을 이어나갔다.

"당신과 당신 가족이 진짜로 하는 일이 뭔지 알게 되면 틀림없이 당신네를 싫어하고, 욕하고, 진저리치게 될 테니까."

부인은 미소만 짓고 있었다. 그러다 자리에서 일어나 진료실을 나갔다. (147쪽)

그렇다면 그녀에게 가치판단을 가능하게 도와줄 위치에 있는 정신과 의사는 세계를 의미 있는 것으로 재구성할 수 있게 해줄 수 있는가. 작가는 그 가능성을 명백하게 부정하고 있는 것으로 보인다. 그녀가 도움을 요청하는 인물은 다음의 세 가지 요인에 의해 그 가능성을 담지할 수 없다. 앞서 살펴본 것처럼 주인공 역시 정신적인 문제를 가지고 있다는 점, 그가 그녀를 직업상의 고객 이상으로 보지 않는다는 점("부인, 전 당신이 뭘 하든 관심이 없어요"), 그리고 가장 본질적으로 주인공이 이러한 정신분석적 치료를 통해 인간이 정상적인 존재로 환원될 수 있다는 것을 믿지 않는다는 점이다. 달리 말해, 분석가인 주인공과 환자가 모두 근거지 없이 부유하고 있는 상황이 펼쳐지고 있다. 그들은 다만 서로의 역할극을 하고 있을 뿐인데 그들의 자리가 바뀌어도 달라질 것은 없다. 중년 부인은 의사에게 1년의 과제를 주었으나 그 답이 찾아지든 않든 큰 문제가 되지 않는다. 그것은 그저 사회가 돌아가는 일상의 무의미한 한 부분이며 꼭 결선에 올라가지 않아도 그녀는 감정을 잘 다스릴 수 있다. 중요한 것은 그

표면 아래에 있다. 당신이 진짜 하는 일을 알게 되면 구역질을 느끼게 될 것이라고 의사인 남자는 말한다. 그런데 이는 부인에게만 해당되는 말이 아니라 부인과 의사 모두에게 적용되는 말이다. 남자의 말에 대한 부인의 응답은 말없는 미소인데 그녀 자신도 이를 잘 알고 있는 까닭이다. 부인과 남자가 서로의 자리를 바꾸어 의사와 환자의 역할을 맡는다 해도 부인은 그 일을 충실히 해낼 수 있을 것이다. 의사와 환자 모두 서로의 의식 속 설계도를 잘 알고 있다. 그것이 강남 사교계이든 정신과 진료실이든 차이는 없으며 서로 변환 가능하고 교환될 수 있다. 다만 우리가 서로의 진짜 일을 알게 되면 모두 구역질을 느끼게 된다는 사실만이 변함없는 고정축을 맡고 있는 것이다.

이와 관련지어 두 번째 환자의 사례를 살펴보자. 소설에 제시된 두 번째 환자의 표상들(중견 기업 과장, 이혼 경력, 느릿느릿한 말투, 오랜 직장 생활로 틀이 잡혀 있는 행동거지 등)은 우리에게 익숙한 중년 남자의 이미지를 그려낸다. 그는 한국 사회의 진부한 남성성의 측면을 드러내는 "흔한 중년 남성이지만, 단단히 오므린 꽃봉오리를 억지로 열려고" 한 죄로 법원 명령에 의해 병원으로 오게 되었다. 아마도 미성년자 성추행이나 그 이상의 성범죄를 저지른 것으로 이해된다. 그는 법원이 정한 기한을 넘겼지만 계속해서 병원을 찾고 있다. 그가 회사 생활에서 보이는 문제점들 때문이다. 가령, 고아인 부하 직원을 자신만의 편견으로 부서에서 쫓아내거나(부모가 없으면 보나마나 '깡패 새끼'일 것이라는 확신으로), 자신의 상사를 전문대 출신이라는 이유로 축출하는 등("전문대 나온 놈이 무슨 도덕성이 있겠어요. 그렇잖아요. 자존감은 학력을 따라간다고요. 도덕성은 자존감을 따라가고.")이 그것이다. 이러한 사내의 말이 한국 사회에서 횡행하는 기득권의 논리라는 점은 쉽게 알 수 있다. 그는 이러한 편견들의 힘으로 살아남았지만 그것이 그를 완전히 보호해주지는 않았다. 사내는 역겨운 일로 전과자가 되었고 그로 인해 이혼까지 하게 되었다. 그리고 급기야 장마철이면 자신이 꼭 물로 된 터널을 걷고 있으며 그 터널이 머리 위에서 무너져 내릴 것 같은 느낌에 사로잡힌다.

주인공인 의사는 이게 자기 처벌이 아닐까 생각해본다("남자는 진료 노트에 **이것은 자기 처벌인가**, 하고 적고 물음표 하나와 메모를 달아놓았다. 아무튼 머리 위가 위태로운 건 남자도 마찬가지였다."). 작가가 특별히 강조 표시까지 해놓은 이 '자기 처벌'은 두 가지 의미에서 울림이 강하다. 첫째, 앞서 살펴본 것처럼 이 중년 사내의 삶의 행적은 주인공의 행적과 거의 등가적이다. 비록 처벌받지는 않았지만 젊은 시절 윤간을 행한 일, 어린 여학생과 '역겨운' 원조 교제를 하고 있다는 사실, 그리고 소설의 결말부에서 보이는 것처럼 가정의 파탄을 겪게 되는 상황 등이 그러하다. 다만 주인공은 철저히 냉소적이고 현실주의적인 무감각을 견지함으로써 이를 이겨내왔다는 점이 다를 뿐이다(사실은 그 역시 자신이 위태롭다는 점을 인식하고 있으며 이것이 그의 일상에 균열을 내고 있다는 점에서 본다면 두 사람의 경우는 차이점이 없다).

둘째, 정신과 의사인 주인공은 자신의 환자와 지금 동일시를 행하고 있으며 역전이가 분석가의 위치를 위태롭게 하고 있다. 일반적으로 타인의 정신을 들여다보는 분석가는 '윤리적' 기준을 정립하지 않으면 타인에게 조언할 수 없다. 그런데 분석가가 윤리적 기준을 객관적으로 정립한다는 것은 다만 이상적인 요청일 뿐 현실적으로 자기 증상 없는 분석가란 존재하지 않는다. 분석가는 다만 환자로 하여금 자기 인식에 도달하는 데 간접적으로 도움을 줄 수 있을 뿐이다. 라캉적 관점에서 이해할 때 분석가는 타인의 삶에 개입해서는 안 되고 그 증상은 스스로에 의해 직시됨으로써만, 그리고 그 불균형의 고통을 향유할 수 있어야만 해소될 수 있다. 우리는 백민석이 이러한 라캉주의적 인식틀을 공유하고 있다고 추측해보기로 하자.

정신과 의사인 주인공은 상징계에서 분석가의 위치를 부여받았지만 그는 절반의 분석가이다. 그는 냉정한 중립을 취할 수 있을 만큼 단단한 자아를 가졌다는 점에서 성공적이지만 그 자신 역시 분석의 대상이 되어야 할 만큼의 증상을 동일하게 지니고 있다는 점에서 자기 객관화에는 실패하고 있다. 그는 동창 친구의 힐난에도 문제를 외면할 수 있을 정도로 과거의 일로부터 의식적으로 자유롭다. 그렇지만 무의식의 층위에서는 큰 균열이 발생하고 있으며 그것이 유나와 닮은 링고와의 관계를 설명해준다. 유나와 링고는 서로 대면되지 못하나 주인공은 이 대면에서 무엇인가를 얻고자 하고 있다. 과연 무엇을 얻고자 하는 것일까.

링고와의 관계를 즐기는 것은 유나와의 관계를 연장하고자 하는 시도일 수 있으며 유나의 나쁜 판본으로서의 링고를 소유하는 것을 통해 그는 결핍을 채우고 대리만족을 얻을 수도 있다. 링고와의 성관계의 대가로 그녀에게 여러 가지 선물을 사주고 용돈을 주는 것은 하나의 왜곡된 윤리적 보상일 수도 있다. 하지만 이러한 해석은 어떤 의미에서 잘못 겨냥된 목표물을 향하고 있다. 이것은 다만 남성 내부에 존재하는 위선과 자기기만을 폭로하는 것에 그친다. 그렇지만 이러한 해석은 너무 계몽적이고 윤리적이다. 절필 이전 작품들에서 보였던 일탈과 탈주의 행위들은 이러한 정식화된 해석과 부합하지 않는다. 그가 다시 문단으로 돌아온 이후의 작품을 과거와의 단절이나 변모로 받아들이지 않는다면 우리는 그의 작품들 속에 내재한 일관된 흐름 속에서 「개나리 산울타리」를 이해할 필요가 있다.

우리가 흥미롭게 지켜보아야 할 것은 이 분석가 주인공의 위태로움 속에 작가의 위기가 내포되어 있다는 점이다. 주인공은 이제 나이가 들었으며 견고한 일상의 중심에서 생활하게 되었다. 이제는 기괴한 표정을 짓거나 현실 자체를 극단적인 방식으로 초월하는 것은 더 이상 가능하지 않다. 그는 안온한 삶의 방식을 완전히 수용하거나 전면적으로 거부할 수가 없다. 그렇다고 해서 사회제도가 정의한 모범과 정상성을 삶의 준거로 하여 무엇을 주장할 수 있는 것도 아니다. 삶 속에 도사리고 있는 부정성에 우리가 이 같이 연루되어 있다면 과연 작가가 지어야 하는 포즈는 어떤 것이 되어야 하는가. 정신과 의사인 주인공은 타인의 삶이 보여주는 증상들을 진단하면서 그것이 얼마나 '역겨운' 것인지를 안다. 동시에 그는 자신의 삶 역시 그와 같이 역겨운 것이라는 것을 자신의 증상을 통해 드러낸다. 분석가인 주인공은 이런 양면성으로 인하여 분석 대상과 주체인 자신을 구별할 수가 없다. 자신의 모습이 자꾸만 분석 대상 속에 섞여 들어간다. 이 악순환을 어떻게 중지시킬 수 있을까. 조심스럽게 말한다면 분석이라는 상호간의 합의는 이제 파기되었다. 그리고 주인공과 동일시되어 비춰진 작가는 긍정도 부정도 할 수 없는 이중 구속의 상황 속에 놓이게 되었다.

상이한 믿음과 이질적인 층위에서 발화되는 도덕적 판단들이 우리 사회에는 서로 뒤엉켜 있다. 진실의 문제는 이제 더 이상 우리를 강하게 사로잡지 않는다. 진실은 이제 개별자들의 경험 영역과 지식 체계에서 가설적으로만 통용된다. 백민석은 이러한 상황에 민감한 작가이다. 그다지 순수하지 않은 독자 역시 이 아포리아를 어떻게 벗어나야 할지 고민해야 할 것 같다. 어쩌면 우리 역시 젊었지만 순수하지 않았던 과거와 그와 다르지 않은 현재, 그리고 미래를 앞두고 있다. 모든 것이 노랗게 보이는 이 문제적 상황을 작가 백민석이 어떤 방식으로 돌파해낼 수 있을지 기대해 보아야 한다. 언제까지 역겨움 속에만 머물러 있을 수는 없기 때문이다.

중국인 할머니

백수린

—

2011년 『경향신문』 신춘문예로 등단. 소설집 『폴링 인 폴』.

중국인 할머니

그녀에 대해서는 아무에게도 말해본 적이 없다. 일부러 숨긴 것은 아니다. 그저 말할 기회가 없었을 뿐. 적어도 나는 그렇게 믿고 있다.

*

스물네 살 즈음이었던 것 같다. 아니면 스물다섯? 엄마가 갑자기 내게 부고를 전했다. 새할머니가 돌아가셨다고 했다. 내가 한 번도 가본 적 없는 시베리아에서부터 불어온 바람이 눈먼 이방인처럼 초라하게 새벽 창을 두드리던 그런 계절이었다. 당시 다니던 회사 측에 소식을 알리자 팀장은 깊은 한숨을 쉬었다. 1년 중 가장 바쁜 시즌이었다. 이해는 했지만 무례하다고 생각했다. 무례가 난무하는 시절이라지만 기분이 상했다. 팀장도 실수했다고 생각했는지 맘에도 없는 소리를 덧붙였다. 추운데 상 치르느라 몸 축내지 말고. 새할머니의 빈소는 엄마의 고향에 위치한 병원에 모셔졌다. 엄마의 고향에 내려가는 것은 오랜만이었다. 지하철로도 연결되어 있어 마음만 먹으면 언제든 찾아갈 수 있는 곳이었는데도.

공기는 차갑고 건조했다.

빈소에는 이미 여러 사람들이 와 있었다. 상주는 새할머니의 아들이었다. 엄마와 이모, 이모부는 모두 까만 상복을 입고 있었다. 아빠는 그즈음 한 달간 미국 장기 출장 중이었다. 나도 얼른 상복으로 갈아입었다. 빈소 특유의 냄새. 국화 냄새와 육개장 냄새가 공기 중에 뒤엉켰다. 들어본 적도 없는 모임의 이름을 궁서체로 써서 박은 고만고만한 규모의 화환들이 입구에 세워져 있었다. 비슷한 모양과 색깔의 점퍼를 입은 사내들과 팔꿈치나 소맷부리가 한결같이 닳은 모직 소재의 반코트를 입은 여자들이 드문드문 문상을 왔다. 그들이 새할머니와 무슨 관계였는지는 알 길이 없었다.

대부분은 엄마나 이모를 보러 온 문상객들이 아니었다. 새할머니의 장례식이었으므로 우리는 상주가 아니었지만, 나는 캔에 든 식혜와 귤, 말라가는 절편 따위를 올린 쟁반을 들고 상과 상 사이를 걸었다. 엄마와 이모는 그러는 것이 고인에 대한 예의, 라고 말했다. 간혹 나를 알아보는 사람들이 엄마와 내가 똑 닮았다는 말을 인사조로 건넸다. 사실 나는 엄마와 그다지 닮은 구석이 없었다. 구들장은 뜨끈뜨끈했고, 사람들은 술에 취해 고인과 상관없는 이야기들을 주고받았다. 문상객들이 어질러놓은 신발들을 정리하다가 허리를 펴면 영정 사진 속의 새할머니와 눈이 마주쳤다. 도대체 누가 고른 영정 사진인지 새할머니는 할아버지에게 시집올 때처럼 턱없이 젊었다. 할아버지에게 새할머니가 시집올 당시의 나이는 아마도 예순여섯. 그때 내 나이는 열 살이었다. 할머니가 돌아가셨다는 사실을 받아들이기도 힘들었던 내게 몇 해 지나지 않아 새로운 할머니가 생긴다는 것은 꽤나 충격적인 일이었다. 결혼식 같은 것은 물론 없었다. 나는 죽음이 슬픈 이유는 잊히기 때문이 아니라 대체되기 때문이라는 사실을 그렇게 배웠다.

솔직히 말하면 나는 아주 오랫동안 새할머니에 대해서 아는 것이 별로 없었다. 알고 싶지 않았다, 고 말하는 게 더 정확할까? 새할머니가 할아버지와 함께 살게 되었을 무렵 나는 새할머니를 받아들이는 것이 돌아가신 할머니에 대한 배신이라고 생각할 만큼 어렸다. 할머니에 대한 그리움이 크면 클수록 나는 새할머니에게 더 매정하게 대했다. 할머니와 새할머니는 달라도 너무 다른 사람들이었는데 그 점이 더욱 마음에 들지 않았던 것 같다. 이를테면 할머니는 마늘을 넣어 갈비찜을 해주었는데 새할머니는 생강만 넣고 갈비찜을 했다. 똑같이 감자를 삶아도 할머니는 설탕을 찍어 먹게 종지에 담아주었고 새할머니는 소금을 내주었다. 그 시절 사범대학까지 나와서 글도 잘 쓰고 피아노도 칠 줄 알았던 할머니와 달리 새할머니는 초등교육도 받지 못했다. 그리고 결정적으로 새할머니는 화교였다. 새할머니를 처음 봤을 무렵 나는 화교라는 단어가 무엇을 뜻하는지 몰랐다. 그렇지만 살아생전 할머니가 아랫목에 앉아 TV를 보다가 드라마 주인공 역을 맡았던 여배우나, 할머니가 좋아하던 노래를 부르는 가수를 가리키며 알고 있었냐, 저이가 화교 출신이었다더라, 놀란 목소리로 말하곤 했던 기억은 어렴풋이 갖고 있었다. 불길한 일을 공유하듯 낮고 작던 목소리. 그렇게 말할 때마다 느껴지던 막연한 이질감. 지금이야 화교라는 것이 나쁜 의미의 단어가 아니고, 더군다나 아직 일흔도 되지 않은 나이에 홀아비가 된 남자에게는 같이 살 여자가 필요하다는 것을 이해할 수 있게 되었지만 변명하자면 그때 나는 너무 어렸다.

엄마와 이모가 할아버지의 재혼에 찬성한 것도 아마 그런 이유였을 거다. 어렵게 낳은 아들이 군복무 중 일찍 세상을 떠난 탓에 할아버지와 할머니 사이에는 딸만 둘이 남아 있었고, 지금도 그렇지만 시집간 딸이 홀로 있는 아버지를 모시고 사는 것은 부담이었을 테니까. 엄마와 이모가 새할머니를 어떻게 생각했는지는 잘 모르겠다. 살갑지는 않지만 예의 바르게.

그것이 내가 아는 한 우리 엄마가 새할머니를 대하던 일관된 태도였다. 엄마와 이모는 새할머니의 아들과도 비슷한 관계를 유지했다. 새할머니의 아들과는 얽힐 일이 거의 없었지만 간혹 명절 때 엇갈리며 스쳤고, 할아버지 팔순이나 새할머니의 고희 같은 때 어울려 식당에서 식사를 한 기억 정도가 있을 뿐이었다. 그러니까 사실상 새할머니의 아들 가족과 우리 가족은 남남이었는데, 그럼에도 불구하고 나는 늘 이상한 경쟁심을 느꼈다. 새할머니의 아들 그러니까 외삼촌의 자식보다는 내가 공부도 더 잘하고, 더 좋은 대학에도 가고, 더 좋은 직장을 얻어야겠다는 그런 유의 경쟁심 말이다. 나는 그것이 돌아가신 할머니의 명예를 위해 마땅히 해야 하는 일이라고 생각했던 것 같다. 새할머니의 아들이 우리 엄마보다 열 살쯤은 어렸고, 새할머니가 재혼하고 나서야 장가를 갔기 때문에 그 아들이 아이를 갖게 되기까지는 한참 먼 일이었는데도. 말하자면 나는 태어나지도 않은 아이와 홀로 경쟁하며 성장한 셈이다. 지금 생각해보면 다 우스운 일이지만 그때의 나는 자못 심각했다. 뭐, 다 그렇고 그런 이야기다.

외삼촌은 내가 그런 마음을 품었던 것을 짐작도 하지 못하고 있었겠지? 기억을 더듬어보면 외삼촌을 처음 보았을 때 내 눈에 비친 외삼촌은 나이에 비해 새치가 많고 숫기 없는 노총각이었다. 새할머니가 할아버지에게 식도 없이 시집을 오던 날, 그래도 합치는 가족끼리 밥은 한 끼 먹어야 하지 않겠느냐는 할아버지의 말에 모두 식당에 모였다. 할아버지는 넥타이까지 챙겨 맨 정장을 입었고, 새할머니도 곱게 투피스를 입었는데 옥색의 블라우스가 너무 밝아 새할머니의 낯이 어두워 보였다. 그날 식당에는 우리 식구랑 이모네 식구까지 우리 쪽으로 일곱 명이나 있었지만 새할머니 쪽 식구로 온 사람은 딸랑 외삼촌 하나였다. 그래서였을 거다. 외삼촌과 새할머니가 우리 가족 위에 덧붙여진 점처럼 보였던 것은. 왜, 그런 점 말이다. 귓바퀴 속, 얼룩인 듯 흉터인 듯, 아프지도, 미관상 딱히 보기 더 좋지도 않고, 청력에는 더더욱 도움이 안 되지만, 그냥 그렇게 존재하는 아주 작고 까만 점.

들은 바에 의하면 외삼촌은 일찍 아버지를 여의고 새할머니와 단 둘이 살았다. 남편을 잃은 새할머니는 지인들의 도움을 받아 중국 식당에서 오래 일했지만 큰돈을 벌지 못했다. 외삼촌이 대학 가는 것을 포기하고 일찍부터 중국을 대상으로 하는 교역회사에서 일하기 시작한 것은 그런 까닭이었다. 외삼촌은 새할머니가 우리 할아버지와 혼인신고를 하고 2년 후쯤 결혼했다. 우리도 그 결혼식에 초대받아 갔었다. 두 시간 간격으로 결혼식이 연이어 잡혀 있는 그런 예식장이었다. 연미복은 외삼촌에게 커 보였고, 외숙모의 웨딩드레스는 예식장의 샹들리에처럼 과하게 화려했다. 그렇지만 그날 우리는 다 같이 처음으로 가족사진을 찍었다. 외삼촌이 신혼여행으로 어디에 다녀왔는지는 기억이 나지 않는다. 누군가는 물어봤을 텐데. 외삼촌의 이름은 김영준. 지극히 한국 사람다운 이름을 지어준 것은 외삼촌의 친아버지였다. 외삼촌의 친아버지는 한국 사람이었으니까 김씨 성을 아들에게 물려주었다. 그것은 새할머니의 아버지가 새할머니에게 누가 봐도 중국 사람 같은 성씨를 물려준 것과 정확히 같은 이치였다.

새할머니의 이름은 풍효래. 누가 봐도 중국 사람 같은 성씨를 지닌 새할머니는 1930년 한반도의 남쪽에서 태어났다. 그 후 쭉 한 곳에서만 여든 해를 살았지만 피는 물보다 진하니까, 할머니는 두 명의 한국인 남자와 결혼하고, 그 사이 한국 국적을 가진 아들을 하나 낳았지만 태어나서 죽을 때까지 계속 중국인, 그러니까 화교로서 살았다.

그런데 새할머니와 할아버지는 어떻게 만났지? 그것은 내가 오래전부터 품어온 궁금증이었다. 그렇지만 그것에 대한 답을 명확하게 알려주는 이는 아무도 없었다. 할아버지와 새할머니 사이에는, 할머니와 새할머니 사이가 그렇듯, 접점이라는 것이 없어 보였다. 할아버지는 그 시절 몇 안 되는 인텔리였다. 의학을 공부했으니까 말이다. 할아버지는 머리를 포마드로 정결히 넘기기 전에는 결코 외출을 하지 않는 그런 종류의 사람이었다. 아침 식사 하기 전에는 반드시 조간신문을 읽고, 자기 전에는 빼먹지 않고 맨손체조를 하던 사람. 육십이 넘어 컴퓨터를 배워서, 10여 년간 이어온 미국 경제의 고성장세가 한풀 꺾여 세계 경제가 어려워진다는데 이런 시기에 다들 무탈하느냐, 거나 봄볕에 산 천지 눈 녹듯 남북 관계가 원활해지고 있는데, 너희 식구들도 화평하게 지내고 있느냐, 같은 식으로 시작하는 이메일을 자식들에게 보내는 그런 유형의 사람 말이다. 반면 새할머니는, 어떻게 설명하는 게 좋을까. 새할머니는 굳이 말하자면 무색무취의 사람이라고 할 수 있었다. 특별한 취향도, 취미도 없어 보이는 사람. 가뜩이나 작은 체구를 옹송그려서 누구의 눈에도 띄지 않으려는 듯, 아무런 의견도 내지 않고, 뭔가를 먼저 제안하지도 않고, 그냥 있는 듯 없는 듯 그렇게 살아가는 사람. 그토록 다른 사람들이었기 때문에 나는 둘의 연애가 어떻게 시작되었는지 쉽게 상상할 수 없었다. 내가 할아버지에게 둘의 연애담에 관해 물어보면 민망해하며 화제를 돌려버렸기 때문에 궁금증을 풀 방법은 없었다. 딱 한 번, 언젠가 할아버지가, 그때가 6 · 25사변이 일어나던 해였지, 로 시작하는 말을 한 적이 있긴 했다. 요약하자면 유엔군의 폭격이 끝나고 중공군이 남하하기 시작할 무렵, 할아버지는 가족과 함께 풍도로 피난을 갔는데 새할머니도 그곳으로 피난을 갔다더라 하는 이야기였다. 이야기는 거기에서 멈췄는데, 그렇기 때문에 그 사실이 어떻게 사랑의 시작이 될 수 있다는 것인지는 도통 이해할 수 없었다. 할아버지와 새할머니가 둘 다 풍도로 피난을 갔고, 비슷한 시멘트광 아래 숨어 폭격을 피했을지는 몰라도 나는 둘이 그 시절 만났다거나, 그때 싹틔운 사랑을 몇십 년이 흐르도록 간직했을 수 있다거나 하는 것은 믿지 않았다.

어쨌든 내가 모르는 어떤 계기로 사랑에 빠진 할아버지와 새할머니는 그렇게 같이 살게 되었다. 가족끼리 식사를 한 차례 하고 나서 새할머니는 우리 가족이 종종 신흥동 집이라고 부르던 외갓집에 간소한 짐을 챙겨 들고 들어왔다. 신흥동 집은 우리 가족에게 특별한 집이었는데 나의 할머니와 할아버지가 엄마와 이모를 모두 낳고 키운 집이었기 때문이다. 1910년대에 세워진 일본식 개량 한옥인 그 집은 지금이야 아니지만 옛날에는 그 근방에서 제일 큰 집이었다. 대문 안쪽으로 마당이 있었고 기역 자 구조로 이루어진 건물이 마당을 둘러싼 모양을 이루었다. 기역 자 건물의 한쪽에는 할아버지가 운영하던 병원이 마련되어 있었는데, 내가 초등학교를 졸업할 무렵까지도 할아버지는 그곳에서 환자들을 진찰했다. 인동초 덩굴이 담벼락을 뒤덮고, 초여름이면 마당 가득 둥글레꽃이나 백일홍, 접시꽃이 만개하던 집. 우리 엄마는 그 집에서 태어나 시집갈 때까지 살았다. 그리고 그다음에는 엄마가 인턴을 거쳐 레지던트를 마칠 때까지 내가. 말하자면 나는 그 집 뜨락의 모과나무 아래서 할머니와 돗자리를 깔아놓고 소꿉장난을 하며 컸다. 나로서는 새할머니의 등장으로 신흥동 집에 변화가 생기는 것이 싫을 수밖에 없었다.

새할머니가 신흥동 집에서 살기 시작하고 나서 처음 우리 식구가 외갓집에 놀러 갔던 날의 기억은 여전히 남아 있다. 이유 없이 서럽던 내 마음과 달리 볕이 새끼 강아지의 발바닥에 돋은 잔털처럼 간지러웠던 날이었다. 엄마와 새할머니가 마루에 서서 무엇인가에 대해 이야기를 나누었고 할머니의 마당에는 새할머니가 심어놓은 낯선 꽃들이 찬연하게 피어 있었다. 나는 심통이 나서 모두에게서 떨어져 모과나무 아래에 앉았다. 엄마와 새할머니는 마주 보고 서서 대화를 나눴다. 공손한 어조로 말하고 있었을 텐데도 멀리서 보니 왠지 엄마는 새할머니를 훈계하고 있는 것같이 보였다. 나이도 엄마의 곱절은 더 많으면서 엄마에게 꾸지람을 듣는 아이처럼 고개를 반쯤 수그린 채 서 있던 새할머니. 저 멀리, 타클라마칸 사막에서부터 바람에 실려온 모래알이 봄볕에 꽃씨처럼 허공을 떠다니고 있었다.

나는 새할머니의 존재를 받아들여야 한다고 생각했지만 내 몫의 무엇인가를 부당하게 빼앗기는 사람처럼 자꾸만 성난 마음이 들었다. 손을 뻗자 붉은 팬지꽃이 손끝에 닿았다. 나는 충동적으로 꽃을 움켜쥐었다. 내 자그마한 손아귀 안에서, 붉은 꽃송이가 숨이 붙어 있던 나비처럼 가볍게 으스러졌다. 나는 오랫동안 새할머니를 남처럼 대했다.

나와 새할머니 사이에 남아 있는 유일한 추억다운 추억이라면 내가 성인이 되고 난 후 맞이했던 어느 추석 밤의 일을 들 수 있을 것 같다. 둥근 달이 지붕 위로 커다랗게 떠 있었고, 그날 식구들은 다 같이 둘러앉아 송편을 빚었다. 할아버지가 중국인 거리에서 사 온, 팥소 든 중국 과자가 전학 온 아이처럼 비뚜름히 상 위에 놓여 있는 것만 빼면 전형적인 추석 밤의 풍경이었다. 우리는 모두 집 안에 있었고 새할머니는 뒷짐을 진 채 마당에서 달을 바라보며 서 있었다.

"새할머니는 어쩌다가 한국에 오게 되었어요?"

내가 다가가 말을 걸자 새할머니는 놀란 눈으로 나를 바라보았다. 새할머니가 할아버지에게 시집온 이후, 내가 먼저 새할머니에게 말을 청한 것은 처음 있는 일이었다. 무슨 바람이 분 것인지는 몰랐다. 그냥, 달이 밝았고 혼자 마당에 서 있던 새할머니의 뒷모습이 조금은 쓸쓸해 보였던 것인지도 모르겠다고, 지금에 와서 뒤늦게 생각해볼 뿐. 새할머니가 주저주저 내 눈치를 살폈다.

동그란 이마를 훑고 지나가던 가을바람의 냄새.

"그러니까, 그게 아마 1927년이었다더냐."

새할머니가 입을 열었다.

새할머니의 아버지인 풍영발 씨가 인천항을 통해 한반도로 이주한 것은 1927년. 한일 합방 이후 식민지 개발 명목하에 중국인 이주가 늘어나던 시기였다. 세계 어디로든 뻗어나가고 있던 중국인들은 철도나 군수공장을 짓기 위해서 한반도로도 대거 이주해 왔다. 그 당시 일본인들이 조선 노동자들보다 값싼 중국인 노동자들을 선호했기 때문이었다. 풍영발 씨도 일자리를 찾아 흘러들어온 그런 노동자들 중 한 명이었다. 그렇지만 새할머니는 풍영발 씨가 스물한 살의 나이에 배를 탔을 때, 그것이 단순히 일자리를 찾기 위해서만은 아니었다고 말했다.

"그러면요?"

새할머니는 흠, 흠, 목소리를 가다듬었다.

"아버지는 전설적인 무역상이 되고 싶었던 거야."

새할머니의 이야기에 따르면 풍영발 씨는 산둥 지방 출신이었다. 그 지역에서는 먼 고장의 전설적인 무역상인에 대한 이야기가 널리 퍼져 아이들을 홀리고 있었다. 19세기 말 무역선을 타고 조선 땅에 들어온 왕수성이라는 무역상의 이야기가 바로 그것이었다. 그는 인천에 '화풍(華豊)'이라는 무역회사를 설립해 유럽의 편직물이나 중국의 비단을 수입하는 대신 홍삼을 독점 수출해서 큰돈을 벌어들인 거상으로 이름이 나 있었다. 풍영발 씨의 꿈은 조선에 와서 돈을 벌어 궁극적으로는 그런 무역회사를 차리는 것이었다. 그는 성실했고, 계획은 완벽해 보였다. 다만 그는 자신이 야심을 이루기 전에 한국전쟁이 발발하고 냉전 체제에 돌입하면서 한반도의 정세가 외국인들에게 불리하게 돌아갈 것이라는 사실을 전혀 예측하지 못했을 뿐이다.

장례식은 조용히 진행되었다. 할아버지의 장례식에 비해 여러모로 규모가 작은 장례식이었다. 장례 둘째 날은 입관 예배를 보기 위해 교인들이 많이 왔는데, 나는 새할머니의 장례식이 중국식으로 치러지지 않는 것보다도 기독교식으로 치러진다는 데 더욱 놀랐던 것 같다. 새할머니가 대체 언제부터 기독교 신자였지? 나는 전혀 알지 못했다.

발인을 하던 사흘째 날은 맑았다. 장지는 외삼촌네 집안의 선산으로 결정되었다. 외삼촌은 새할머니를 외삼촌의 친아버지, 그러니까 새할머니의 전 남편과 합장할 거라고 말했다. 그보다 앞서 우리도 할아버지를 돌아가신 할머니 묘 자리에 합장해드렸었다. 15년 가까이 다른 여자와 살고, 다시 전처의 곁에 눕는 할아버지의 마음은 어떨까, 할아버지를 땅에 묻던 슬픈 와중에도 그런 생각이 들어 깜짝 놀랐던 기억을 나는 가지고 있었다.

"중국인들은 원래 다 화장하고 그러는 게 아녔나?"

"그래? 요새 중국에 인구가 너무 많아져서 화장을 권장하는 건 아니고?"

엄마와 이모는 고속버스 안에서 그런 말을 수군수군 나누었다.

나는 고속버스 안에 타고 있던 몇몇의 중국인들이 신경 쓰였다.

"그런데 언니, 신흥동 집은 어떻게 처리하기로 했어? 우리 쪽에서 갖는 거지?"

이모가 목소리를 더 낮추고 물었다.

엄마가 그런 이야기는 나중에 하자는 듯이 눈짓을 하며 손으로 이모의 무릎을 다독였다. 내가 아는 한, 할아버지가 돌아가신 후 할아버지 소유의 재산은 엄마와 이모, 그리고 새할머니에게 정확히 법이 정한 대로 분배되어 있었다. 이모부는 마치 이런 종류의 대화에는 관심이 없다는 듯이 고개를 창밖 쪽으로 돌렸다.

나도 반대쪽 창을 내다보았다. 창밖으로 이런저런 풍경들이 이만큼 다가왔다가 사라졌다. 장지까지 따라가는 손주 또래는 나와 외삼촌의 아들 진운이밖에 없었다. 장례식의 막바지였고 피곤이 몰려왔다. 고속버스 안의 대부분은 모두 고개를 모로 돌린 채 잠들어 있었다. 자정 무렵이면 집에 돌아갔다가 다음날 아침 일찍 다시 빈소를 찾았던 나와 엄마 그리고 이모네 식구들과 달리 외삼촌네 가족은 이틀 밤을 모두 빈소에 마련된 상주 휴게실에서 보냈다. 버스의 움직임에 따라, 평소에 유난히 말이 없던 외숙모의 얼굴 위로 컬이 다 풀린 머리카락이 쏟아져 내렸다.

나는 멀미를 할 것 같았다.

버스 안은 히터를 세게 틀어 공기가 나빴다. 외삼촌의 조상들이 묻혀 있다는 선산은 너무 멀었다.

고속버스가 멈춰 선 것은 네 시간을 달린 후였다. 우리 할아버지를 모신 공원 묘역과 달리 외삼촌네 선산에는 공영 주차장 같은 것이, 당연한 일이지만, 따로 마련되어 있지 않아 버스를 주차하는 데 시간이 많이 허비되었다. 약간의 어수선한 시간이 흐른 후 결국 새할머니의 영정 사진은 진운이, 그러니까 내가 늘 견제했던 그 손자가 들기로 결정했다. 그 뒤로 관 속의 새할머니가. 등산로가 조성되어 있지 않아 비탈을 올라가는 길은 제법 미끄러웠다. 미리 연락을 받은 인부들은 관이 들어갈 만큼 구덩이를 커다랗게 파놓고 기다리고 있었다. 어째 이리 늦었습니까. 나무라듯 그중 누군가가 말했다. 흙이 파헤쳐진 자리 옆으로 마른풀이 덮인 봉분들이 서넛 있었다. 따라온 목사의 집도하에 짧게 예배를 마쳤다. 외삼촌은 붉은 흙을 삽으로 퍼 관 위에 뿌리다가 멈춰 서서 아이처럼 주먹으로 눈물을 훔쳤다. 외삼촌이 우는 모습을 보는 것은 처음이었다. 하늘은 하얀색에 가까운 파란색이었다. 간혹 정적을 깨는 중국어만 제외하면 선산은 적막했다. 중국인들은 그들의 풍습대로 한쪽에서 불을 피워 종이돈을 태웠다. 연기 때문인지 눈이 매웠다. 붉은 불꽃이 꺼질 듯 가파르게 얇아졌다. 바람은 너무 차가웠고, 의식은 또 너무 길었다. 우리는 환한 불빛 속에서 종이돈이 순식간에 소멸하는 생경한 광경을 떨면서 지켜봤다.

다시 신흥동 집에 도착한 것은 저녁 일곱 시가 넘었을 때였다. 나는 피곤해서 신경이 곤두서 있었다. 새할머니마저 떠난 신흥동 집에서는 냉기가 돌았다. 방마다 돌아다니며 형광등을 켰지만 마찬가지였다. 마지막으로 찾아왔을 때까지만 해도 반들반들 윤이 나던 문갑 위에는 먼지가 소복이 쌓여 있었다. 걸을 때마다 마룻바닥이 소리를 냈다. 각자 옷을 갈아입고 안방에 둘러앉았다. 할아버지도, 할머니도, 새할머니마저 없는 집은 허전했다. 마치 한 시절이 끝나는 것 같았고 나는 감상적인 기분이 되었다.

그것은 엄마도 이모도 마찬가지인 것 같았다. 가장 슬플 것은 외삼촌이었겠지만. 그때 갑자기 외숙모가 일어섰다.

"뭐라도 좀 내올게요."

누가 말릴 새도 없었다. 외숙모는 주방 쪽으로 걸어갔다. 냉장고에서 과일을 찾고 싱크대에서 그릇을 찾는 눈치였다. 틀림없이 좋은 의도로 그런 것인 줄은 알았는데도 나는 점점 기분이 나빠졌다. 찬장을 여닫을 때마다 끊임없이 들리던 덜그럭 소리, 슬리퍼가 바닥을 스칠 때마다 나던 쓸리는 소리. 외숙모가 방문을 열고 안방으로 들어왔다. 집주인처럼 외숙모는 부사를 깎아 접시에 담고 소반 위에 올려서 우리에게 대접했다. 나는 졸지에 손님이 된 기분이었다. 엄마와 이모 그리고 내가 대를 이어 할머니, 할아버지 사이에서 잠을 자던 방의 한가운데는 우리 할머니의 소반이 놓여 있었고 그 위, 하얀 사기 접시에는 초승달 모양으로 잘라진 부사가, 그 옆에는 투명한 유리컵에 균일하지조차 않은 양이 담겨 있는 오렌지 주스가 올려져 있었다.

"좀 드세요."

외숙모가 말했다. 외삼촌과 외숙모, 그리고 진운이가 차례로 부사를 하나씩 집어 먹었다. 외숙모가 사람 좋은 웃음을 지으며 부사를 포크로 찍어 건넸지만 우리는 받아만 둘 뿐 입에 대지조차 않았다. 앞머리를 동일한 방식으로, 그러니까 양옆은 짧고 가운데 부분을 둥글게 자른 그들은 느리게, 우물우물, 부사를 씹었다.

"애들은 좀 나가 있어라."

엄마가 내 쪽을 보면서 말했다. 부좃돈 분배와 상속 문제 등 어른들끼리 의논해야 할 일이 남아 있다고 했다. 마루에는 여전히 한기가 괴괴히 고여 있었다. 어린 시절 나는 할머니, 할아버지와 마루에 둘러앉아 방앗간에서 빻아온 도토리가루로 묵을 쑤곤 했다. 마루 한쪽에서, 새할머니가 쌀독으로 쓰던 시커먼 항아리가 어둠을 뒤집어쓴 채 거대한 두꺼비처럼 웅크리고 앉아 나를 노려보았다. 나는 건넌방으로 가 요를 깔고 누웠다. 잠시 후 진운이도 내가 있는 방으로 들어왔다. 나는 화가 난 사람처럼 이불을 끌어 당겨 머리까지 덮었다. 그 당시 진운이는 열두 살이나, 열세 살쯤 되었을까? 이불 밖으로 훔쳐본 진운이의 왼쪽 볼에는 농이 찬 붉은 여드름이 잔뜩 돋아 있었다. 외삼촌과 외숙모, 새할머니의 얼굴이 조금씩 섞여 있던, 나와는 교집합을 이루는 부분이 전혀 없던 얼굴.

까무룩 잠시 졸았을까?

나는 갑작스런 소란에 눈을 떴다.

"이럴까 봐 처음부터 내가 혼인신고를 반대한 거야."

문밖에서 엄마의 목소리가 들려왔다.

"분명히 이런 문제가 있을 거라고 내가 말했어, 안 했어?"

이번에는 이모부의 신경질적인 목소리.

"아니, 우리 아버지가 평생 번 돈인데, 생판 남인 사람이 더 많이 차지하는 게 대체 말이 되냐고."

나는 생판 남이라는 말에 놀라 진운이를 쳐다보았다.

진운이는 벽에 기댄 채 아무 말도 못 들은 척 무표정한 얼굴을 하고 있었다.

"중국 사람들이 돈을 밝힌다더니, 진짜 양심이 없네."

"뭐, 양심? 법대로 하려는 사람 도둑놈 취급하는 그쪽은 그럼 양심이 있는 겁니까?"

나는 이불을 다시 뒤집어쓰고 눈을 질끈 감았다.

결국 상속 문제가 어떻게 해결되었는지는 잘 모른다. 확실히 아는 것은 신흥동 집이 우리 엄마와 이모의 몫으로 되었다는 사실뿐이다. 우리는 그날 어떻게 집으로 돌아왔더라? 그날 밤의 일이 어떻게 마무리되었는지도 기억이 잘 나지 않는다. 나는 자는 척 계속 이불을 덮은 채 누워 있었고, 진운이는 말없이 텔레비전 화면을 응시하고 있었던 기억만 지나칠 정도로 또렷하다. 그렇지만 아마 한동안 소란이 더 있었고, 누군가가 방문을 열고 집에 가자고 했겠지. 진운이와 나는 말없이 자리에서 일어났을 테고.

나와 진운이는 아무 일도 모르는 것처럼, 예의 바른 사람들처럼, 각자 외삼촌 내외와 우리 엄마, 이모 내외에게 꾸벅 고개를 숙여가며 인사했다. 어른들도 악의는 없었다는 것처럼, 사이가 좋은 친척들처럼, 지난 며칠 동안 수고했고 조심히 들어가라고 인사를 건넸다.

신흥동 집 앞 비좁은 골목에는 전날 밤 세워둔 차가 일렬로 세워져 있었다. 이모와 이모부가 차에 올라탔고, 그다음에는 나와 엄마가, 또 외삼촌 내외와 진운이가 차를 탔다. 외삼촌의 차는 단종된 지 오래된 소형차였다. 아무 말 없이 차에 올라타던 진운이. 나는 나도 모르게 시선을 피했던가.

누구도 영원히 이별하는 사람들처럼 애틋한 인사를 주고받지 않았지만, 어쩌면 모두 서로 다시는 볼 일이 없을 거라는 사실을 예감하고 있었던 것 같다. 실제로 그들을 두 번 다시 만난 적이 없었으니까.

그 후로 나는 오랫동안 그들 가족에 대해서 잊고 살았다. 매일매일이 바빴기 때문일 것이다.

내가 그들에 대한 기억을 다시 떠올린 것은 세월이 더 흐른 후 우연히 보게 된 오페라 때문이었다.

*

그러니까 그것은 몇 년 후 다시 찾아온 어느 겨울의 일이었다. 그즈음 나는 친구의 소개로 한 남자를 만나고 있었다. 외국계 투자회사에 다니던 그는 오페라를 즐겨 듣는 세련된 취향을 갖고 있었는데 어느 날인가 내게 전화를 걸어 마침 〈투란도트〉의 초대권이 두 장 생겼다고 말했다. 내가 그 오페라에 대해서 알고 있는 것은 흔해 빠진 이야기처럼 여자를 차지하기 위해 목숨을 걸고 수수께끼의 답을 구하는 남자들이 등장하는 그렇고 그런 줄거리라는 것뿐이었다. 줄거리는 마음에 들지 않았지만 남자가 마음에 들었으므로 나는 못 이기는 척 약속 장소에 나갔다. 그 겨울 엄마는 새해에도 시집을 가지 못하면 집에서 내쫓아버리겠다고 노래를 부르고 있었다.

우리는 제 시간에 맞춰 공연장에 들어섰다. 연말이라 그런지 만석이었고 난방을 과하게 해서 공연장은 덥고 건조했다. 화려한 옛 성곽을 배경으로 하는 무대는 웅장했다. 무대 위에서는 중국의 전통 복장을 입은 백인 투란도트가 "어두운 밤에는 유령처럼 날아다니면서 사람들의 마음을 들쑤셔놓고, 아침에 사라졌다가 밤이 되면 다시 태어나는 것은?" 하고 질문을 던졌다. 전반적으로 연주는 훌륭했고, 이탈리아 가수의 성량도 풍부했다. 그렇지만 지나친 난방 탓에 하마터면 나는 깜박 잠이 들 뻔했다. 공연에서 반복적으로 흘러나오던 멜로디가 어느 순간 내 귀를 사로잡지 않았다면 말이다.

환호와 박수갈채 속에서 공연이 끝난 것은 열 시 반쯤이었다. 우리가 밖으로 나왔을 때 세상은 이미 짙은 어둠에 잠겨 있었다. 어느새 공연장의 온기에 익숙해져 있었는지 바깥의 찬바람을 쐬자 두 뺨이 얼얼해왔다.

"좀 걸을까요?"

우리는 공연장 옆의 산책로를 따라 걷다가 그 옆에 조성되어 있던 공원 안으로 들어갔다. 공원 초입에는 로마의 유명한 아치를 본떠 만들었다는 어설픈 조형물이 세워져 있었다. 날이 추웠고, 그 탓에 공원에는 인적이 드물었다. 우리는 둘 다 말이 없었다. 그가 무슨 생각을 하는지는 알 수 없었다. 나는 공연 중에 들었던 낯익은 멜로디를 대체 언제 들어봤던 걸까에 대해서 계속 생각했지만 기억이 좀처럼 떠오르지 않았다.

만날 때마다 다음 달에는 〈탄호이저〉를, 그다음 달에는 〈라 트라비아타〉를 보러 가지 않겠어요? 라고 묻던 남자가 수줍은 얼굴로, 언젠가는 우리가 같이 밀라노의 라 스칼라 극장에 가서 〈투란도트〉를 다시 볼 수 있으면 좋겠어요, 라고 내게 말한 것은 공원을 한 바퀴 다 돌고 분수 앞에 다다랐을 때였다. 남자는 우리, 라는 단어에 힘을 주며 말했다. 커다란 체구에 걸맞지 않게 긴장했는지 어깨를 움츠린 채 바지에 손바닥을 자꾸만 문질렀다. 이러다 머지않아 나도 결혼해서 새로운 가족을 만들겠네. 그렇게 생각하자 기분이 이상해졌다. 남자가 답을 기다리고 있는 것이 느껴져 나는 고개를 들었다. 그러자 내 시야에 남자의 어깨 너머가 들어왔다. 남자는 내가 답은 않고 무얼 계속 보나 궁금했는지 고개를 돌렸다.

"와, 정말 굉장한 달이네요."

우리가 바라보는 방향의 하늘에는 보름달이 걸려 있었다.

"저런 게 슈퍼 문이라는 걸까요?"

남자는 정말 감탄한 목소리였다.

별도 구름도 없이 그저 켜켜이 쌓인 어둠 위에 떠 있던 커다랗고 눈부신 달이었다.

"저는 오래전에 이것보다도 훨씬 더 큰 달을, 본 적이 있어요."

한동안 달을 올려다보다가 불쑥 내가 그렇게 말했다.

남자는 말을 잇기를 재촉하듯 나를 쳐다보았다. 지구에 발을 딛고 있는 한 결코 이면을 볼 수 없다던 달은 완벽한 원형(圓形)을 이루며 어둠 위에 오롯이 떠 있었다. 그래야 할 이유가 전혀 없었는데도 나는 그와 나 사이가 갑자기, 우주가 팽창할 때마다 멀어진다던 은하 간의 거리처럼 아득하게 느껴졌다. 추위에 남자의 코끝이 새빨갰다. 서러운 울음을 참고 있기라도 하는 사람처럼. 나는 손을 내밀어 그의 코트 자락을 꼭 움켜쥐었다. 보드라워 보였던 회갈색의 헤링본 패턴 코트는 까칠까칠했다. 검은 그림자처럼 늘어선 나무들 앞에서 분수의 물줄기가 반짝이며 솟았다가 거꾸러졌다. 남자는 전에 없이 활짝 웃었다.

우리는 정답게 손을 잡고 주차장까지 걸었다.

집으로 돌아가던 길은 금요일 밤답게 지나치게 막혔다. 교통 상황을 알아보기 위해 틀어놓았던 라디오에서는 원단 가공 공장의 화재 소식이 흘러나왔다. 도로의 정체 탓에 소방차가 제때 당도하지 못해 참사를 막을 수 없었다는 내용의 뉴스였다. 아나운서는 방화범이 불법 체류자인 것으로 추정되며 화재로 인해 다섯 명이 숨지고 열한 명의 부상자가 발생했다고 전했다.

"정말 끔찍한 일이군요."

우리는 차 안에 앉아 시커먼 연기가 하늘 위로 치솟고, 흉몽처럼 불길한 불이 순식간에 번져 건물의 창문이 차례로 붉게 빛나는 모습을 상상했다. 그토록 커다란 화재 현장은 한 번도 본 적 없었는데도, 나는 언젠가 그런 불을 본 적이 있는 것만 같은 기분이 들었다.

하늘에는 여전히 커다란 달.

어디선가 건물이 불타고 있었다는 사실이 비현실적으로 느껴질 정도로 고요하고 아름다운 밤이었다. 고속도로 위로는 해저같이 깊고 진한 어둠. 어둠 속에서 깜박이던 수많은 브레이크등의 불빛. 저마다의 집으로 서둘러 돌아가려는 차량들의 브레이크등이 평화롭게 일제히 들어왔다가, 일제히 꺼졌다. 정체가 좀처럼 풀릴 기미가 없자 남자는 무릎 위에 놓인 내 손을 찾아 쥐며 속삭였다.

"정말 행복한 밤이에요."

청혼부터 결혼식까지의 과정은 정신없이 진행되었다. 결혼식을 준비하기 위해 챙겨야 하는 사소한 일들의 목록은 끝이 없었고, 엄마는 결혼 준비 과정의 모든 것을 공유하려는 듯 이모에게 전화를 걸어 매일같이 장시간 통화를 하곤 했다. 나이가 부쩍 든 엄마의 뒷모습은 기분 탓인지 할머니를 닮아갔다. 그런 엄마를 보면서 나는 할머니가 엄마를 낳았듯, 내가 언젠가 엄마처럼 아이를 낳으면 신흥동 집에서 엄마가 그 아이를 키워주지 않을까, 하고 가만히 생각해봤던 것도 같다.

그렇지만 내가 결혼식을 하게 되더라도 우리의 가족사진 속에 그들은 없겠지. 외삼촌의 결혼사진 속에는 내가 있지만.

나는 부질없는 짓인 줄 알면서도 웨딩드레스를 고르거나 청첩장 샘플을 살피다가 문득문득 그런 것들에 대해서 생각했다.

프릴이 달린 연분홍 블라우스를 입고, 교정기가 보일까 봐 입을 앙다문 채 정면만 응시하고 있을 나나, 같은 미용실에서 둥글게 머리를 부풀린 탓에 쌍둥이처럼 보이는 엄마와 이모를 보면서 그들은 무슨 말을 주고받을까.

그런 생각을 하다 보면 번번이 괴로워졌으므로 나는 그때마다 이렇게 되어버린 것은 그저 세상의 이치일 뿐이라고 생각했다. 그것은 어쩐지 변명 같았고, 그래서 결국은 조금 씁쓸한 기분이 되고 말았지만.

*

지금까지 나는 한때 내게 중국인 할머니가 있었다는 사실을 아무에게도 말해본 적이 없었다. 그날 밤, 지금은 나의 남편이 된 남자에게 내가 언제 더 크고 아름다운 달을 보았는지에 대해서 말하지 않았던 것처럼. 그러니까 그때 내가 그에게 미처 전하지 못했던 것은 그 언젠가, 단 한 번 새할머니와 대화다운 대화를 나누었던 그 추석의 밤에 대한 이야기였다. 할아버지와 연애를 시작하기도 전인 1992년이라고 했던가, 시내 한복판에 있던 대사관의 중화민국 깃발이 내려갔던 그 시절에는 자고 나면 주변의 모두가 한 움큼씩, 한 움큼씩 중국으로, 대만으로, 미국으로 떠났다는 이야기를 새할머니가 내게 들려주었던 그 밤에 대한 이야기 말이다.

"그때 왜 떠나지 않고 이곳에서 남으셨어요?"

새할머니의 긴 이야기를 끝까지 들은 후, 내가 아무래도 이해할 수 없다는 말투로 물었다.

"이렇게 너를 만나려고 그런 게 아니었겠냐."

새할머니가 내 얼굴을 손으로 쓸어내리면서 농담하듯 웃었다. 새할머니도 웃을 줄 아는 사람이었구나. 만발했던 여름 꽃송이가 차례로 떨어진 마당은 밤하늘 높이 두둥실 떠 있던 연노란 연등 탓에 환했다. 새할머니의 손끝에서는 낯선 기름 냄새가 났다. 올해는 유난히 달이 밝대요, 하던 내 말에 그렇구나, 새할머니가 고개를 끄덕였다.

나는 압도적인 크기의 달을 올려다보았다. 티베트 고원 위에도 공평히 비추고 있었을 거대한 달 주위로 어둠이 푸른빛으로 서서히 용해되고 있었다. 이토록 신비하리만큼 달이 큰 까닭은 타원형의 궤도 탓에 이따금씩 지구 가까이 다가오기 때문일 뿐이라지. 꽃향기처럼 얼굴 위로 쏟아지던 새하얀 달빛을 맞으며 내가 아마 그런 것들에 대해 생각하고 있었던 순간이었을 거다. 새할머니가 불쑥 아무렇지도 않은 듯 이렇게 말한 것은.

"대륙 사람 자식으로 태어나 대만 사람이 되어서 70년 넘게 여기서만 살았는데 여기서 외로우면 어디를 간들 외롭지 않겠냐."

그리고 새할머니는 빛나는 달을 보면서 속삭이듯 노래를 불렀다. 낭랑한 중국어로.

好一朵美麗的茉莉花
好一朵美麗的茉莉花
芬芳美麗滿枝椏
又白又香人人夸
讓我來將你摘下
送給別人家

새할머니가 중국어를 하는 모습을 본 것은 그때가 처음이자 마지막이었다. 내가 제대로 기억하고 있는 것인지는 모르겠지만 새할머니가 노래를 부르는 동안, 채 덜 익은 모과가 땅 위로 떨어져 내렸다. 나뭇가지에 앉아 있던 새가 어딘가를 향해 날아가기라도 했는지, 바람도 한 점 없었는데. 곡선이 둥글고 파르스름한 열매는 긴 세월 동안 물에 씻긴 조약돌처럼 향기롭게 빛났다. 나는 노랫말을 이해할 수 없었지만, 새할머니의 목소리가 달밤과 썩 잘 어울린다고 생각했던 것 같다. 그렇지만 이 모든 기억이 혹시 꿈은 아닐까. 나는 그 밤의 기억에 대해서 아무에게도 말해본 적이 없다. 거짓말처럼 아름답던 그 밤, 할머니와 나 그리고 아직 초등학교를 입학하지도 않았던 진운이는 잠시 그렇게 서 있었다. 덧없이 짧은 한순간 동안. 손만 내밀면 닿을 듯 닿을 듯 가까워 보였던 반투명한 달 아래. 마치 사이좋은 한 가족인 듯이.

이상진 한국방송통신대학교 국어국문학과 교수

반투명 달 아래, 사이좋은 한 가족인 듯

이 소설은 할머니에 대한 이야기이다. 손녀딸에게 더없이 친근하고 따뜻한 존재의 전형인 할머니가 화자인 나에게 낯설고 불편한 존재로만 기억될 뻔한 이야기, 아무도 물어주지 않았던 그녀, 중국인 새할머니에 대한.

소설의 반 이상이 진행될 때까지 독자는 어느 날 불쑥 화자인 '나'의 가족원이 된 '새'할머니 이야기를 읽게 된다. 화자가 기억하는 새할머니의 부고, 장례식, 재산 상속 문제로 인한 갈등. 그리고 그 중간중간 새할머니와 (외)할아버지의 결혼에 얽힌 내용이 회상으로 삽입된다. 열 살에서 20대 중반으로 넘어가는 시기에 겪은, '나'의 파편적인 기억으로 재구성한 새할머니 이야기는 대강 이러하다. (외)할머니가 돌아가신 지 몇 해 후, 할아버지는 새할머니와 결혼을 하였다. 화교인 새할머니는 인텔리였던 할아버지와 여러모로 어울리지 않는 사람 같았다. 엄마와 이모는 새할머니와 그 아들 가족을 받아들이기 힘들어했고, 어린 나도 새할머니의 친손주인 진운이에 대해 이상한 경쟁심을 가졌다. 그들(외삼촌 가족)과 새할머니는 우리 가족 위에 덧붙여진 점, 혹은 얼룩이나 흉터처럼 느껴졌다. 새할머니

장례를 치른 후, 가족들은 상속 문제로 큰 소리를 내기는 했지만, 결국 신흥동 집은 엄마와 이모의 몫으로 남고 이후 그들과는 다시 만나지 못했다. 그리고 나는 오랫동안 그들에 대해 잊고 살았다.

눈치가 빠른 독자라면 본격적인 이야기는 아마도 이제부터 시작될 것임을 본능적으로 알아챌 것이다. 왜냐하면 여기까지의 서사가 다룬 것은 노년의 결혼, 혈연 중심의 배타적인 태도와 상속으로 빚어지는 가족 갈등 등 조금은 진부할 수도 있는 그렇고 그런 문제들에 불과하기 때문이다. 또한 전반부의 서사에서 '나'가 궁금해하던 질문. '(그 멋진) 할아버지가 왜 (하필 아무 특징도 없는 중국인) 새할머니와 결혼했을까'에 대한 답이 제시되지도 않았고, 무엇보다 작품의 처음에 중립적인 지칭으로 언급된 '그녀'가 누구인지 짐작만 될 뿐 분명하게는 밝혀지지 않았기 때문이다. 소설의 나머지 짧은 이야기는 그래서 이 질문에 대한 답에 집중될 것처럼 보인다. 적어도 우리가 아는 단편소설의 관습대로라면 말이다.

그러나 그 빈자리를 메우는 대신 작가는 뜬금없이 나의 결혼 이야기를 끼워 넣는다. 오페라를 좋아하는 남자친구와 만나 〈투란도트(Turandot)〉를 보고 무척이나 큰 달이 떠오른 밤 그 달빛 아래 데이트를 했으며, 교통 체증으로 더 오래 만끽할 수 있었던 행복한 밤에 대한 이야기, 그리고 결혼에 이르기까지의 짧은 요약. 그러고 나서 새할머니와의 그 추억의 밤 이야기로 넘어간다. 사실, 섬세하고 안정적인 전반부의 서사에 비한다면 이 부분은 다소 이질적이며 느슨하게 연결된 듯도 보인다. 하지만 그날 본 오페라 〈투란도트〉의 배경이 전설 시대 중국의 북경이었고, 투란도트 공주의 사랑을 얻기 위해 목숨을 걸고 수수께끼를 맞히던 칼라프 왕자는 조국을 잃고 방황하던 티무르 왕의 아들이었다는 것, 반복되던 멜로디가 내 귀를 사로잡은 이유는 새할머니가 불렀던 중국 민요 〈모리화(茉莉花)〉 선율이 〈투란도트〉의 주요 테마였기 때문이며, 교통 체증을 불러일으킨 방화 사건의 주범이 불법 체류자였다는 것, 그리고 그날 온 세상을 공평히 비추던 큰 달과 큰불에서 느껴지던 기시감까지 모두, 새할머니와의 그날 밤을 불러오기 위한 작가의 은밀한 전략임을 세심한 독자라면 그리 눈치채기 어렵지 않다. 무엇보다 새로운 가족으로 남편을 맞아들이게 된 행복한 순간, '그녀에 대해 말하지 않음' 때문에 느끼는 불편함 역시 '그날 밤'에 대해 말해야 할 필연성을 부여해준다.

결국 소설은 새할머니와의 그 "거짓말처럼 아름답던 그 밤"에 대한 이야기로 끝이 난다. 달이 참으로 컸던 어느 추석날 밤, 성인이 된 내가, 외삼촌의 아들 진운이 그리고 새할머니와 함께 마치 가족처럼 대화다운 대화를 나누었고, 할머니는 〈모리화〉를 속삭이듯 불렀다는 이야기. 하지만, 빈자리에 대한 기대로 내압은 더할 수 없이 높아진 바로 그 시점에서, 아름다운 달빛과 행복한 밤 풍경이라니! 던져놓은 질문에 답, 다소는 충격적일 이야기를 기대하던 독자라면 김이 빠질 수도 있는 마무리이다. 게다가 속도는 늦추고 맥락은 삭제한 채 작가는 유유히 사라져버리고 만다. 어딘가 낯익은 이 솜씨. 메밀꽃 핀 봉평의 달밤 묘사에 허 생원의 한평생 서사를 너끈하게 담아내던 이효석을 떠올리는 건 지나친가.

그렇다면 이제 그 밤 풍경 묘사의 행간을 찬찬히 다시 읽을 수밖에 없다. 그날 새할머니는 "꽃향기처럼 얼굴 위로 쏟아지던 새하얀 달빛"을 받으며, 자기가 살아온 한 세월을 담아 〈모리화〉를 불렀다.

> 한 송이 아름다운 모리화
> 한 송이 아름다운 모리화
> 가지마다 넘치는
> 그윽한 향기의 하얀 꽃
> 아름다운 꽃을 친구에게
> 한 송이 보내련다.

그때 이 노랫소리에 답하듯, 채 덜 익은 모과가 땅 위로 떨어져 내렸다고 나는 말한다. 그 모과나무는 할머니와 엄마와 이모의 추억이 그대로 깃들어 있던 나무, 새할머니가 새로 꽃나무들을 심으면서도 그대로 두었던 나무였다. 그 나무에서, 열매가 채 익지도 않았는데도, "한 번도 가본 적 없는 시베리아에서부터" 혹은 "타클라마칸 사막에서부터" 바람이 불어오지 않았는데도. 그저 "티베트 고원 위에도 공평히 비추고 있었을" 달빛 아래서 할머니가 노래를 불렀을 뿐인데도. 이어 그 모과가 "긴 세월 동안 물에 씻긴 조약돌처럼 향기롭게 빛"나는 열매라고 묘사한다. 거기에다 내가 제대로 기억하고 있는 것인지 모르겠다고 굳이 덧붙인 것은 그 밤의 신비한 느낌과 나의 정서적 변화를 강조하기 위함이리라.

그리고 이 서술적 자아는 비로소 새할머니를 '할머니'로 기록한다.

> 나는 그 밤의 기억에 대해서 아무에게도 말해본 적이 없다. 거짓말처럼 아름답던 그 밤, 할머니와 나 그리고 아직 초등학교를 입학하지도 않았던 진운이는 잠시 그렇게 서 있었다. 덧없이 짧은 한순간 동안. 손만 내밀면 닿을 듯 닿을 듯 가까워 보였던 반투명한 달 아래. 마치 사이좋은 한 가족인 듯이. (179쪽)

그림처럼 멈춘 화자의 이 기억, 이 마지막 문장에 이르러서야 비로소, 새할머니가 아닌 그녀, '중국인'인 풍효래와 그녀의 아들, 또 그 아들의 아들에 대한 다른 시선의 이야기가 중심에 선다. 중국 산둥 지방 출신으로 무역회사를 차려 돈을 벌 요량으로 1927년 조선으로 이주한 풍영발 씨, 그의 딸로 1930년 한반도 남쪽에서 태어나 한국전쟁을 겪고 한국인과 결혼하여 아들을 낳고 다시 나의 할아버지와 결혼한 그녀, 중국인 할머니 풍효래는 이 땅에서 외로이 살아온 가족의 역사를 짊어지고 새 가족의 서사에 조심스레 들어온 것이다. 가족 모두가 불길하고 이질적인 존재로 경계하였던 이유도, 할머니와 엄마, 이모가 가꾸어온 신흥동 집의 새 안주인이 된 것을 내내 힘들어했던 이유도, 그리고 내가 누구에게도 말하지 않았던 것도, 사실은 '새'할머니가 '중국인'이기 때문이었던 것이다.

> 새할머니는 굳이 말하자면 무색무취의 사람이라고 할 수 있었다. 특별한 취향도, 취미도 없어 보이는 사람. 가뜩이나 작은 체구를 옹송그려서 누구의 눈에도 띄지 않으려는 듯, 아무런 의견도 내지 않고, 뭔가를 먼저 제안하지도 않고, 그냥 있는 듯 없는 듯 그렇게 살아가는 사람. (165쪽)

그 시절 몇 안 되는 인텔리였던 할아버지와 도무지 어떤 접점이 없어 보이던 새할머니는 무색무취, "누구의 눈에도 띄지 않으려는 듯" "그냥 있는 듯 없는 듯" 살아가는 사람의 모습으로 그려진다. 중국 대륙 출신이지만 한국과 중화인민공화국과의 적대 관계로 거의 60년 이상을 고향에 대한 향수를 드러내지도 못하고 대만인으로 살아가다가, 1992년에 대만과 외교가 단절되자 조국을 완전히 잃어버린 중국인의 모습이다. 이런 이미지는 실상 오랜 기간 타향에서 적응하며 살아온 이주자들의 모습과 다르지 않다. 이 땅을 떠나 간도로 일본으로 또 이국의 어딘가로 떠난 우리 중 누구도 그곳에서 이렇게 풍효래처럼 살아가고 있을지 모르는 일이다, 매 순간 어디에서 어떻게 살아야 할지 되물으면서. 풍효래는 1992년 한중 수교 후 많은 중국인이 한국을 떠난 후에도 결국 이곳에 남았다. 그리고 "여기서 외로우면 어디를 간들 외롭지 않겠냐."는 할머니의 단호한 의지 앞에서 민족이나 국적, 지역의 경계를 따지는 것이 무색해진다. 하물며 가족이야.

이쯤에서 다시 소설의 첫 대목과 할머니와의 그 밤의 풍경이 비로소 의미화된다. 오랜 단절 속에서도 이 땅의 이념에 따라 맞추어 살고자 한 중국인 풍효래의 애환, 타인이 만나 가족을 이루고 한 세상을 껴안고 살아가는 모성의 힘, 소통하고자 한 간절한 염원으로 무수하게 속삭이듯 불러왔을 그리움의 노래. 그 간절함에도 불구하고 아무도 물어주지 않고, 또 말하려 하지도 않았던 '소통 불능' 혹은 '소통 회피'에 대한 반성과 성찰이 이 서사를 온전히 떠받치고 있음이. '나'의 궁금증에 대한 답은, 할아버지가 말하려다가 만 그 말의 답은. 그러므로 소설의 첫 단락에 있었던 것이다.

> 그녀에 대해서는 아무에게도 말해본 적이 없다. 일부러 숨긴 것은 아니다. 그저 말할 기회가 없었을 뿐. 적어도 나는 그렇게 믿고 있다. (160쪽)

백수린의 「중국인 할머니」는 낯선 것과의 긴장과 결합이 이상하게도 편안하게 이루어지는 소설이다. 10여 년간의 서사가 한순간 아름다운 그림으로 남은 서정으로 더 강력하게 살아나게 하는 점, 낯선 이방인을 친근한 할머니의 이미지와 결합시켜 모순을 끌어안는 점, 거기에 시각과 청각 이미지의 묘한 어울림 등은 이 작품의 큰 미덕이라고 할 수 있다. 또한 이야기에 이야기를 덧씌우고 말하는 사람의 복잡한 입장과 시각이 입혀져 성찰적이고 탄탄한 서사를 완성시키는 백수린의 특장도 유감없이 발휘되고 있다. "공기는 차갑고 건조했다."라는 한 문장을 시각적으로 강조하여 새 할머니의 장례 분위기를 정리해 보이는 감각, 짧은 한 문장짜리 단락이나 연속된 대화로 된 장면과 같이 문서의 시각적 편집을 통해 서사의 힘을 조절하는 솜씨도 여전하다. 「폴링 인 폴」이나 「거짓말 연습」 등에서 그간 작가가 관심을 두어 형상화해온 가족과 이주, 민족을 넘어선 소통의 욕망과 좌절 등의 문제도 이 작품에서 그리 야단스럽지 않게 변주되고 있다. 오히려 좀 더 무리 없이 편안하게 뒤를 돌아보게 하는 힘이 생겼다고 할까.

하지만 질문을 던지고 정해진 답을 향해 가는 분석적인 서사에 외국인 이주자의 무겁고 복합적이고 현재 진행형인 문제의식을 얹어놓은 것은 아무래도 불안하다. 작가가 마련한 그녀의 이야기라는 질문과 곳곳에 숨겨놓은 그림과 정보는, 하여금 한 번 더 돌아보게 만드는 재미는 있지만 그렇게 독자가 텍스트를 덮고 말게 할 우려도 없지 않다. 이것이 앞으로 이 작가가 넘어야 할 너무 높은 산이 아니기를 바란다.

T.O.P

이갑수

—

1983년 서울 출생.

2011년 단편소설 「편협의 완성」으로 『문학과사회』 신인문학상을 수상하며 등단.

T.O.P

나는 탁자 위에 놓여 있는 커피의 예술을 선호한다.
— 클래스 올덴버그

이력서를 써야 한다. 지난번에 지원했던 회사에서 면접관이 내 이력서가 성의 없다고 면박을 줬다. 처음부터 막힌다.

* 자기 자신을 한 문장으로 정의하시오.

요즘에는 회사마다 요구하는 이력서 양식이 참 다양하다.

1. ~~나는 무공 고수다.~~

그렇게 썼다가 지웠다. 내가 죽고 무슨 일이 있었는지 모르겠지만, 무림은 사라졌다.

1. 나는 커피 자판기다.

고민해봐야 더 좋은 문장이 생각날 것 같지 않았다. 솔직하게 쓰는 것이 제일이었다. 나머지도 쉽지가 않았다. 경력, 특기, 장점, 단점, 살아오면서 겪은 가장 중요한 일, 2천 자 내외의 자기소개……. 채워야 할 빈칸이 너무 많았다. 현재의 나는 딱히 경력이라고 할 만한 게 없다. 매일 같은 자리에서 같은 일을 하면서 산다. 앞으로도 크게 변할 것 같지는 않다.

빈칸을 채우기 위해서는 어쩔 수 없이, 옛 기억을 되살릴 수밖에 없다.

사람들은 나를 소림의 희망이라고 불렀다.

―녹옥불장(綠玉佛杖)에 어울리는 사람이 돼야 한다.

방장스님도 종종 나를 따로 불러 그렇게 말했다. 공공대사 이후로 아무도 이르지 못한 금강불괴(金剛不壞)의 경지에 다다를 수 있는 것은 나밖에 없다는 말을 덧붙일 때도 있었다.

주위의 기대가 부담스러웠다. 나는 그들이 생각하는 것처럼 천재가 아니었다. 타고난 근골이나 진기의 정순함으로 따지면 나보다 몇 배나 뛰어난 동문들이 많았다. 나는 내가 무술에 재능이 없다는 것을 누구보다 잘 알았다. 내공심법이나 무공에 대한 설명을 들어도 남보다 이해가 늦었고, 초식 시범을 보여줘도 한 번에 따라하지 못했다. 만약 내게 한 줌의 재능이라도 있다면 그것은 수련을 통해서 생긴 것이다.

나는 소림 72절예를 모두 익혔다. 가장 자신 있는 것은 권과 봉이었다. 8년 연속으로 무림맹의 비무대회에서 우승했다. 다른 문파에도 뛰어난 고수들이 많았지만 아무도 내 백보신권(百步神拳)을 피하지 못했고, 나한봉(羅漢棒)의 방어를 뚫지 못했다. 그즈음 지나가는 사람을 아무나 붙잡고 정파의 후기지수 중에 가장 뛰어난 게 누구냐고 물으면 한결같은 대답이 돌아왔다.

―소림사의 일각이 최고지.

사형제들과의 관계도 원만한 편이었고, 문파를 잘 이끌어갈 자신도 있었다. 대환단과 방장스님을 비롯한 고승들의 도움이 있다면 금강불괴도 못 될 것이 없었다. 지금 와서 생각해보면 모두 자만이었다. 자만은 화를 부른다.

나 때문에 정사대전이 벌어진 것은 아니다. 딱히 누구 때문이라고 하기에는 그동안 정파와 사파의 골이 너무 깊었다. 단지 서로 싸울 이유를 찾고 있었을 뿐인지도 모른다. 공식적인 이유가 있기는 했다. 무당파 장문인(掌門人)이 가장 아끼는 제자 무당제일미 이서령이 마교의 좌호법에게 납치를 당했기 때문이었다.

서령과는 잘 아는 사이였다. 그녀 역시 무림의 다음 세대를 이끌 인재로 주목받아서 이런저런 행사에서 자주 만났다. 무당제일미라는 별호대로 그녀는 무림 전체에서도 손에 꼽히는 미인이었다. 불제자인 나조차 그녀를 마주할 때면 심장이 두근거려서 남몰래 내공을 사용해 진정시킨 적이 한두 번이 아니었다.

좌호법은 10년 넘게 무당제일미를 짝사랑했다. 이미 수십 차례 청혼했다는 소문도 있었다. 정파의 후기지수와 마교의 좌호법이라는 위치는 넘어가더라도, 둘은 마흔 살 넘게 나이 차가 났다. 한마디로 지나친 욕심이었다. 하지만 좌호법의 행동이 특별하게 취급되지는 않았다. 무림의 미혼 남자들은 대부분 서령에게 관심을 갖고 있었다. 황족은 물론이고 군부의 장군들도 틈만 나면 무당파로 선물을 보냈다.

나도 사적인 전음(傳音)을 보낸 적이 있다. 서령이 차를 좋아한다는 소문을 듣고, 기회가 닿을 때마다 귀한 차를 구해서 초대했다. 그때마다 그녀는 다른 일정이 있어서 시간을 낼 수 없다고 말했다. 못 들은 척할 때도 있었다.

—여자가 진짜 바빠서 거절할 때는, 오늘은 안 되지만 다음에 언제 시간이 된다고 말해요.

언젠가 소림사를 찾아온 속가제자의 부인에게 다른 사람의 이야기를 하듯 넌지시 물어보니 그렇게 대답했다. 나는 각지에서 구해 온 차를 혼자 마시면서 중국의 차는 별로 맛이 없구나 하고 생각했다. 그나마 위안이 되는 것은 서령이 나뿐만 아니라 모든 사람의 초대와 선물을 거절한다는 사실이었다. 말하자면 그녀는 아무도 꺾을 수 없는 절벽 위의 꽃이었다.

좌호법은 야심한 밤에 꽃을 꺾어 도망쳤다. 서령은 이렇다 할 저항도 해

보지 못하고 점혈(點穴)을 당해 끌려갔다. 또래의 여고수들 중에서는 서령의 무위가 손에 꼽을 수준이었지만, 좌호법은 무림 전체를 통틀어 열 손가락 안에 들어가는 고수였다. 무당의 장문인도 그를 이긴다는 보장은 없었다. 해검지(解劍池)를 지키는 호위무사들이 교대를 마치고 올라오다 좌호법의 신영(身影)을 발견하지 못했다면 누가 훔쳐갔는지도 몰랐을 것이다.

그 일이 알려지자 마교는 즉시 좌호법을 직위 해제하고 그 사건은 마교의 뜻과는 무관한 좌호법의 개인적 일탈 행위라는 입장을 발표했다. 하지만 이미 그때 무당파 장문인은 전 무림에 격문을 띄우고 모든 문원을 무장시켜서 마교로 전진하고 있었다. 무당 장문인의 격문에 무림인들이 대대적으로 호응한 것은 정파의 심장인 무당파에 마교인이 침입했다는 사실보다도 절벽 위의 꽃을 꺾은 것에 대한 분노 때문이었다. 실제로 참여한 사람들은 대부분이 미혼 남성이었다. 선부른 전면전에 우려를 표한 것은 아미파뿐이었다. 아미파는 여자들의 문파다. 예나 지금이나 여자들은 자기보다 예쁜 여자를 싫어한다.

소림에서도 젊은 무승들이 대거 출진했다. 내가 그들을 이끌었다. 방장스님은 말리고 싶어 하는 눈치였다. 젊음은 때로 무모하다. 그래서 불안해 보인다. 하지만 젊음이 무모하지 않다면 발전할 수도 없다. 나는 소림의 미래가 밝다고 생각했다.

달마대사가 역근경을 쓴 이후로 가장 큰 싸움이었다. 정파 연합은 마교의 분타(分舵) 열다섯 곳을 파괴하고 본거지인 십만대산으로 향했다. 마교도 결사적이었다. 무림의 세력 구도를 보통 정파 7할, 사파 3할 정도로 구분하지만 그것은 어디까지나 산술적인 수치였다. 싸움터가 마교의 앞마당이었고, 무엇보다 단일한 집단인 마교에 비해 다양한 문파가 연합된 정파는 좀처럼 서로 협력하지 않았다. 전투는 팽팽했다. 세외 세력인 북해궁이 마교를 지원하면서 싸움의 규모가 더 커졌다. 각 문파는 더 많은 인원을 투입했다. 전쟁을 반대하던 아미파도 결국 나설 수밖에 없었다.

내가 죽인 사람의 숫자는 317명이다. 매일 밤 그날 죽인 사람들의 명복을 비는 불공을 드렸기 때문에 정확히 기억하고 있다. 그중에는 여자와 아이도 있었다. 무공을 겨루는 비무라면 적당히 봐줄 수도 있지만 서로 목숨을 건 전투, 더구나 집단전에서는 손속에 사정을 둘 수가 없었다. 내가 그들을 죽이지 않으면 더 많은 수의 아군이 죽을 테니까.

어떤 수련보다도 목숨을 건 실전이 효과가 크다. 전투 중에 내 무공은 비약적으로 발전했다. 금강불괴에도 한층 가까워졌다. 몸을 도검불침의 강철처럼 만들 수는 없었지만, 암석 정도로 단단하게 바꿀 수 있었다. 그러고 보니 공공대사가 금강불괴의 경지에 다다랐을 때도 정사대전이 벌어졌다는 기록이 있다. 어쩌면 그는 나보다 더 많은 사람을 죽였는지도 모른다.

정파도 사파도 지쳐갔다. 무의미한 희생을 그만둬야 한다는 주장에 힘이 실렸다. 마교는 계속해서 이번 사건이 자신들과는 상관없으며, 현재 마교에는 좌호법과 무당제일미가 없다는 주장을 되풀이했다. 처음에는 다들 그 싸움에 어떤 대의가 있다고 믿었지만, 다들 왜 싸워야 했는지도 잊어갔다. 나는 서령을 구해내면 같이 차를 마셔야겠다고 생각했다.

나는 소림의 속가제자들에게 도움을 요청했다. 소림사는 그 역사에 걸맞게 다양한 사람들과 관계를 맺고 있었다. 관리, 장사꾼, 기생, 거지…….
모든 정보력이 총동원된 1백여 일의 추적 끝에, 결국 서령의 위치를 찾아냈다.

서령의 위치가 담긴 전서구를 받자마자, 나는 사대금강(四大金剛)을 데리고 장강으로 달려갔다. 전서구에 적힌 장소가 바로 그 근처였다. 사대금강은 지원을 기다리자고 했지만, 나는 기다릴 수가 없었다. 마교와의 전쟁을 마무리하고 병력을 재편성하려면 시간이 걸릴 게 뻔했다. 그사이에 좌호법이 눈치채고 도망칠 수도 있었다. 가장 먼저 서령을 구하고 싶은 마음도 있었다. 사대금강과 내가 힘을 합치면 충분히 좌호법을 제압할 수 있다고 생각했다. 자만이었다. 자만은 화를 부른다.

서령은 침대에 누워 있었다. 점혈은 되어 있지 않았다. 그냥 잠들어 있었다. 몸에 큰 이상은 없는 것 같았다. 여전히 아름다웠다. 내가 조심스럽게 그녀를 깨웠을 때, 좌호법이 방 안으로 들어왔다. 사대금강이 무기를 고쳐 쥐고 앞을 막아섰다.

—괜찮습니까?

나는 서령을 부축하면서 물었다. 그녀는 잠에서 덜 깼는지 초점을 잃은 눈을 끔벅거리기만 했다.

좌호법은 강했다. 혼자서 사대금강을 압도했다. 위태로운 상황이 몇 번이나 지나갔다. 나는 할 수 없이 서령을 놔두고 싸움에 가세했다. 사대금강과 나는 협공으로 좌호법을 압박했다. 초반에는 백중세였지만, 점차 우리에게 승기가 기울었다. 혼자서 다수를 상대하면 내공이 급격히 소진된다.

사대금강이 사방에서 공격하고 내가 마지막 결정타가 될 백보신권을 날리려는 순간 서령이 등 뒤에서 나를 검으로 찔렀다. 나는 몸을 돌려 좌호법에게 날리려던 백보신권으로 서령을 공격했다. 지근거리에서 무방비 상태로 머리에 백보신권을 맞으면 두개골이 박살난다. 서령은 즉사했다.

—대체 왜?

검이 관통한 통증과 상처 입은 채 억지로 백보신권을 사용해 뒤틀린 기혈 때문에 정신을 잃으면서 나는 그렇게 외쳤다.

지금은 그녀가 왜 나를 공격했는지 어렴풋이 알 것 같다. 얼마 전 누군가 공원 화장실에 두고 간 신문에서 스톡홀름 증후군에 관한 기사를 읽었다.

내가 쓰러지고 곧바로 무당파 장문인이 도착해 좌호법을 도륙했다. 서령의 시체를 보고 흥분한 장문인은 좌호법이 이미 절명했는데도 공격을 멈추지 않았다. 바닥에 15장 깊이의 구덩이가 생겼다. 사대금강은 서령을 죽인 것이 좌호법이라고 거짓 증언을 했다.

등 뒤에서부터 배꼽을 통과한 검은 단전을 파괴하고 나를 반신불수로 만들었다. 나는 침상에 누워서 2년 동안 다른 사람들이 무공 수련을 하는 것을 지켜봤다.

—다음 생에는 금강불괴의 몸으로 태어나고 싶습니다.

나는 그렇게 말하고 살모사 독을 탄 차를 마셨다. 의외로 맛있었다.

부처님은 내 소원을 들어줬다. 나는 소림사에서 수만 리나 떨어진 한국이라는 곳에서 온몸이 강철로 된 커피 자판기로 환생했다. 세상이 너무 많이 바뀌어 있어서 당황스러웠다.

요즘 내가 있는 곳은 오금공원이라는 곳이다. 길의 모양이나 나무의 배치가 소림사와 비슷해서 이곳에 자리를 잡았다. 조선 시대 어느 임금이 말을 타고 가다가 오금이 저리다고 말한 것이 지명의 유래라는데, 확실하지는 않았다. 제법 큰 규모의 공원이다. 성인 남성이 빠른 걸음으로 걸어도 공원을 한 바퀴 도는 데 한 시간이 넘게 걸린다. 물론 나는 경공술로 1분이면 한 바퀴를 돌 수 있었다. 테니스장과 게이트볼장, 축구장, 농구 코트가 있고, 화장실도 두 개나 있다. 테니스장과 게이트볼장 중간이 내 자리다. 화장실도 근처에 있다. 공원 안에서 유동인구가 가장 많은 곳이다. 나는 이곳에서 커피를 판다. 새벽에 테니스를 치러 온 사람들과 오후에 게이트볼을 치러 온 노인들이 주 고객이다. 가끔 산책을 나온 사람들도 사 먹는다. 일회용 종이컵으로 한 잔에 5백 원이다. 운이 좋은 날에는 제법 많이 팔린다. 안 팔리는 날이 계속되더라도 언젠가는 많이 팔리는 날이 온다. 그게 유일한 위안이다.

잠에서 깨면 밤사이 들어온 돈이 얼마인가 주머니를 확인한다. 지폐는 없고, 동전뿐이다. 1천 원. 두 잔 팔렸다. 새벽에 산책을 나온 부부가 있었던 모양이다.

역용술(易容術)과 축골공(縮骨功)으로 얼굴과 몸을 사람의 모습으로 바꾼다. 예전 모습 그대로다. 달라진 것이 있다면 머리카락이 생겼다는 것뿐이다. 배우기가 힘들어서 그렇지 둘 다 내공이 많이 소진되는 무공은 아니다. 하지만 내 경우에는 워낙 몸피가 크다 보니 이 모습을 유지하려면 내력을 많이 사용할 수밖에 없다. 다른 무공을 전혀 사용하지 않으면, 하루에 여덟 시간 정도 버틸 수 있다. 억지로 더 버티다가는 주화입마(走火入魔)에 빠질지도 모른다. 중간에 잠깐이라도 자판기로 돌아와 운기조식(運氣調息)을 해야 한다. 위험하지만 아르바이트를 하려면 어쩔 수가 없다.

커피만 팔아서는 생활할 수가 없다. 재료 값도 만만치가 않고, 전기세도 내야 한다. 몇 번인가 전기세라도 아껴보려고 몰래 자리를 이동한 적이 있었다. 하지만 한국전력은 개방이나 환영문보다도 뛰어난 정보력을 갖고 있었다. 내가 어디로 가든 귀신같이 위치를 찾아내서 고지서를 보냈다.

요즘 사람들은 자판기 커피를 사 먹지 않는다. 사방에 카페가 있다. 스타벅스, 카페베네, 할리스, 이디야, 엔제리너스……. 메뉴도 다양하다. 카페라테, 캐러멜 마키아토, 버블티…… 음료 종류만 서른 가지가 넘는다. 샌드위치와 팥빙수를 파는 곳도 있다. 반면 내겐 메뉴가 블랙커피, 밀크커피, 코코아, 이렇게 세 개뿐이었다. 하지만 나는 내가 만드는 차에 자부심이 있었다. 재료는 최대한 좋은 것을 쓴다. 물을 끓이는 방식도 다르다. 나는 삼매진화(三昧眞火)의 수법으로 물을 끓인다. 내공으로 미세한 불순물까지 제거한 정말 순수한 물이다. 카페에서 기계로 끓인 것과는 비교도 안 된다. 그런데도 사람들은 내가 만든 커피보다 열 배나 비싼 카페 커피를 마신다. 도무지 이해할 수가 없다.

내가 사는 게 너무 힘들다고 하면 사람들은 커피 파는 일을 그만두라고 말한다. 나도 그러고 싶지만 불가능한 일이다. 인간이 심장을 마음대로 멈출 수 없는 것처럼 나도 커피 파는 일을 그만둘 수가 없다. 그게 커피 자판기의 숙명이다.

아르바이트를 하러 가기 전에 우체국 사서함에 들러서 편지를 확인했다. 대부분은 고지서였다. 가만히만 있어도 내야 할 요금이 많다. 기다리던 편지가 있었다. 대호상사라는 곳인데, 학력과 무관하게 선발한다는 공고를 보고 지원했다.

— 지원해주셔서 감사합니다. 안타깝게도 귀하는 본사의 설립 취지와 맞지 않는 인재인 것 같습니다.

혹시나 했지만 역시나. 표현은 달라도 똑같은 내용이었다. 설립 취지는 핑계였다. 차라리 직접적으로 말하는 게 더 나았다. 지난달에 지원했던 의류 공장에서는 사장 부인이 대놓고 '커피 자판기 필요 없어요'라고 말했다. 묘하게 설득력이 있어서 실망도 하지 않았다.

나는 다양한 종류의 아르바이트를 했다. 편의점, 주유소, 피시방, 가락시장에서 생선 상자 나르는 일도 했다. 대부분 내 의지와 상관없이 그만뒀다. 가게가 망하는 경우가 가장 많았고, 교대해줄 사람이 열 시간이나 늦게 와서 역용술과 축골공이 풀리는 바람에 잘린 적도 있다. 주유소는 이유가 뭔지는 모르겠지만 폭발해버렸다. 뉴스에도 나왔다. 내가 경공술로 모두 대피시켜서 다친 사람은 없었다. 주유소 사장은 파산과 동시에 미쳐버렸다. 안쓰러워서 남은 월급을 달라고 말도 못 했다.

요즘은 24시간 영업을 하는 카페에서 일한다. 경쟁 업체에서 일하는 것이 못마땅하지만, 적을 알기 위해 내부에 잠입하는 것도 좋은 방법이다. 다양한 종류의 커피를 만드는 방식이라든가, 손님들의 취향 같은 것을 많이 배운다.

같이 일하는 아르바이트생들은 대부분 대학생이다. 여고생도 두 명 있다. 그들은 나를 여러 가지 호칭으로 부른다. 형, 오빠, 아저씨. 셋 다 마음에 안 들었다. 그들의 말에는 상대에 대한 존중이 없었다. 그저 어떻게든 내게 힘든 일을 시키려고 할 뿐이었다. 무림에서는 적에게도 포권(包拳)을 하며 존경을 표시했다. 서로 추구하는 바가 달라도 일정한 경지에 오른 것에 대한 예우였다.

내 근무시간은 오후 두 시에서 밤 열 까지다. 일요일은 쉰다. 오늘은 일곱 시에 조퇴한다고 매니저한테 미리 말해뒀다.

—무슨 일 있어요?

매니저는 못마땅해하는 눈치였다.

—집에 일이 있어서요.

나는 당당하게 말했다. 그동안 한 번도 지각과 조퇴를 한 적이 없었다. 매니저는 어쩔 수 없이 그러라고 했다. 집에 일이 있다는 것은 당연히 거짓말이었다. 나는 가족이 없다. 예전에도 그랬다. 부모님은 둘 다 병으로 죽었다고 한다. 먼 친척이 나를 잠시 데리고 있다가 소림사에 맡겼다. 부모님이 살아 있었다면 불구가 됐을 때 독이 든 차를 마시지 않았을까? 몇 번 더 망설이기는 했을 것이다.

조퇴를 신청한 이유는 서령과 만나기로 약속을 했기 때문이었다. 일이 그때 끝난다고 했다.

내가 서령을 다시 만난 경위는 다음과 같다.

2주 전이었다. 아주 더웠고, 습도가 높았다. 사람들은 에어컨 바람을 쐬기 위해 카페로 몰려들었다. 자리가 없어서 서 있는 사람들도 있었다. 주문이 밀렸다. 불쾌지수가 높은 탓인지 여기저기서 고성이 오갔다. 자기가 먼저 왔다고 싸우는 손님도 있었고, 자리에 앉자마자 헤어지는 연인도 있었다. 엄마들은 아이를 혼냈다.

—너 또 엄마랑 약속한 거 어겼지?

뿔테안경을 쓴 여자가 커다란 가방을 멘 아이를 혼내고 있을 때, 갑자기 카페가 조용해졌다. 카페 안으로 여자 아이돌 그룹의 멤버인 윤아가 들어왔기 때문이었다. TV를 거의 보지 않는 내가 그녀의 얼굴과 이름을 기억하는 것은, 언젠가 버스 정류장의 광고판에서 본 그녀의 사진이 무당제일미와 너무 똑같았기 때문이었다. 정적은 5초 정도 이어지다가 웅성거림으로 바뀌었다. 휴대전화를 꺼내서 사진을 찍는 사람들도 있었다. 몇 명이 사인을 받으려고 다가갔다가 경호원들에게 제지당했다.

—영업에 방해돼서 죄송합니다. 금방 주문하고 나갈게요.

윤아의 목소리는 내공을 실어 말하는 것처럼 부드러웠다. 음공 중에 사람을 미혹시키는 무공이 있다는 말을 들은 적이 있는데, 그런 무공이 실재한다면 비슷한 형태일 것 같았다.

그녀가 사람을 시키지 않고 직접 카페에 온 이유는 금방 알 수 있었다. 베테랑인 매니저가 직접 주문을 받는데도 따라가기 힘들 정도로 요구 사항이 많았다. 한 잔은 샷을 추가하고 시럽을 듬뿍 넣고, 한 잔은 샷을 2분의 1로 줄이고 휘핑크림을 많이, 다른 한 잔은 시나몬을 두 배로 넣고 스팀밀크의 양을……. 그녀는 각각 다른 종류의 커피를 여덟 잔 주문하고, 피망을 빼고 빵을 살짝 익혀달라는 등의 요구와 함께 샌드위치도 다섯 개 시켰다. 매니저는 두 번이나 주문을 다시 확인하고 직접 지시해서 커피를 만들었다. 나는 빨대와 냅킨을 포장용 종이 봉투에 넣었다.

윤아와 경호원들은 무림의 암살자들처럼 순식간에 사라졌다. 카페 안에 묘한 여운이 감돌았다. 그런데 나갔던 경호원 중 한 명이 다시 들어왔다. 윤아의 바로 옆에 붙어 있던 경호원이었다. 여자치고는 큰 체격 때문에 기억하고 있었다. 양복 위로 솟은 가슴과 길게 묶은 머리가 아니라면 여자라는 것을 파악하기 힘든 외모였다. 어쩌면 그 경호원이 아이돌 그룹의 미모를 한층 빛나게 하는 역할을 하는지도 모른다고 생각했다.

거구의 경호원은 곧바로 내게 다가왔다. 나는 왠지 모를 위협을 느껴 조용히 내공을 끌어올렸다.

—뭐 더 필요할 거라도 있으신가요?

내가 물었다. 경호원은 대답하지 않고 잠시 머뭇거리다가 내 쪽으로 몸을 기울였다.

—저……. 이상하게 들릴지 모르지만, 혹시 소림의 일각 님이 아니신

지요?

경호원이 속삭이듯이 말했다.

카페 안에 조명이 깨지면서 차단기가 내려갔다. 너무 뜻밖의 말 때문에 나도 모르게 내공을 분출한 탓이었다. 갑작스런 어둠에 우는 아이들도 있었다. 매니저가 차단기를 올렸다. 다행히 깨진 조명은 두 개뿐이었다.

누구냐?

나는 경호원에게 전음을 보냈다. 그녀는 전음으로 자신이 무당제일미라고 대답했다. 믿을 수 없었다. 정전 사태가 일단락되자 사람들의 시선이 우리한테 쏠렸다.

그녀는 아무 일도 아닌 척 아메리카노를 주문했다. 나는 커피를 만들면서 천천히 그녀의 얼굴을 다시 살펴봤다. 미의 기준은 시대마다 다르다. 국가와 인종, 문화적 차이도 있다. 하지만 동서고금의 어떤 기준으로 봐도 내 눈앞에 있는 여자는 전혀 아름답지 않았다.

이제야 일각 님이 만든 차를 마셔보네요.

그녀는 아메리카노를 한 모금 마시더니 그렇게 전음을 보냈다. 서령이 분명했다. 혹시 백보신권에 얼굴이 뭉개지는 바람에 그렇게 된 것인지 물어보려다가 그만뒀다. 미모 때문에 평생을 남자들에게 시달리고 결국 납치까지 당했으니, 죽으면서 어떤 소원을 빌었을지 짐작이 갔다.

우리는 전음으로 약속을 잡았다.

약속 장소에 가기 위해 버스를 탔다. 자리가 없었다. 나만 빼고 모두가 앉아 있었다. 나는 공원에서도 카페에서도 서서 일한다. 계속 서 있어야 하는 것도 자판기의 숙명인 모양이다. 한창 무공 수련을 할 때는 기마 자세로 나흘씩 버틴 적도 있지만, 수련과 노동은 다르다.

다리가 아팠다. 잠깐이라도 앉아서 쉬고 싶었다. 하지만 내가 아무리 힘든 표정을 지어도 누구도 내게 자리를 양보하지 않는다. 이곳은 무림이 아니니까.

—다 왔어요.

서령의 집은 오피스텔이었다. 그녀는 많이 취했다. 무당제일미와 취할 때까지 술을 마시는 것은 생각해본 적 없었다. 하지만 그녀를 부축하고 있는데도 내 심장은 고요했다. 그녀를 침대에 눕히고 꿀물을 만들어 침대 맡에 뒀다.

우리가 환생한 이유가 뭘까요?

엘리베이터를 기다리는데 목소리가 들렸다. 전음으로 잠꼬대를 하는 걸 보면 서령도 무림이 그리운 모양이었다. 나는 대답하지 않았다. 그녀도 몰라서 물은 것은 아닐 것이다. 첫 번째 태어났을 때도 이유 같은 건 없었다. 두 번째도 마찬가지다.

특별한 계획 같은 것은 없었다. 매달 날아오는 고지서를 밀리지 않고 해결할 수 있으면 좋겠다. 작은 소망이 하나 있기는 했다. 돈을 모아서 소림사에 가는 것이다. 무림은 사라졌지만 소림사는 남아 있었다.

작년 추석 때, 연예인들이 소림사에 가서 1박 2일 동안 무술을 배우는 TV 프로그램을 봤다. 숭산의 풍경도 건물도 예전 그대로였다. 하지만 무공은 완전히 달랐다. 아니, 그 체조 같은 동작을 무공이라고 부르는 것도 민망하다. 지금의 소림사에서 나를 반가워할지는 미지수지만, 사라진 무공들을 전수해주고 싶다. 가능하다면 남은 생을 소림사에서 보내고 싶었다.

현실적인 문제들이 걸렸다. 교통비, 체류비, 가장 큰 문제는 비자다. 내게 여행 비자 이상이 발급되는 건 무리였다. 문제가 많을 때는 하나씩 해결해나가는 게 좋다. 무공을 수련할 때와 마찬가지다. 우선 돈부터 모아야 했다. 그런 점에서 서령을 만난 것은 행운이었다. 그녀는 내가 경제적으로 힘들다는 것을 알고 일자리를 소개해줬다.

(주)강한친구들.

그녀가 준 명함이다. 말을 해놓을 테니 시간 날 때 아무 때나 가서 이력서를 내고 면접을 보라고 했다. 경호회사라고 했다.

2주 후에, 나는 면접을 보러 갔다. 경비원이 무슨 일로 왔는지 물었다. 경비원은 제자로 삼고 싶을 정도로 근골이 뛰어났다. 경호회사를 지키는 경비원은 말하자면 문파의 얼굴이다. 소림사에서도 전투를 하는 나한전보다 접객을 하는 지객원에 들어가는 것이 더 힘들었다.

경비원은 전화를 걸어 확인하고는 내게 층수를 알려줬다. 사무실이 컸다. 생각보다 좋은 회사인 것 같았다. 나는 몇 번의 안내를 더 받아서 깐깐한 여자 앞에 앉았다.

—무술 배운 거 있어요?

여자가 컴퓨터로 이력서를 옮겨 적으면서 물었다.

—백보신권과 봉술을 조금 익혔습니다.

소림 72절예를 하나씩 나열할까 하다가 최대한 겸손하게 대답했다.

—처음 듣는데, 어느 단체에서 하는 거죠? 단증 있어요?

—소림사에서 배웠습니다. 단증은 없는데요.

—그럼 인정 안 돼요.

—제 백보신권은 혜능선사께 직접 사사받은 겁니다.

—제가 워드프로세서를 이찬진 씨한테 직접 배웠다고 해도 증명할 서류가 없으면 소용없지 않겠어요?

여자가 짜증 섞인 말투로 말했다. 이찬진이 누군지는 모르지만 혜능선사와 비견될 만큼 타자의 고수인 모양이었다. 나는 괜히 주눅이 들어서 고개를 숙였다.

—전과가 있으시네요?

잠시 후에 여자가 다시 물었다. 그건 사정이 있다. 새로운 세상에 적응하기 전의 일이다.

공원에서 남자가 여자를 때리고 있었다. 여자가 나를 보더니 도와달라고 소리쳤다. 나는 바로 달려가서 금나수(擒拿手)로 남자를 제압했다. 아주 살짝 쥐었는데, 남자의 팔이 부러졌다. 여자가 경찰을 불렀다. 경찰이 오자 여자는 엉뚱한 소리를 하기 시작했다. 자기가 남자 친구와 공원을 산책하고 있는데, 내가 다짜고짜 달려들어서 남자 친구를 때렸다는 것이었다. 나는 영문도 모르고 폭행범이 됐다. 이곳에서는 함부로 남의 일에 나서면 안 된다는 것을 그때 알았다.

사정을 설명해봤자 또 핀잔만 들을 것 같아서 그냥 그렇다고 대답했다. 여자가 한숨을 쉬었다.

—지금 일각 씨 이력으로는 원래 안 되는데, 이 팀장 부탁이니까 특별히 채용하는 겁니다.

무슨 실장인가 하는 남자가 몇 마디 질문을 하고는 그렇게 말했다. 바로 취직이 된 것은 아니었다. 석 달 정도 일하는 걸 지켜보고 잘하면 뽑겠다고 했다. 인턴, 말하자면 정식으로 입문하기 전에 문하생 같은 신분이다. 그래도 아르바이트보다는 훨씬 낫다. 4대보험이 적용되기 때문이다. 이곳에서는 동서남북을 지켜주는 금강보다 그게 더 중요하다.

내 첫 임무는 윤아의 개인 활동을 따라다니는 것이었다. 라디오, 드라마, 광고, 화보, 인터뷰……. 그녀가 하는 일은 이력서 양식만큼이나 다양했다. 일정이 겹칠 때는 부산과 서울을 두 번씩 왕복하기도 했다. 그녀는 하루에 세 시간 정도 잔다. 차에서, 메이크업을 받으면서, 밥을 먹으면서 계속 존다. 하지만 일이 시작되면 진검 앞에 선 것처럼 집중한다. 그녀는 고수다.

나는 윤아가 촬영장에 들어가거나 밥을 먹는 동안 틈틈이 역용술과 축골공을 풀고 운기행공을 한다. 윤아는 내가 잠시 보이지 않아도 크게 신경 쓰지 않았다. 아마 내 이름도 모를 것이다. 나는 가끔씩 그녀에게 직접 만든 커피를 뽑아줬다.

—경호원 오빠, 커피 잘 타네요.

그녀가 그렇게 말하면 기분이 좋다. 노래는 잘 모르지만 난 그녀의 팬이 됐다. 첫 월급을 받으면 그녀가 속한 그룹의 앨범을 살 생각이었다.

드라마 촬영이 끝나고 윤아가 처음으로 내 이름을 물어봤다. 스턴트맨 대역을 한 덕분이었다. 그녀는 드라마 여주인공이었다. 이중 스파이를 사랑하는 외교관 역할이다. 드라마를 본 적은 없지만, 꽤나 화제성이 있는 모양이었다. 간혹 그녀를 드라마의 배역 이름으로 부르는 팬들도 있었다.

드라마는 이제 4회분밖에 남지 않았다. 납치된 여주인공을 구하러 온 스파이가 총에 맞아 건물에서 떨어지는 장면에서 스턴트맨이 필요했다. 두 번의 NG가 났고, 세번째 촬영에서 스턴트맨이 부상을 당했다. 대기하고 있던 다른 스턴트맨이 투입됐지만, 감독이 배우와 체격이 맞지 않는다고 촬영을 중단시켰다.

—거기 경호. 운동 뭐 했어? 태권도? 합기도?

난감한 표정으로 여기저기 전화를 걸던 무술감독이 나를 보고는 그렇게 물었다.

—절에서 무술을 좀 배웠습니다.

나는 그렇게 대답했다.

—고무도 출신이야? 낙법은 할 줄 알지?

무술감독은 내 팔과 어깨를 만져보더니 코디네이터를 불렀다. 모니터 앞에서 윤아가 호기심 어린 눈으로 나를 쳐다보고 있었다.

카메라 앞에서 연기하는 것은 어색했지만, 동작 자체는 어려울 것이 없었다. 총에 맞은 척 건물에서 떨어지는 것은 내게는 커피 한 잔을 마시는 것과 다르지 않았다. 서비스로 540도 회전을 하면서 떨어졌다. 촬영은 한 번 만에 끝났다.

—자네, 이쪽 일 해볼 생각 없나?

무술감독이 명함을 주면서 말했다. 나는 하마터면 그러겠다고 할 뻔했다. 누군가 나를 필요로 하는 게 처음이라 감동했다.

—잘하시네요. 오빠, 이름이 뭐예요?

다음 스케줄로 가는 차 안에서 그녀가 말했다.

—일각입니다.

—일 씨가 있어요?

—법명입니다.

—우리 엄마도 불교 믿어요.

나는 새 직장이 마음에 들었다.

메뉴를 하나 늘렸다. 윤아가 좋아하는 커피 중에 루왁 커피라는 것이 있다. 사향고양이한테 커피콩을 먹인 후에 그 배설물로 만드는 거란다. 그것을 흉내 냈다. 오금공원에는 청설모가 많이 산다. 가격을 올리지는 않았다. 이름도 '진한 커피'라고만 붙였다. 내가 팔면 그게 무엇이든 그냥 자판기 커피일 뿐이니까.

새 메뉴의 반응을 보는 것은 다음으로 미뤘다. 홍콩 출장이 잡혔다. 본토에서 멀리 떨어진 곳이지만, 중국에 간다는 사실만으로도 온몸이 떨렸다. 실장이 출장 갈 인원을 뽑으려고 중국어 테스트를 했는데, 내가 1등이었다. 예전에 내가 쓰던 말과 차이가 있었지만, 회화 책을 잠깐 본 것만으로도 충분했다.

—중국어 잘하네. 왜 이력서에는 안 썼어?

실장은 의외라는 표정으로 날 출장 인원에 포함시켰다. 서령도 함께였다. 이번 출장은 곧 출시되는 새 앨범 때문이었다. 뮤직 비디오와 앨범 재킷 촬영 때 쓸 의상과 액세서리를 구입하는 데 동행하는 것이다. 멤버가 여덟 명이나 되니, 경호원도 많이 붙을 수밖에 없다.

실장은 비행기에 타기 전에 다시 한 번 주의를 줬다. 안전은 당연한 일이고, 이번 앨범의 콘셉트가 미리 유출되지 않도록 각별히 주의해달라는 게 기획사의 요청이었다. 누군가 이번 앨범의 콘셉트가 뭔지 물었다. 실장은 고민하다가 말해줬다. 뭔지 알아야 유출되지 않게 막을 수 있으니까.

—동양의 신비.

하지만 홍콩은 전혀 신비롭지 않았다. 서울과 별로 다를 게 없었다. 제대로 보지도 못했다. 쇼핑, 쇼핑, 그리고 쇼핑. 금강불괴의 몸으로도 여자들이 물건 사는 데 따라다니는 건 견딜 수가 없었다. 그들은 이틀 동안 1억 6천 5백만 원어치의 옷과 액세서리를 샀다. 커피로 치면 33만 잔쯤 된다.

사흘째 날, 아이돌 그룹의 멤버들은 두셋씩 짝을 지어 개인적인 물건을 사러 다녔다. 나는 서령과 짝을 이뤄 멤버 두 명을 따라갔다. 개인적인 쇼핑, 쇼핑, 그리고 쇼핑. 서령은 즐거워 보였다. 우리는 저녁을 먹고 하버시티 쇼핑몰 앞을 걸었다. 멤버들은 거리 공연을 보느라 정신이 없었다. 깊게 눌러쓴 모자 덕에 아무도 그들을 알아보지 못했다.

일각 님, 제 앞쪽 좀 보세요.

갑작스런 전음에 나는 경계심을 갖고 서령의 전방을 주시했다. 누더기를 걸친 노인이 오른팔로 지팡이를 잡은 채 공중에 떠 있었다. 서울에서도 자주 보던 모습이라 고개를 돌리려는데 서령이 자세히 보라고 다시 전음을 보냈다. 내공을 끌어올려 확인해보니 노인은 아무런 장치나 트릭도 없이 정말로 공중에 떠 있었다. 능공허도(凌空虛渡), 아니 자신의 몸을 사물로 허공섭물(虛空攝物)을 시전하고 있었다. 하지만 이상하게도 노인한테서는 아무런 기운도 느껴지지 않았다. 단전에 한 줌의 내공도 없는 평범한 노인이었다. 기운의 진원지를 찾다가 시선이 지팡이에 멈췄다. 노인이 잡고 있는 지팡이는 녹옥불장이었다.

나는 노인에게 다가가 지팡이가 어디서 났는지 물었다. 처음에 묵묵부답이던 노인은 돈을 쥐여주자 야시장에서 샀다고 대답했다. 노인은 소림사 방장의 신물인 녹옥불장을 공중부양 지팡이라고 불렀다.

—그거 저한테 파세요.

노인은 3천만 원을 주면 팔겠다고 했다. 커피를 6만 잔이나 팔아야 모을 수 있을 돈이었다.

—어떻게든 갚겠습니다.

나는 서령에게 사정을 설명하고 돈을 빌려달라고 말했다.

—적금을 깨야 하는데……. 지금 일각 님한테는 쓸모도 없잖아요. 저건 저분한테 생계 수단일 텐데.

서령이 머뭇거리다가 말했다.

—무당파 신물인 태극혜검(太極慧劍)이 바비큐용 꼬치로 사용되고 있다고 생각해보세요.

—그걸로 먹고사는 사람이 있다면 상관없습니다. 이 시대에 검은 장식품일 뿐이니까요.

서령을 설득하기 위해 몇 마디 더 해봤지만, 소용이 없었다. 강제로 녹옥불장을 뺏을 수는 없었다. 대의와 협을 잃으면 녹옥불장을 들 자격이 없으니까.

—두 분 왜 싸우세요?

윤아가 우리가 실랑이하는 것을 보고 다가와 물었다. 나는 혹시나 하는 마음으로 그녀에게 녹옥불장이 얼마나 가치 있는 것인지 설명했다. 그녀는 천천히 녹옥불장을 살펴봤다.

—제가 살게요.

윤아는 고수답게, 녹옥불장의 가치를 알아봤다.

새 앨범은 대성공이었다. 특히 소복을 입고 녹옥불장을 이용해 공중부양을 하는 퍼포먼스는 연일 화제였다. 새 앨범을 낸 후, 첫 콘서트도 전석 매진이었다. 나는 무대로 달려드는 관중을 막았다. 여자, 남자, 아이 할 것 없이 밀어내도, 밀어내도 계속 몰려왔다. 마음 같아서는 호신강기로 전부 튕겨버리고 싶었지만 참았다.

윤아가 개인 공연을 하고 있는데, 개량한복을 입은 노인이 경호원들을 제치고 무대 가까이 접근했다. 나는 재빨리 노인 앞을 막고 금나수를 펼쳤다. 노인은 슬쩍 팔을 빼서 피했다. 전에 여자 친구를 때리던 남자의 팔을 부러뜨린 경험 때문에 약하게 사용하기는 했지만, 일반인이 금나수를 피하는 것은 불가능한 일이었다.

노인이 장법으로 나를 공격하고 무대로 뛰어들었다. 나는 갑작스러운 공격에 뒤로 밀려났다. 나는 급하게 내공을 끌어올려 무대로 올라갔다. 콘서트장의 조명이 깨지면서 차단기가 내려갔다. 서령도 일이 심상치 않음을 깨닫고 합세했다. 서령과 나는 어둠 속에서 노인과 초식(招式)을 주고받았다. 얼굴을 자세히 못 봤지만, 초식만으로도 그가 누구인지 충분히 알 수 있었다. 좌호법이었다.

이번에는 사대금강의 도움이 없었다. 서령이 또 날 배신하고 뒤에서 공격할지 모른다는 불안도 있었다. 하지만 나는 예전의 내가 아니었다. 몇 번이나 좌호법의 장법에 얼굴과 가슴을 맞았지만 아무렇지도 않았다.

좌호법은 내게 자신의 무공이 통하지 않는 것을 깨닫고 관중석을 향해 무차별적으로 장법을 날렸다. 나는 서둘러 관중석 앞을 막아섰다. 하지만 방어할 범위가 너무 넓어서 힘에 부쳤다. 그때 서령이 녹옥불장을 내게 던졌다. 나는 한 손으로는 녹옥불장으로 나한봉을 시전해 좌호법의 공격을 막고, 다른 한 손으로는 백보신권을 날렸다. 좌호법은 백보신권에 맞아 뒤로 크게 밀려났다. 제대로 맞지는 않았지만, 갈비뼈 한두 개 정도는 부러졌을 것이다.

조명이 켜졌다. 여러 차례 공방이 있었지만, 30초 정도밖에 지나지 않았다. 좌호법의 모습이 보이지 않았다. 무대 위에 있던 윤아도 같이 사라졌다.

—쓸모없는 것들. 콘서트 중에 납치가 말이 돼?

실장이 윤아를 찾아오라고 고함을 쳤다. 경찰도 언론도 난리였다. 좌호법의 손에서 납치된 윤아를 구해 올 수 있는 건 나뿐이었다. 어떻게든 그녀를 구해야 한다. 못 구하면 나는 해고다.

무턱대고 찾아다닐 수는 없었다. 여러 사람의 힘을 빌리는 게 더 빠르다는 것은 과거의 경험으로 잘 알고 있었다. 다행히 윤아는 전 국민이 다 아는 유명인이었다. 팬도 많았다. 따로 부탁하지 않아도 다들 적극적이었다. 경찰은 콘서트를 찍은 영상에서 좌호법의 얼굴을 분리해 전국에 수배령을 내렸다. 경찰과는 별도로 기획사에서 포상금도 걸었다. 위치를 제보하는 사람한테 1억을 주겠다고 했다.

서령은 기획사와 협조해서 경찰과 언론에 들어온 제보를 확인했다. 대부분 허위 정보였다. 나는 최대한 기감을 넓히고 서울 근처의 산부터 돌아다녔다. 좌호법은 부상을 당했으니, 멀리 가지는 못했을 것이다. 어딘가에 숨어서 운기조식을 하고 있을 게 분명했다.

파주 근처의 군부대에 괴한이 침입해 초병을 쓰러뜨리고, 총과 탄약, 수류탄을 훔쳐가는 일이 발생했다. 군은 무장공비의 소행이라고 발표했지만, 내가 보기에는 좌호법의 짓인 것 같았다. 서령도 내 생각에 동의했다. 나는 금강불괴였고, 녹옥불장도 갖고 있었다. 좌호법은 맨손으로는 나를 이길 수 없다고 판단하고 무기를 준비한 것이다.

나보다 군이 먼저 좌호법을 발견했다. 공비가 숨어 있는 산을 포위하고 수색 중이라는 뉴스가 나왔다. 서령과 나는 뉴스에 나온 산으로 차를 몰았다. 군의 포위망은 무림의 천라지망(天羅地網)과 비슷했다. 약점도 같았다. 안에서 밖으로 나오는 것은 어렵지만, 외부에서 안으로 들어가는 것은 쉽다. 나와 서령은 경공을 최대한 사용해서 포위망의 중심으로 달려갔다.

—가까이 오지 마.

좌호법은 우리를 보자마자 윤아의 머리에 손바닥을 댔다. 여차하면 머리를 장법으로 날려버리겠다는 협박이었다. 다른 한 손에는 총을 들고 나를 겨눴다. 윤아는 점혈을 당했는지 움직이지 않았다. 나는 멈추지 않았다. 좌호법이 윤아를 해치지 않을 거라는 확신이 있었다. 환생까지 해서 납치할 정도로 반한 여자를 죽일 리가 없으니까.

나는 전음으로 서령에게 윤아를 부탁한다고 말하고 좌호법을 공격했다. 좌호법은 총과 장법을 동시에 사용하며 반격했다. 좌호법을 윤아에게서 떼어놓기 위해서는 방어를 무시하고 계속 공격하는 수밖에 없었다. 장법은 견딜 만했지만, 총은 위험했다. 총알이 관통하지는 않았지만, 몸 내부에 충격이 쌓이고 있었다. 우리가 싸우는 틈에 서령이 윤아를 한쪽으로 옮겼다. 이제 마음껏 싸울 수 있었다. 압도하지는 못했지만, 내가 우세했다. 하지만 시간이 없었다.

멀리서 군인들의 모습이 보였다. 총소리를 듣고 우리의 위치를 파악한 것 같았다. 군인들은 좌호법과 나를 한 편이라고 생각한 모양이었다. 무차별적인 사격 때문에 나는 공격을 멈추고 나무 뒤로 몸을 숨겼다. 좌호법은 자신을 공격하는 군인들에게 장법을 날렸다. 10여 명이 죽거나 다쳤다. 처음 보는 공격에 놀란 탓인지 사격이 잦아들었다.

—윤아다.

누군가 소리쳤다. 윤아의 모습을 확인한 군인들은 함성을 지르며 돌격해왔다. 좌호법의 공격에 머리가 날아가고 다리가 부러졌지만 누구도 멈추지 않았다. 이 나라의 대통령이 붙잡혀 있다고 해도 그렇게 되지는 않을 것 같았다.

좌호법이 수류탄을 던지기 시작했다. 나는 다시 좌호법에게 달려들었다. 더 이상 무고한 젊은이들을 희생시킬 수는 없었다. 내 공격을 예상하고 있었는지, 내 앞에도 수류탄이 떨어져 있었다. 피하기에는 이미 늦었다. 동귀어진(同歸於盡)하는 수밖에 없었다. 나는 남은 공격을 전부 모아서 백보신권을 날렸다.

폭발음이 들렸는데도 별다른 충격이 없어 아래를 보니 서령이 쓰러져 있었다. 대신 수류탄을 막은 것 같았다. 허리 아래쪽이 비어 있었다.

이걸로 전에 찌른 건 용서해주세요.

서령은 말을 할 수 없는지 마지막 전음을 보냈다. 바로 옆에서 가슴이 함몰된 좌호법도 입을 벙긋거리다가 숨을 거뒀다. 나는 두 사람의 명복을 빌어줬다. 어쩌면 다음 생에는 둘이 금슬 좋은 부부가 될지도 모른다.

장갑차가 올라오고 있었다. 나는 필사적으로 도망쳤다. 어떤 무공으로도 문명을 이길 수는 없다. 역용술과 축골공이 풀리고 있었다. 내공이 거의 남아 있지 않았다. 혈맥이 요동치는 게 느껴졌다. 하지만 어떻게든 군인들의 시야에서는 벗어나야 했다.

산에 쓰러진 나를 등산객이 발견해 고물상에 팔았다. 꼼짝도 할 수 없었다. 뒤틀린 기혈을 바로잡는 데 한 달이 넘게 걸렸다. 온몸에 때가 쌓여서 고물상에서 나오자마자 목욕탕에 갔다. 사우나 안에서 윤아가 TV에 나온 것을 봤다. 토크쇼인 것 같았다. 무서운 일을 당한지 얼마 안 됐는데도 밝은 모습이었다. 진행자가 이상형이 어떻게 되냐고 물었다.

—커피 잘 타는 남자요.

나는 다시 오금공원으로 돌아왔다. 내 자리에 다른 자판기가 놓여 있어서 자리를 옮겼다.

이력서를 쓰고 있다. 전만큼 어렵지는 않다. 중국어 능통. 워드프로세서 3급 소유. 드라마 스턴트맨 경력 있음. 유명 아이돌 그룹 경호 업무를 맡은 적 있음……. 앞으로 채울 수 있는 빈칸이 더 많아질 것이다. 며칠 전에는 운전 면허를 따기 위해 학원에 등록했다.

* 무림 고수가 커피 자판기가 되는 설정은 장형윤 감독의 영화 〈무림일검의 사생활〉에서 차용한 것임을 밝힌다.

석형락 문학평론가, 한국방송통신대학교 강사

진하게 즐기는 리얼 소설

이갑수의 단편 「T.O.P」는 무림의 고수가 커피 자판기로 환생한다는 다소 황당한 이야기다. 환생이라는 모티프를 사용하기에, 이 단편에는 두 개의 서사(전생과 현생)가 병치되어 있다. 서술자 '나'(일각)의 삶은 다음과 같이 변화한다. 시간은 과거에서 현재로, 공간은 중국에서 한국으로, 정체성은 무림 고수에서 커피 자판기로, 삶의 필요조건은 사대금강에서 4대보험으로, 무엇보다 삶의 목적이 협(俠)에서 생존으로 변한다. 현대 자본주의 사회에 커피 자판기로 환생한 무림 고수의 삶을 통해 작가는 '무엇을' 말하고자 하는 것일까. 그것을 알기 위해서 우선 '어떻게' 말하고 있는가에 대한 이해가 선행되어야 한다. 하여 읽기의 실마리는 전생과 현생에 나타난 서사적 특징을 파악하는 데에서 찾아야할 듯하다.

무림 고수로서의 일각의 삶을 형상화하고 있는 전생의 서사는 통상적인 무협소설의 틀을 따르고 있다. 일각은 촉망받는 소림사의 젊은 무승으로 8년 연속 비무대회에서 우승한 차기 장문인 후보다. 일각의 장기는 백보신권과 나한봉으로 어떤 도전자도 그를 상대하지 못한다. 한편 마교의 좌호법이 무당파의 여제자 서령을 납치하자 정파의 무인들이 연합을 결성하고, 일각은 소림사의 무승들을 이끌고 정사대전에 참전한다. 서령의 위치를 파악한 일각은 사대금강을 데리고 좌호법과 대결한다. 짧은 정리를 통해 우리는 비범함과 영웅적 면모를 강조하는 인물 형상화, 협을 실행하는 수단으로서의 무(武), 무의 근본 토대로서의 협, 무가 펼쳐지는 공간으로서의 무림 등 무협소설의 문법을 어렵지 않게 읽어낼 수 있다.

그런데 전생의 서사에서 느낄 수 있는 서사적 익숙함은 여기에 그치지 않는다. 작가는 중국 무협소설의 틀에 서구의 고전 서사를 추가한다. 무당 제일미 서령이 그녀를 짝사랑한 마교의 좌호법에 의해 납치당하는 사건은 페르세포네가 플루톤에 의해 납치당하는 그리스 신화를, 일각의 자만심이 자살이라는 비극적 결말로 귀결되는 것은 소포클레스의 비극 『아이아스』를 연상시킨다. 주지하다시피 아이아스는 자만으로 인해 아테나 여신의 증오를 사고 결국 스스로 목숨을 끊는 트로이 전쟁의 영웅이다. 인간의 자만(hybris)과 그로 인한 파멸은 그리스 비극에서 반복적으로 등장하는 주제다. 작가는 마치 커피에 샷을 추가하듯이 서사를 제조한다. 하지만 전생의 서사에는 무협소설의 문법만으로는 읽히지 않는 부분이 있다. 작가가 서사의 제조 과정에서 추가한 것이 하나 더 있기 때문이다.

무협소설에서 정(正)과 사(邪)는 쉽게 이분법적으로 구분되는데, 정파와 사파 사이의 충돌은 서로가 옳다고 여기는 이데올로기의 대립에 다름없다. 그런데 정작 정사대전의 발단과 전개 과정에서 이데올로기는 전혀 작동하지 않는다. 예를 들면 이렇다. 우선 좌호법이 서령을 납치한 것은 "개인적 일탈 행위"일 뿐이다. 서령을 구출하기 위해 정파연합을 결성한 것은 정파가 사파에 대한 이데올로기적 우위를 믿기 때문이 아니라 단지 마교인이 "절벽 위의 꽃을 꺾은 것에 대한 분노 때문"이다. 이데올로기는 개인적 일탈이나 분노보다 못한 허약한 것이었음이 드러난다. 일각이 자기가 죽인 사람의 숫자를 세면서 그들의 명복을 비는 행위는 불도의 모순을, 사람을 죽임으로써 무공이 비약적으로 발전함을 깨닫는 장면은 무와 협의 도착(倒着)을 보여준다. 무를 수련하는 것은 사람을 살리기 위함인데, 오히려 사람을 죽이면 죽일수록 무가 발전한다는 사실에 대해 일각은 질문하지 않는다. 사대금강이 서령을 죽인 자가 좌호법이라고 거짓 증언하는 장면은 그들이 지키고자 하는 이데올로기가 진실의 은폐에 기반하고 있음을 폭로한다. 이처럼 작가는 무협의 서사 구조에 서구의 고전 서사를 추가한 뒤, 근대의 성찰적 시선 위에 올려놓는다. 전생의 서사는 사실 고전적 서사의 외양을 한 근대 서사인 셈이다.

이에 비해, 현생의 서사는 커피 자판기로 환생한 일각이 변해버린 세계에 적응하는 모습을 그리고 있다. 현대 자본주의 사회는 일각에게 가혹한 시공간이다. 이 세계에서는 커피 자판기로 태어나도 "커피만 팔아서는 생활할 수가 없다." 이것은 마치 인간으로 태어나도 인간답게 살 수 없다는 것을 돌려 말하는 듯 들린다. 일각은 생존을 위해 아르바이트를 하고 이력서의 빈칸을 채우기 위해 고심한다. 그는 무림과 달리 상대를 존중하지 않는 인간관계에 실망하고, 힘든 표정을 지어도 누구도 자리를 양보하지 않는 각박함에 체념한다. 그는 점차 "함부로 남의 일에 나서면 안 된다는 것을" 깨닫고, 자신을 지켜줄 것은 사대금강이 아닌 '4대보험'임을 실감한다. 그가 납치된 아이돌 그룹의 멤버 윤아를 구출하기 위해 나서는 것도 그녀를 구하지 못하면 해고당하기 때문일 뿐이다. 여기까지만 볼 때, 현생의 서사는 대체로 근대소설의 문법을 따르고 있는 듯 보인다. 생존을 위해 이리 뛰고 저리 뛰는 현대인의 초라한 형상과 현실의 견고한 벽, 실패와 좌절을 통해 세계를 인식하고 내적으로 성장하는 인물 등은 흔히 볼 수 있는 근대적 서사의 문법이 아닌가.

하지만 현생의 서사에도 근대소설의 문법만으로는 읽히지 않는 부분이 있다. 여자의 외모에 신경 쓰고 사무실의 크기로 회사를 판단하는, 그저 그런 인격의 소유자인 일각이 뜬금없이 좌호법과의 대결에서 무고한 젊은 이들을 희생시킬 수 없다며 죽음을 감수하는 장면은 선뜻 이해하기 어렵다. 이유는 서사 구조를 살펴보면 드러나는데, 대략 커피 자판기로 환생(비범한 출생), 다양한 종류의 아르바이트(시련과 고난), 서령과의 만남(조력자의 등장), 윤아의 납치(위기의 봉착), 윤아의 구출(위기의 극복)로 정리되는 서사 구조가 근대소설이 아닌 고전소설의 전형적 구조이기 때문이다. 일각의 행위는 전근대적 이데올로기에 근거한 것이다. 무슨 말인고 하니, 작가는 현대 자본주의 사회를 배경으로 사실상 고전 서사를 쓴 셈이다.

이처럼 「T.O.P」는 고전적 서사의 외양을 한 근대 서사와 근대적 서사의 외양을 한 고전 서사로 조직되어 있다. 그렇게 본다면 서사는 두 개가 아니라 네 개이고, 고전과 근대의 서사가 뒤섞여 있다는 점에서 하나이기도 하다. 서사의 전형성과 단일성을 거부하는 이 단편은 주관적 화자의 단일한 목소리를 부정하는 근래 서정시(새로운 서정)의 소설적 버전으로 보여지기도 한다. 역설적이게도 작가는 우리에게 익숙함을 넘어 진부하다고 여겨지는 서사들을 버무림으로써 '새로운' 서사를 실험한다. 이 단편이 우리에게 익숙하게 느껴지면서도 낯설게 인식되는 이유는 여기에 기인한다. 주의해야 할 것은 이 단편이 서사 실험의 단순한 결과물에 그치지 않는다는 점이다. 왜냐하면 실험 자체가 이미 작가의 존재론적 질문을 내포하고 있기 때문이다.

자신들이 환생한 이유가 뭐냐는 서령의 물음에 일각은 다음과 같이 대답한다. "첫 번째 태어났을 때도 이유 같은 건 없었다. 두 번째도 마찬가지다." 「T.O.P」가 서사의 단일함을 부정하고 또 다른 서사의 가능성을 모색하고 있음을 염두에 둔다면, 일각의 대답을 표면 그대로 믿을 필요는 없다. 오히려 이유 같은 건 없다고 말하는 순간, 숨겨진 이유가 있을 수 있음을 의심해야 한다. 외부에서 주어진 이유가 없다면, 그것은 내부에서 이유를 스스로 찾아야 한다는 말에 다름없다. 그러니 우리는 다음의 질문을 피할 수 없다. 왜 일각은 다른 것이 아닌 커피 자판기로 환생한 것일까. "금강불괴의 몸으로 태어나고" 싶다는 그의 소원은 진정 이루어진 것일까. 그렇기도 하고 그렇지 않기도 하다. 그가 금강불괴의 몸으로 태어난 것은 사실이지만, 안타깝게도 우리가 살고 있는 세계는 그 몸으로 설명이 불가능한 곳이기 때문이다.

현대 자본주의 사회는 모든 갈등이 무술의 대결로 결정나는 무협의 시공간이 아니다. 이 세계에서 일각은 완전한 존재로 환생했음에도 불구하고 결여의 존재로 살아갈 수밖에 없다. 그렇다면 삶은 완전함에 대한 환상이 아니라 결여에 대한 인식에서부터 출발해야 한다. 같이 일해보자는 무술감독의 말에 일각이 감동을 받은 것은 자기 내부에 타인의 호의를 받아들일 만한 빈 공간이 있음을 방증한다. 그리고 타인으로부터 감동을 받은 자가 할 수 있는 일은 타인에게 감동을 돌려주는 일이다. 아마 커피 자판기는 자신을 비움으로써 타인을 따뜻하게 채워주는 존재를 상징할 것이다. 타인을 위해 자신을 비워낼 때, 역설적이게도 비움의 주체는 채움의 경험을 수반하게 된다. 고전적인 어사를 빌려오자면, "자기를 비워서 종의 모습을 취하"(『빌립보서』 2 : 7)는 존재야말로 지극한 사랑을 받을 수 있는 것이 아닐까. 서령의 죽음도 이와 다르지 않을 것이다. 그녀는 자신을 희생함으로써 자아의 실현을 완성한다. 그러니 그녀는 자신이 던진 질문에 스스로 답을 찾은 셈이다. 「T.O.P」가 증명하듯이, 작가 이갑수는 진지함을 황당함으로 풀어낼 수 있는 서사의 바리스타다. 우리는 그가 만들어내는 서사를 진하게 즐기면 된다.

선긋기

이은희

—

1979년 서울 출생. 인하대학교 국어국문학과 졸업.

2015년 『세계일보』 신춘문예에 「선긋기」, 『서울신문』 신춘문예에 「1교시 언어이해」 당선되어 등단.

선긋기

새 아파트가 아니었다.

엄마는 우리가 새 아파트로 이사 갈 거라고 말해왔다. 그 말은 알고 보니 새로 살게 될 집이 아파트라는 뜻이었다. 도시고속도로 바로 옆, 지은 지 30년 된 여덟 동짜리 새 아파트 뒤쪽은 달동네였다. 나는 아파트 단지 인근이 영화에서 본 할렘 같다고 말했다가 엄마를 언짢게 했다. 우리 집 베란다에서 내려다보면 을씨년스러운 동산과 거기에 납작 붙은 빈집들이 훤히 보였다.

시에서 도시 미화 사업을 한다더니 정말로 동네 곳곳에 원색의 그림들이 있었다. 금 간 담벼락을 뚫고 병아리가 나오려 하는 모습이라든가 콩나무가 블록을 쪼개고 자라나 비스듬한 전봇대를 휘감는 장면이 그려져 있었다. 피아노 건반이 그려진 계단 너머 언덕길에 무지개가 칠해져 있고, 무지개 너머에는 부수다 만 빈집들과 '생존권을 보장하라'라는 붉은 글귀들이 있었다. 그것에 관해 이야기했다가 엄마에게 아주 혼이 났다. 절대로 그곳에 가지 말라는 말을 들었다.

이사를 오자마자 엄마는 예민해졌다. 동 대표가 은근히 텃세를 놓는다며 불만스러워했다. 이웃집 사람들도 마음에 들지 않는다고 했다. 앞집 사람은 쓰레기봉투를 현관문 앞에 내놓는 습관이 있었는데 때론 거기에서 액체가 흘렀다. '저 사람들 왜 저러는 거야, 쓰레기 국물이 흐르잖아, 쓰레기 국물이'라고 엄마가 신경질을 내서 나는 밥을 몇 숟갈 못 먹었다. 국그릇을 보자마자 메스꺼웠다.

위액이 울컥거리는 것을 느끼며 버스를 탔다. 가방을 열고 버스카드를 꺼냈을 때 생리대가 쏟아져버렸다. 나는 구둣발들 사이에 쪼그리고 앉아 생리대를 전부 주웠다. 총 일곱 개를 가지고 나왔는데 어찌 된 건지 한 개가 보이지 않았다. 먼지를 털어 챙기는데 마음이 급했다. 누군가가 '학생, 여기'라고 말해서 돌아보니 생리대 한 개와 내가 담배를 보관하는 주머니가 떨어져 있었다. 전부 집어넣고 일어섰을 때 기묘한 표정의 아저씨들과 눈이 마주쳤다. 얼굴 한가운데에 홍조가 몰린 듯도 하고 뭔가 냄새를 느끼기라도 하는 듯한 표정이었다.

등굣길을 잊기 위해 나는 그림에 집중했다. 오전 9시 20분의 빛을 놓치면 안 되었다. 9시 20분에서 50분까지의 빛은 형태의 가장자리를 넓고 투명하게 만드는데, 서서히 엷어지다가 투명해지는 그 지점을 자연스럽게 그려내는 것이 내 목표였다. 커튼 틈으로 들어온 직선의 빛이 선생님의 머릿결과 귓불, 어깨와 팔에 부딪혀 곡선으로 튕겨나가는 장면을 기억해두었다. 가르마에서 반사되는 빛은 아주 투명하지만 머리칼의 경계 때문에 그리는 것에 한계가 있었다. 가장 눈부시고 투명한 빛은 불룩한 옆구리에서 반사되는 빛이었는데 그게 참 안타까웠다.

쓸개즙 같은 국을 먹고 온 것이 문제였을까, 전부 엉망이었다. 나는 몰래 그리던 그림을 빼앗겼다. 아침부터 짜증 낼 작정으로 내 곁에 다가왔던 선생님은 그림을 보고 잠시 말을 잃더니 가져가버렸다. 칠판에 적힌 유리수 지수 문제를 전부 그렸기 때문에 혼내지 않겠다고 말했지만 아마도 빛에 감동한 듯한 표정이었다. 분필 글씨의 질감을 내기 위해서 지우개질을 한 것이 문제였다. 힘을 뺀 채 슬쩍 밀다가 가장자리에서 문질러버려야 투명함이 표현되는 건데, 마침 그걸 할 때의 팔 동작을 들키고 말았다. 수업이 끝나고 반 아이들은 왜 문제까지 다 그린 거냐고 내게 물었다. 문제를 푼 것이 아니라 그린 것일 뿐인데도 보지도 못한 그림에 대해 호들갑이었다. '그거야 뭐, 유리수 지수니까'라고 대답했는데 누가 알아들을 거라고는 생각하지 않았다.

*

금 간 담벼락에는 비어져 나온 팔다리를 그리는 것이 더 나을 뻔했다. 콩 덩굴 그림 같은 것보다 멍든 팔이 블록을 깨고 나와 전봇대를 부여잡는 것이 훨씬 어울릴 것 같았다. 엄마가 가지 말라고 했어도 나는 그 동네에 자주 갔다. 몰래 담배 피우기에 적당한 곳이 있었고 유치한 그림들도 볼 수 있었다. 내가 자주 찾는 장소는 꽃이 그려진 노란 담벼락과 파랑새가 그려진 하얀 담벼락 사이였는데 한 사람이 겨우 통과할 정도의 좁은 곳이었다. 동네는 지나치게 조용했다. 서늘한 것이 등덜미를 훑는 긴장 속에 쪼그리고 앉아 나는 담배를 피웠다. 다 피우고 나면 어느새 긴장이 가시고 쓸쓸한 위안이 찾아왔다. 그 느낌에 알 수 없이 가슴이 아파지기도 했다.

그 장소에는 가끔 고양이가 나타났다. 듬성한 털이 더러운 삼색고양이였는데 왼쪽 입가의 큰 점을 비집고 수염이 나 있었다. 노란 칼눈으로 훔쳐보는 모습이 기분 나빴다. 날 우습게 여기는지 도망가지도 않았고 입을 벌리고 얄미운 소리로 울었다. 고양이에게 주려고 가방에 참치 캔을 넣어 다니기 시작했다. 엄마에겐 학교 급식이 맛이 없어서 참치를 가져다 먹는다고 했다. 그랬더니 엄마는 고추장맛 참치 캔을 사다 놓았다. 나는 가게에 가서 고추장맛 참치를 보통 참치로 바꾼 뒤 고양이에게 주었다. 노란 담장과 하얀 담장 사이에 서서 나는 못생긴 고양이가 참치 먹는 장면을 훔쳐보았다.

그런데 이상한 것은 빈 캔이 매번 없어진다는 점이었다. 나와 고양이 말고는 좁은 틈에 아무도 들어가지 않을 터였다. 고양이가 먹고 난 캔은 매번 사라지고 없었다. 내가 버린 담배꽁초도 누군가가 치우는 것 같아서 신경이 쓰였다. 오래지 않아 나는 한 할머니가 그 캔을 가져간다는 것을 알게 되었다.

걸음을 뗄 적마다 입술에 힘을 주고 무릎을 짚는 할머니였다. 할머니가 큰 비닐봉지를 이끌고 무지개 언덕 너머로 사라지는 것을 본 적이 있다. 시끄러운 비닐봉지 안에는 페트병과 콜라 캔 같은 것들, 그리고 내가 뜯은 게 분명한 참치 캔이 들어 있었다. 우리 아파트 후문에서도 그 할머니를 본 적이 있었다. 약간 비가 온 터라 안개가 차갑던 저녁이었다. 낙엽을 담은 포대 위에 누런 액체가 든 페트병이 버려져 있었는데, 복잡한 꽃무늬의 솜바지를 입은 할머니가 그걸 만지작거리는 것을 보았다. 뭔가 고민하던 할머니는 페트병 마개를 열어 안에 든 액체를 하수구에 쏟더니 리어카 안에 챙겨 넣었다. 리어카에는 페트병과 캔 몇 개, 플라스틱 요구르트 병을 모아놓은 뭉치가 들어 있었다. 할머니는 그 리어카를 끌고 젖은 잎이 깔린 길을 천천히 걸어갔다.

나는 어쩐지 외로운 기분이 들었다. 그래서 저녁의 풍경을 수채 색연필로 그려야겠다고 생각했다. 물을 발라 진해진 노란색으로 은행잎들을 그리고 싶었다. 그리고 먼 바다처럼 아득하게 안개를 그리고 싶었다. 그러려면 울트라마린과 다크브라운을 섞어 은회색이 천천히 번지도록 해두고, 안개가 가장 짙은 부분에는 검정을 섞어 경계를 만들다가 희게 비워두면 될 것 같았다.

그런데 몰래 그려야 한다는 것이 문제였다. 엄마는 내가 그림 그리는 것을 좋아하지 않았다. 디자인 전공을 할 거라면 모를까 미술학원에 보내지 않겠다고 했다. 내가 생각해도 내게 투자하는 것보다는 아파트에 투자하는 것이 분명 나은 일이었다. 우리 엄마 아빠에겐 빚도 많았다. 10년이나

15년 정도는 있어야 아파트의 진짜 주인이 될 수 있었다. 물론 그 안에 이 아파트를 부수고 새로 짓는 일이 일어날 거고 그때는 어쩌면 엄마 아빠가 앉은 채 돈을 버는 일이 생겨날지도 몰랐다. 그래보았자 빌린 돈을 갚는 데 쓰겠지만, 누가 보더라도 서양화 전공보다는 그게 나은 일이었다.

*

비밀이 하나만 있으면 좋겠다고 생각해서였다.

아빠가 사둔 담배를 훔쳤다. 처음에는 몇 번만 피워볼 생각이었지만 결국 내내 담배를 피우게 되었다. 아무도 눈치채지 않아서였다. 기습 소지품 검사를 했을 때에 담임은 내 물건을 유심히 보지도 않았다. 검은 주머니에 담은 16색 파스텔 상자 속에 담배가 있는데도 아무도 눈치채지 못했다. 파스텔 도막으로 다글다글한 상자가 색색의 가루로 덮여서인지, 아니면 몸무게 32킬로밖에 안 나가는 애는 담배를 안 피울 거라고 생각해서인지 알 수 없었다. 한번은 담배를 필통 속에 넣어두었는데 그래도 아무도 알아채지 못했다. 사실 한 사람은 알긴 할 테지만 그 사람이 누군지를 알아낼 수가 없었다. 그때 마침 우리 반이 체육 수업 중이었고 누군가가 빈 교실에 들어와 도둑질을 했다. 나는 그날 오렌지색 펜과 4B연필을 잃어버렸지만 담배만은 멀쩡히 남아 있었다.

우리 부모는 내 키가 작다는 것을 그리 걱정하지 않는다. 언젠가는 자랄 것이라고 막연하게 생각하는 것 같았다. 내가 이미 고등학생이라는 사실도 자주 잊어버리는 것 같다. 내게 아동 사이즈의 옷을 사 입히기 때문일 수도 있다. 이사 오고 처음으로 반상회에 참석했던 날, 엄마는 나를 데리고 동 대표의 집으로 갔다. 외동딸이라고 나를 소개했을 때 동 대표 아줌마가 이렇게 말했다. '어머, 고등학생인데도 아직 애기 같네.' 나는 그 말을 듣고 어쩔 줄 몰랐다. 우리 엄마는 '그렇죠, 일곱 살에 학교 들어가서 아직 어려요.'라고 대답했는데 어쩐 일인지 자랑스럽기라도 한 기색이었다. 덩치로 따지면 나보다 큰 아이도 있었지만 반상회에 따라온 아이들은 전부 초등학생이어서 나는 어디에든 숨고 싶었다.

사람들은 음식물 쓰레기를 창밖으로 던지는 주민에 관한 회의를 했다. 엘리베이터에는 이미 한참 전부터 경고문이 붙어 있었다. '베란다 밖으로 음식물 쓰레기를 버리는 주민을 목격하신 분은 경비실로 신고 바랍니다.'라는 글귀가 붓펜으로 적혀 있었는데 볼 때마다 감탄이 나올 정도로 명필이었다. 다들 음식물 쓰레기를 버린 것이 자기가 아니라는 걸 증명하려는 것처럼 '더럽잖아요' ,'범인이 누굴까요', '그거 때문에 고양이 들어와요'라고 서둘러 말했다. 아무 말도 하지 않은 사람은 13층 아저씨였는데 사람들은 괜히 의심하는 표정으로 아저씨를 바라보았다. 우리 엄마는 좋은 옷을 꺼내 입고 결혼할 때 받았다는 목걸이를 하고 있었다. 마스카라가 칠해진 속눈썹이 벌레의 다리처럼 보였다. '그러게요, 누가 놀러 왔다가 보기라도 하면 당장 품위 없어 보이잖아요.'라고 했는데 엄마에게는 아무도 맞장구치지 않았다. 엄마를 향해 어떤 아줌마가 난데없이 말하길 '우리들은 여기에 10년 넘게 살았어요.'라고 했다. 눈을 크게 뜨고 눈동자를 아래위로 굴리는 모습이 마치 갓 이사 온 우리 집에 융자가 많이 끼어 있는 것을 알기라도 하는 듯한 표정이었다.

음식물 쓰레기에 관한 이야기는 별다른 답을 찾지 못한 채 다른 화제로 넘어갔다. 아파트 안에 들어와서 폐품을 집어 가는 할머니가 있다고 했다. 재활용품 수거함에서 돈 될 만한 쓰레기들을 골라 간다는 것이었다. 경비 아저씨들이 매번 내쫓았는데도 그 할머니가 자주 눈에 띈다고 했다. 혹시 참치 할머니인가? 할머니의 인상착의에 관한 이야기가 나올까 봐 나는 귀를 기울였다. 어떤 아줌마가 그 할머니를 흉보고 있었다. 인근의 다른 노인들은 거리를 돌며 폐지를 모으는데 그 할머니는 약아서 아파트 주민들이 모아놓은 폐품을 공짜로 집어 간다는 것이었다. 내내 말이 없던 13층 아저씨가 입을 열길 '아, 그거 어차피 버리는 건데 누가 가져가면 어때서 그래요.'라고 했다. 그러자 사람들은 일제히 아저씨에게 말했다.

"아니, 그런 사람이 폐품 말고 또 뭘 훔쳐갈지 어떻게 알아요?"

사람들이 중구난방으로 떠들었다. 경비실에서 맡아준 택배가 없어진 게 한두 번이 아니에요, 그리고 생각해봐요, 우리한텐 물건을 마음대로 버릴 권리가 있잖아요, 그거 다 관리비에 들어가는 거예요. 그리고 우리가 버리는 걸로 누가 왜 괜히 먹고살아요? 우리 엄마에게 은근한 견제의 눈길을 보내던 아랫집 아줌마는 이렇게 말했다.

"지난번에 그 할머니가 구루마로 우리 차 긁고 갔어요. 다음에 그 할머니 눈에 띄기만 해봐요, 나 가만 안 있을 거예요. 그 할머니도 당해봐야 알지."

동 대표 아줌마는 혀를 찼다.

"내가 사실은, 그 할머니를 내내 챙겨주고 있었어. 우리 집에서 뭐 생기면 나는 모아다가 그 할머니 갖다줬다고. 아파트 안에 들어오지 말라고 내가 미리 그렇게 생각해주고 있었는데 기어코……."

동 대표 아줌마는 목소리를 낮추더니 소곤거렸다.

"그 할머니가 부동산을 몇 채를 가진 노인네라는 얘기가 있어. 그런데도 악착같이 폐지 줍고 구청에서 복지비 다 타 먹고 아주 지독한 노인네라고."

누군가가 자기도 들었다며 맞장구를 쳤다. 50대 사업가 아들이 벤츠 타고 나타나서 이런 일 그만 좀 하시라고 말리더래요, 라고 말했다. 취미로 운동 삼아 그거 하는 거겠지 뭐, 우리한테 피해 안 주면서 하면 누가 뭐래? 우리한테 피해를 주니까……. 나는 귓전을 때리는 말들 때문에 어지러웠다. 입안으로 위액이 약간 넘어왔다. 우리 엄마는 듣고만 있었다. 집에 가고 싶다고 말했지만 엄마는 조금만 참으라고 말했다.

*

반상회에서 돌아와 결국 엄마와 싸웠다. 토할 것 같다고 했는데 엄마가 짜증을 냈다. '계란말이 해주면 먹는다고 했잖아!'라면서 식탁 앞에 억지로 앉혔다. 팽이버섯을 넣고 만들 거라고는 생각하지 못했다. 보건 시간에 기생충에 관해 배운 뒤로는 밥상에서 팽이버섯을 보고 싶지 않아졌다. 촘촘히 썰린 계란말이에 가지런히 들어찬 팽이버섯의 단면은 거기에 흰 알이 수도 없이 모여 있는 것처럼 느껴졌다. 생선 내장 속에 들었다는 회충이나 사람 뱃속에서 꺼낸 십이지장충 사진을 본 것이 생각나서 그걸 먹느니 죽고 싶었다. 눈물을 떨어뜨리고 있는데 엄마가 소리를 질렀다. '너 말 안 들을 거면 나가, 들어오지 마!' 그렇게 말하고는 엄마가 안방으로 들어가 거칠게 문을 닫아버렸다. 나는 잠시 흐느껴 울다가 담배를 챙겨 들고 밖으로 나왔다.

해가 진 그 동네가 무서웠지만 나는 노란 담벼락과 하얀 담벼락 사이를 찾아갔다. 노란 담에 그려진 꽃은 물뿌리개에서 떨어지는 물방울을 맞고 있었다. 어둠 속에서 보니 빨간 꽃이 섬뜩해 보였다. 꼬리뼈까지 서늘해지는 기분에 쭈뼛거리며 나는 좁은 틈으로 걸어 들어갔다. 어둠에 눈이 익자비로소 그곳이 익숙해 보였다. 그리고 담배를 붙여 막 피우려던 찰나, 그 안을 들여다보는 참치 할머니와 마주쳤다.

나는 벌떡 일어났다. 할머니도 놀란 기색이었다. 할머니와 내가 마주본 채로 몇 초간 얼어붙은 정적이 흘렀다. 할머니는 한쪽 팔로 무릎을 짚고 리어카를 세우더니 나를 향해 손을 저었다. 그건 하던 일을 계속 하라는 의미인지, 일어서지 말고 앉으라는 말인지 알 수 없었다. 나는 담배를 떨어뜨리고 얼른 비벼 껐다. 할머니는 끄응, 하는 소리를 내고 돌아서서는 리어카를 끌고 가버렸다. 어둠 속에서 할머니가 무지개 언덕을 오르는 것을 보았다. 그 뒷모습에는 어떤 취미도 없어 보였다.

나는 여드름을 그린 적이 있다.

내 앞에 앉은 아이의 목에 솟은 여드름이 검지 손톱 크기로 자라나 검붉은 색으로 익어가는 것을 스케치했다. 마지막 날에는 뾰루지가 터져서 셔츠 깃에 묻었는데 피 섞인 고름 방울이 맺힌 것도 그려두었다. 출산에 관한 다큐멘터리를 보았던 가정 수업 시간이었다. 선생님이 감상 소감을 묻자 장애인 아이가 '엄마께 효도해야겠다는 생각이 들었습니다.'라고 말했다. 내 앞의 여드름 여자애는 작은 소리로 '쟤네 엄마는 진짜 열 받았겠다. 낳고 보니까 쟤였던 거잖아.'라고 말했다. 다큐멘터리에서 소처럼 울부짖던 산모는 출산이 끝난 소감을 묻자 '애기 나올 때에 굉장히 시원해요. 변비 있다가 확 뚫리는 느낌?'이라고 대답해버려서 나는 어떤 비밀을 알게 된 것만 같았다. 나는 그날을 기록해두고 싶어서 익어가는 여드름을 그렸다. 그리고 그런 것은 절대로 그리는 것이 아니라는 것을 이내 알게 되었다.

나는 그날의 기분을 그리는 상상을 했다. 닭집에서 버리는 폐식용유에다 개똥 같은 걸 칼로 섞어서 길바닥에 문지른다. 동그라미도 아니고 곡선도 아니고 글씨도 아닌 것이 끊겼다가 이어져서 꿈틀거리게끔 그냥 마구 발라놓는다. 그런 걸 보고 싶은 사람이 없다는 것을 알고 있다. 똥처럼 세상에 태어난 건지도 모른다는 생각에 더럽고 두려운 기분이 들었다. 그걸 그려서 기분이 나아진다면 나는 얼마든지 그렸을 것이다.

베란다 밖으로 던져진 음식물을 그린 적이 있다.

나는 그것이 더럽다는 생각을 한 적이 없다. 그릇에 담겨 있지 않을 뿐이지 그건 누가 차려놓은 아침밥 같은 것들이었다. 학교 가는 아침에 항상 그것들을 볼 수 있었다. 콩과 조가 섞인 쌀밥, 불고기, 멸치볶음, 총각김치, 미역국이었을 것 같은 흥건한 국물이 뿌려져 있었다. 어떤 날에는 계란 프라이, 김치 볶음, 스팸 구이와 김, 근대국이었을 것 같은 국물이 떨어져 있었고 부침개나 콩장, 깎은 사과와 김밥, 만두도 떨어져 있었다.

새벽까지 잠이 오지 않던 어느 일요일, 엄마 아빠가 곤히 잠든 것을 확인하고 동도 트기 전에 집 밖으로 나왔다. 얼른 담배를 피우고 다시 들어갈 생각이었다. 아파트 현관에서 막 나오려던 찰나 눈앞에 찰밥 덩이가 떨어지는 것을 보게 되었다. 뒤이어 계란찜과 잡채가 떨어지더니 굴비 두 마리가 떨어져 내렸다. 위를 살피자 7층에서 마침 된장국을 확 쏟아붓는 중이던 사람을 볼 수 있었다. 나를 발견한 7층의 누군가는 당황한 듯 숨어버렸다.

*

나는 각각 입을 '아'와 '으'로 벌리고 있는 굴비 두 마리를 그렸다. 굴비의 눈에서 눈물이 흘러나와 굳은 모습과 자잘한 이빨들, '으'의 입 모양을 한 굴비가 조금 더 탄 것까지 전부 그렸다. 몸통에 세 군데의 칼집이 난 것과 거기에 양념을 얹어놓은 것, 그리고 양념에 쪽파와 깨가 들었던 것까지 그렸기 때문에 누군가는 그것이 자기 굴비라는 것을 알아볼 거라고 생각했다. 나는 엘리베이터에 그 그림을 붙여두었다. 하루도 지나지 않아 엄마가 그 그림을 떼어가지고 들어왔다. 엄마 손에 들린 굴비가 파스텔 가루를 날리며 펄럭거렸다. '이거 네가 그렸지? 왜 엘리베이터에 붙여놨어?' 나는 먹고 싶어서 그렸다고 대답했다. 엄마는 별일 다 보겠다고 하더니 다음 날 굴비 찌개를 끓였다. 퀴퀴한 국물 속에 잠긴 굴비가 나를 향해 혀를 내밀고 있었다. 엄마 아빠는 소주를 곁들여 찌개를 먹었다. 나는 탕 속에서 경악하던 굴비들 때문에 그날 밤 잠을 설쳤다.

7층 아줌마가 나에게 먼저 말을 걸었다. 슈퍼마켓에서 고추장맛 참치를 보통 참치로 바꾸고 있을 때였다.

"얘, 너 지난번에 조기 구운 거 그려서 엘리베이터에 붙였던 애지?"

아무도 없는 것을 확인하고 아줌마가 다가오더니 내게 말을 걸었다. 나는 아니라고 말하려 했지만 너무 놀라서 참치 캔을 떨어뜨렸다. 아줌마가 허리를 굽혀 캔을 주웠다. 아줌마의 뜨거운 손이 내 손을 스쳤다. 털을 전부 밀어버린 점투성이 돼지 같은 아줌마였다. 얼굴을 뒤덮은 기미 때문에 오싹한 느낌이 들었다. 나는 나도 모르게 뒷걸음질쳤다. 아줌마는 비굴한 표정으로 웃었다. 억지로 웃는 얼굴이 축축해 보였다.

"너는 학생이니까 모르겠지만 원래 객지 나간 식구 밥은 항상 따로 해놓는 거다. 그래야 타지 나가서도 밥 잘 얻어먹고 무사하고 그러는 거야. 요즘 사람들은 안 그러지만 옛날 사람들은 다 그렇게 식구 챙겼어."

나는 주춤한 채 아줌마를 바라보았다. 아줌마의 입에서 젖은 해초 같은 것이 꾸역꾸역 기어 나오는 장면을 상상했다. 아줌마는 숨을 몰아쉬며 내게 한걸음 다가오더니 목소리를 낮추어 말했다.

"사실, 우리 애가 얼마 전에 저기에 갔어. 키도 크고 잘생기고 그럴 애가 아닌데 군대 가서……. 그 사고가 났어."

아줌마는 턱을 치켜 하늘을 가리켰다. 당장 울 것처럼 안절부절못하는 모습이었다. 두려워져서 나는 자리를 피했다. 아줌마는 내 걸음을 뒤따라오며 계속 말을 이었다.

"아줌마 이상한 사람 아니야. 요 앞에서 부동산 해. 이 아파트에만 아줌마 집이 세 채야. 요 건너 삼성아파트에도 집이 있고, 롯데캐슬에도 하나 있어. 거기 집은 복층이지. 내가 일을 너무 하느라 우리 애 외지 나갔는데도 밥을 안 챙겼어. 워낙 키가 커서 뭐 먹고 돌아서면 또 배고프다고 하는 애인데, 집 밖에서 잘 얻어는 먹고 있나 신경 썼어야 하는데, 내가 그걸 못했어."

아줌마는 말을 하다 말고 눈가를 훔쳤다. '너 오빠가 얼마나 잘생겼는지 아니? 우리 아들이 장동건 조인성이보다도 잘생겼어. 네가 이사 온 지 얼마 안돼서 우리 아들을 모르는 거야, 이 동네 여자애들은 우리 아들 다 알아…….'

아줌마는 숨을 헐떡이며 달동네 입구까지 나를 따라왔다. 나는 건반이 그려진 계단에 발을 올려놓다가 돌아섰다. 아줌마가 울고 있을까 봐 일부러 얼굴을 보지 않았다.

“저, 지금 아줌마 처음 봐요. 그러니까 걱정하지 마세요.”

나는 도, 미, 파, 솔, 시의 계단을 뛰어올라갔다. 그리고 콩나무를 지나 내 고양이가 기다리는 좁은 틈으로 갔다.

*

처음 이사 왔던 날, 나는 옥상까지 걸어 올라가 보았다. 15층 옥상에서 아래를 보고 싶었는데, 문이 잠겨 있을까 봐 걱정했지만 쉽게 열렸다. 누군가 죽고 싶다면 여기에서 곧장 죽을 수 있겠구나 하고 생각하며 옥상에서 내려왔다. 그 뒤로 다시는 거기에 가지 않았다. 혼자 있기에는 지나치게 넓고, 문이 너무 쉽게 열렸다.

어느 날 새벽, 아파트에 경찰이 왔다. 재활용품을 훔치는 중이던 할머니를 잡아갔다고 한다. 이상한 사람이 단지 내에 침입해서 이상한 행동을 하는 것 같다고 누가 신고했다는 말을 들었다. 그 일에 관해 이야기하는 엄마 아빠는 평소보다 힘없는 말투였다. 아파트 사람들은 이런가? 하는 아빠 목소리는 어딘지 자신 없게 들렸다. 캔이 딸그랑거리는 소리 때문에 신고가 들어왔다고 하는데, 할머니가 경찰을 따라가지 않으려고 해서 소란이 커졌다고 했다. 그거 훔치면 절도죄야? 엄마가 물었다. 아빠는 아니지, 라고 한 뒤 버린 건데, 라고 덧붙였지만 여전히 자신 없는 목소리였다. 나는 그날 아침 학교에 가다가 할머니의 리어카를 보았다. 재활용품 수거함 근처에 세워진 리어카 안에는 원래 뭐였는지 알 수 없는 긴 봉, 캔이 든 비닐봉지와 신문지가 담겨 있었다. 경비 아저씨가 그걸 끌고 가서 관리실 뒤쪽에 세워두는 것을 눈여겨 봐두었다. 하지만 학교에서 돌아왔을 때에는 리어카가 보이지 않았다. 그리고 한참 동안 할머니도 보지 못했다.

엄마는 내게 왜 고추장맛 참치를 보통 참치로 바꿔 가느냐고 물었다. 슈퍼마켓 점원 아가씨가 그런 소리를 하더라고 했다. 나는 보통 참치가 더 맛있어서, 라고 대답했는데 엄마가 짜증을 냈다. 아니, 그럼 그냥 참치를 사달라고 하지 그걸 말을 못 해? 그 말을 듣고 나서야 그러면 되는 일이었다는 것을 깨닫게 되었다.

학교 급식실에서 나는 때론 혼자 밥을 먹었다. 먹는 속도가 느리기 때문에 다른 아이들과 함께 하는 것이 힘들었다. 아이들이 전부 먹어치우는 동안 나는 반의 반도 먹지 못했다. 때론 일부러 엎드려 자버리고 밥을 굶었다. 입에서 침이 잘 안 나와서 삼키는 게 힘든데, 누구든 내가 음식 먹는 것을 답답하게 보았다. 어떤 아이는 내가 밥을 먹는 것을 한참 구경했다. 재 진짜 불쌍하게 먹지 않냐? 라고도 했고, 햄스터 같다, 라고도 했다. 숟가락을 잡으면 나는 오랜 시간을 들여 어렵사리 먹었다. 때론 내가 먹은 음식들이 잔뜩 부풀어 올라 뱃속에서부터 나를 안아주기도 했다. 하지만 그런 때는 가끔이었고 주로 굴러떨어질 것 같은 느낌이 들었다. 아기 염소 대신 돌이 든 것도 모른 채 끊임없는 갈증을 느끼는 늑대처럼 나는 딱딱한 배를 안고 겨우 걸었다.

"아, 정말 날 왜 낳아가지고! 사람 귀찮게시리!"

그 말이 뭐가 그렇게 잘못되었다는 건지 알 수가 없었다. 엄마는 내가 그렇게 말하면서 엄마를 노려보았다고 하는데, 그래서 너무 상처받았다며 아빠에게 하소연을 하고 있었다. 너 진짜 그따위로 말했어? 아빠가 나를 노려보았다. 나는 그렇다고 대답했다. 뭘 사과하라는 건지 알 수가 없었다. 귀찮다는 말이 버릇없는 말도 아니고, 날 왜 낳았는지는 평소에 궁금해하던 것이어서 튀어나온 말인데 그렇게 나쁜 말인 것 같지는 않았다. 엄마는 상처받았다면서 세상이 무너지기라도 한 것처럼 주저앉아 울고, 계속 나를 나쁜 사람으로 만들고 있었다. 미안하다고 해도 소용이 없었다.

아빠가 말했다.

“지수 너, 사는 게 귀찮냐?”

나는 대답하지 않았지만 아빠가 말을 이었다.

“너 어린 게 그런 소리 하면 정신이 이미 썩은 거다. 공부하는 학생 입에서 나올 말이 아니야.”

아빠는 마치 자기는 귀찮지 않기라도 한 것처럼 말하고 있었다. 자기들 멋대로 세상에 태어나게 하더니 말도 내 마음대로 못 하게 한다. 이런 식일 거라는 건 알고 있었지만 나는 그때에도 똥처럼 가만히 놓여 있는 게 정말 귀찮았다.

*

음식물은 계속 버려졌다. 푸릇한 콩이 섞인 밥, 참기름 냄새가 나는 명란젓도 있었고, 고구마 튀김, 무생채, 아주 작은 게를 볶은 반찬이 버려져 있었다. 연근 조림이랑 브로콜리 볶음을 봤을 때에는 한참 침을 삼키기까지 했다. 속에 시금치가 든 계란말이와 소스가 묻은 돈까스, 오징어채를 빨갛게 무친 것, 두부와 다시마가 든 국이 버려진 날도 있었다. 어떤 날 아침엔 김치 넣고 끓인 콩비지 찌개, 꽈리고추와 함께 볶은 꿀색 멸치들이 떨어져 있었다. 나는 또 어떤 반찬을 보게 될지 기대했다.

7층 아줌마의 비밀은 아무도 알지 못했다. 엘리베이터에 붙은 경고문이 낡아서 떨어지자 ‘음식물 쓰레기 무단 투기 엄금’이라고 적힌 경고문이 다시 붙었다. ‘엄금’을 빨간색 매직으로 쓴 글씨였는데 글자 위에 불이라도 붙인 것처럼 화가 많이 난 필체였다. 7층 아줌마가 고등어 조림을 했던 날, 나는 그 냄새가 달콤하다고 생각했다. 생선 조림에 든 무에다 밥을 비벼 먹고 싶다고 했더니 엄마가 양미리라는 생선을 사왔다. 뱀 토막 같은 모양도 싫었지만 사람 이름이 붙여진 게 무섭고 싫었다. 이거 양미리라는 거야, 하는 목소리를 듣자 지난번에 임연수라는 생선을 먹으라고 했을 때 처럼 기분이 나빠졌다.

나는 좁은 틈에 자주 갔다. 날이 추워지면서 고양이가 보이지 않았다. 전날 열어둔 참치 캔이 그 자리에 그대로 있었다. 나는 새 참치 캔을 따서 놓아두고는 담배를 피웠다. 떠난 걸까, 설마 나쁜 일을 당한 걸까? 하도 못생긴 고양이여서 누가 이유 없이 괴롭힐 수도 있었다. 나는 누가 고양이 꼬리에 불을 붙였다는 뉴스나, 높은 곳에서 던져버렸다는 뉴스들을 생각했다. 못생긴 고양이가 다시는 여기에 오지 않을까 봐 두려웠다. 그래도 당분간은 참치 캔을 놓아두고 기다려볼 생각이었다. 담배를 다 피우고 일어나려는 순간 어지러워 벽을 짚었다. 눈앞이 노랗고 다리가 후들거렸다. 다시 주저앉았다가 천천히 일어나는데 담과 담 사이에 할머니가 서서 나를 보고 있었다.

"고양이 찾나?"

할머니가 물었다. 나는 당황해서 대답을 못 했다. 할머니가 말했다.

"구청에서 사람들이 와가, 고양이 다 잡아갔다."

할머니는 나를 흘끗 보더니 덧붙였다.

"그 사람들이 고양이 한데 잡아갔다가 한데 풀어놓더라. 며칠 있으면 다시 보일끼다."

할머니의 리어카는 무사했다. 할머니는 리어카에 매달아놓은 봉지를 뒤적였다. 그리고 이리 와봐라, 이리 나와봐라, 하고 내게 손짓했다. 나는 주춤거리고 다가갔다. 할머니는 토스트를 꺼냈다. 흐뭇한 눈으로 웃고 있었다.

"이거 따뜻하니까 갈라 먹자."

나는 입에서 담배 냄새가 날까 봐 가만히 있었다. 할머니가 나눠주는 대로 토스트 절반을 받아 먹었다. 우리 아파트 후문 앞 토스트집에서 쓰는 포장지였다. 마가린에 지진 식빵 사이에 계란부침이 들어 있었다. 기름기가 달콤하고 따뜻했다. 나는 순식간에 먹어버렸는데 할머니는 아직도 빵을 들고 있었다. 더 먹을 거냐고 묻기에 고개를 저었더니 그제야 할머니도 토스트를 먹기 시작했다.

"참말 맛있다. 이 아줌마가 빵을 이래 잘 굽는다. 손님 없을 때 내 보면은 얼른 구워서 한나씩 준다. 서울 사람들이 이래 착해, 서울 사람들은 이래 잘 도와줘."

토스트를 다 먹은 뒤 할머니는 좁은 틈에 들어가 참치 캔을 들고 나왔다. 참치 줄 때에는 깡통째 주지 마라, 고양이 입 다친다, 라고 말하며 할머니가 물끄러미 나를 보았다.

"어린 몸에 불을 때고 그라면 안 된다 아이가, 키 커야제."

나는 무안해서 고개를 숙여버렸다. 할머니는 지그시 웃는 기색이었다. 리어카에는 페트병 몇 개와 참치 캔, 그리고 토스트집 아줌마가 줬을 것 같은 박스 서너 개가 실려 있었다. 할머니는 그걸 끌고 언덕 저편으로 갔다.

*

7층 아줌마가 드디어 들키고 말았다.

매일 던져지는 음식물 쓰레기 때문에 미칠 것 같다고 하던 우리 동 경비 아저씨는 새벽녘에 추위를 참으며 잠복했다. 벤치 뒤에 숨어 꼼짝도 않고 있던 새벽 6시경, 7층 아줌마가 소리도 없이 베란다를 열고 음식을 던지는 것을 보았다고 했다. 팥을 섞은 밥과 오이지 무침, 손바닥만 한 파래 부침개, 굴이 들어간 깍두기를 던지고 소고기뭇국을 쏟아부은 뒤 창문을 닫는 것을 전부 보았다. 경비 아저씨는 아무도 모르게 7층 아줌마에게만 따로 경고를 할 생각이었다고 했다. 하지만 7층 아줌마가 생사람 잡는다며 삿대질을 해서 큰 시비가 붙었다. 경비가 제 할 일을 안 하고 쓰레기 버리는 사람을 못 잡아내자 자기에게 누명을 씌웠다는 것이었다. 몸을 떨고 눈물을 흘리며 7층 아줌마가 소리를 질렀다. 억울해! 난 억울하단 말이야! 마치 누가 때리기라도 한 것처럼 비명을 질러서 아파트 전체가 흔들렸다. 사과하라며 경비 아저씨를 몰아세우는데, 동 대표 아줌마가 이제 좀 그만들 하시라고 말려도 소용이 없었다. 7층 아줌마는 억울하다는 말만 하면서 악을 쓰고 울었다. 아무도 아줌마를 달래지 않았고 다들 시선을 돌렸다. 동 대표 아줌마가 말하길, 그냥 아저씨가 잘못 본 것 같다고 사과하세요, 라고 했는데 경비 아저씨는 그럴 수 없다고 했다.

그때 7층 아줌마와 눈이 마주쳤다. 아저씨를 무릎 꿇리고 사과를 받아내고 잘라버리기라도 할 것처럼 난리치던 7층 아줌마는 나를 보자 갑자기 정신이 든 것 같았다. 낫살도 얼마 안 됐는데 벌써 치매 왔냐, 낯짝도 두껍다, 천벌 받을 줄 알아라, 온갖 말을 해대며 천천히 기세를 접더니 이렇게 말했다.

"에그……. 지 잘못 인정을 하지 끝까지 우기긴. 하늘이 알고 땅이 알아! 평생 경비나 하고 살아라!"

그렇게 말한 뒤 7층 아줌마는 아파트 안으로 들어갔다. 어쩔 줄 몰라 하는 경비 아저씨를 향해 사람들이 한마디씩 했다. 아저씨, 고생하셨어요, 오늘 소주 한 잔 하셔야겠네요, 잊어버리세요, 이 지경으로 했으면 이제 음식물 쓰레기 보는 일은 없겠네요, 라는 말들 끝에 누군가가 말했다. "근데 앞으로도 버리면 그럼, 범인은 저 아줌마 아니라는 거잖아?" 그 말에 다들 잠잠해졌다. 뭔가 곤란한 문제였다. 나는 7층 아줌마가 앞으로도 계속 음식을 던질 거라고 생각했다.

나는 바닥에 떨어진 흑미밥을 그려서 엘리베이터에 붙여두었다. 밥공기에서 뒤집은 모양 그대로 동그랗게 떨어진 밥과 문어 모양으로 볶인 소시지를 일러스트로 그렸다. 문어 모양의 소시지가 피망 조각들 사이를 누비며 두리번거리고 보라색 밥덩이를 찔러보는 것을 그렸다. 보라색과 분홍색 색연필은 쓸 일이 거의 없었기 때문에 색감 연습으로 괜찮은 그림이었다. 어떤 문어 소시지는 무릎을 꿇고 하늘을 향해 기도하는 모습으로 그려두었는데, 7층 아줌마를 위해서 한 일이었다.

쉽지 않은 것은 직선으로만 완성하는 그림이었다. 나는 할머니를 위한 그림을 그려보고 싶었지만 아주 신중해야 했다. 최초의 선을 어디에 어떻게 긋느냐에 따라 그림이 결정될 터였다. 그래서 나는 꽤 오랫동안 첫 번째 선을 긋는 것에 관해 생각하며 지냈다.

색은 총 다섯 가지를 표현하기로 계획을 세웠다. 흰색과 검은색, 흰색의 검은 부분과 검은색의 흰 부분, 그리고 그림자의 색. 귀퉁이에서부터 그을 것인지 한가운데에서부터 그을 것인지 마음속으로 시작해보았다가 매번 지웠다. 거친 선으로 그릴지 날카로운 선으로 그릴지부터 결정해야 했다. 촉이 가느다란 검정 펜을 만지작거리기만 할 뿐 시작을 못 하던 어느 아침에 첫눈이 내렸다. 나는 할머니의 리어카를 오랜만에 보았다. 리어카 안의 박스 몇 장이 눈에 젖어 있었다.

그날 나는 아주 천천히 선을 그어 그림을 그렸다. 여러 번 덧대어 긋자 눈을 맞은 듯 음영이 지고 한숨이 나오는 선들이 생겨났다.

나는 그림의 바닥부터 맨 위까지 선이 쌓이게 놓아두었다. 결이 되고 면이 되도록 빈 종이에 선을 모으는 기분이었다. 신기하게도 어떤 선은 포동하고 뽀얀 빛을 지녔다. 손끝부터 어깨를 지나 반대편 손끝까지인 것처럼 어떤 것은 벌린 팔을 닮아 보였다. 우리 반 아이들은 그림을 보고 의아해했다. 너 왜 선긋기 해? 미술 처음 하는 사람이나 하는 거잖아? 나는 이렇게 가득 모아서 주고 싶은 사람이 있다고 대답했다. 누군가 알아들었을지 모르는 일이었다.

박형준 문학평론가, 부산외국어대학교 한국어문화학부 교수

세상을 향한 최초의 데생

'문학의 길'에는 왕도가 없다. 우리네의 다채로운 삶과 마찬가지로, 문학을 읽고 쓰는 과정에는 정답이나 정도(定道)가 존재하지 않는다. 어떤 시에는 삶의 힘겨움이, 어떤 소설에는 고단한 생을 치유하는 즐거움과 따뜻함이, 또 어떤 텍스트에는 도무지 해석되지 않는 의미의 복잡성이 담겨 있다. 그래서 문학을 향유하는 것은 쉽지 않다. 그럼에도 문학작품을 읽고 쓰는 이유는, 그 속에서 우리 삶에 보탬이 되는 문화적 자원과 변화의 계기를 발견할 수 있기 때문이다. 이것은 전문 문사(文士)로서의 작가나 평론가에게만 해당되는 말이 아니다.

물론, 문학의 기능과 현실 변혁력을 지나치게 맹신하는 것은 곤란하다. 1920년대나 1970~80년대와 같이, 문학(혹은 소설)이 세상을 '변혁할 수 있는 도구'로 기능했던 시절이 없었던 것은 아니다. 하지만 아쉽게도 이제 그런 시대는 회귀하지 않는다. 문학이 우리 삶을 구원해줄 수 있는 강력한 매체(media)가 될 것이라는 희망은, 마치 떠나간 사랑이 되돌아올 것이라는 소망처럼 부질없는 것이다. 그러나 때로는 떠나간 사랑이, 혹은 이미 모든 것을 소진해버린 사랑이 지금 현재를 견디는 '미력한 힘'이 되기도

한다. 비록, 문학(혹은 소설)이 우리 삶을 재구성하는 막강한 소통/혁신의 도구는 아니지만, 그래도 여전히 우리 삶을 변혁하는 작은 사유와 실천의 가능성은 제시해줄 수 있다.

이은희의 「선긋기」는 이와 같이 문학의 현실 변혁적 가능성을 데생하고 있는 작품이다. '쓴다'거나 '보여준다'라고 하지 않고 '그리다'라고 표현한 것은, 이 작품의 서술자가 세계와 대상을 '재현'하거나 '반영'하려 하지 않고, '나'의 시선과 의식에 포착된 풍경들을 그저 "스케치"하듯 전개하고 있기 때문이다. 그래서일까? 이 작품을 읽는 독자라면 누구나 이 소설의 가독성이 그리 높지 않다는 사실을 알 수 있다. 기이한 '사건'도, 특별한 '갈등'도 없다. 이 소설은 아주 일상적인 풍경 속에서 각각의 인물(들)이 놓여 있는 관계를 사유하게 하는 작품이다. 낡은 아파트로 이사 온 주인공이 펼쳐놓는 이야기는 너무나도 사소하고 자질구레한 것들이라서, 과연 이런 것들이 문학의 소재가 될 수 있을 것인지를 고민하게 할 정도이다. 특히, 긴박한 사건 전개를 통해 수용자의 의식을 장악하는 이야기와 매체에 길들여져 있는 독자라면, 이 소설은 읽기 버거운 작품임에 틀림없다. 하지만 이은희 작가가 '나'의 이야기를 이렇게 일상적인 풍경 속에서 그리고 있는 데는 다른 이유가 있다.

「선긋기」에 등장하는 '나(지수)'와 '할머니', 그리고 '나'와 '7층 아줌마'의 만남은 '전혀 특별할 것' 없는 일상의 모습으로 그려진다. 주인공 '나'는 주변 인물과 전혀 어울리지 못하며 살아가는 여고생이다. 지수는 자기 자신을 "똥처럼 세상에 태어난 건지도 모른다"고 생각하기도 하고, 또 부모와의 대화 과정에서 "자기들 멋대로 세상에 태어나게 하더니 말도 내 마음대로 못 하게 한다."며 자신을 고립시키고 내성화하는 인물이다. 그러나 여기에서 사용하는 '내성화'라는 용법은 단순히 '나'라는 인물의 성격을 지칭하는 말이 아니다. 왜냐하면 '나'의 내향성은 타인과의 관계 속에서 철저하게 자기 자신을 배제하고 유폐시키는 구성/문체 전략에 기반해 있기 때문이다. 그것은 이 작품에 등장하는 인물 중 그 어느 누구도 이름이 부여되어 있지 않다는 데서 잘 드러난다. "선생님", "반 아이들", "폐품을 집어 가는 할머니"와 "동 대표 아줌마", "13층 아저씨", "경비 아저씨", "아랫집 아줌마", "장애인 아이", "7동 아줌마", 그리고 심지어 "엄마"와 "아빠"조차도 '나'로부터 이름을 획득하지 못한 익명의 존재(들)이다. 이들은 모두 드로잉의 주체에 의해 소묘되는 '풍경'의 일부에 지나지 않을 뿐, 인간적인 교감과 소통의 대상이 되지 못한다.

이와 같이 주인공 지수('나')는 철저하게 타인과의 관계에 '선'을 긋고 있는 인물이다. 여기에서 '선긋기'의 첫 번째 의미가 타자, 혹은 세상과의 '단절'을 의미하는 것임을 알 수 있다. 독자들이 「선긋기」의 이야기 흐름에 쉽사리 동참하지 못하는 것은, 서술자의 역할을 감당하고 있는 주인공 지수, 다시 말해 '나'의 의식과 발화가 뚝뚝 끊어져 있기 때문이다. '나'의 의식은 매우 파편화되어 있다. 하지만 이와 같은 단절은 분명 의도적인 것이다. 주동인물과 서술자의 역할이 포개지며 다시 분열되는 플롯 전개는, '나(지수)'와 세상이 손쉽게 소통의 이음새를 구축할 수 없다는 사실을 환기하는 한편, 독자들과의 커뮤니케이션 고리를 지속적으로 절단하는 서술 전략이다. 이 작품이 여타 소설에 비해 읽는 이를 수월하게 이야기의 흐름 속에 편승시키지 못하는 이유는 이것이다.

그렇다면 지수가 세상과 단절되어 있는 까닭은 무엇인가? 얼핏 보기에, 이 작품은 지수가 왜 스스로를 고립시켰는지에 대한 이유를 분명하게 제시하고 있지 않은 것처럼 보인다. 하지만 「선긋기」를 정교하게 읽어보면, '나'와 '엄마'의 의사소통 관계망이 지속적으로 어긋나고 있음을 확인할 수 있다. 지수와 엄마의 의사소통 회로가 이격되거나 단절되어 있다는 사실을 표상하는 중요한 에피소드는 '반상회' 장면과 '양미리' 사건이다. 전자의 장면에서, 엄마는 '나'를 대화의 파트너로 인정하지 않으며, 오히려 지수의 성장 지체를 자랑에 가깝게 말하고 있다. 이는 의사소통의 일방성을 보여주는 증례이다. 후자의 사건에서는, 서사의 표면으로 돌출된 지수와 엄마 사이의 심리적 격차(distance)가 목격된다. 물론 이러한 소통의 단절은 아빠의 경우에도 마찬가지이다. 지수는 "아빠가 사둔 담배를 훔쳤"지만, 아빠는 어떤 반응도 하지 않는다. '나'는 "비밀"을 만들기 위해 담배를 훔쳤다고 말하지만, 사실 이 행동은 비밀을 만들기 위한 것이 아니라 오히려 자신의 존재를 드러내기 위한 '말 건넴'이다. 하지만 아빠는 응답하지 않는다.

지수와 엄마/아빠의 의사소통 회로 속에는 관계의 '접지'가 상실되어 있다. 그러니 지수는 (세상과의 '선긋기'를 통해) 자기 자신의 내면 속으로 유폐될 수밖에 없다. 그래서일까? '나'는 "앞에 앉은 아이"의 "익어가는 여드름"을 보면서도 성장의 아드레날린을 상상하지 않는다. 지수에게 "검붉은 색"으로 "익어가"는 여드름이란 성숙의 상징이 아니라 오히려 "폐식용유"나 "똥"과 같은 퇴행/소멸의 이미지이기 때문이다. 이러한 인물 유형과 이미저리가 집적되어 있는 공간이 바로 "새 아파트"와 "학교"이다. 두 공간은 타인에게 상처를 주거나, 진실을 왜곡하는 협잡의 장소로 그려진다. 지수는 새로 이사 간 아파트를 약한 자에 대한 추문("폐품을 집어 가는 할머니")과 폭력("경비 아저씨"), 그리고 기성세대의 욕망("아파트를 부수고 새로 짓는 일")이 점철되어 있는 삭막한 장소로 스케치하고 있다. 더불어, "학교" 역시 학생들의 몸과 마음을 성숙시키는 공간이 아니라, 기성세대의 어법과 논리("장애인 아이")를 승계하는 제도적 영토로 그려내고 있다. 그렇다면 여기에서 지수의 두 번째 '선긋기'는 명백해진다. 그것은 바로 아파트와 학교라는 공간과의 '단절'이다.

만약, 이 작품에 등장하는 주인공 '나'가 또래 아이들과 다른 '성장'의 가능성을 모색하는 중이라고 말할 수 있다면, 그것은 지수가 기성세대의 커뮤니티 속에서 성장통을 겪으며 성숙하는 '미숙한 존재'이기 때문이 아니라, 그러한 관계를 절단함으로써 새로운 만남과 소통의 자리를 기획하는

'탈주'의 가능성을 보여주고 있기 때문일 것이다. 주인공 '나'가 아파트나 학교와는 다른 공간을 탐색하는 것은 그래서 매우 자연스럽다. 그 새로운 장소는 "할머니"를 만난, 혹은 "엄마가 가지 말라고 했"던 바로 "그 동네"이다. 지수는 이 동네의 "좁은 틈"에서 할머니와 조우한다. 특히, '나'는 이곳에서 "폐품을 집어 가는 할머니"를 "참치 할머니"로 다르게 감각하게 된다. 익명화되어 있는 아파트의 담화 공간에서 벗어나, 지수와 할머니가 "비밀"의 장소에서 서로의 존재에 눈 뜨게 되는 것이다. 할머니가 건네주는 "토스트"는 이 소설에서 유일하게 "따뜻"한 미감을 전해주는 음식(마음)이다. 물론, 지수와 할머니가 서로를 알아보게 되었다고 해서, 곧장 지수가 세상을 향해 마음을 여는 것은 아니다. 다만, 그 가능성이 미약하게나마 감지될 따름이다.

작품의 마지막 부분에 주목해보자. '참치 할머니'에게 토스트를 건네받은 지수에게 약간의 변화가 감지되기 시작한다. 지수는 장성한 아들을 잃은 후, 아파트 7층에서 하늘을 향해 젯밥을 던지고 있는 "7층 아줌마를 위해"서, "무릎을 꿇고 하늘을 향해 기도"하는 모양의 문어 소시지를 그려준다. 물론 자신의 행동을 감추기 위해 경비 아저씨에게 폭언을 퍼부은 '7층 아줌마'의 행위는 분명 잘못된 것이다. 하지만 지수는 아들에 대한 슬픔과 부채감을 '제(祭)'("객지 나간 식구 밥")를 통해 축수하는 '7층 아줌마'의 사연을 아주 미력하게나마 이해하려 한다. 이를테면 '나'는 "그림"을 통해 타자와의 소통 가능성을 발아하고 있는 셈이다. 이러한 지수의 미세한 변화는 그녀가 "할머니를 위한 그림을 그려보"고자 하는 장면에서도 잘 드러난다. 지수는 할머니를 위한 그림 그리기를 "첫 번째 선을 긋는" 행위라고 명명하고 있는데, 이는 매우 의미심장한 말이다. 왜냐하면 할머니를 만나기 전까지의 '선긋기'가 단절과 절단을 위한 '자르기'에 그친 것이라면, 할머니를 위한 '선긋기'는 타자와의 소통과 관계망을 생성하는 '이음의 행위'로 변화된 것이기 때문이다.

이와 같이, 이은희의 단편소설 「선긋기」는 우리가 속해 있는 '가족, 마을, 학교'라는 인습적 공간과의 힘겨운 '단절'을 통해 새로운 '만남'의 가능성을 모색하고 있다. 이 작품을 단순한 성장소설로 규정할 수 없는 이유는, 세상과 타인을 향해 긋는 '최초의 데생'이 기성세대의 '언어'와 '공간'을 벗어난 자리에서 출발 가능한 것임을 보여주고 있기 때문이다. 어쩌면 이 작품은 "빈 종이"에 최초의 "선"을 "천천히" 그어나가고 있는 작가의 글쓰기와도 닮아 있다고 하겠다.

연대기, 괴물

2016 올해의 문제소설

임철우

—

1981년 『서울신문』 신춘문예에 「개 도둑」 당선.

작품집 『아버지의 땅』 『그리운 남쪽』 『달빛 밟기』 『물 그림자』, 장편소설 『붉은 산 흰 새』

『그 섬에 가고 싶다』 『등대』 『봄날』 『백년여관』 『이별하는 골짜기』 『황천기담』 등.

한국일보문학상, 이상문학상, 단재상, 요산문학상, 대산문학상 등 수상. 한신대학교 문예창작학과 교수.

연대기, 괴물

60대 노숙자 지하철 투신자살. 2015년 10월 24일자 조간신문에 우표 딱지만 한 기사가 실렸다. 23일 오후 6시. 지하철 4호선 정부과천청사역. 이 사고로 전철 운행이 30분간 중단된 바람에 퇴근길 시민들이 큰 불편을 겪었다. 그게 내용의 전부였다. 어쩌면 지면 편집 과정에서 생긴 자투리 공간을 땜질하느라 억지로 끼워 넣은 기사였는지도 모른다. 자살자의 신원에 관해선 노숙자라는 한마디뿐, 초점은 당연히 불특정 다수가 겪은 불편함에 맞춰져 있었다. 지하철 투신자살쯤이야 서울에선 이미 흔하디흔한 사고였다. 그런 기사를 눈여겨 볼 사람도 없겠지만, 설사 읽었다고 해도 그저 무심히, 그런 험한 꼴을 언제고 제 눈으로 직접 목격하게 되지 않기만을 바랐을 터이다.

이날 전철 운행 중단 시간이 길어진 것은 사고 수습의 어려움 때문이었다. 시신의 훼손 상태가 그만큼 심각했다. 해당 차량의 기관사는 경력 1년에 불과한 30대 초반의 사내였다. 조사하러 나온 형사에게 그는 허옇게 질린 얼굴로 대답했다. 제동장치를 작동할 겨를이 없었습니다. 순간적인 돌발 사태라 애초에 불가항력이었다고요. 그 사람을 누가 등 뒤에서 떠밀었는지 어쨌는지, 내가 어찌 알겠습니까. 그냥 전방에서 총알같이 후다닥 튀어나왔다니까요. 그 불운한 기관사는 충격에서 미처 덜 깨어난 듯 허둥거렸다.

역 구내 폐회로 텔레비전의 영상을 확인한 경찰은 곧 단순 자살 사건으로 단정했다. 기관사 과실은 없었다. 역 승강장엔 스크린도어가 설치되어 있었으나 하필 이날따라 고장으로 작동이 멈춘 상태였다. CCTV에 찍힌 노인은 처음부터 혼자였다. 모습이 카메라에 처음 잡힌 시각은 사고 발생 반시간 전. 철 이른 두툼한 파카에 야구 모자를 쓴 행색부터가 전형적인 노숙자 같았다. 큼직한 가방을 어깨에 메고 느린 걸음으로 계단을 내려온 노인은 벽 가까운 나무 의자에 혼자 엉거주춤 주저앉았다. 그때부터 차량 석 대가 지나갈 때까지 꼼짝없이 그 자세 그대로였다. 졸았거나 아니면 무슨 생각에 골똘해 있는 듯했다. 네 번째 차량이 빠르게 진입해 들어오기 시작했을 때, 노인은 돌연 흠칫 고개를 세우고 자리에서 발딱 일어났다. 그리고 맞은편 터널 쪽을 잠시 뚫어져라 노려보는가 싶더니, 갑자기 미친 듯 고함을 지르며 철길을 향해 돌진했다.

노인의 몸엔 신분증 따윈 없었다. 벤치에서 수거한 큼직한 가방 안에는 더러운 옷가지와 세면도구뿐이었다. 뒤늦게 사고 지점으로부터 10여 미터 떨어진 철길 바닥에서 칼 한 자루가 발견되었다. 폐회로텔레비전 영상을 재차 점검해본 담당 형사는 노인이 철길로 돌진할 때 오른손에 칼을 쥐고 있었다는 사실을 뒤늦게 확인했다. 날 길이 20센티미터의 그것은 시장에서 쉽게 구입할 수 있는 평범한 주방용 칼이었다. 지문 감식 결과 신원이 밝혀졌다. 송달규. 1949년생. 주소 불명. 파월 장병으로 1년간 복무. 그러나 정작 베트남참전전우회의 회원 명단엔 송 씨 이름이 없었다. 애당초 가입한 기록 자체가 없다는 답변이었다. 본적지인 남해안의 작은 섬에 조회했더니, 수십 년 전 섬을 떠난 이후로 연락이 끊긴 상태라고 했다.

도리 없이 무연고자로 분류되어 시신이 관할 화장장으로 넘겨지기 직전에 단서 하나가 불거졌다. 임마누엘 기도원. 가방 외피에 찍힌 흐릿한 글자를 찾아낸 형사는 혹시나 하고 전화를 걸었다. 계룡산 인근에 위치한다는 그 오래된 기도원은 실제로는 정신장애인 집단 수용 시설이었다. 직함이 총무라는 남자는 용케 잡역부 송 씨의 본명이 진태가 아닌 달규라는 사실을 기억해냈다. 최근까지 송 씨는 진태라는 이름으로 20년 넘게 기도원에서 기거해왔다고 했다, 애초엔 환자 신분으로 들어왔었는데, 증세가 호전된 후에도 퇴원하지 않고 허드렛일을 해주며 아예 눌러앉은 모양이었다.

"그게 그러니까 두 달 전쯤이구먼. 이른 아침에 느닷없이 가방을 싸 들고 휑하니 산을 내려가더니만 여태 깜깜 무소식인 거라. 어딜 가느냐, 언제 올 거냐는 물음에도 가타부타 무슨 얘기가 없었어. 여태 한 번도 그런 적 없던 사람이라 별일이다 싶더라니까. 휴대폰 같은 거, 원래 안 가지고 있었어. 그나저나 뜬금없이 자살이라니, 이건 또 뭔 일이래요?"

총무라는 늙은이의 어투는 한껏 무덤덤했다. 송 씨의 가족이나 혈연 따위에 관해선 전혀 아는 바 없다. 늘 본인 입으로 혈혈단신이라 말했고, 수십 년 동안 누구 하나 면회 온 적조차 없다. 겉보기로야 멀쩡한 사람 같아도, 어차피 한번 망가졌던 정신이 아주 온전하게 되돌아오기야 하겠는가. 직원 중에 송 씨와 특별히 가깝게 지낸 사람도 없고, 평소 말수가 적어 외톨이로 지냈다. 형사가 얻어낸 정보는 대충 그 정도였다.

혹시나 싶어 기도원 측에서 시신을 인수해 갈 의향은 없느냐 물었더니, 저쪽에선 무슨 미친 소리를 하느냐는 투로 단호하게 전화를 끊어버렸다. 담당 형사는 그쯤에서 사건을 마무리하기로 했다. 병원 냉동고에 임시 보관 중이던 사체는 며칠 후 화장되었고, 타고 남은 재는 봉투에 밀봉된 상태로 관할 무연고자 유골 임시 보관소로 옮겨졌다. 그곳에서 일정한 시일이 지난 뒤엔 다시 수많은 무연고자 유골들에 한데 섞여 땅에 완전히 묻히게 될 터였다. 형사는 '사건 종결'이라 기입한 다음, 서류철을 접고 자리에서 일어났다.

*

자, 이제부터 그 남자의 생애 마지막 날로 돌아가보기로 하자.

송달규. 그는 이날 아침을 서울역 앞 지하도에서 맞이했다. 종이 박스를 바닥에 깔고 신문지로 얼굴과 상체를 덮은 채, 웅크린 새우처럼 그 마지막 밤을 보낸 것이다. 사흘 전 구호 단체가 운영하는 재활용 가게에서 구해 입은 검정색 겨울 파카 덕분에 그나마 한기를 조금은 덜 수 있었다. 눈을 뜨는 순간, 이날이 자신에게 뭔가 특별한 날이 되리라는 사실을 그는 어렴풋이 알아차렸다. 뭐랄까. 직각으로 꺾인 골목 모퉁이 저편에 뭔가가 숨어 자신을 기다리고 있는 듯한, 그런 모종의 운명적인 예감 말이다. 정체는 알 수 없으나 매우 생생하고 또렷한 느낌이었다. 물론 이때만 해도 그는 상상조차 못 했다. 불과 몇 시간 후 자신의 육신이 걸레쪽처럼 갈가리 찢겨 철길 바닥에 흩어지리라는 사실을.

지하보도의 흐린 불빛 아래서 그는 무거운 육신을 힘겹게 일으켜 세웠다. 전신의 관절들이 녹슨 철물처럼 우두둑 소리를 냈다. 오래된 지하도 내부는 무덤 속같이 눅눅하고 어두침침했다. 대략 일고여덟 명의 노숙자들이 쓰레기 뭉치처럼 아무렇게나 바닥에 드러누워 있었다. 그는 가방을 어깨에 들쳐메고 계단을 올라 역 광장으로 나섰다. 밖은 아직 새벽이었다. 휑한 역 광장에 늘어선 수십 개의 가로등은 환히 켜져 있었고, 맞은편 드넓은 차도를 따라 차량들이 빠르게 지나갔다. 그는 작동이 임시 중단된 자동 승강기 계단을 힘겹게 천천히 걸어 올랐다. 대형 유리문 앞에서 야간 경비원과 마주쳤지만, 저쪽은 슬쩍 곁눈질만 하곤 지나쳐 갔다. 이 시각이면 그들도 굳이 호루라기를 삑삑대며 사납게 쫓아내려고 하진 않았다. 어차피 자신들의 야간 근무도 끝날 무렵이고 곧 새로운 하루가 시작될 터였다.

널찍한 2층 화장실 내부는 예상대로 텅 비어 있었다. 얼마 전부터 그는 이 시각을 택해 다른 사람보다 한 발 앞서 이곳을 찾아 들었다. 이용객 없는 틈을 타 대충이나마 몸을 씻고 양말이나 팬티 따위 간단한 세탁을 할 수도 있었다. 그는 세면대 한쪽에 가방을 내려놓고 칫솔질부터 시작했다. 비록 한뎃잠을 잘지라도 하루 두 차례 양치질만은 절대로 거르는 법이 없었다. 기도원 생활부터 몸에 밴 습관이었다. 점퍼를 벗어놓고 얼굴이며 목덜미까지, 오늘따라 꼼꼼하게 비누칠을 해가며 씻었다. 발을 마저 씻으려던 그는 흠칫 놀라며 허리를 곧추세웠다. 끄륵끄륵…… 끌끌끌끌. 묵직한 쇠사슬이 땅바닥에 끌리는 것 같은 기이하고 섬뜩한 소리. 그는 소스라치게 놀라 뒤를 돌아보았다. 순간 맞은편 천장과 벽을 훑으며 거대한 그림자가 휙 하고 빠르게 지나갔다. 그놈이다! 놈이 또 나타났어! 그는 신음하듯 부르짖으며 부리나케 신발부터 발에 꿰었다. 속옷과 점퍼를 입는 둥 마는 둥 가방을 집어 들고 복도로 튀어나왔다. 넓은 복도는 텅 비어 있었다. 잠시 고개를 두리번대는데, 반대편 계단 쪽에서 다시 소리가 들렸다. 허겁지겁 계단으로 달려갔지만, 그림자는 대합실의 흰 벽을 타고 중앙 현관문 밖으로 감쪽같이 사라져버렸다.

그는 다급하게 중앙 계단을 통해 역사 밖으로 나섰다. 광장 어디에도 놈의 흔적은 남아 있지 않았다. 이제 막 청소 작업에 나선 미화원과 새벽 기차를 타려는 사람들만 드문드문 눈에 띌 뿐이었다. 그는 양 무릎을 후들후들 떨며 광장 한가운데 서서 두리번거렸다. 거대한 원형의 역 건물 유리창 내부는 불야성같이 환했다. 놈은 어디로 사라졌을까. 틀림없이 어딘가에 숨어서 나를 지켜보고 있겠지. 놈의 꼬리를 이번처럼 또렷하게 목격한 건 처음이었다. 놈의 머리통이나 몸통은 아직 단 한 번도 명확히 본 적이 없었다. 그 거대한 꼬리는 끝이 뭉툭했고 검은 털이 부숭숭하게 박혀 있었다. 갑자기 가슴이 답답해오고 목덜미에 식은땀이 돋았다. 눈앞이 깜깜해지면서 광장 바닥과 건물들이 일시에 와르르 가라앉았다. 그는 두 눈을 질끈 감고 땅바닥에 주저앉았다. 그놈과 마주칠 때마다 어김없이 경험하는 증상이었다. 눈앞으로 점점 다가오는 동굴의 검은 입구를 지켜보며 그는 숨을 헐떡였다. 그 검은 구멍은 어느 새 괴물의 거대한 아가리로 변했다.

괴물과 처음 맞닥뜨렸던 날을 그는 생생히 기억하고 있었다. 일곱 살, 아니 여덟 살이었던가. 아마 여름방학이었을 것이다. 머리 위로 땡볕이 폭포처럼 쏟아지는 한낮. 외가의 툇마루에 걸터앉아 뒤란의 작은 대숲을 그는 멍하니 건너다보고 있었다. 집 안은 물밑처럼 조용했다. 여느 때처럼 그는 혼자였다. 얼음 조각을 어금니에 물고 있는 것 같은 그 지독한 외로움에 그는 이미 익숙했다. 그에겐 부모에 대한 기억이 전무했다. 세 살 때 헤어졌다는 생모는 얼굴 윤곽조차 지워진 채 아슴푸레한 체취로만 남았고, 생부는 아예 그 존재 자체가 비밀에 묻혀 있었다. 덥고 바람 한 점 없는 날씨였다. 뒤란 대나무 숲은 미동도 없이 정적에 싸여 있었다.

피 묻은 쇠갈고리를 쥔 사내. 바다 위를 떠다니는 수많은 시체들. 수면 위에 해파리처럼 풀어져 너울거리는 여자들의 치렁한 머리채……. 간밤 어른들의 이야기 속 장면들이 어지럽게 머릿속을 떠다녔다. 어느 순간, 그는 문득 맞은편 대숲에 시선을 집중했다. 빛이었다. 뭔가 조그맣고 날카로운 백색의 발광체. 저게 뭘까. 그는 홀리듯 대숲 안으로 들어섰다. 대숲 맨 안쪽, 검은 바위 앞에서 걸음을 멈추었다. 그것은 깨진 사금파리였다. 무심코 그걸 집어 올리려는데, 썩은 나무와 풀 더미 틈으로 움푹한 구덩이가 얼핏 눈에 띄었다. 바위 밑동에 뚫린 작은 토굴이었다. 어두워서 내부는 보이지 않았지만, 입구는 한 사람이 간신히 기어 들어갈 수 있을 정도였다. 순간 어른들의 이야기가 퍼뜩 뇌리를 스쳤다. 결혼한 지 채 1년도 되지 않은 새신랑. 한밤중에 배를 타고 이웃 섬에서 건너와 처갓집 뒤란에 숨어 있다가, 몽둥이 패에 끌려가 수중고혼이 된 그 청년은 어머니의 첫 남편이었다. 눈앞의 것이 바로 그 토굴이었다.

그는 무릎을 꿇고 썩은 잡목 더미 틈새에 얼굴을 바짝 붙였다. 구멍 속은 캄캄한 어둠이었다. 두 눈을 크게 뜨고 숨을 멈춘 채 그는 암흑 속을 끈질기게 응시했다. 얼마나 그렇게 엎드려 있었을까. 뭔가가 있었다. 음습한

구멍 속, 어둠 저편에 어떤 정체 모를 존재가 도사리고 있음을 그는 본능적으로 퍼뜩 알아차렸다. 낮고 거친 숨소리, 은밀한 기척, 벌떡이는 심장의 박동……. 한순간 그는 헉, 숨을 삼켰다. 칠흑의 암흑 한가운데서 두 개의 발광체가 이쪽을 조용히 쏘아보고 있었다. 눈이었다. 붉은 발광체처럼 번들거리는 두 개의 눈알. 으악, 비명을 내지르며 그는 벌떡 일어났다. 미친 듯 대밭을 뛰쳐나오다가 뭔가에 발이 걸려 나동그라지면서 그는 의식을 잃었다. 눈을 떴을 때는 안방이었다. 외조부가 어두운 얼굴로 그를 지켜보고 있었다.

*

그의 생애는 처음부터 모든 게 뒤죽박죽이었다. 태생부터가 그는 허깨비와 같은 존재였다. 호적상으로 1949년생이지만 실제로는 1951년생. 그러니까 나이 두 살은 공짜로 먹은 거였다. 실제로 달규라는 본명은 그가 태어나기 몇 달 전에 사망한 어떤 사내아이의 이름이었다. 때문에 호적상 본명인 달규가 아니라 진태라는 이름을 그는 자신의 진짜 이름으로 여겼다. 고향에선 진태로 내내 불리어졌고, 그를 달규라고 불러준 곳은 학교와 군대뿐이었다. 부모 역시 가짜였다. 호적상의 아버지인 송칠수는 그 자신과는 피 한 방울 섞이지 않은 사람이었고, 호적상의 어머니는 얼굴조차 본 적이 없었다. 외조부모의 추정대로라면 그의 성은 필경 김 씨라야 했다. 하지만 그나마도 심증일 뿐 명백한 증거 따윈 없었다. 비밀의 열쇠를 쥔 당사자인 그의 생모가 명확한 언급 없이 오래전에 어디론가 증발해버렸기 때문이다.

그가 자신의 출생 내력에 관해 구체적으로 알게 된 건 사춘기 무렵이었다. 그제야 지금껏 자신을 둘러싸고 있던 온갖 모호하고 불투명한 조각들이 비로소 퍼즐 맞추기처럼 일목요연해졌다. 그는 그때까지 자신이 그 섬

마을에서 태어났고 줄곧 외조부모 슬하에서 자란 걸로 믿었다. 하지만 그는 외조부의 불행한 작은딸이 친정집에 버리다시피 맡겨놓고 가버린 두 살 난 사생아였다. 전쟁통에 그 악마 같은 놈한테 끌려간 건지 아니면 제 발로 따라나선 건지 몰라도, 내내 종적 묘연하던 작은딸이 눈앞에 불쑥 나타났을 때 부모는 반가움보다는 차라리 딸아이가 진작 죽었더라면 싶은 마음이었다. 마을 사람들 이목을 피해 저녁 어스름을 틈타 마당으로 스며든 딸에게, 부모는 차마 아이가 그 악마 같은 놈의 씨앗이 아니냐고 물어볼 수가 없었다. 딸을 걱정해서가 아니라 그 입에서 나올 대답이 너무도 무섭고 끔찍해서였다. 그저 피치 못할 사정 때문이니 한동안만 아이를 맡아달라는 말만 우물쭈물 남긴 채, 딸은 바로 이튿날 새벽에 도망치듯 사립문을 빠져나갔다.

물론 두 살 때의 일이었으므로 그는 전혀 기억하지 못했다. 그의 생애 최초의 기억들이란 모두 외조부모와 함께 지낸 시간에 한정되어 있었다. 외조부모는 가난하지만 심성이 고운 사람들이었다. 아들 하나 딸 둘을 얻었으나 외아들은 전쟁통에 비명횡사했고 둘째딸마저 그 지경이 된 터여서, 그들은 죽을 때까지 자나 깨나 눈물과 한숨을 그러안고 지냈다. 그런 외조부모의 보살핌 속에서 그는 일견 순탄하고 평범하게 자라났다. 외조부모한테 달리 냉대를 받은 적도, 그렇다고 특별한 애정을 누린 기억도 없었다. 그럼에도 그들의 눈빛과 표정과 음성은 이따금 어린 그를 몹시 혼란스럽고 불안하게 만들었다. 그들은 여느 노인들처럼 자상하게 손자를 대하다가도, 어느 순간 돌연 냉랭한 표정으로 입을 다물어버리곤 했다. 그때마다 조부모의 눈빛에서 그는 특유의 기묘한 그림자를 어김없이 확인하곤 했다. 두려움과 안타까움, 혐오감과 불안이 뒤섞인 그 어둡고 꺼림칙한 그림자는 어린 그에겐 종내 풀리지 않는 수수께끼였다.

그곳은 남쪽 바다의 작은 섬이었다. 그 섬에서 가장 가까운 육지의 포구까지는 매일 한 차례 왕복하는 소형 여객선으로 두 시간 남짓 걸렸다. 좁고 옹색한 땅에 물은 귀하고 토질마저 척박해서 밭농사만 가능한 섬이었다. 주민들은 너나없이 영세한 김 양식업과 해초 따위를 채취해 모은 돈으로, 육지에서 쌀을 사다가 한껏 아껴가며 보리에 섞어 먹었다. 전기도 들어오지 않고 자동차는커녕 바퀴 달린 자전거 한 대 없는 궁벽지고 고립된 섬이었다.

다 합쳐 30호 남짓한 마을. 동네 단 하나뿐인 공동 우물터 뒤편에 자리한 네 칸짜리 초가집이 그의 외가였다. 마당 옆엔 감나무 한 그루가 서 있고, 장독대, 해묵은 디딜방아 그리고 돌담장과 넝쿨장미가 있는 작은 집. 식구라곤 외조부모와 어린 달규, 그렇게 세 사람이었다. 전기가 없는 마을은 해가 지면 순식간에 암흑 세상으로 변했다. 저녁 밥상을 서둘러 치우고 나면 사위는 완연히 깜깜해졌고, 외조부는 그제야 일어나 방 안 석유 등잔에 불을 붙였다. 그때부터 한동안은 세 식구만의 단출한 시간이 되기도 했지만, 대개는 일찌감치 저녁을 먹고 나온 이웃 어른들이 외조부의 방으로 하나둘 찾아들어 이야기판을 벌이곤 했다.

어린 그는 내심 그런 자리가 늘 기다려졌다. 외조부의 무릎에 머리를 베고 누워 어른들의 잡다한 이야기에 귀를 기울이노라면, 온갖 장면과 소리가 진짜처럼 눈앞에서 생생히 펼쳐지곤 했다. 거개가 뜻 모를 얘기였지만, 그렇게 두 귀를 활짝 열어놓은 채로 천장에 너울거리는 흐린 호롱불 그림자를 눈으로 좇다 보면 어느 결에 밤이 이슥해져 있었다.

서른이 뭐여. 얼추 따져봐도 우리들 손으로 직접 거둔 시신만 해도 그 갑절은 되었을 것이네. 언젠가 동네 사람들이 하루 동안 배로 건져내온 것만 해도 일곱 구나 되었잖은가. 읍내에서 그 난리가 터진 뒤로 한 달 넘도록 어느 누구도 숫제 바다에 나가볼 엄두를 못 냈지. 아이고, 물 위에 떠다니는 그 시신들 때문에……. 어디, 그때만 그랬었나? 인민군 들어와서 한바탕 죽어나갔지, 그놈들 빠져나간 담에는 또 경찰이 들어와가꼬 그랬지……. 으마마, 진짜 지옥이 따로 없었제. 사람 목숨이 파리 목숨이었어.

거, 말도 말어. 그때 그놈들, 서북청년단인가 뭔가 하는 몽둥이 패들 말이여. 나는 시방까지도 몸서리가 다 쳐진다고.

어른들의 화제는 주로 전쟁에 관한 것들이었다. 어린 그에겐 그런 얘기가 유독 기억에 생생하게 남았다. 하나같이 놀랍고 무섭고 끔찍하고 기이한 얘기들이었다. 당시는 전쟁이 끝난 지 10년도 채 지나지 않은 때였다. 육지로부터 멀리 떨어진 섬. 신문은 고사하고 동네를 통틀어 라디오 한 대 놓고 사는 집조차 드물었다. 고립된 섬 주민들에게 육지는 한참 멀었고, 당연히 세상 돌아가는 소식엔 깜깜했다. 마치 시간이 멈춰버린 것처럼 그들은 여전히 전쟁의 기억과 그 끔찍한 체험을 바로 어제 일인 양 생생하게 되새김질하고 있었다.

그들에게 전쟁은 읍내에서 벌어진 보도연맹 사건으로부터 시작되었다. 서해와 남해의 접점에 위치한 그 지역은 수십 개의 섬으로 이루어져 있었다. 군 소재지인 읍내는 그중 육지에 인접한 가장 큰 섬이었다. 전쟁이 터지고 한 달 반쯤 지난 8월 초, 육지로부터 후퇴해온 대규모 경찰 부대가 읍내에 처음 진입했다. 이어 관내 전역의 경찰 지서를 통해 전체 보도연맹원에 대한 소집 명령이 하달되었다. 명목상으로는 사상 재교육을 위한 정기적인 소집이었다. 관내 수많은 섬에서 수백 명의 연맹원들이 각기 배를 타고 속속 읍내로 모여들었다. 그중엔 달규의 외삼촌 경만도 있었다. 경만은 장마에 허물어져 내린 돌담을 손보다 말고, 같은 마을 두 사람과 함께 면 지서의 순경을 허둥지둥 따라나섰다.

육지에선 전쟁이 터졌다는디, 해필 이럴 때 무슨 일로 다들 불러들인다냐?

무어, 별일이야 있을랍디까? 정기적으로 실시하는 교육 소집이라네요.

아들은 애써 무심히 소매를 털며 돌아섰는데, 결국 그게 영영 마지막이었다. 사흘 뒤, 불려 나간 연맹원들이 한꺼번에 떼죽음을 당했다는 소문이 들려왔다. 경찰이 수백 명을 배에 싣고 나가 총살한 다음 바닷물에 수장해버린 거였다. 그 수가 4백 명이라고도 하고 5백 명이라고도 했다. 당장 읍내로 건너가려고 외조부 일행은 허겁지겁 포구로 나갔다. 선착장엔 그들과 똑같이 가족의 생사를 확인하려고 길을 나선 섬사람들로 바글거렸다. 아무리 기다려도 연락선은 나타나지 않고, 급기야 놀라운 소식이 전해졌다. 읍내는 이미 인민군이 점령해버린 상태이고, 경찰 부대는 남쪽의 또 다른 섬으로 철수했다는 거였다. 외조부는 오도가도 못 하고 선창에 퍼질러 앉아 울기만 했다.

당시만 해도 외조부는 눈앞의 상황 자체를 이해할 능력이 없었다. 그놈의 보도연맹이 뭔지, 어쩌다 아들이 가입되었는지조차 아리송했다. 면 지서를 찾아갔지만 빨갱이 가족이라고 무섭게 겁박만 당한 채 쫓겨났다. 그 후로부터는 부역자 가족으로 낙인 찍혀 아예 숨조차 제대로 쉬지 못하고 살아야 했다. 훨씬 훗날, 눈을 감기 얼마 전에야 그는 전직 경찰인 먼 친척의 입을 통해 자초지종을 대충이나마 이해하게 되었다.

보도연맹은 사상 전향자들을 통제, 관리할 목적으로 국가가 만들어낸 일종의 올가미였다. 좌익 활동을 했거나 남로당 등에 가입한 전력이 있는 사람을 가입 대상으로 규정해놓고, 전국 경찰서마다 할당된 인원수만큼 연맹원을 가입시키도록 지시했다. 도시의 경우 연맹 가입자의 대다수가 지식인이었다. 하지만 농어촌은 사정이 많이 달랐다. 사상입네 정치 활동입네 따위가 뭔지도 모르는 무지렁이들까지 대거 들어 있었다. 지역 경찰관들이 할당받은 인원을 채우기 위해 강제적인 수단과 방법을 동원한 결과였다. 연맹원 태반이 문맹을 겨우 면한 수준이어서, 연맹의 성격에 대해 대부분 무지했다. 양식 배급을 준다, 비료 배급 시 특별 대우를 해준다는 말에, 혹은 평소 안면 있는 순경의 부탁에 멋모르고 도장을 찍어주기도 했다.

"예전에 경만이가 술자리 시비 끝에 주먹질을 해서 지서에 불려간 적이 한 번 있었다면서요?"

전직 경찰인 친척의 물음에 외조부는 기억을 더듬어냈다. 얻어맞은 쪽이 경만이었고 대수롭지 않은 상처여서 별 탈 없이 끝난 일이었다. 친척은 혀를 찼다.

"그게 문제였구만. 지서에 한번이라도 불려간 기록이 있으면, 사상적으로 문제가 있는 인물로 취급해버렸지. 할당 인원을 채우려면 어떻게든 빌미를 만들어야 했으니까."

그즈음 바다에서 시신들이 하나둘 떠다니기 시작했다. 시신들은 해류를 따라 인근 섬과 섬들 사이를 돌아 꾸준히 이동해왔다. 앞바다에 놓아둔 멸치잡이 그물에 시체 두 구가 걸렸다는 소리에 외조부는 쟁기를 내던지고 정신없이 갯가로 뛰어 내려갔다. 그것은 경만이가 아니었다. 점차 더 많은 시신들이 물결을 따라 떠내려왔다. 총 맞은 시신도 있었고 상처 없이 멀쩡한 시신도 있었다. 철사나 밧줄로 양손을 묶인 채 굴비처럼 한 두름이 되어 서너 명씩 나란히 떠내려오기도 했다. 젊은 남자들만은 아니었다. 노인과 여자들도 있었다. 머리에 총을 맞았거나 내장이 쏟아져 나온 시신, 상처 하나 없이 말끔한 경우도 있었다. 여자들의 치렁한 머리채가 수면에 풀어져 해파리처럼 흐늘거렸다. 시간이 갈수록 퉁퉁 불어터지고 물고기에 참혹하게 뜯겨나간 시신들이 늘어났다. 밤사이 개펄 바닥으로 떠밀려온 시신엔 뻘게 떼와 고둥들이 새까맣게 구물구물 들러붙어 있었다.

마을 사람들은 쪽배를 타고 나가 시체들을 건져 올렸다. 주인 잃은 주검을 모른 체해선 안 된다는 게 섬사람들의 오랜 윤리관이었다. 따지고 보면 죽은 이들은 한 지역 주민이었고, 그중엔 자신들의 일가친척과 이웃들도 있을 터였다. 하지만 외조부의 아들 경만은 끝내 나타나지 않았다. 건져내어진 시신들은 일단 마을에서 빤히 내려다뵈는 갯가 모래밭에 가매장되었다. 소문을 듣고 이웃 여러 섬들로부터 낯선 사람들이 마을로 끊임없이 찾아들었다. 너나없이 졸지에 혈육을 잃어버린 이들이었다. 신원을 확인하기 위해 모래밭을 헤집을 때마다 엄청난 악취와 애끊는 울음소리가 이쪽 마을까지 건너왔다.

*

경찰이 철수하자마자 인민군이 섬을 점령했다. 읍내에서 차출한 민간 소형 선박을 타고 들어온 그들은 의외로 소규모 병력이었다. 그들의 출현과 함께 한차례 피바람이 몰려왔다. 관내 유지들인 면장, 우체국장, 협동조합장이 처형되었고, 평소 평판이 좋지 않았던 지주 두 명과 경찰 가족 여럿이 죽임을 당했다. 면사무소 앞마당에 불려 나온 주민들은 끔찍한 총살 광경을 강제로 지켜보아야 했다. 그걸로 끝이 아니었다. 주민들 중 인민군에 합세한 젊은이들이 앞장서서 주민들에게 폭력을 휘둘렀다. 불순분자니 반혁명분자니 해서 끌려간 사람들은 예외 없이 혹독한 구타와 고문을 당했다. 반송장 몰골로 풀려난 사람도 있었지만, 한밤중 배를 타고 나가 산 채로 바닷물에 버려진 사람도 적지 않았다.

한 달이 조금 지난 어느 날. 인민군은 돌연 섬을 버리고 퇴각하기 시작했다. 연합군의 인천 상륙작전 직후였다. 인민군에 합세했던 무리들도 함께 육지로 허둥지둥 빠져나갔다. 도망치는 인민군과 인근 섬에 철수해 있던 경찰 부대 간에 한바탕 격렬한 전투가 벌어졌고, 마침내 경찰이 섬을 탈환했다. 섬에 상륙한 그들에게선 처음부터 피 냄새가 풍겼다. 교전 중에 동료 여럿을 잃은 그들의 눈빛은 극도의 분노와 복수심으로 무섭게 번들거렸다. 그들의 눈에 비친 섬은 조금 전까지 인민군이 점령했던 적성 지역이자 아군이 재탈환한 수복 지역에 지나지 않았다. 당장 부역 혐의자 색출 작업에 착수했다. 적에게 합세한 자, 적에게 도움을 준 자, 적과 함께 도주하려다 붙잡힌 자들부터 가장 먼저 처형되었다. 그다음으로, 인민군과 함께 도주한 자의 가족과 보도연맹원 가족이 주로 화를 입었다. 경찰에 평소

밉보였거나, 적에게 호의적인 태도를 보였거나, 평소 평판이 좋지 않았던 이들도 마찬가지였다. 여기에 주민끼리의 은밀한 고자질과 밀고도 한몫을 했다.

거의 매일같이 무수한 연행, 고문, 처형이 이어졌다. 섬사람들은 두려움에 떨었다. 언제 느닷없이 면 지서로 호출당할지 몰라 전전긍긍했다. 일단 불려 나가면 멀쩡한 걸음으로는 돌아오지 못했다. 반송장 꼴이 되어 나오거나 흔적도 없이 물고기 밥이 되기도 했다. 사람 목숨이 파리 모기만큼의 가치도 없어 보였다. 평생 함께 살아온 이웃도 일가친척도 믿을 수 없었다. 법도 재판도 없는 전시 상황, 오직 총을 쥔 자의 의도와 판단과 명령이 지상의 법이었다. 그러는 동안에도 밤이면 섬 인근 바다에선 이름 없는 시신들이 끊임없이 생겨났다. 참혹한 몰골의 시신들은 물살을 타고 먼 바다로 영영 흘러가거나 혹은 요행히 섬 갯가로 소리 없이 떠밀려왔다.

사람들은 저만치 경찰 제복만 어른거려도 가슴이 내려앉았다. 하지만 경찰보다 진짜 더 무서운 존재는 따로 있었다. 몽둥이 패. 사람들은 육지에서 내려온 정체불명의 사내들을 그렇게 불렀다. 그 수십 명의 사내들은 경찰 병력보다 사나흘 뒤늦게 육지에서 배를 타고 들어왔다. 전투복 차림이긴 했지만 그들은 경찰이 아닌 서북청년단이었다. 대부분 더벅머리 20대인 그들은 처음 듣는 투박한 이북 사투리를 썼다. 주로 평안도와 함경도 출신들로, 빨갱이한테 부모, 형제, 재산을 다 잃고 이북에서 도망쳐왔으며 스스로를 '빨갱이 사냥꾼'이라 부른다고 했다. 읍내에서 보도연맹원들이 떼죽음을 당할 당시 그자들이 저질렀다는 온갖 무서운 소행에 대해 섬사람들도 소문을 통해 이미 알고 있었다. 과연 듣던 대로 그들은 경찰의 충성스런 사냥개였다. 손에 피를 묻히는 일은 모두 도맡아 해치웠다. 그들은 10여 명씩 패거리를 지어 몽둥이를 휘두르며 무시로 마을들을 휩쓸고 다녔다. 무리의 대장은 20대 초반의 김종확이란 인물이었다. 평안도 대지주의 외아들로, 빨갱이한테 부모 형제를 다 잃고 혈혈단신 월남했다는 소문이었다. 의외로 왜소한 체구, 패들 중에서 유일한 빡빡머리에 소년 같은 앳된 얼굴을 한 그의 별명은 '갈고리'였다. 그의 손엔 항상 길이 1미터쯤 되는 쇠갈고리가 들려 있었다. 양곡 출하장에서 검수원들이 사용하는 그 갈고리를 장소와 대상을 가리지 않고 휘둘렀다. 날카로운 갈고리에 찍히면 머리통이 빠개지고 눈알이 튀어나왔지만, 그는 눈 하나 깜짝하지 않았다.

달규의 외조부도 지서로 붙들려 갔다. 어느 날 아침 이장이 동네 사람 모두를 공회당 마당으로 급히 소집했다. 순경 하나와 몽둥이 패가 눈앞에 버티고 서 있었다. 마을 사람 예닐곱이 그길로 지서까지 끌려갔다. 그나마 대낮에 끌려가게 된 게 다행이라면 다행이었다. 밤사이 소리 없이 몽둥이 패한테 붙들려 가면 십중팔구 물고기 밥이 되곤 했다. 지서에 도착하자마자 달규 외조부는 서북청년단원들한테 다짜고짜 몽둥이찜질을 당했다. 순경은 뻔히 알면서도 경만의 행방에 대해 물었다. 교육 소집을 받아 읍내로 떠난 뒤 생사를 모른다고, 나야말로 알고 싶으니 알려달라고 그는 하소연했다. 잠시 뻔한 형식적인 조사를 받은 다음, 뜻밖에 외조부는 풀려났다.

그즈음 1년 전에 이웃 섬으로 출가해 보낸 둘째 딸 옥례가 불쑥 친정으로 돌아왔다. 그리고 바로 다음 날 한밤중, 바닷물에 쫄딱 젖은 사위가 집 안으로 스며들었다. 여수에서 전문학교 재학 중인 사위는 고향집에 숨어 있다가, 밤을 틈타서 쪽배를 타고 이제 막 이웃 섬에서 건너온 참이었다. 집 뒤란 텃밭 한쪽은 작은 대나무밭이었다. 대밭과 잇닿은 언덕 기슭, 큼지막한 바위 밑 움푹한 구덩이에 가마니를 깔고 사위를 숨겼다. 전부터 쌓아둔 땔감이며 풀 더미에 가려져 감쪽같았다. 그러나 사흘도 못 가 몽둥이 패가 들이닥쳤다. 달규의 외조부는 사위와 함께 지서로 끌려가 곧바로 빈 창고에 갇혔다. 양곡 저장 창고인 그곳엔 이미 수많은 사람들이 갇혀 있었다. 비좁고 깜깜한 그 안에서는 매일 밤낮으로 지옥의 풍경이 펼쳐졌다. 창문 하나 없는 창고는 대낮에도 캄캄했고, 문은 이따금 몽둥이 패들이 나타나 사람들을 끌고 나갈 때만 잠시 열렸다가 닫힐 뿐이었다.

창고 뒤편 낡은 부속 건물에선 온종일 끔찍한 비명 소리가 끊임없이 터져 나왔다. 한번 끌려가면 몇 시간씩 무서운 고문을 당하고 반송장이 되어 돌아왔다. 무시무시한 몽둥이찜질, 철봉에 거꾸로 매달기, 코와 입에 고춧가루나 인분을 탄 물을 퍼붓기, 장도리로 손가락 내려치기. 실로 고문 종류도 다양했다. 그중 가장 끔찍한 게 '칠성판 태우기'였다. 송판으로 관을 짜고 여섯 개의 면마다 손가락 길이의 대못 수십 개를 탕탕 박아 넣었다. 몽둥이 패들은 못 날이 고슴도치처럼 무수히 튀어나온 그 관 속에 사람을 욱여넣은 다음, 그것을 통째 바닥에 데굴데굴 굴렸다. 달규의 외조부는 그 사이 두 차례나 불려 나가, 초주검이 되어 돌아왔다. 며칠 뒤, 그는 한밤중에 또다시 불려 나갔다. 뒷마당엔 대형 발동기가 밤새 퉁퉁퉁퉁, 요란하게 돌고 있었다. 거기서 얻은 전력으로 부속 건물과 사무실에는 백열등이 들어와 있었다. 건물 안으로 들어서니, 귀신같은 처참한 몰골로 사위가 철봉에 매달려 있었다.

이봐. 당신이 옥례의 아비 된다는 작자로구만. 갈고리를 쥐고 위아래로 흔들면서 이죽거리는 그 빡빡머리 청년의 얼굴을 외조부는 간신히 올려다보았다. 그자의 입에서 어떻게 해서 딸 이름이 흘러나오는지 모를 일이었다. 저 간나 새끼, 칠성판에 집어넣으라우. 갈고리의 명령에 사내들은 반쯤 의식을 잃은 사위의 몸뚱이를 관 속에 욱여넣었다. 순간 사타구니에서 오줌을 왈칵 쏟아내며 외조부는 혼절해버렸다.

자정이 넘은 시각, 외조부는 사위를 포함한 다섯 명의 죄수와 함께 선착장으로 끌려 나갔다. 양쪽 팔목을 철사 줄로 단단히 묶인 채로 그들은 목선에 태워졌다. 갈고리 대장하고 몽둥이 패 두 놈이 동행했다. 그런데 갑자기 더벅머리 하나가 외조부의 손목에서 철사를 풀어내기 시작했다. 이봐. 이제부터는 당신이 노를 젓는 게야. 갈고리 청년의 말에 그는 허겁지겁 노를 집어 들었다. 달도 별도 없는 밤. 하늘도 바다도 먹장같이 캄캄했다. 얼마나 나아갔을까. 사내들이 한 명씩 일으켜 세우자 일제히 절망에 찬 울음이 터져 나왔다.

이 썅간나 새끼들! 이런다고 살려줄 거 같나? 나, 김종확이 누군지 모르는구만. 4 · 3폭동 때 이 갈고리로 즉결 처단한 빨갱이 숫자가 얼마나 되는 줄 알간?

이내 빡빡머리가 갈고리를 힘껏 내려찍자 퍽, 소리와 함께 몸뚱이 하나가 바다로 빨려 들어갔다. 풍덩, 풍덩, 풍덩. 마지막으로 사위도 사라졌다. 자신의 차례를 기다리며 외조부는 눈을 질끈 감았다. 이봐, 그만 뱃머리 돌리라우. 갈고리의 말에 외조부는 귀를 의심했다. 갈고리 패들은 바닥에 주저앉아 담배를 피워 물었다. 예예. 외조부는 바들바들 떨며 일어나 노를 간신히 움켜잡았다.

그날 달규의 외조부는 그렇게 거짓말처럼 지옥의 문턱에서 풀려났다. 집으로 돌아와서야 그는 비로소 사태의 전말을 알아차렸다. 그사이 악마는 밤마다 집으로 들이닥쳐 둘째 딸을 겁탈하곤 했다. 열아홉 살 새각시인 둘째 딸은 예쁘장한 얼굴에 살결이 유난히 하얬다. 두 달 후, 서북청년단은 육지로 철수했다. 섬에서 임무를 마친 그들은 새로 배당받은 또 다른 사냥터를 찾아갈 터였다. 갈고리가 떠난 그다음 날, 딸아이도 소리 없이 집을 떠났다. 이른 아침 보퉁이를 안고 연락선에 오르는 그 애의 모습을 본 사람이 있었다. 그 후 오랫동안 기별이 끊어졌던 딸은 몇 년 만에 불쑥 나타나, 두 살짜리 사내아이를 훌쩍 내려놓고 간 후로 영영 돌아오지 않았다. 군산인가 의정부에 있다는 미군 부대로 흘러들었다는 소문을 얼핏 들은 적이 있을 뿐이었다.

딸이 떨궈놓은 아이가 그 악마 놈의 핏줄임을 외조부는 알고 있었다. 아이에게는 당장 호적상 부모가 필요했다. 때마침 육촌뻘인 아랫마을 칠수가 머리에 떠올랐다. 날 때부터 지능이 약간 모자란 칠수는 한때 그의 집 머슴으로 일한 적도 있었다. 칠수는 몇 해 전 마을로 흘러든 떠돌이 여자를 만나 살림을 차렸다. 그러나 갓난아이를 홍역으로 잃게 되자 여자는 말도 없이 종적을 감춰버렸고, 칠수는 다시금 혼자 지내고 있었다. 칠수가 외조부를 찾아와서는, 면사무소에 대신 들러 제 아들의 사망신고를 처리해주십사 하고 부탁을 해왔을 때, 외조부는 묘안이 퍼뜩 떠올랐다. 호적상으로나마 난데없는 양아들이 생겼다고 칠수는 되레 싱글벙글했다. 그때부터 그의 호적상 이름은 달규가 되었다.

*

오전 열 시. 북적이는 대합실 안이 부쩍 더 소란해졌다. 한 무리의 단체 여행객이 깃발을 든 가이드의 뒤를 따라서 몰려 들어왔다. 주변 소음 때문에 TV 소리에 집중하기가 힘들었으므로 그는 모니터 바로 앞자리로 옮겨 앉았다. 광고. 광고. 광고. 역 구내 TV는 온종일 한두 개의 종편 채널에만 고정되어 있었다. 이윽고 뉴스가 끝나고 기다리던 시사 좌담 코너가 이어졌다. 마, 정확한 지적을 하셨네요. 솔직한 얘기로 인자 쫌 그만할 때도 충분히 됐다 아입니까. 벌써 몇 달이 지났는데도 세월호 유가족들은 일상으로 복귀를 안 하고 무리한 요구를 앞세워 지금 국가를 흔들어대고 있잖습니까……. 그는 자막과 함께 이어지는 사고 관련 자료 화면에 시선을 집중했다. 역시 이번에도 그자의 모습은 비치지 않았고, 서북청년단 어쩌고 하는 문제 따윈 언급조차 없이 좌담이 끝났다. 그는 엉거주춤 가방을 둘러매고 대합실을 빠져 나왔다. 계단 맨 꼭대기에 멈춰 서서 그는 역 광장을 에워싸고 있는 빌딩 숲을 멀거니 바라보았다. 빌딩으로 들어찬 도시는 끝도 가도 없는 사막처럼 황량하기만 했다.

문득 모랫더미가 덮쳐 누르듯 극심한 피로와 무력감이 전신으로 몰려왔다. 그는 계단 위에 맥없이 주저앉았다. 이젠 그만 기도원으로 돌아가고 말까. 불현듯 내면에서 누군가 은밀히 속삭였다. 그는 극도로 지쳐 있었다. 더 이상 버텨낼 최소한의 기력도 의욕도 남아 있지 않았다. 그렇지만 그는 이내 고개를 저었다. 안 돼. 두 번 다시 그 끔찍한 늪으로 되돌아 갈 수는 없어. 정신과 영혼이 망가진 병자들의 하치장. 세상으로부터 버림받은 그 은폐된 수용 시설에서 그는 25년의 세월을 보냈다. 그곳은 시간의 흐름조차 정지된 늪, 지상의 지도에서 삭제되어버린 추한 맨홀이었다. 두 달 전 그날 아침 산을 내려올 때, 그는 두 번 다시 그 길을 되밟지 않을 작정이었다. 그렇다고 장차 그자를 찾아내서 뭘 어찌하겠다는 계획 따윈 미처 없었다. 그저 감당할 수 없는 어떤 충동에 이끌려 산을 내려왔고, 단 한 번이라도 그자와 마주치기를 바라며 미친 듯 서울 거리를 헤맸으며, 그러다가 덜컥 칼 한 자루를 샀던 것이다. 그 칼은 지금 신문지에 둘둘 말려 가방 안에 담겨 있었다. 머잖아 겨울이 닥쳐올 터였고, 길바닥에서 얼어 죽기 전에 그에겐 반드시 끝마쳐야 할 일 한 가지가 남아 있었다. 그자를 찾아야 했다. 더 늦기 전에 기어코 만나야 했다.

역 광장 주변엔 여느 때처럼 노숙자들이 삼삼오오 어슬렁대고 있었다. 그들의 퀭한 시선을 애써 피하며 그는 광장을 가로질렀다. 그는 아직까지 그들에게 낯선 존재였다. 그들 중 누구와도 대화를 해본 적이 없었다. 더러 말을 걸어오기도 했으나 그는 아예 귀머거리 행세를 했다. 편의점에서 빵 한 개와 우유를 사서 그는 벤치에 앉아 먹기 시작했다. 이제 수중에 남은 거라곤 기껏 몇만 원 정도였다. 기도원을 나올 때 그에겐 2백만 원 남짓한 돈이 있었다. 기도원에서 받는 고정 월급 따윈 없었고, 어쩌다 조금씩 생기는 푼돈을 모아둔 거였다. 그걸 서울에 오자마자 찜질방에서 도둑맞았다. 그나마 가방 안에 따로 감춰둔 비상금으로 지금껏 근근이 버텨온 참이었다. 더운밥은 하 루 한 끼로 족했다. 역 인근의 무료 급식소에 가면 매일 저녁밥이 나왔다. 아침과 점심은 굶기도 하고 빵이나 컵라면으로 때웠다. 하지만 그는 설사 굶어 죽을지언정 길바닥에서 구걸 따윈 절대로 하지 않을 터였다. 그건 그의 마지막 자존심이었다.

그는 역 광장을 벗어나 광화문으로 향했다. 지난 두 달 동안 하루도 거르지 않고 반복해온 일정이었다. 덕수궁을 지나 네거리에서 그는 걸음을 멈추었다. 확성기와 플래카드를 동원한 사람들 한 무리가 인도를 따라 행진해 왔다. 불순 세력 물러가라. 종북 세력은 북한으로. 확성기의 선창에 늙수그레한 남자들이 일제히 복창했다. 그는 주위를 맴돌며 그들의 얼굴을 유심히 살폈다. 역시 그곳에도 그자는 없었다. 다시금 광화문 쪽으로 불편한 걸음을 옮기기 시작했다. 잔뜩 우중충한 하늘이 머리 위에 낮게 걸려 있었다. 금세 비라도 한 줄금 뿌릴 기미였다. 청계 광장을 거쳐 광화문 광장까지 그는 두리번대며 느리게 걸었다. 인공 천변 방책에 빽빽하게 매달린 수천 개의 노랑 리본들이 바람에 흔들리고 있었다. 미안하다. 사랑한다. 꼭 돌아와줘. 보고 싶다. 리본을 하나씩 들여다보고 있는 사람들 사이를 그는 절뚝이며 지나갔다. 영은, 은지, 민재, 제훈, 미지, 주희, 성복. 친구야 돌아와. 아들아 사랑해. 이것밖에 못해줘서 미안하다. 바람이 불어올 때마다 노랑나비 떼가 일제히 날아오를 듯 호르르 날개를 떨었다. 드넓은 광화문 네거리를 따라 무수한 자동차들이 질주하고, 무심한 행인들이 보도를 바삐 오가고 있었다. 며칠 전만 해도 집회 인파로 붐비던 거리가 오늘은 휑하니 비어 있었다.

광장으로 들어서자 또 다른 낯익은 풍경이 그의 눈에 들어왔다. 장벽처럼 외곽을 빙 둘러싸고 진을 친 경찰들. 보도 한쪽엔 몇 달째 여전히 늘어서 있는 흰색 천막 10여 개. 그 안에서 비닐을 깔고 삼삼오오 앉았거나 드러누운 사람들. 서명을 받고, 유인물을 배포하고, 노래를 부르고, 차를 끓이고, 물컵을 서로 나누는 사람들. 목쉰 음성으로 누군가와 열띤 대화를 나누다 쿨쩍쿨쩍 우는 사람. 그 모습을 카메라로 찰칵찰칵 찍는 사람. 미안합니다. 잊지 않겠습니다. 안전한 나라를 만들겠습니다. 손에 팻말을 들고 서 있는 젊은이들.

그리고 바로 길 건너편, 수십 미터 저쪽 인도엔 또 한 무리의 사람들이 진을 치고 있었다. 어버이연합. 나라사랑실천운동. 납북자가족모임. 색색의 플래카드마다 각종 단체의 이름들이 적혀 있었다. 그들 중 상당수는 군복 차림의 5, 60대 노인들이었다. 세월호 참사 악용 세력 물러가라. 종북 좌파 몰아내자. 아이들의 죽음을 팔아먹지 말라. 그들은 확성기 선창에 맞춰 줄곧 어수선하게 구호와 고함을 질러댔다. 국론 분열 조장하는 저 길 건너 쓰레기들을 몰아내자. 종북 좌파 세력은 북한으로 꺼져라. 꺼져라. 꺼져라. 그의 눈에 비치는 모든 것들은 어제도 그제도 한 달 전에도 똑같았던 풍경들이었다.

그는 일부러 멀찍이 우회해서 한길을 건넜다. 그리고 가로수 둥치 뒤에 몸을 가린 채 그 늙수그레한 무리의 얼굴들을 하나씩 유심히 살폈다. 필시 단체로 구입해 입었음직한 군복 가슴께에 더러는 낡아빠진 훈장을 주렁주렁 매단 노인들도 있었다. 벗겨진 이마, 듬성한 머리숱, 구부정한 등과 어깨, 그리고 쪼글쪼글한 얼굴마다 굵게 팬 주름살. 그들은 대부분 피곤과 궁기에 절은 모습이었다. 어쩌면 하루분의 생계비를 얻어내기 위해 누군가에게 불려 나온 것인지도 모른다고 그는 생각했다. 이번에도 역시 그가 찾는 인물은 보이지 않았다. 극심한 피곤과 어지럼증이 한꺼번에 몰려왔다. 그는 문득 자신이 지금 괴이한 환각을 마주하고 있는 것만 같았다. 한낮의 광장에 몰려나와 쉰 목청으로 고함을 질러대는 모습들이 흡사 유령처럼 느껴졌다. 필시 그 자신 또한 유령들 가운데 하나일 터였다.

*

그 사건이 일어난 날 아침, 그는 취사장에서 부지런히 걸레질을 하고 있었다. 이틀 후 행정 관청에서 정기적인 위생 점검을 나올 예정이라서, 아침 배식을 마치자마자 대청소에 들어갔던 것이다. 소독액을 골고루 뿌린 다음 바닥을 걸레로 닦아내고 있는데 TV에서 긴급뉴스가 흘러나왔다. 야, 저 큰 배가 우째 저리 됐노. 총무 박 씨의 말에 고개를 들어보니, 거대한 선박의 몸체가 물구나무서기 하듯 수면에 기우뚱하니 처박혀 있었다. 처음엔 영화의 한 장면인 줄 알았다. 제주행 여객선 해상 조난 사고. 자막을 읽고도 그는 그 현장 생중계 화면의 상황을 얼른 알아차리지 못했다. 아나운서는 승객이 5백 명 가까운 숫자이고 현재 해경과 인근 민간 선박이 총출동해 구조 작업 중이라고 전했다. 탑승객 대부분은 수학여행길 아이들이라고 했다. 과연 여러 척의 배들이 기울어진 여객선 주위에 모여 있는 참이었다. 그는 비로소 마음이 놓였다. 무척 놀라긴 했겠지만 그들은 당연히 곧 전원 무사히 구조될 터였다. 총무 박 씨의 지청구에 그는 다시 청소일에 몰입했다. 바깥 복도까지 마치고 들어왔더니, 다행히 '학생 전원 구조'라는 자막이 떠 있었다.

그 이후 그는 사고에 관해선 한동안 잊어버렸다. 이날은 유난히 번잡한 일이 많았다. 픽업트럭 앞바퀴가 펑크 났고, B동 2층 남자 숙소에서 환자끼리 싸움이 벌어져 그중 한 사람의 앞니가 부러졌으며 사무실 옆 화장실의 낡은 수도관이 기어코 터졌다. 평소보다 늦게 일과를 마친 그는 혼자 식당에서 저녁을 먹으면서 뉴스를 지켜보았다. 실종 284명 구조 174명. 놀랍게도 오전 발표는 집계 오류였다고 했다. 모니터에 뜬 형상이 참으로 기묘했다. 수면 위로 반쯤 모습을 드러낸 청색 타원형의 물체. 처음엔 돌고래의 머리라고 생각했다. 그게 사실은 벌렁 뒤집힌 배의 밑바닥이며 그 안에 아직도 3백 명 넘는 사람이 고스란히 들어 있다는 사실을 알았을 때, 그는 멍하니 입을 벌린 채 화면에서 눈을 떼지 못했다. 그럼 그 많은 아이들이 지금……. 순간, 그는 제 눈을 의심했다. 거꾸로 처박힌 선체 주변의 수면 밑에서 거대한 검은 그림자가 어른거리고 있었다. 바로 그놈이었다. 공룡을 닮은 몸통, 뱀같이 긴 꼬리, 네 개의 거대한 다리를 가진 정체불명의 괴물. 그놈은 흐릿한 수면 밑에서 검은 지느러미를 부챗살처럼 펼친 채 뒤집힌 선체 주위를 유유히 헤엄치고 있었다.

그날 밤 그는 놀랍게도 아주 깊은 잠을 잤다. 그것은 매우 이상한 일이었다. 평소 만성 불면증 탓에 그는 수면량이 절대적으로 부족했다. 온몸에 발진이 재발한 날은 말할 것도 없고, 가려움증이 잠잠해진 때에도 평균 수면 시간은 하루 서너 시간도 채 되지 않았던 것이다.

이튿날 그는 식당에서 아침 식사 중 뉴스를 보았다. 뒤집힌 배 밑창은 전날과 똑같았다. 거대한 해군 구난함과 전투함도 새로 도착해 있었고, 잠수부들은 물밑에서 선체 수색 중이라고 했다. 그는 이날도 몹시 바빴다. 봄 농사 준비로 비닐하우스를 손봐야 했고, 면 농협 지소에서 비료를 사오느라 픽업을 몰고 기도원까지 세 차례나 왕복했다. 차 안에선 줄곧 라디오를 켜두었다. 사고 전후 과정을 놓고 충격적인 보도가 잇달아 쏟아져 나왔다.

침몰하는 배에서 가장 먼저 탈출한 사람은 선장과 선원들이었다. 가라앉는 배를 눈앞에 두고도 해경의 구조는 도저히 믿기지 않을 만큼 시종 소극적이고 수동적이었다. 그들은 이전에 구조 훈련조차 받은 적이 없었다. 왜 자신들이 그곳에 왔는지 전혀 모르는 사람들 같았다. 배 주위를 빙빙 돌기만 할 뿐, 선실 내부로 진입하기는커녕 안에 누가 있는지조차 확인해보지 않았다. 딱 한 차례 사고 선박에 접안하긴 했지만, 선원들만 태우고 얼른 되돌아 나왔다. 수십 개의 비상용 구명정은 아예 작동하지 않았다. 생존자 절대 다수는 급히 배를 타고 달려온 인근 섬 주민들의 손에 구조된 사람들이었다. 사고 상황을 지휘하고 통제할 책임자와 시스템 자체가 아예 부재했다. 안심하라. 가만히 선내에 있어라. 아이들은 선내 안내 방송을 믿고 마지막까지 배 안에서 대기했다. 선장과 선원들은 물론 해경조차 그들에게 단 한 번도 탈출 지시를 하지 않았다. 아이들이 선내에서 창문을 두드리며 살려달라 외치는 동안 그들은 그저 멀거니 지켜보기만 했고, 그렇게 골든타임 두 시간 반이 흘렀다. 그리고 마침내 배는 완전히 가라앉았다.

방에 돌아와 자리에 누운 그의 눈앞에 화면의 잔상이 줄줄이 떠올랐다. 사고의 첫 상황부터 완전 침몰 상황까지가 그대로 고스란히 생생한 현장

중계였다. 그 배 안에 지금 이 순간에도 수백 명의 목숨이, 아이들이 갇혀 있었다. 어디선가 무슨 소리가 끊임없이 귀에 웅웅 들려왔다. 그는 이불을 뒤집어쓴 채 눈을 질끈 감고 두 손바닥으로 귀를 덮었다. 그날 밤에도 역시 그는 아주 깊은 잠에 빠졌다. 몇 차례 잠을 깨긴 했는데, 방 안 전체가 물속에 까무룩 잠긴 것처럼 호흡이 답답해서였다. 다시 몇 날이 더 흘러갔다. TV 화면은 하루도 빠짐없이 팽목항 부두에 주저앉아 울고 있는 유가족들의 모습을 비춰주었다. 나라 전체가 상중이었다. 이즈음, 제자들을 인솔해 함께 배에 올랐다가 구조된 교감 선생이 죄책감을 못 이겨 근처 소나무에 목을 매 자살했다. 대통령은 TV 앞에서 우는 모습을 고스란히 보여주었다. 석고 마스크마냥 표정 없는 그 여자의 얼굴에서 거짓말처럼 눈물이 톡 튀어나와 주르륵 굴러떨어졌다.

또 다른 날들이 자꾸 지나갔다. 봄철이라 요양원의 나날은 한층 더 바쁘고 분주해졌다. 안팎으로 그의 손을 필요로 하는 일들이 널려 있었다. 채소밭을 갈아 봄 파종을 하고 종묘도 옮겨 심었다. 총무가 마을에서 일꾼을 모아 오면 그들을 이끌고 땀을 흘리는 일은 온전히 그의 몫이었다. 그즈음에도 그는 매일 밤 전에 없이 아주 깊은 잠에 빠졌다. 초저녁부터 아침까지 완전히 곯아떨어졌다. 낮이면 평소보다 그는 더 말이 없어졌다. 그동안에도 진도에서 서울까지 온 나라가 바다 밑 가라앉은 배 때문에 가마솥처럼 들끓고 있었다. 여름이 오고 선거철이 코앞으로 다가왔다. 여당 정치인들은 카메라 앞에서 무릎을 꿇고 징징 울었다. 대통령의 눈물을 닦아주십시오. 뼈를 깎는 마음으로 국가 개조에 나서겠습니다. 그런데 선거가 예상과 달리 여당의 승리로 끝나자마자 그들의 태도가 돌변했다. 세월호 때문에 경제가 위험하다. 유가족이 나라의 발목을 잡으려 한다. 세월호 때문에 나라 분위기가 말이 아니다. 세월호가 대통령의 국정 운영을 가로막고 있다…….

유가족 수백 명이 청원서를 들고 청와대를 향해 행진을 시작했다. 대규모 경찰 병력과 버스가 앞을 가로막았다. 우리는 다만 진실이 밝혀지기를 바랄 뿐입니다. 사건의 책임이 누구에게 있는지 밝혀주십시오. 어린 자식을 잃은 수백 명의 사람들이 아스팔트 바닥에 드러누워 울부짖었다. 시민들의 촛불 집회가 잇달아 열렸다. 희생된 한 학생의 아버지는 천막 안에 홀로 들어앉아 죽음을 각오한 단식을 시작했다. 권력을 쥔 사람들의 입에서는 갈수록 무서운 말들이 터져 나왔다. 세월호는 사고다. 단순한 사고를 정치적으로 이용하려는 세력이 있다. 시체 장사 한두 번 해봤나? 종북 세력에게 끌려다니면 안 된다…….

그가 TV에서 그자의 얼굴을 처음 목격한 게 바로 그즈음이었다.

여느 때처럼 점심 식사를 마치고 담배 한 모금 빨던 참이었다. 묵묵히 화면에 시선을 주고 있던 그는 돌연 숨이 턱 멎었다. 국내 정치와 북한 관련 뉴스만 주야장천 틀어대는 한 종편 방송의 시사 프로였다.

"서북청년단 재건 준비위원회 출범?"

자막과 함께 최근 시청 앞 광장에서 벌어진 몸싸움 자료 화면이 비쳐졌다. 가슴에 태극기를 단 검은 조끼 차림의 남녀 10여 명. 광장에 걸려 있는 세월호 참사 추모 노란 리본을 제거하겠다고 나선 이들이었다. 검은 조끼 차림의 중년 남자가 한껏 고양된 모습으로 말했다. 서북청년단은 해방 직후 공산주의와 맞서 자유 대한민국을 지켜낸 구국의 용사들입니다. 오늘 9월 28일 역사적인 서울 수복일을 맞아 우리는 위기에 빠진 대한민국을 구하고자……. 그는 화면에서 시선을 떼지 못했다. 한순간 눈앞이 하얘지면서 머릿속에서 뭔가 펑 하고 터지는 소리가 났다. 그의 시선이 날아가 꽂힌 대상은 검정 조끼가 아니었다. 그자의 바로 등 뒤에 선 회색 정장 차림의 80대 노인. 등뼈 꼿꼿한 군대식 차려 자세, 성성한 백발, 다소 왜소한 체구, 섬뜩하고 예리한 눈빛의 그 노인……. 일찍이 박정희 대통령께서는 미친개에는 몽둥이가 약이라고 하셨다. 청계천과 광화문 그리고 전국의 미친개들을 때려잡을 제2의 서북청년단의 활동이 절실하게 요망된다……. 서북청년단처럼 몽둥이를 들자. 이는 우리에게 주어진 역사적 사명이다. 마, 이 정도로 이분들의 주장을 요약할 수 있겠습니다, 마.

설마, 저자가! 그의 심장이 터질 듯 맹렬히 튀어 올랐다. 이름도 얼굴도 모르지만 그는 자신의 육감을 확신했다. 인터뷰는 기껏해야 2, 30초 정도였다. 그 짧은 동안 카메라에 담긴 노인의 얼굴. 무엇보다 그자의 송곳처럼 날카롭고 기이한 광채로 번뜩이던 눈빛. 틀림없었다. 섬사람들이 한결같이 치를 떨며 악마라고 칭하던 사내. 훗날 경찰에 투신하여 대구라던가 마산에서 경찰서장 직위까지 올랐다고 하는 자. 그랬다. 그 노인은 갈고리였다. 다름 아닌 송달규 자신의 생부이기도 한.

그날 밤 그는 방에 들어서자마자 잠에 곯아떨어졌다. 흡사 죽음처럼 깊고 무거운 잠이었다. 꼭두새벽에 문득 눈을 떴다. 깜깜한 방 안에 웬 수많은 사람들이 빼곡하게 들어차 있었다. 주위를 둘러보니 그곳은 물밑이었다. 방 안은 물로 가득 차 있었고 자신의 몸뚱이 역시 물에 완전히 잠겨 있었다. 깜깜한 물밑에서 사람들은 다 같이 등을 돌린 채 묵묵히 앉아 있었다. 얼굴은 보이지 않았지만 그는 그 사람들이 누구인지 알 것 같았다. 그는 두려움에 온몸을 부들부들 떨다가 다시 혼곤한 잠에 빠져들었다. 다시 눈을 떴을 때, 어찌 된 셈인지 이번엔 숙소 마당에 혼자 우두커니 서 있는 자신을 발견했다. 맨발에 얇은 잠옷 바지 차림이었다. 춥고 발이 몹시 시렸다. 한동안 잠잠하던 그 증세가 도졌구나. 한밤중 혼을 빼둔 채로 사방을 헤매고 다니는 병.

그만 돌아서려던 그는 두 발이 얼어붙어버렸다. *끄끄끄끅…… 끌끌끌끌끌.* 거대한 검은 그림자가 저만치 숲 언저리에서 순식간에 휙 스쳐 갔다. 그놈이었다. 평생 동안 그의 곁을 떠나지 않는 그 정체불명의 괴물. 공포에 질려 턱을 덜덜 떨면서도 그는 맨발인 채로 서둘러 놈을 뒤쫓기 시작했다. 놈의 새까맣고 기다란 꼬리가 *끌끌끌끌*, 숲 속을 지나 저수지 방향으로 사라졌다. 일본인들이 만들었다는 저수지. 수심이 대단히 깊고 수온이 차서 한여름에도 수영이 금지된 곳이었다. 이윽고 그는 물가에 닿았다. 그 순간 놈은 거대한 몸뚱이를 이끌고 이제 막 물속으로 사라지는 참이었다. 서쪽 산등성이에 반달이 비스듬히 걸린 신새벽, 이번에도 그는 괴물의 흐릿한 형체만 얼핏 보았을 뿐이었다. 괴물이 사라진 수면은 금세 고요해졌다. 그는 물가에 오랫동안 말뚝처럼 서 있었다. 이윽고 새벽하늘이 부옇게 터왔을 때, 그는 평생 동안 풀지 못한 숙제 하나가 마침내 자명해졌음을 깨달았다. 우선 날이 잘 드는 칼 한 자루부터 사야겠다고 그는 생각했다. 숙소로 돌아온 그는 가방만 하나 달랑 꾸려 그길로 혼자 기도원을 터벅터벅 내려왔다. 그게 두 달 전이었다.

*

열일곱 살 되던 해, 그는 섬을 마지막으로 떠났다. 외조부모가 모두 세상을 뜬 뒤였다. 외가 쪽에 남은 혈육이라곤 이모 혼자뿐, 그나마 평소 왕래가 적어 그와는 서먹한 사이였다. 중학교 졸업식을 며칠 앞둔 어느 날, 그는 가방 하나만 들고 육지로 나왔다. 목포를 거쳐 광주역에 도착했을 땐 수중에 돈 한 푼 남아 있지 않았다. 그때 그를 구해준 사람이 양삼식 씨였다. 종일 쫄쫄 굶은 채 역 대합실에 쪼그려 앉아 있는 그를 양 씨가 집으로 데려갔다. 남광주시장 골목에 위치한 작은 세탁소. 양 씨의 가게이자 집이었다. 그는 그곳에서 3년 가까이 잡일을 해주면서 다림질이며 간단한 옷 수선 기술까지 익혔다. 양 씨는 술에 취하면 자신이 혈혈단신입네, 고단한 인생입네 소리를 자주 했다. 원산 철수 때 아버지와 단둘이 흥남 부두에서 배를 탔다는 그는 이북에 남은 어머니와 동생들 얘기만 나오면 눈자위가 벌게졌다. 양 씨의 외동딸 미옥은 곱상한 얼굴과 달리 말괄량이였다. 엄마를 일찍 여읜 탓에, 미옥은 낮에는 집안일을 하고 야간에만 학교를 다녔다. 동갑내기임에도 숫기 없는 그에게 미옥은 곧잘 짓궂은 장난을 걸어오곤 했다. 그런 어느 날 덜컥 군 입대 영장이 날아들었다.

실제 나이보다 2년 앞서 입대한 데다가 체격까지 왜소해서, 그는 동기들 사이에서조차 막내 취급을 받았다. 입대한 지 6개월 만에 그의 부대에 베트남 파병 근무 명령이 떨어졌다. 아군 사상자 수가 치솟는 즈음이었지만, 부산항을 출발할 때만 해도 그는 내심 뭐든 될 대로 되겠지 싶었다. 주둔지는 베트남 중부의 평야 지역이었다. 겉보기엔 평화로운 농촌이었으나 적 출몰이 잦고 큰 전투가 많이 발생한 대표적인 취약 지역 중 하나였다. 과연 도착하자마자 크고 작은 작전이 1주일에 한두 번꼴로 이어졌다. 베트콩 빨갱이는 얼마든지 죽여도 좋다. 빨갱이를 죽이지 않으면 내가 죽는다. 살아서 돌아가고 싶으면 명심해라. 첫날 전투 작전에 투입되기 직전, 중대장은 병사들 앞에서 비장한 표정으로 훈시를 했다. 부리부리한 눈에 사무라이처럼 바짝 치켜 올라간 눈꼬리, 불같이 급하고 포악한 성격의 중대장을 병사들은 '미친개'라고 불렀다.

야간 작전이 있던 날, 그는 처음으로 사람을 죽였다. 야간 방어지에 도착하기 전에 중대는 인접 부락부터 수색했다. 바짝 긴장했으나 저항은 전혀 없었다. 남자들은 미리 알고 피신한 눈치였다. 중대는 마을엔 남아 있던 노인과 부녀자, 아이들을 이끌고 야트막한 마을 뒷산 기슭에다가 한데 모아놓았다. 예상되는 야간 전투 시 베트콩과 격리시킨다는 명목이었다. 야간 방어지에 도착해 텐트를 치고 있는데 돌연 총성이 터졌다. 바로 그의 눈앞에서 동료 세 명이 퍽퍽 쓰러졌다. 한 명은 가슴을 맞아 첫눈에도 가망이 없어 보였다. 대원들은 순식간에 공황 상태에 빠져버렸다. 출동한 헬기에 부상자들을 태워 보낸 뒤 텐트로 돌아오자, 고참병이 상기된 얼굴로 그를 불렀다. 야, 막내. 당장 수류탄 열 발 가져와. 탄창도, 충분하게! 그가 탄약 상자를 끌고 오는 사이, 대원들이 민간인 스물댓 명을 끌고 올라왔다. 아까 마을에서 데려온 사람들이었다. 저 안으로 몽땅 몰아넣어. 중대장 미친개가 손가락으로 가리켰다. 좁은 골짜기가 구덩이처럼 깊고 움푹

했다. 구덩이 안으로 떠밀려 들어간 사람들이 일제히 울음을 터뜨렸다. 노인들, 여자들, 아이들이 뒤엉켜 미친 듯 아우성쳤다. 타타타타. 한순간 자동화기가 미친 듯 불을 뿜었다. 총성이 멎자마자 고참병이 안전핀을 뽑고 수류탄을 차례로 던져 넣었다. 쾅, 쾅, 쾅. 연거푸 몇 발의 폭음이 터졌다.

잠시 조용해지더니, 문득 구덩이 안에서 희미한 울음소리가 들려왔다. 그는 풀 더미에 묻었던 얼굴을 들었다. 치렁한 머리채의 젊은 여자였다. 시체 더미 속에서 전신에 피 칠을 한 여자는 완전히 넋이 나간 상태였다. 어린아이를 품에 안고 으아아, 모기 소리 같은 비명만 연신 질러대고 있었다. 야, 쪼다 새끼야. 벌벌 떨기는. 저건 네가 해치워. 고참병이 군홧발로 그의 옆구리를 걷어찼다. 고참병이 건네는 수류탄을 얼결에 그는 받아 쥐었다. 야, 개새끼야. 핀 뽑아! 던지란 말이야! 중대장의 다급한 고함 소리가 들렸고, 이내 엄청난 폭음이 쾅 하고 터져 나왔다. 사위가 고요해졌다. 구덩이 안에선 아무 소리도 흘러나오지 않았다. 수류탄이 들려 있던 그의 손은 어느새 비어 있었다. 그는 눈을 뜨지 못했다. 어쭈, 제법인데. 고참병이 철모를 툭 치며 일어났다. 미친개가 잔뜩 인상을 쓰고 쏘아보며 말했다. 새꺄. 이걸로 딱지는 뗐고, 앞으론 똑바로 해.

다음 날 아침, 그는 침상에서 몸을 아예 일으켜 세우지도 못했다. 다시 눈을 떠보니, 의무대 병상이었다. 자그마치 서른여섯 시간을 원인 모를 수면에서 깨어나지 못한 거였다. 혼수상태인가 싶어 말을 붙여보면 반응을 보이더라고, 살다 보니 참 희한한 케이스를 다 보았노라고 의무관은 말했다. 의무대에 입원해 있는 동안, 그는 마침내 그 괴물과 또 한 번 마주쳤다. 한밤중 화장실에서 돌아오는데, 퀀셋 막사 창문 밖으로 그놈의 그림자가 어른거렸다. 급히 문을 열고 밖으로 튀어 나가봤지만, 놈은 눈 깜짝할 새에 연병장을 가로질러 사라져버렸다. 끌끌끌끌. 기괴한 소리와 함께 철조망 너머 검은 열대우림 속으로 사라지는 거대한 괴물의 그림자를 그는 어둠속에서 몸을 떨며 지켜보았다.

최초 전투에서 받은 충격과 공포는 작전 횟수를 거듭할수록 점차 무뎌지고 익숙해져갔다. 깨끗이 죽이고, 깨끗이 불태우고, 깨끗이 파괴한다. 땅굴이 있는 집은 모두 베트콩이다. 어린이도 첩자다. 보이는 것은 모두 베트콩이다. 실제로 그것이 군 지휘부의 전술 지침이었다. 그도 이젠 전처럼 양민인지 적인지 구분을 못 해 총 쏘기를 두려워하거나 머뭇거리지 않게 되었다. 언제부턴가 옆의 동료가 쓰러지는 걸 보면 어느 순간 악이 받쳐 미친 듯이 총을 난사하고 있는 자신을 발견했다. 취약 지역 촌락에 대한 공격 작전 중엔 으레 민간인의 피해가 클 수밖에 없었다. 평화로운 촌가 마당엔 비밀 아지트와 지하 땅굴이 숱하게 은폐되어 있었다. 풀더미나 널빤지로 위장된 땅굴에 매복했다가 언제 총격을 해 올지 알 수 없었다. 땅굴 입구를 발견해 수류탄으로 제압한 다음 확인해보면 일가족 몇 명씩, 심지어 주민 수십 명까지도 들어 있었다. 주간이라 남자들은 피신해서 없고 대부분 노인과 여자, 아이들이었다. 피와 살점과 뼈가 한 덩이로 엉켜 있는 광경은 지옥이 따로 없었다. 그때마다 그는 끊임없이 스스로에게 주문을 걸듯 되뇌었다. 저들은 베트콩이다. 최소한 베트콩 동조자들이다. 베트콩의 가족들이다……. 그래야만 그는 미치지 않고, 죽지 않고 견딜 수 있었다. 일단 공격 작전이 개시되어 주민들을 체포한 다음엔 그냥 철수하는 경우는 거의 없었다. 한둘에서 많게는 10여 명씩 중대본부로 끌려오면 그걸로 끝장이었다. 중대장은 입을 봉하고 모르는 척할 뿐, 각자 알아서 처리하라는 눈짓을 했다. 끌려온 사람들은 대부분 현장에서 사살되었다.

참혹한 전투를 마치고 돌아오는 날이면 그는 어김없이 혼곤한 잠 속에 빠져들었다. 더는 의무대로 실려 가는 일은 없었으나, 중대원들은 은연중 꺼림칙한 시선으로 그를 대했다. 우기가 닥쳐오자 전투는 더 빈번해졌고 죽음은 아예 일상사가 되다시피 했다. 폭포처럼 퍼붓는 빗속, 허벅지까지 푹푹 빠지는 늪지대와 진흙탕 속에서의 전투는 실로 지옥이 따로 없었다.

피아가 어차피 똑같은 파리 목숨이었다. 그러나 그 지옥 속에서도 포상 제도는 놀라운 위력을 발휘했다. 장교와 하사관은 훈장과 특진을 꿈꾸었고, 병사들은 포상 휴가의 유혹에 매달렸다. 적을 많이 사살할수록 전과가 올라가고 또 그만큼의 포상도 뒤따랐다. 병사들 중엔 적을 사살한 증거로 시체의 귀를 도려내어 직접 제시하는 경우도 있었고, 더러는 소금에 절여 햇볕에 말린 귀를 취미로 수집하는 자들까지도 있었다. 그런가 하면 아예 포상을 노리고, 들에서 일하던 농민을 사살해 전과를 올리는 경우도 비일비재하다는 소문이었다.

1년간의 파병 근무가 끝나기 전 마지막 한 달을 그는 사이공의 후송 병원에서 보냈다. 극심한 신경불안증과 불면 증세 때문이었다. 밤낮없이 계속되는 환각과 환청 때문에 약물의 도움 없이는 견디지 못할 정도였다. 고국으로 향하는 배에서 그는 전우들과 함께 미친 듯 술을 퍼 마셨다. 갑판 위에서 난간을 뛰어넘기 직전에 동료들이 아슬아슬하게 그를 붙잡아 끌어내렸다. 모두들 장난인 줄 여겼지만 그는 정말로 바다로 뛰어내릴 작정이었다.

군에서 제대하자마자 그는 맨 먼저 광주로 내려갔다. 양 씨의 세탁소는 그대로였고, 미옥은 그사이 약혼을 해서 몇 달 후면 식을 올릴 예정이라고 했다. 양 씨는 예전처럼 세탁소 일을 도와주기를 바랐지만, 그는 이젠 더 이상 그럴 마음이 없었다. 작별 인사를 나누고 나왔으나 막상 갈 곳이 없었다. 그렇다고 섬으로 돌아갈 수도 없었다. 무작정 서울행 고속버스를 타고 가면서 그는 마음속에서 미옥을 깨끗이 지워버렸다. 그 후 오랜 유랑 생활이 시작되었다. 인천 부두에서 처음 고깃배에 오른 뒤로 10여 년 세월을 줄곧 바다에서 떠돌았다. 서해에서 동해, 남지나해에서 오호츠크 해까지. 끊임없이 떠돌지 않으면 견디지 못했다. 내면의 무서운 혼란은 종종 그를 지옥으로 끌고 들어갔다. 잠시라도 틈새를 열어주면 수많은 시신들이 당장 눈앞을 까맣게 막아섰다. 밤낮없이 피와 비명, 총성과 폭음이

고막을 갉아먹었다. 그때마다 술을 마시고 수면제와 안정제를 삼켜야 했다. 산더미 같은 파도와 미쳐 날뛰는 폭풍우 속에서는 오히려 마음이 편안했다. 어쩌다 한번 뭍에 오르면 내면의 광기가 어김없이 그를 집어삼켰다. 반년 치 급료가 며칠 만에 술과 마약과 여자 밑으로 증발해버렸다.

어느 날, 사할린 근해 어디선가 그는 뜬소문처럼 그 얘기를 들었다. 광주에서 굉장한 난리가 났다고 했다. 1980년이었다. 그해 겨울, 그는 부두에 내리자마자 고속버스에 몸을 실었다. 남광주역 골목의 뉴욕세탁소는 용케도 그 자리에 있었다. 눈에 띄게 퇴락한 가게 문을 밀고 들어서니, 다림질하던 낯선 사내가 그를 맞았다. 미옥의 남편이었다. 미옥이 차려준 저녁을 얻어먹은 뒤 그는 근처 여관에서 하룻밤을 묵었다. 다음 날 그는 미옥과 함께 양 씨를 면회하러 갔다. 시 외곽에 위치한 국립정신병원까지는 시외버스를 타야 했다. 양 씨는 그를 알아보긴 했으나, 예전의 양 씨가 아니었다. 나비야 나비야. 노랑나비 흰나비 꽃을 찾아오너라. 무슨 말을 붙여봐도 대꾸를 하는 둥 마는 둥, 양씨는 아이처럼 명랑하게 노래를 불렀다. 꽃밭에는 꽃들이 없어요. 나비도 없어요. 나는 몰라요. 나도 몰라요. 병실 친구들과 나눠 먹겠노라며 양씨는 빵 봉지를 안고 천진스런 얼굴로 방을 나갔다. 돌아오는 차 안에서 미옥은 한동안 흐느꼈다. 세탁소 안으로 느닷없이 도망쳐 들어온 청년 두 명을 세탁실 안으로 숨게 해준 것뿐이었다. 공수부대 병사의 진압봉에 머리를 맞고 쓰러진 양 씨는 병원에서 이틀 만에 눈을 떴다. 대수술 끝에 기적적으로 목숨을 건지긴 했지만 정신은 완전히 망가진 뒤였다. 아직도 뇌가 풍선처럼 부풀어 올라 주기적으로 병원에 가서 물을 뽑아내는 처치를 받아야 했다. 가게를 나오기 전, 그는 미옥이네 식구들 모르게 안방 책상 서랍 안에 봉투 하나를 남겨놓았다. 그가 선불로 받은 반년 치 급료였다.

*

그는 서울역 광장으로 어정어정 되돌아왔다. 종로 5가 쪽으로 건너가면 어느 교회에서 운영한다는 무료 급식소에서 점심을 때울 수도 있을 테지만, 오늘은 그만두었다. 입안이 깔깔해서 전혀 생각이 없었다. 지하 서울역에서 안산으로 가는 전철 4호선에 올랐다. 평일 낮이라 객실 안은 그리 붐비지 않았다. 노약자석의 빈자리에 무거운 몸을 앉혔다. 옆자리의 늙수그레한 여자가 금세 코를 킁킁거리더니, 발딱 일어나 맞은편 자리로 옮겨 앉았다. 그는 눈을 감고 모르는 척했다. 매일 몸을 씻긴 하지만, 옷에 밴 노숙의 불쾌한 기미는 어쩔 수 없을 터였다.

삼각지역에서 승객이 부쩍 불어났다. 모임이라도 있는지 한 무리의 젊은이들이 왁자지껄하니 몰려 들어왔다. 얀마, 내년이면 삼수라구. 집에선 직장 알아보라고 쌩난리야. 너, 올해 9급 행정직 경쟁률이 얼만지나 알아? 340 대 1이란다. 야, 우리 조상 중에는 어째 광주사태 때 죽은 사람도 하나 없나 몰라. 걔네들은 유공자 자녀라고 첨부터 가산점 5퍼센트를 거저 먹고 들어간다고. 젠장, 그 점수 그게 얼만데. 이런 불공평한 게임이 또 어디 있냐? 어수선하게 주고받던 그들은 사당역에서 한꺼번에 우르르 내렸다.

금정역부터는 전동차가 땅속을 벗어나 지상 철길로만 죽 내달렸다. 그는 한결 조용해진 실내를 무심히 둘러보았다. 좌석마다 빼곡히 들어찬 사람들의 손엔 예외 없이 휴대폰이 들려 있었다. 남녀노소 똑같이 고개를 앞으로 꺾고, 귀엔 이어폰을 꽂은 채 화투짝만 한 모니터에 코를 박고 있었다. 어딜 가나 똑같은 모습, 똑같은 풍경이었다. 열차는 탁 트인 들녘이며 단풍 든 야산을 지나고 있었다. 엷은 가을 햇살이 차창 너머로 기웃거리며 스쳐갔다. 하지만 아무도 고개를 들거나 눈길을 돌리지 않았다.

그는 어금니를 지그시 물었다. 또 고질병이 도지고 있었다. 사타구니와 허벅지에 불개미 떼가 들러붙은 듯 가렵기 시작했다. 한번 긁기 시작하면

검붉은 반점은 걷잡을 수 없이 전신으로 퍼졌다. 첫 발병은 베트남에서 귀국한 지 10년이 지나서였다. 그 어떤 약도 의사도 소용없었다. 검붉은 물사마귀 같은 반점은 무시로 도지곤 했다. 진물이 나면서 가렵고, 긁으면 속옷이 피고름으로 금세 물들었다. 일단 병이 도졌다 하면 그는 굵은 소금으로 온몸을 피가 나도록 북북 문질러대곤 했다. 뒤늦게 그것이 고엽제와 화학 가스 후유증이라는 사실을 알았다. 미군 새끼들이 그때 헬기에서 고엽젠가 다이옥신인가 진짜 억수로 뿌려댔잖아. 작전 중 머리 위에서 가랑비처럼 쏟아져 내리면, 우린 그게 시원하다고 웃통까지 훌렁 벗고 샤워를 하다시피 했으니 참 환장할 노릇이지. 언젠가 명태잡이 어선에서 만난 군대 동기 녀석 역시 후유증에 시달리고 있었다. 그의 딸아이는 태어날 때부터 척추가 휘어 있었다.

안산 초지역에 내리자마자 그는 역 구내의 벤치에 앉아 몸 여기저기를 한바탕 마구 긁어댔다. 손톱 밑에 금세 핏물이 빨갛게 묻어나왔다. 역에서 10여 분 걸으면 화랑공원이었다. 곡마단의 거대한 천막을 연상시키는 백색 타원형 건물이 그의 눈앞을 가로막았다. 그것은 얼핏 고래의 몸통 혹은 대형 여객선처럼 보였다. 임시 분향소는 그 안에 있었다. 날이 갈수록 추모객이 줄어들어서인지, 주변은 눈에 띄게 한산했다. 앞마당에 설치된 천막들도 드문드문 비어 있었다. 지금껏 그는 사흘에 한 번꼴로 혼자 이곳을 찾아왔다. 달리 특별한 이유 같은 건 없었다. 가만히 있다가도, 어째선지 자꾸만 이곳이 눈앞에 선연히 떠오르곤 해서였다. 추모객들은 하나같이 꽃과 향을 바치며 손수건으로 눈물을 훔쳤다. 소리 죽여 오열하거나 통곡하기도 했다. 그렇지만 그는 지금껏 단 한 번도 울지 않았다. 그저 무심히, 아무런 표정 없이 한참을 우두커니 서 있다가 돌아 나오곤 했다.

건물 안으로 들어서는 순간, 그는 오늘도 반사적으로 두 눈을 감았다. 축구장 절반 규모의 이쪽 끝에서 저쪽 끝까지 펼쳐진 대형 추모 제단. 수

천수만 송이의 꽃무더기 속에 수백 개의 영정들이 빽빽이 들어찬 그 제단과 마주할 때마다 그는 도저히 눈을 뜰 수가 없었다. 불길 때문이었다. 불의 바다. 그것은 무시무시한 화염을 토해내며 활활 타오르고 있는 거대한 불꽃의 바다였다.

여느 날처럼 그는 서명을 하고 분향을 마친 다음, 분향소 안을 느린 걸음으로 한 바퀴 돌았다. 마지막으로 제단 오른쪽에 비치된 비디오 모니터와 사진들을 그는 오늘도 하나하나 들여다보았다. 하늘로 간 수학여행. 이제 막 글을 익힌 어린아이처럼 그는 혼자 작은 소리로 중얼중얼 읽어 내려갔다. 4월 15일. 안산 단원고 학생 325명, 교사 14명이 수학여행을 떠났다. 4월 16일. 학생 75명과 교사 3명만이 수학여행에서 돌아왔다……. 그는 그 문장들을 이제는 눈을 감고도 줄줄 외울 수 있을 정도였다.

학생들은 몇 시간 뒤에 닥칠 재앙을 전혀 예견하지 못하고 수학여행의 첫날밤을 맘껏 즐긴다. 배 안을 돌아다니며 친구끼리 사진을 찍느라 바쁘다…….

4월 16일 오전 8시 48분, 세월호는 좌현으로 서서히, 그러다가 급격히 기운다. 아직 상황을 잘 모르는 학생들은 기울어지는 배에서 웃고 장난을 친다…….

배가 점점 기울고, 학생들은 당황한다. 구조를 기다리며 친구, 부모님에게 문자를 보내거나 자기들의 상황을 영상으로 찍기도 한다……. "내가 왜 수학여행을 와서, 나는 꿈이 있는데, 나는 살고 싶은데, 나 울 것 같은데. 나 무섭다고……. 욕도 나오는데, 어른들한테 보여줄 거라 욕도 못 하고 진짜 무섭고 숨이 턱 끝까지 차오르는데, 난 살고 싶습니다. 나는 하고 싶은 게 많은데……."

5백여 명이 탄 배가 넘어가는데, 해경은 최초 단 한 척의 소형선만 출동시킨다. 9시 38분, 해경은 대기 중인 선장과 선원만을 구출하고, 승객에 대해선 묻지 않았다…….

학생들은 헬기 소리를 들으며 곧 구조될 거라고 희망을 품었다. 물이 차오르자 학생들은 죽기 살기로 탈출을 시도한다. 선실은 이미 기어오를 수 없을 정도로 기울었다. 어떤 학생은 무너지는 캐비닛에 깔렸다. 어떤 학생은 잠수해서 출구를 찾았다. "빨리 나가라고 방송만 했어도 대부분 살았을 겁니다……."

10시 17분, 세월호에서 학생의 마지막 문자가 발송된다. "기다리래."

10시 25분, 선수만 남기고 배는 완전히 침몰한다. 최초 신고로부터 90분 동안 해경은 배 안의 사람을 '단 한 사람도' 구해내지 못했다…….

출구를 나서기 전, 그는 잠시 돌아서서 어슴푸레한 분향소 내부를 둘러보았다. 까마득한 높이에 걸린 반투명 천장의 자연 채광창으로부터 흐린 빛이 스며들고 있었다. 추모객이라곤 10여 명뿐, 넓은 분향소 안이 더없이 크고 횅댕그렁해 보였다. 실내는 희붐한 빛과 짙은 향 내음이 뒤섞여 운무처럼 감돌고 있었다. 무거운 정적이 가라앉은 분향소 한가운데서, 그는 문득 어떤 기시감에 흠칫 몸을 떨었다. 그곳은 까마득히 물밑에 가라앉아 있는 거대한 여객선 내부였다. 이 순간 그는 함께 있었다. 수백 명의 아이들과 함께. 그리고 객실과 식당, 복도와 휴게실, 화장실과 함께. 그는 조용히 출구를 빠져나왔다. 까르르르. 한순간 그는 멈칫했다. 등 뒤에서 뭔지 희미한 소리가 들려오고 있었다. 장난기 섞인 여럿의 웃음소리. 하나같이 맑고 둥글고 투명한 웃음소리였다.

절룩이는 걸음으로 광장을 나서려는데, 난데없이 허공에서 물방울 하나가 정수리에 툭 하고 떨어졌다. 올려다보니, 물 먹은 담요처럼 하늘은 습기로 한껏 팽창해 있었다. 그는 광장 초입의 나무 벤치에 불편한 몸을 주저앉혔다. 벚나무 한 그루가 머리 위로 길게 가지를 드리웠다. 그새 가을이 지나가고 있었다. 가지마다 듬성한 잎들은 때깔이 바래 있었다. 근래 조성된 공원인 듯, 나무들은 다들 키가 작았다. 끔찍한 가려움증이 또 고개를 쳐들었다. 한사코 긁지 않으려고, 그는 기도하듯 양손을 모아 쥔 채 몸을 떨었다. 용케 증세는 다소 누그러졌으나, 온몸에서 힘이 쭉 빠져나갔다. 그는 가방을 베개 삼아 벤치 위에 모로 웅크려 누웠다.

홀연 그의 눈앞에 깊고 검은 구멍 하나가 눈앞에 떠올랐다. 고향 마을의 우물이었다. 사내아이 하나가 고개를 꺾고 까마득 깊은 우물 속을 들여다보고 있었다. 아무도 없는 가을 한낮이었다. 엄마……. 아이는 작은 소리로 불러보았다. 검은 우물이 금방 되받아서 엄마, 하고 대답했다. 엄마. 그것은 아이에겐 애초부터 존재하지 않는 의미와 감정의 이름이었다. 아니, 우주의 모든 감정과 의미가 담긴 유일한 이름이었다.

엄마, 나 없으면 어떡해요. 그게 무슨 소리야? 엄마, 배가 미쳤나 봐. 물이 들어오고, 컨테이너도 막 떨어지고……. 불안하게 흔들리는 동영상 화면 속에서 남학생 아이들이 키득거리고 있었다. 야, 너 지금 방송 못 들었어? 구명복 입으랜다. 햐, 신난다. 근데 나는 없는데? 내 거, 니가 입어라. 그럼 넌? 뭐, 하나 가져와야지…….

머리 위로 땡볕이 쏟아지는 한낮. 대숲 속 검은 바위 밑에 엎드려, 한 아이가 잡목과 풀 더미에 얼굴을 묻은 채 땅 밑 구덩이 속을 들여다보고 있었다. 결혼한 지 1년도 안 된 새신랑. 몽둥이 패에 끌려가 수중고혼이 된 그 젊은 사내가 최후로 숨어 있었다는 자리. 어쨰선지 아이는 얼굴조차 본 적 없는 그 새신랑이 자신의 진짜 아비였더라면, 하고 내심 바란 적이 많았었다.

말할 시간이 없을지 몰라서 문자 적어놓을게. 사랑해요 엄마. 사랑해 아빠. 그런데 내 동생은 이제 누가 자전거 태워주지?

그런데…… 그날 그 뒤란 대밭의 검은 구멍 속에서 아이는 무엇을 보았던 것일까. 피 묻은 쇠갈고리를 움켜쥔 사내. 해류를 따라 소리 없이 무리지어 떠다니는 시신들. 수면 위에 해파리처럼 풀어져 너울거리는 여자들의 치렁한 머리채……. 야, 개새끼야. 핀 뽑아! 던지란 말이얏! 콰쾅! 엄청난 폭음과 함께 느닷없이 그의 얼굴 위로 뭔가가 우수수 쏟아져 내렸다.

그는 소스라치며 눈을 떴다. 나뭇잎이었다. 머리 위 벚나무가 바람결에 마른 잎을 털어내고 있었다. 어, 그런데 얘는 또 누구지? 모로 누운 채로 그는 엉거주춤 고개를 들었다. 웬 사내아이 하나가 눈앞에 서 있었다. 대여섯 살짜리였다. 마른버짐 핀 누런 얼굴. 박박 깎은 머리통이며 추레한 입성. 엄지손가락을 입에 넣고 빨면서 이쪽을 빤히 올려다보는 아이의 모습이 어딘지 낯익었다. 그랬다. 바로 어린 시절 그 자신의 모습이었다. 깜짝 놀라 그는 후다닥 일어나 앉았다. 아이는 감쪽같이 사라지고 없었다.

애초엔 4호선 전철로 서울역까지 갈 생각이었다. 그러나 열차가 인덕원에 접근할 즈음, 그는 이날 아침 눈을 떴을 때의 그 특별한 예감을 문득 떠올렸다. 바로 다음이 정부과천청사역이었다. 지금까진 번번이 헛걸음을 했지만, 어쩌면 오늘은 그자가 거기에 나와 있을지도 모른다. 그는 서둘러 가방을 어깨에 메고 전철을 빠져나왔다. 이따금씩 시청이나 정부청사 정문 앞에 출현해 저 혼자 기이한 사열식을 벌인다는, 그 정체불명 늙은이의 소문을 우연히 알게 된 건 한 달 전이었다. 그는 단번에 그자가 갈고리라는 확신을 하고서 그동안 이곳을 서너 차례 찾아왔던 것이다.

그는 청사 입구로 나가는 8번 출구 계단을 힘겹게 오르기 시작했다. 출구를 나와 50미터가량 곧장 직진하면 정부청사 정문이었다. 출구 마지막 계단을 막 올라섰을 때, 그는 눈을 크게 떴다. 저만치 인도 중앙에서, 한 남자가 정문을 향하고 부동자세로 버티고 서 있었다. 그자다! 마침내 찾아냈어! 그는 신음처럼 낮게 부르짖었다. 아직도 성성한 백발, 허리를 곧추 세운 부동자세, 두툼한 국방색 야전 점퍼. 등을 돌리고 있었지만, 분명 그자였다. 손을 넣어 가방 안의 칼을 재차 확인한 다음, 그는 잠시 심호흡을 했다. 서두를 필요는 없다. 은밀히 뒤를 밟으면 기회가 올 터였다. 그는 지하도 입구 난간에 기대어 서서 한동안 사내를 주시했다.

"열중쉬어엇!"

부동자세로 꼿꼿이 서 있는 사내의 입에서 느닷없이 구령 소리가 터져 나왔다. 건너편 인도에서 짝을 지어 순찰을 돌던 의경들이 돌아다보며 킥킥 웃었다. 대대, 차려엇! 또 한 차례 구령이 흘러나왔다. 목청이 놀랍도록 크고 우렁찼다. 그는 천천히 다리를 끌며 사내 옆으로 다가갔다. 사내는 몸을 꼿꼿이 세운 채로 그를 곁눈질로 힐금 쳐다보았다. 한쪽 가슴엔 장난감 같은 훈장이 주렁주렁 매달려 있었다. 순간 그는 온몸의 맥이 풀렸다. 그자, 갈고리가 아니었다. 그러고 보니, 큰 키에 체격이 훨씬 건장했다. 부리부리한 눈, 사무라이처럼 치켜 올라간 눈꼬리, 걸걸한 목청…… 그런데, 어딘가 눈에 익었다.

"이봐. 귀관들은 누군가? 관등성명을 대라구."

노인이 물었지만, 그는 잠자코 뒤돌아 걷기 시작했다. 국기에 대해 경례엣! 또 등 뒤에서 힘찬 구령이 터져 나왔다. 중대장이었다. 불같이 급하고 포악한 성격 때문에 사병들이 미친개라는 별명을 붙여주었던 사내. 대령까지 진급했으나 무슨 뇌물인가를 잘못 먹고 결국 옷을 벗었다는 얘기를 들려준 사람은 고깃배에서 만난 동기였을 것이다.

그는 다시 승강장으로 걸어 내려왔다. 평소에도 그다지 붐비지 않는 역이었다. 그는 승강장 맨 앞쪽까지 걸어가 의자에 걸터앉았다. 바로 눈앞에서 터널이 검은 아가리를 커다랗게 벌린 채 버티고 선 지점이었다. 그는 기도하듯 양손을 가슴에 모으고 조용히 두 눈을 감았다. 눈앞에 무엇인가 불쑥 떠올랐다. 아이들이 매달려 있었다. 아이들이 창틀에 매달려 있었다. 까마득히 물구나무를 선 객실 안에서 아이들의 손가락이, 수백 수천 개의 흰 손가락들이 창틀마다 필사적으로 매달려 있었다……. 열차가 도착했다가 곧 떠났다. 그는 움직이지 않았다. 두 번째 열차도 그냥 보냈다. 세 번째 열차가 멎었을 때도 역시 그대로였다.

다시 네 번째 열차가 오기 전까지, 그는 여전히 눈을 감고 그대로 앉아 있었다. 그 길지 않은 사이에, 그는 자신의 전 생애의 시간이 강물처럼 아득히 흘러가는 광경을 오롯이 지켜보았다. 불현듯 몸 안에 차 있던 모든 것들이 일시에 썰물처럼 쫙 빠져나가고, 그 자리에 텅 빈 개펄이 끝도 가도 없이 펼쳐지는 느낌이었다. 투툭, 투툭…… 그는 지금 그 텅 빈 개펄 위에 서서 자신의 심장 소리를 듣고 있었다. 그것이 아직도 살아 뛰고 있다는 사실이 놀랍고 경이로웠다. 그 긴 시간을, 그토록 끔찍한 굴욕을, 아직도 이렇게 견디고 있다니! 승객 여러분, 열차가 들어오고 있습니다. 그는 조용히 눈을 떴다. 눈앞에 터널의 거대한 아가리가 버티고 서 있었다.

내가 왜, 여기 있지? 나는…… 살아 있는 건가. 아니면, 그저 환각일 뿐인 것을…… 헛것을 보고 있는 건가……. 순간, 그는 자리에서 벌떡 일어섰다. 터널 속, 검은 구멍 속에서 누군가 그를 줄곧 지켜보고 있었다. 마침내 터널 속에서 거대한 그림자가 불쑥 모습을 드러냈다. 그놈이었다. 전신을 뒤덮은 새까만 털, 불덩이 같은 새빨간 눈알, 나팔 모양의 귀, 늑대의 이빨, 옆으로 죽 찢어진 입…… 아아, 놀랍게도 놈은 완전한 인간의 얼굴을 하고 있었다. *끄끄끄*, *끌끌끌끌*. 뱀처럼 길고 시뻘건 혓바닥을 널름거리며 놈이 그를 손짓해 부르고 있었다. 그는 칼을 힘껏 움켜쥐었다. 그리고 으아아, 미친 듯 고함을 지르며 놈을 향해 튀어 나갔다.

홍혜원 충남대학교 국어국문학과 교수

애도의 윤리성

'죽음'은 세상의 모든 사람에게 가장 공평한 삶의 종식이지만 동시에 가능한 한 지연시키고 회피하고픈 것이기도 하다. 나이 들어 늙고 쇠약해지면서 자연스런 귀결로 다가오는 죽음이 아닌, 돌발적 사건으로 우리에게 다가오는 죽음은 쉽게 치유되지 않는 상흔으로 남게 마련이다. 더군다나 국가권력이나 정치 논리 또 자본의 논리와 결합한 인간의 이기심에 기원하여 타자에게 폭력적으로 가해지는 죽음은 우리에게 감당할 수 없는 충격과 좌절을 준다. 온 국민을 '우울증적 주체'로 만들어버린 세월호가 그러하다. 인간이 인간 혹은 국가에 대해 가지는 기본적인 신뢰를 모두 잃어버렸기에 그 충격파는 우리의 온몸을 압도하였고 상흔은 심장의 가장 깊숙한 곳에 뿌리박혔다. 이 죽음의 사건에 문학은 어떠한 방식으로 대처할 수 있을까?

임철우의 「연대기, 괴물」은 그에 대한 문학적 응답이다. '60대 노숙자 지하철 투신자살'로 시작되는 이 소설은 주인공인 송진태의 일대기를 다루고 있다. 송진태는 남해안의 작은 섬 출신으로 한국전쟁 당시 어머니가 서북청년단원에게 겁탈당하면서 태어난 사생아다. 그를 키웠던 외조부모는 보도연맹 사건으로 외아들을 잃었고, 서북청년단의 난입으로 사위마저 죽임을 당하였으며, 딸은 사생아를 낳고는 섬을 영영 떠나버렸다. 그가 성장한 섬마을은 한국전쟁 때 좌우익 집단이 번갈아 침입하면서 집단 살육을 자행한 곳이다. 그로 인해 그는 어릴 때부터 전쟁과 관련된 끔찍한 체험과 기억을 반복적으로 들으면서 죽음에 둘러싸여 성장한다.

군에 입대한 후에는 베트남 파병 근무를 가게 되는데, 베트남에서 그는 또 다른 죽음에 직면한다. 이제 그는 가해자가 되어 적군뿐만 아니라 노인과 부녀자, 아이들을 닥치는 대로 죽이게 된 것이다. 죽음이 일상사가 되어 모든 인간 존재가 하찮은 파리 목숨으로 전락하는 경험을 거치면서 그는 신경불안증과 불면 증세에 시달리게 된다. 이렇게 정신이 파괴된 진태는 제대 이후 떠돌지 않으면 견디지 못하는 내면을 간직한 채 고깃배 선원으로 유랑 생활을 시작하지만, 끊임없이 불안한 상태에서 정상적 생활을 하지 못한다. 어느 날 군 입대 전 광주에서 그를 돌봐주던 양씨가 광주민주화운동으로 인해 머리를 다쳐 정신을 놓아버린 것을 보면서 결국 진태는 정신장애인 집단 수용 시설로 들어가 25년을 지내게 된다. 그러던 중 세월호 사건을 목도하면서 서울로 올라와 생부였던 서북청년단원 김종확을 죽이기 위해 그를 찾아 헤맨다. 마지막에 안산 분향소를 방문하였다가 환각 속에서 아이들과 함께 죽음을 경험하고 평생 그를 괴롭히던 '괴물'을 향해 지하철에 뛰어들어 생을 마감한다.

장편 『봄날』을 통해 광주민주화운동을 가장 성실히 기록했다는 평가를 받았던 작가 임철우의 예민한 시선은 「연대기, 괴물」에서 세월호 사건이 보여준 우리 사회의 치부와 상처를 에두르지 않고 정공법으로 형상화하였다. 또한 세월호 사건에만 머무르는 것이 아니라, '송진태'라는 한 인물을 통해 한국 현대사의 광기 어린 폭력적 사건을 연대기로 쭉 꿰어 한 편의 걸작을 만들어낸 것이다. 우리 현대사의 정치적 폭력과 대규모의 죽음을 반복적으로 목격한 한 인간이 자신의 존엄성을 지켜내면서 윤리적으로 대응하는 자세를 그려내고 있다는 점에서 이 작품의 가치는 충분하다. 더 나아가 이 작품에서 우리가 주목할 것은 죽음에 대한 인간의 대응 방식, 즉 '애도'의 문제다.

프로이트는『슬픔과 우울증』에서 사랑하는 대상을 상실한 인간이 보이는 두 가지의 반응 양상을 설명한다. 하나는 상실에 대하여 그것을 인정하고 슬픔의 감정을 느끼지만 결국 제자리로 돌아오는 애도(슬픔, Trauer)의 반응 양상이 있고, 다른 하나는 애도의 과정에서 부재하는 대상에 대한 상실감을 인정하지 못하고 슬픔을 자기에게로 되돌림으로써 죄의식을 느끼는 우울증(Melancholie)의 상태가 있다는 것이다. 프로이트는 전자를 정상적인 것으로 후자를 비정상적인 것으로 취급하여 자기 징벌, 자학 등의 제반 증상과 후자를 연결시킨다. 그러나 죄의식을 느끼는 것, 죽음에 대해 누군가를 원망하고 고통받으며 슬퍼하거나, 혹은 자기 파괴의 충동을 느끼는 것을 굳이 신경증의 증상으로 또 그것을 비정상이라고 보기에는 현대사회의 병리적 현상이 너무나도 일상화되어 있다. 나아가 슬픔의 감정을 경유하여 대상의 상실을 인정하고 이제 상실이 극복될 수 있다고 이야기하는 것은 대상에 대한 인간의 감정을 너무 단순화한 것이라 보인다. 또 잃어버린 대상을 '나'의 기억 혹은 추억으로 가두는 일은 어쩌면 대상의 '타자성'을 억압하는 것이 될 수도 있다. 그렇기에 데리다는 프로이트식 애도가 오히려 대상에 대한 배반이자 말살이기에 그보다는 애도에 실패하는 것, 그리하여 타자의 타자성을 유지하는 것이 상실에 대한 예의이자 윤리라고 보는 것이다.

그런 차원에서 이 작품의 주인공이 보이는 신경증적 증상과 자살은 애도의 윤리성을 복원한, 인간과 죽음에 대한 예의를 보여준 것이라 할 수 있다. 데리다가 주장한 '불가능한 애도' 혹은 프로이트가 지적한 애도의 실패 속에 등장하는 주체를 '우울증적 주체'라 칭한다면, 송진태는 출생과 더불어 '우울증적 주체'가 되었다고 볼 수 있다. 그에게는 부모가 없었으며 그는 다만 "그 악마 같은 놈의 씨앗"일 뿐이었다. 이미 상실로부터 출발했기에 그에게 애도는 애초에 불가능하다. 애도의 대상 자체가 없었던 것이다. 거기에다 조부모는 냉대를 하는 것도 아니고 애정을 주는 것도 아니지만 이따금 냉랭한 눈빛과 표정을 그에게 던진다. 그가 부모의 부재를 수용하는 것, 즉 애도 자체가 버거운 일인데 조부모의 "어둡고 꺼림칙한" 눈빛까지 더해져 그의 내면을 항상 불안하고 혼란스러울 수밖에 없었다.

그의 혼란은 환각으로 이어진다. 그를 평생 따라다닌 '환각 속의 괴물'이 등장하는 것이다. 그 첫 만남은 어머니의 첫 번째 남편이자 외조부의 사위였던 사람이 서북청년단을 피해 숨어들었던 외갓집 뒤란의 토굴에서이다. 그곳에서 그는 "붉은 발광체처럼 번들거리는 두 개의 눈알"로 괴물을 만난다. 이후 죽음과 관련된 사건이 등장할 때마다 괴물은 흉측한 모습으로 눈앞에 출현한다. 어른들로부터 들은 보도연맹 사건과 서북청년단의 살인 행각은 그에게 "피 묻은 쇠갈고리를 쥔 사내. 바다 위를 떠다니는 수많은 시체들. 수면 위에 해파리처럼 풀어져 너울거리는 여자들의 치렁한 머리채……"의 이미지로 꿈속에서 또 환각 속에서 반복적으로 등장한다. 이런 죽음을 맞닥뜨릴 때면 언제나 괴물이 급습하여 그를 공포에 몰아넣는다. 괴물은 그에게 무의식적 차원에서 억누른 죽음과 연관된 죄의식의 또 다른 상징인 것이다. 그렇기에 괴물은 베트남 전쟁에서 그가 살육을 저지르는 순간에 나타나기도 하고 또 세월호 사건 때 "거꾸로 처박힌 선체 주변의 수면 밑에서 거대한 검은 그림자"로 등장하기도 한다. "바로 그놈이었다. 공룡을 닮은 몸통, 뱀같이 긴 꼬리, 네 개의 거대한 다리를 가진 정체불명의 괴물. 그놈은 흐릿한 수면 밑에서 검은 지느러미를 부챗살처럼 펼친 채 뒤집힌 선체 주위를 유유히 헤엄치고 있었다." 이렇게 이해할 수도, 받아들일 수 없는 그래서 애도조차 진행할 수 없는 죽음에는 괴물이 등장하고 그때마다 그는 '깊은 잠'에 빠지곤 한다. '불면증'이 그에게 정상이라면 '깊은 잠'은 몸의 이상 반응이라 할 수 있다. 이는 죽음을 부정하고 현실로부터 스스로를 격리시키려는 무의식이 드러낸 증상인 것이다.

월남 파병 이후 진태는 각종 신경증과 환각, 환청 증세를 보이면서 유랑 생활을 시작하는데 특히 그는 끊임없이 죽음 충동에 시달린다. 그의 내면은 심각하게 파괴되어 그를 지옥으로 이끌었던 것이다. "잠시라도 틈새를 열어주면 수많은 시신들이 당장 눈앞을 까맣게 막아섰다. 밤낮없이 피와 비명, 총성과 폭음이 고막을 갉아먹었다."는 표현에서 알 수 있듯이 죽음이 항상적으로 그의 현재를 구성함으로써 진태의 자아는 빈곤해지고 스스로를 징벌하려는 '우울증적 주체'가 되는 것이다. 이러한 죽음 충동과 신경증적 양상은 베트남의 죽음 역시 그가 납득할 수 없는 그래서 애도가 불가능한 것이었기 때문이다. 비록 전쟁이라 하여도 "미친 듯 총을 난사" 하여 노인과 여자, 아이들까지 죽일 수밖에 없었던 경험은 그의 무의식에 깊은 죄책감으로 자리하고 이는 다시 괴물 이미지와 결합한다.

또한 베트남의 경험은, 서북청년단이 섬에 들어와 양민을 학살하던 사건과 비슷한 양상을 띠면서 진태와 친부의 이미지가 겹쳐진다. 세월호 사건 이후 방송에서 서북청년단 재건을 주장하는 사람들 중 친부를 직감적으로 알아본 그는 아버지를 죽이기 위해 기도원을 떠난다. 아버지를 죽이는 일은 곧 자신을 죽이는 일이요, 또 "평생 동안 그의 곁을 떠나지 않는 그 정체불명의 괴물"을 죽이는 작업이다.

이제 진태는 서울로 와서 칼을 사 들고 집회가 있는 곳을 떠돌며 서북청년단 재건에 나선 생부의 흔적을 본격적으로 찾아 헤맨다. 또 자주 안산의 세월호 임시 분향소를 찾아 아이들의 흔적을 읽고 그들의 고통을 같이 느낀다. 그곳에서 그는 "아이들과 같이 배 안에 있는" 기시감을 느끼는 것이다. 진태가 죽던 날, 분향소 앞에서 그는 고향 마을의 우물에서 "엄마"를 소리치는 소년을 보는 환각에 빠진다. "엄마"는 "애초부터 존재하지 않는 의미와 감정의 이름"이자, "우주의 모든 감정과 의미가 담긴 유일한 이름"이다. 그가 "엄마"를 부르는 행위는 존재하지 않았던 어머니를 복원하는 것이면서 동시에 어머니와 동일시를 이루었던 오이디푸스기 이전 시기로 되돌아가는 것을 의미한다. 어머니와 합체되어 있기에 애도가 필요 없는 순간이다. 이렇게 "엄마"를 부르는 소년의 형상 위로 또 다른 "엄마"를 부르는 세월호 아이들의 마지막 순간이 겹쳐진다.

그리고 그는 지하철역에서 검은 터널 속으로 내달리는 괴물을 다시 만난다.

> 터널 속, 검은 구멍 속에서 누군가 그를 줄곧 지켜보고 있었다. 마침내 터널 속에서 거대한 그림자가 불쑥 모습을 드러냈다. 그놈이었다. 전신을 뒤덮은 새까만 털, 불덩이 같은 새빨간 눈알, 나팔 모양의 귀, 늑대의 이빨, 옆으로 죽 찢어진 입…… 아아, 놀랍게도 놈은 완전한 인간의 얼굴을 하고 있었다. *끄끄끄, 끌끌끌끌.* 뱀처럼 길고 시뻘건 혓바닥을 널름거리며 놈이 그를 손짓해 부르고 있었다. 그는 칼을 힘껏 움켜쥐었다. 그리고 으아아, 미친 듯 고함을 지르며 놈을 향해 튀어 나갔다. (283쪽)

이렇게 그의 일생에서 반복적으로 등장한 괴물이 마지막 죽음의 순간에 다시 출몰한다. 혹은 괴물의 등장이 그를 죽음으로 이끈 것이라 할 수도 있다. 죽음을 둘러싼 죄책감이 무의식의 그림자로 남아 괴물의 형상으로 나타난 것이라면 그와 괴물은 짝패(double)라 할 수 있겠다.

송진태는 그 숱한 죽음 앞에서 결코 애도할 수 없었다. 애도하는 일은 대상과의 분리를 인정하고 다른 대상을 향해 나아가는 것이지만, 그는 죽음 앞에서 대상과의 분리를 거부한다. 오히려 슬픔과 분노와 좌절을 자아와 합치시킴으로써 스스로를 고통의 현현(顯現)으로 만들었던 것이다. 그의 죽음은 애도의 성공적 실패를 알리며, 동시에 애도의 윤리에 대해 다시 한번 생각하게 한다.

분리를 지향한 애도가 불가능하다면 과연 우리가 할 수 있는 일은 무엇인가? 이제는 타자들의 타자성을 인정하는 것, 그리고 타자의 목소리로 말하는 일이 남겨진다. 임철우는 어느 문학잡지의 5 · 18 관련 대담에서『봄날』은 "그들이 하고 싶었던 말을 듣고 전하는 행위"였다며, 산자와 죽은 자는 따로 있는 게 아니라 자신과 함께 이 시간을 살아가는 존재이기에 허구를 통해 산 자와 죽은 자의 경계를 풀어내고자 하였다고 언급하였다. 소설가가 죽은 자의 말을 대신 전하는 행위는 타자의 타자성을 인정하고 그들의 목소리를 들려주는 하나의 방법이 된다.『봄날』이 죽은 친구에 대한 죄책감에서 씌어졌다면「연대기, 괴물」은 어느 봄날 수장된 어린 소년, 소녀들에 대한 죄책감에서 씌어진 것이라 할 수 있다. 우리의 시간을 같이 살고 있는 '죽은 자'의 말하기로 작가 역시 송진태와 함께 애도의 윤리성을 복원하고자 한 것이다.

사물과의 작별

조해진

—

2004년 『문예중앙』으로 등단. 단편집 『천사들의 도시』 『목요일에 만나요』.
장편소설 『한없이 멋진 꿈에』 『로기완을 만났다』 『아무도 보지 못한 숲』 『여름을 지나가다』.
신동엽문학상, 젊은작가상 수상.

사물과의 작별

내가 일하고 있는 지하철 역사 귀퉁이의 유실물 센터가 세계를 구성하는 하나의 표준적인 조각 같다는 생각이 들 때가 있다. 세계는 유실물 센터와 유사한 조각들로 끝없이 이어져 있는, 무한히 크지만 시시한 퀼트 같은 것에 지나지 않는다고 여겨지는 것이다. 엄청난 오지가 아닌 이상 세계의 어디를 가도 그곳엔 지갑과 안경과 책이 있을 것이다. 휴대전화와 디지털카메라, 노트북 같은 전자 제품도 없는 곳보다는 있는 곳이 더 많을 터다. 내가 여행을 싫어하고 가능하면 생활권 안에서만 움직이려 하는 것도 세계란 사물들의 총합에 지나지 않다는 오래된 믿음 때문인지 모르겠다. 낯선 도시의 호텔 욕실에도 알루미늄 재질의 휴지걸이와 플라스틱으로 만들어진 비누대가 있을 테니 말이다. 내가 고모에게 이런 생각을 밝혔을 때, 고모는 심드렁한 목소리로 대꾸했다.

—게으른 성격이란 걸 참 복잡하게도 설명하는구나.

고모가 요양원 생활을 시작하고 두 달 정도가 지났을 무렵이었다. 그날 고모와 나는 요양원 휴게실에 나란히 앉아 저녁까지 긴 이야기를 나눴다. 대부분 서 군에 관한 것이었는데, 내게는 고모가 아프고 나서야 알게 된 서 군의 존재보다 예전과 똑같이 말하고 웃고 반응하는 고모의 모습이 더 인상적이었다. 아무리 봐도 고모는 환자 같지 않았다. 하나같이 어눌한 말투에 혼자서는 제대로 걷지도 못하던 요양원의 노인 환자들과는 전혀 다른 종류의 사람 같기만 했다.

가벼운 두통일 거라 생각하고 병원을 찾아갔다가 알츠하이머 초기 진단을 받은 고모는 바로 그다음 날부터 주변을 정리하기 시작했다. 30년 넘게 교사로 근속한 학교에 사직서를 냈고 아파트를 정리했으며 예금과 각종 연금으로 죽을 때까지 요양원 비용이 해결되도록 조치를 취해놓았다. 가구와 가전제품, 옷과 책은 대부분 기증하거나 처분했고 애지중지 키우던 고양이 두 마리는 동네 동물병원에 맡겼다. 부족함 없이 먹이되 두 놈 중 한 놈이라도 병이 들거나 먼저 가게 되면 안락사를 시켜달라며 거금을 내놓자, 동물병원 측은 흔쾌히 고모의 제안을 받아들였다고 한다. 이미 고양이의 평균 수명에 근접한 늙은 고양이들이었다.

고모는 요양원으로 떠나기 바로 전날에야 시내의 고급 레스토랑에 형제들과 형제들의 가족들을 불러놓고 그 사실을 밝혔다. 왁자지껄한 식사를 마친 뒤 후식으로 나온 과일 전병을 먹고 있을 때였다. 레스토랑엔 일순간 정적이 흘렀다. 알츠하이머는 진행만 될 뿐 근본적인 치료가 불가능한 퇴행성 질환이라고 고모는 덤덤히 설명했지만, 요양원을 남은 삶의 거주지로 삼겠다는 고모의 선택은 그 병명만큼이나 모두에게 충격을 주었다. 고모는 그때 고작 예순 살이었던 것이다. 마침내 작은고모가 울먹이기 시작했고, 나의 아버지는 충혈된 눈으로 고모를 노려보다가 그러게 왜 시집을 안 가서 가족 하나 없이 요양원에서 말년을 보내느냐며 언성 높여 윽박지른 뒤 레스토랑을 뛰쳐나갔다. 고모를 보살펴주겠다고 나서는 이는 없었다. 작은고모의 흐느낌만 깃든 어색한 침묵 속에서 고모는 입을 꾹 다문 채 두 손으로 보듬고 있던 찻잔만 하염없이 내려다봤다. 찻잔에 투영된 조명이 고모의 얼굴을 투명하게 음각하고 있었다. 그날 저녁, 레스토랑엔 손님이 들지 않았다. 나중에야 나는 고모가 그 레스토랑을 통째로 빌렸다는 걸 알게 됐다. 고모는 그 저녁 식사를 기억이 유효하고 의식이 선명한 시절의 마지막 만찬이라 생각하고 생에서 가장 큰 사치를 부렸던 것이다.

그게 벌써 5년 전의 일이다.

5년 동안, 고모는 급속도로 늙고 병들었다. 고모의 몸을 장악한 병은 인색한 신전(神殿)에서 보내온 신탁 같기만 해서 관용 따위는 베풀지 않았다. 저기, 간호사의 부축을 받으며 휴게실로 들어오는 고모는 이제 내가 이곳 요양원에서 처음 마주쳤던 그 수많은 노인들과 구분되지 않는 모습이었다. 온몸은 깡마르면서 미묘하게 안으로 말렸고 움직임은 둔해졌으며 표정은 없었다. 의자에서 일어나 간호사가 건네는 접이식 휠체어와 하루분의 약과 기저귀 등이 담긴 천 가방을 받고 있는데, 어느새 곁으로 다가온 고모가 내 어깨를 쓸어주며 반갑다는 표현을 해왔다. 단박에 나를 알아보지 못하고 한동안 초점 없는 시선으로 주위를 두리번거렸던 지난번과는 달랐다. 그러고 보니 고모는 연하게 화장도 한 상태였다. 그제야 나는 고모가 6개월 전 나와의 약속을 기억하고 있었다는 걸 깨달았다. 낡은 전등이 아주 가끔씩만 켜지는, 어딘가에서 끊임없이 삐걱거리는 소음이 나고 기억의 상자들이 엎힌 선반들이 대부분 붕괴된 고모의 폐허 같은 머릿속에서 내 약속의 말은 기적적으로 온전했다.

*

6개월 전 고모에게 나는, 다음번엔 외출 허가를 받아 청계천을 둘러본 뒤 서 군을 만나러 가자고 말했었다. 유난히 우울해 보이는 얼굴이 마음에 걸려 얼결에 나온 말이었는데, 고모는 순간적으로 환하게 웃으며 나를 향해 크게 고개를 끄덕였다. 고모가 오랜만에 웃었으므로 나는 내가 내뱉은 말을 고아처럼 버려둘 수가 없었다.

청계천은 고모가 중학교 시절부터 대학을 졸업할 때까지 가족과 함께 산 곳이다. 그 무렵의 청계천은 더러운 하천과 판잣집, 헌책방과 고물상, 수많은 영세 공장들과 간판도 따로 없는 남루한 상점들로 채워져 있었다. 나의 친할아버지, 그러니까 고모의 아버지가 고향의 땅을 팔아 상경하여 청계천 근처 평화시장 골목에 레코드 상점을 연 건 1960년대 중반이었다. 정식 레코드는 진열대에만 있을 뿐, 상점 안에는 미군 부대에서 밀반출된 레코드를 불법으로 복제한 일명 빽판들이 쌓여 있었지만, 그래도 외관만큼은 보기 드물게 번듯했다고 들었다. 할머니는 하고많은 장사 중에서 먹고사는 것과 아무런 관련이 없어 보이는 레코드 장사를 하겠다는 할아버지를 이해하지 못해서 몇 달을 앓아누웠다. 땀 흘려 일하는 것을 병적으로 싫어하던 할아버지를 믿지 못했던 것이다. 하지만 그 레코드 상점—맏딸의 이름을 딴 태영음반사는 할머니의 우려와 달리 성공적으로 운영됐고 다섯 가족의 생계를 넉넉하게 책임져주었다. 레코드가 음악을 들을 수 있는 거의 유일한 수단이던 시절이었고, 전축이 부의 상징으로 부각되던 때였다. 내가 태어나기 직전까지, 그러니까 할아버지가 청계천 8가의 아파트로 이사 간 첫날 술에 취해 난간에서 실족사하기 전까지, 태영음반사는 서울의 돈 많은 한량들을 끌어모으는 유명 상점이었다.

고모가 서 군을 만난 곳도 태영음반사였다.

서 군, 고모는 그를 그렇게 불렀다. 자신보다 여섯 살이나 연상인 사람에게 군(君)이라는 호칭을 쓴 건 애정의 표현이었을 것이다. '서 군'은 누구누구 씨나 선배님 같은 호칭보다는 확실히 애틋한 데가 있었다. 그렇다고 고모가 주변 사람들에게 서 군과 관련된 이야기를 아무렇지도 않게 하고 다닌 것 같진 않다. 나의 아버지나 작은고모도 서 군을 전혀 모르는 눈치였다. 내가 그에 대해 좀 더 알게 된 건, 10여 년 전에 국내에서 출간된 그의 에세이를 통해서였다.

서 군이 한국에 온 건 1971년이었다. 그때 서 군은 지쳐 있었다. 재일조선인이었던 그에게 국적은 무력하게 당하기만 해야 하는 폭력이자 치유가 불가능한 상처였다. 폭력도 상처도 없는 고국을 막연히 동경해오던 서 군은 대학을 졸업하자마자 서울의 K대학에서 석사과정을 밟기 위해 유학을 왔다. 그러나 고국에는 또 다른 고통이 그를 기다리고 있었다. 학자가 되고 싶었던 서 군은 그 어떤 학생 조직에도 몸담지 않은 채 깨어 있는 시간의 대부분을 강의실과 도서관에서만 보냈지만, 시위와 휴교가 반복되던 고국의 교정에서는 책을 읽는 것 자체가 거대한 부채감으로 연결됐다. 자고 일어나면 알고 지내던 학생 중 누군가가 잡혀갔다는 소식이 들려왔고 교수들은 반 이상 비어 있는 강의실을 침울한 얼굴로 둘러보곤 했다.

늦은 봄이었다. 서 군은 전공 과목이 휴강되면서 무작정 학교를 나와 걷다가 자연스럽게 청계천으로 발길을 돌리게 됐다. 한 노동자의 분신자살 이후, 청계천은 그 당시 학생들 사이에선 언제나 화제의 중심에 있던 공간이었다. 청계천에서 그의 시선을 가장 처음으로 잡아끈 것은 다리 밑 오물 위로 등을 보인 채 떠 있는 젊은 남자의 시체였다. 시체는 모든 살아 있는 인간에게 불안과 공포를 안길 수밖에 없다. 인간의 몸이란 체온이 없으면 냄새를 풍기며 썩어가는 고깃덩어리에 불과하다는 걸 일깨워주는 물리적인 슬픔의 증표, 시체는 그런 것이다. 서 군은 천변에 앉아 끊임없이 자신의 죽음으로 환원되는 그 시체를 깨진 거울 보듯 들여다봤다. 몇몇 사람들이 몰려와 다리 밑을 가리키며 쑤군대긴 했지만 비명을 내지르거나 울음을 터뜨리는 이는 없었다. 얼마나 시간이 흘렀던가. 공무원으로 보이는 두 명의 사내가 긴 막대기로 시체를 개천에서 끄집어내더니 리어카에 실었다. 그제야 서 군은 정신을 차리고 사내들에게 다가가 시체를 어디로 가져가느냐고 물었다. 사내들은 그걸 왜 알려 하느냐며 적대적으로 되물었고, 서 군은 지갑에서 현금을 몽땅 꺼내 그들의 손에 쥐여주며 화장이라도 제대로 해달라고 부탁했다. 사내들은 서 군에게서 받은 돈을 뒷주머니에 구겨 넣고는 무성의하게 고개를 끄덕인 뒤 리어카를 끌고 어딘가로 떠나갔다. 훗날 서 군은 에세이에 썼다. 고문받고 투옥되고 수감 생활을 하던 중에도 세계 한복판에 내던져져 있던 그 시체를 생각하면 두려움이 사라졌다고, 언젠가 나 역시 그 어떤 가면이나 장식 없이 누군가에게 시체로 발견될 테니, 설계된 기능에 문제가 생기면 쓰레기통에 버려진 뒤 매립되거나 소각되는 하나의 사물처럼…….

서 군이 다시 청계천 거리를 걷기 시작한 건 거리에 어둠이 내릴 무렵이었다. 목적지가 없던 서 군의 걸음이 멈춘 곳이 태영음반사 앞이었다. 그때껏 서 군은 음악이 그토록 절대적인 힘을 발휘할 수 있다는 걸 한 번도 체감한 적이 없었다. 넋이 나간 채 닐 세다카에서 사이먼 앤 가펑클로 이어지는 선율을 듣고 있는데 상점 안에서 거즈로 레코드를 닦고 있던 교복 차림의 여고생이 고개를 들어 서 군 쪽을 바라봤다. 한순간이었어. 5년 전에 고모는 그렇게 말했다. 첫사랑이라는 화제는 장난처럼 시작됐지만, 그날 고모는 내내 진지했고 조금은 절박해 보이기까지 했다. 서 군을 처음 만난 날부터 그의 원고와 관련된 사건들, 대전교도소 앞까지 갔다가 되돌아온 일과 오랜 시간 후에 거짓말처럼 걸려왔던 한 통의 전화까지, 고모는 마치 훼손되어가는 기억을 안전한 시험관에 담아 보관하고 싶다는 듯 서 군과 있었던 모든 일들을 쉬지 않고 내게 쏟아냈다. 믿어지니? 긴 이야기의 끝에서 고모가 나른한 목소리로 물었다. 이렇게나 늙고 병들었는데도, 아침에 눈을 뜨면 내가 있는 곳은 여전히 그 봄밤의 태영음반사야.

늦은 점심을 먹고 휴대전화의 구글 지도를 따라 태영음반사가 있던 자리를 찾아가니 프랜차이즈 커피숍이 나왔다. 야외 테라스까지 손님들로 꽉 찬 3층짜리 커피숍은 다른 세계로 떠나기 위해 탑승 수속을 모두 마친 거대한 유람선 같았다. 근데…… 고모가 휠체어에서 일어나 내 소매를 슬쩍 잡아끌며 아주 작은 목소리로 물었다.

—근데, 여기가 어디예요, 오빠?

고모의 머릿속 전등이 꺼졌다. 난데없이 나의 누이가 되어버린 고모는 거의 울 것 같은 얼굴로 나를 건너다봤고, 나는 이곳이 태영음반사가 있던 자리란 걸 밝혀야 할지 말아야 할지 알 수 없어 머뭇거렸다. 사라졌으므로 부재하지만 기억하기에 현전하는 그 투명한 테두리의 공간 바깥으로는 바람이 일었다. 조각과 조각으로 잇대어진 세계의 표면을 훑으며 부지런히 가을의 끝에 도달한 바람은 건조했다. 어느 순간부터 불결한 냄새가 그 건조한 바람을 타고 내 쪽으로 실려 왔다. 요양원 간호사에게서 이런 일이 분명 일어날 거라고 여러 번 경고를 들었는데도 나는 당황했다. 일단 화장실로 가야 했다. 나는 고모를 다시 휠체어에 태운 뒤 지하철역을 향해 있는 힘껏 밀기 시작했다. 휠체어에 속도가 붙자 고모는 불안하다는 듯 쉼 없이 주위를 두리번거렸지만 걸음을 늦출 수는 없었다. 고모는 지금 벌거벗겨진 상태와 다를 바 없었다.

지하철역의 여자 화장실 앞에서, 그러나 나는 더 이상 어디로도 가지 못하고 갈팡질팡했다. 여자들만 오가는 화장실 입구와 고모를 번갈아 보며 어머니라도 불러야 하는 걸까, 고민하고 있는데 고모가 내 쪽을 돌아보며 태평한 목소리로 물었다.

—너, 환이 아니니?

전등이 켜졌다. 나는 그 전등이 꺼질세라 재빨리 고개를 끄덕였다.

—어머, 이런…….

금세 상황을 파악했는지 고모가 그렇게 말하며 얼굴을 붉혔다. 조심스럽게 휠체어에서 일어난 고모는 내 손에 들려 있던 천 가방을 낚아채듯 가져가더니 화장실 쪽으로 뒤뚱거리며 걸어갔다. 나는 고모의 뒷모습을 건너다보며 주머니 안의 담뱃갑만 손끝으로 매만졌다. 끊임없이 서 군을 이야기하던 5년 전의 고모에게 간절하게 묻고 싶은 심정이었다. 미래의 태영이 서 군을 만나는 것을 허락하겠느냐고, 내가 지금 상상하는 것, 배설물의 냄새가 밴 병든 자신을 서 군 앞으로 데려간 조카에게 절대로 용서하지 않겠다고 울부짖는 모습은 과도한 걱정에서 빚어진 허상인 게 맞느냐고……. 그러나 허락과 용서의 여부를 판단할 수 있는 고모는 폐쇄된 과거

속에만 있을 뿐, 지금 이 지하철역 화장실 앞엔 존재하지 않았다.

*

특별한 사람과 관련된 일련의 기억은 연극과도 같아서 기억 속 장면들은 실제와는 다소 차이가 나는 인위적인 무대에서 연출될 때가 많다. 기억의 주체는 감정적으로 과잉되어 있기 마련이고, 때로는 사소해 보이는 소품 하나가 되돌릴 수 없는 비극을 불러오기도 한다. 서 군에게 할당된 고모의 기억 속에선 일본어로 씌어진 원고 뭉치가 그 문제의 소품일지도 모르겠다. 막이 내릴 때까지 무대 한가운데서 스포트라이트를 받는, 서 군을 향한 고모의 모든 회한과 정념이 수렴되는 단 하나의 사물…….

그 늦은 봄날 이후, 서 군은 종종 청계천을 찾았고 산책을 끝내고 나면 태영음반사에 들러 음악을 들으며 레코드를 구경했다. 서 군이 태영음반사에 갈 때마다 고모가 있었던 건 아닐 것이다. 그러나 그들은 제법 자주 마주쳤고 대화를 나누게 되었으며 조금이나마 서로에 대해 알아갈 수 있었다. 밖에서 따로 만나 청계천을 걷다가 황학동 노천 식당에 마주 앉아 국수를 먹은 일요일 오후도 있었다. 단 한 번의 데이트였다.

서 군의 에세이에는 그 시절 자신의 발길을 청계천으로 이끈 건 풍경이었다고 적혀 있었다. 빨랫줄에 걸린 한 가족의 남루한 옷들, 수치감 따위 모른다는 듯 가판대에 아무렇게나 펼쳐진 포르노 잡지, 약장수의 빤한 거짓말을 주의 깊게 듣고 있는 행인들과 성인 남자의 머리통보다 몇 배나 큰 짐 꾸러미를 불가해한 힘으로 이고 가는 여인들, 여공들의 핏기 없는 새파란 입술과 품안에 법전과 휘발유를 숨기고 있을 것만 같은 젊은 노동자의 잿빛 눈동자……. 커다란 주크박스인 듯 끊임없이 미국 팝송이 흘러나오던 태영음반사는 젊은 남자의 시체를 발견한 날을 기록한 페이지 외에는 더 이상 등장하지 않았다. 그럴 만했다. 서 군이 증언하고 싶었던 풍경은 가난과 피로의 청계천이었을 테니까, 고국을 떠난 뒤 한국 정부를 비판하는 기고문을 일본의 언론 매체에 지속적으로 발표한 건 훗날의 투옥과 상관없이 청계천을 산책하며 이미 결심했던 일이라고 그는 썼으므로…….

화장실을 나온 고모는 다시 휠체어에 올라탄 뒤에도 주눅 든 얼굴로 흘끗흘끗 내 쪽을 돌아봤다. 부끄러워하는 것도 같았고, 자신에게서 아직도 냄새가 나는지 알고 싶어하는 것도 같았다. 나는 고모가 좋아하는 유실물 센터 이야기를 꺼냈다. 유실물 센터에서 일한다는 건 시간을 견딘다는 의미라고, 사람들이 규칙적으로 소지품을 잃어버리는 건 아니니 어느 날은 한 건의 접수도 받지 않고 지나가기도 한다고, 그래서 종종 선반에 놓인 유실물을 가져와 꼼꼼히 살펴보곤 한다고, 재미있다고, 나는 고모 뒤편에서 휠체어를 밀며 짐짓 경쾌한 목소리로 떠들어댔다.

실제로 유실물에는 저마다 흔적이 있고, 그 흔적은 어떤 이야기로 들어가는 통로처럼 나를 유혹할 때가 많다. 다이어리나 카메라는 비교적 세밀하게 그 이야기가 기록된 경우이고 녹슨 반지, 굽이 닳은 구두 한 짝, 세탁소 라벨이 붙어 있는 비닐 안의 와이셔츠 같은 것은 어느 정도 상상력을 동원해야 완성되는 이야기를 갖고 있다. 엄밀히 말하면 그 이야기는 유실물을 사용한 누군가의 손때로 만들어진 것에 지나지 않지만, 그 누군가를 잃어버린 유실물은 선반의 고정된 자리에서 과거의 왕국을 홀로 지켜가는 것이다. 간혹 유실물에서 빛이 날 때가 있다. 1년 6개월이라는 보관 기간을 채우고도 찾아오는 이가 없어 처리되기 직전, 홀연히 나타났다가 한순간에 사라지는 빛이었다. 그때마다 나는, 한 개인에게 귀속되지 못하고 망각 속으로 침몰해야 하는 유실물이 세상에 보내오는 마지막 조난신호를 본 것 같은 상념에 빠져들곤 했다. 일종의 상실감이었다.

거기까지 말했을 때 고모의 뒷목이 가볍게 툭, 꺾였다. 잠이 든 모양이었다. 차를 주차해놓은 교보빌딩 지하에 도착하여 잠든 고모를 안아 조수석에 앉히는데, 등허리로 땀이 흘러내렸다. 고모는 잠결에 입술을 오물거리며 어깨를 안으로 옴츠렸고 그 모습이 내 눈에는 잠투정을 하는 아이처럼 보였다. 고모의 변해가는 모습이 내게 고통이었던가, 스스로에게 물어보았다. 최근 1, 2년 사이 요양원을 찾아가는 빈도가 뜸해진 진짜 이유는 연민이 아니라 공포였다는 걸 끝까지 모른 척할 수는 없었다. 고모의 현재에 나의 미래를 투영하는 것이 괴로웠고, 나 역시 언젠가는 노인들의 보편적인 얼굴로 소멸이란 이름의 롤러코스터에 탑승하게 되리란 예감이 무서웠다. 휠체어를 접어 트렁크에 넣은 뒤 운전석에 앉아 시동을 걸었다. 고모에게 지금 우리는 서 군을 만나러 가는 거라고 차근차근 설명해주고 싶었지만 고모는 쉽게 깨어날 것 같지 않았고, 나는 여전히 내가 옳은 선택을 한 건지 확신할 수 없었다.

*

그 일본어 원고 뭉치는 그해 겨울방학이 시작되기 직전 서 군이 태영음반사로 와서 고모에게 직접 건넨 거였다. 방학이 끝날 때쯤 귀국하면 찾으러 올 테니 그때까지만 남들 눈에 띄지 않는 곳에 잘 보관해달라고 서 군은 부탁했다. 고모는 무턱대고 그 원고를 받긴 했지만, 왜 자신에게 이런 부탁을 하느냐는 질문은 끝까지 안으로 삼켰다. 서 군의 신뢰를 받고 있다는 것이 순수하게 기뻤던 고모는, 서 군에게서 서울에 아는 사람이 없어서라거나 비행기를 타고 오갈 때 거추장스러워서라는 상식적인 이유를 듣게 될까 봐 겁이 났던 것이다. 고모는 몰랐지만, 사실 그 무렵 서 군에게는 불길한 일이 하나 있었다. 갈 곳이 없다며 찾아온 고향 친구를 며칠 동안 하숙집에 기거하도록 해주었는데, 나중에야 그 친구가 조총련과 접선해왔다는 걸 알게 된 것이다. 친구에게는 곧 수배령이 떨어졌다. 조총련이 법정 최고 실형을 받을 수 있는 간첩과 동일하게 치부되던 시절이었다. 서 군은 친구가 머물렀던 자신의 하숙집이 언제라도 경찰의 수색을 받을 수 있다고 판단했으므로 문제가 될 만한 서적들은 모두 버리거나 태웠다. 그 원고는 아마도 처분하고 싶지 않아 고모에게 맡겼을 것이다. 서 군이 하고많은 사람 중에서 왜 하필 레코드 상점 딸에게 원고를 위탁했는지는 원고에 담긴 내용과 함께 이제는 아무도 알지 못하는 영역 속에 있다. 그는 그 이야기를 에세이에 쓰지 않았고, 고모는 일본어를 전혀 할 줄 몰랐으므로 그 원고를 읽어보려는 시도조차 하지 않았다.

그 겨울 고모는 대학 합격 통지서를 받았지만 다른 예비 대학생들처럼 마음 편히 지낼 수 없었다. 영화관이나 양장점에 구경 가자는 친구들의 권유를 모두 뿌리치고 고모는 거의 매일 태영음반사에 나가 할아버지 대신 가게를 보았다. 고모에게는 질리도록 길었던 겨울이 끝나고 이듬해 3월이 되었지만 서 군은 나타나지 않았다. 서 군에게 연락할 방법은 없었다. 고모는 그의 일본 집 주소나 하숙집 전화번호를 알지 못했다. 서 군을 만날 수 있는 공간은 오직 태영음반사뿐이었지만 이제 막 대학생이 된 고모에게도 많은 일들이 일어나고 있었다. 사정이 생겨 태영음반사에 들르지 못한 날이면 서 군이 원고를 받으러 왔다가 헛걸음만 하고 돌아간 건 아닌지, 그 원고가 없어서 학업에 지장이 된 건 아닌지 걱정이 되어 아무것도 손에 잡히지 않았다. 고모가 서 군의 원고를 서류 봉투에 담아 K대학을 찾아간 건 3월 말이었다. 그날 K대 근처에선 시위가 있었다. 시위대에 떠밀려 매캐한 연기 속을 무작정 뛰어다니다가 가까스로 K대 법학과 사무실에 도착했을 땐, 머리칼은 잔뜩 헝클어져 있었고 난생처음 입어본 원피스에선 최루액 냄새가 났다. 사무실에서 나오던 서 군 또래의 남자가 그런 고모를 유심히 쳐다봤다. 조교라고 생각했어. 고모는 말했다. 당연하잖아. 학과 사무실에 나온 20대 청년을 그럼 무어라고 생각하겠니. 항변하듯 거친 목소리로 덧붙여 말하며 얼굴까지 붉히던 고모를 휴게실의 몇몇 노인들이 흘끗거렸던 기억이 난다. 지금 와서 그 청년의 정체를 확인할 길은 없지만, 어쨌든 그는 서 군을 알고 있었고 서 군에게 줄 것이 있다는 고모에게 호의적이었다. 괜찮다면 자신이 원고를 전해주겠다던 청년에게 고모는 의심 없이 서류 봉투를 건넸다. 고모는 그토록 엉망인 상태로 서 군과 마주치고 싶지 않았다.

그리고 그날로부터 보름 정도 후에 아무도 예상하지 못한 일이 벌어졌다. 모든 언론을 통해 대대적으로 보도된 일본 유학생들의 간첩단 조직에서 군의 이름이 포함되어 있었던 것이다. 고모는 자연스럽게 그 원고가 당시 정부의 시선으로 봤을 땐 불온한 내용이고 법학과 사무실에서 만난 청년은 기관원이라고 확신하게 됐다. 충격과 공포의 나날이 이어졌을 것이다. 서 군이 맡긴 원고를 기관원에게 넘긴 행위는 한껏 멋을 내고 K대학을 찾아간 천진한 용기와 합쳐지면서 용서할 수 없는 죄 덩어리가 되었다. 고모는 학교 수업에도 거의 나가지 않고 집 안에만 틀어박힌 채 자신의 삶에서 스무 살의 봄과 여름을 아프게 도려내었다.

그런데 고모가 미처 알지 못한 것, 아니 알려 하지 않은 것이 하나 있다. 서 군의 에세이에는 그가 이미 2월 말에 하숙집 근처에서 사복 차림의 사내들에게 납치되었다고 나와 있다. 그때 서 군이 끌려간 곳은 높은 담으로 둘러싸인 목조식 2층 가옥이었고 그곳에서 서 군은 간첩이 되었다. 고모의 추측대로 그 원고가 불온한 내용이고 기관원에게 흘러들어가 또 다른 증거물이 되었을 수도 있지만, 그 모든 건 가능성의 차원일 뿐 진실은 아니었다. 게다가 그들의 시나리오는 서 군의 원고와 상관없이 이미 오래전부터 완벽하게 짜여 있었을 것이다. 어쩌면 고모는 자신의 잘못을 믿고 싶어서 믿어버린 건지도 몰랐다. 악역으로라도 그의 삶에 개입하고 싶었을 고모의 마음을, 그러나 나는 자학적인 욕심이었다고 함부로 단정하고 싶지는 않다. 고모는 충분히 외로웠다. 고모에게도 몇 명의 애인들이 있었고 그중엔 결혼 이야기가 오간 사람도 있었다지만, 그 누구를 만나던 시절에도 고모의 하루는 태영음반사의 유리문 사이로 서 군과 눈이 마주쳤던 1971년의 늦은 봄밤에서 시작됐다. 사랑이 아닌 것은 때때로 사랑의 영역

바깥에서 하나의 영토를 일구기도 한다. 서 군이라는 이름의 영토 한가운데엔 상상의 법정이 있었고 고모는 수사관과 피고인, 증인의 역할을 모두 떠맡으며 한평생을 살았다. 고문하고 고문받으며, 죄를 묻는 동시에 자백하면서, 어제의 증언을 오늘 다시 부정하길 반복하며……. 인간의 삶이 뿌리내리기엔 지나치게 척박한 영토였지만 그곳을 떠나지 않은 건 고모의 선택이었다. 고모와 서 군을 한 번만, 딱 한 번만 다시 만나게 해주기로 결심한 건 내게는 고모의 삶 전체가 마지막 조난신호 같았기 때문인지도 모르겠다. 침몰은 이미 시작되었고, 무대는 곧 막을 내릴 터였다.

*

강북에 위치한 대학병원 지하 주차장으로 내려가면서 과속 방지턱을 감속 없이 지나간 탓에 차가 한 번 출렁였다. 깜짝 놀라며 잠에서 깬 고모가 주섬주섬 상체를 바로 하더니 재킷 소매로 차창을 닦았다. 차를 주차한 뒤 실내등을 켜고 고모를 바라봤다. 시간과 공간의 좌표를 잃은 눈동자는 공허해 보였지만, 나는 고모가 무언가를 예감한 듯 긴장하고 있다고 느꼈다. 준비되었느냐고 묻는 대신, 한 칸씩 잘못 꿰인 고모의 재킷 단추를 모두 풀어 새로 채워주었다. 단추를 하나하나 채우는 동안 고모의 가는 어깨가 여러 번 떨렸다.

서 군에 대해 조사하는 건 사실 그리 어렵지 않았다. 그는 제법 많은 글을 남겼고, 그를 취재한 국내 신문 기사도 여러 건 검색됐다. 20대 중후반에 서울구치소와 대전교도소를 돌며 2년 6개월의 형기를 마친 서 군은 일본으로 돌아가서도 공부를 계속한 끝에 교토 지역의 사립대학 교수가 됐다. 그동안에 결혼을 했고 딸을 낳았으며 아내와는 사별했다. 그의 에세이 서문에는 죽은 아내를 향한 헌사의 문장이 적혀 있었다. 사랑과 존경이라는 단어가 들어간 그 문장을 읽을 때, 내 마음은 설명할 길 없이 쓸쓸해졌다. 그가 다시 한국으로 온 건 재작년이었다. 서울에서 살고 있던 그의 외동딸과 한국인 사위가 병든 그를 데려왔을 것이다. 그는 근육이 서서히 마비되는 병을 앓고 있었다.

두 달 전부터 나는 격주에 한 번씩 이곳 대학병원을 찾아와 그의 병실 근처를 서성였다. 내가 실질적으로 접근할 수 있는 사람은 50대로 보이던 조선족 간병인뿐이었는데, 그녀가 소변통을 들고 화장실로 걸어갈 때 슬쩍 다가가 다른 환자의 보호자인 양 말을 건네면 자연스럽게 대화가 이루어졌다. 간병인에 따르면 서 군은 목 아래가 거의 마비된 상태로 작년 겨울부터 병이 악화되어 기관을 절개하고 인공호흡기까지 삽입한 상태였다. 딸의 집에서 요양하다가 병원에 장기 입원하게 된 것도 그 무렵부터라고 했다. 의사가 지나가면서 한 말, 고문으로 인한 정신적 외상이 오랜 기간 잠복해 있다가 차츰차츰 치명적인 병으로 발전했을 거라는 비공식적인 진단도 간병인에게서 들은 거였다. 몸은 마비되어가도 의식은 멀쩡하기 때문에 고통이 더 클 거라던 말을 들은 날에는 새벽까지 악몽을 꾸기도 했다.

서 군은 보통 저녁을 먹은 뒤 외출을 했다. 그래봤자 간병인이나 딸이 밀어주는 휠체어에 몸을 싣고 병원 로비를 오가는 게 다였지만, 그래도 서 군에게는 하루 중 유일한 외출이었다. 로비를 서너 바퀴 돌고 나면 서 군의 휠체어는 대형 텔레비전 앞에 정물처럼 놓이곤 했다. 접수대도 마감을 하고 메인 조명도 꺼진 조용하고 어둑한 로비에서 서 군은 표정 변화 없이 텔레비전을 시청했다. 간병인과 딸은 간혹 밤이 깊어질 때까지 로비의 서 군을 데리러 오지 않았다. 신문을 보는 척하며 서 군 옆에 앉아 있던 날들이 많았다. 장태영 씨, 기억해요? 한번 만나보시겠어요? 수도 없이 묻고 싶었지만 번번이 입이 떨어지지 않았다. 도저히, 그럴 수가 없었다.

—고모, 서 군이 저 위에 있어요.

마지막 단추까지 채운 뒤 그렇게 일러주자 고모는 내 말을 알아들었다는 듯 서 군, 서 군, 나지막이 중얼거렸다. 차에서 내릴 때 보니 고모는 쇼핑백을 품에 안은 채였다. 그러고 보니 고모는 하루 종일 저 쇼핑백을 몸에서 떼어놓으려 하지 않았다. 휠체어는 꺼내지 않았다. 그 대신 고모의 어깨를 부축하며 병원 로비로 이어지는 엘리베이터에 올랐다. 엘리베이터가 멈추고 로비로 나가자 여느 때의 저녁처럼 대형 텔레비전 앞에 놓인 서 군이 보였다.

서 군의 휠체어 옆 플라스틱 의자는 마침 비어 있었다. 그쪽으로 다가가 조심스럽게 고모를 앉히자 고모는 슬쩍 서 군을 보는 듯하더니 이내 가만히 나를 올려다봤다. 고모의 표정은 이제 너는 퇴장해도 된다는 허락으로도 읽혔고 나를 두고 떠나지 말라는 애원으로도 읽혔다. 이번에도 판단은 오로지 내 몫이었다. 나는 천천히 고모의 손을 놓았고 고모는 소리 없이 입술로만 서 군? 하고 물었다. 그렇다는 의미로 고개를 끄덕여 보인 뒤 그대로 돌아섰다. 숨어 있을 만한 공간을 찾고 있는데 희미한 불빛이 어른거리는 음료수 자판기가 눈에 들어왔다. 고모와 서 군의 시선이 닿지 않도록 자판기 측면에 몸을 붙였다. 한참을 허공만 응시하다가 그들 쪽으로 고개를 돌린 순간, 긴장감으로 굳어 있던 두 다리에서 힘이 빠져나갔다.

그곳에선, 내 예상과 전혀 다른 장면이 연출되고 있었다.

서 군과 고모는 나란히 앉아 물끄러미 텔레비전만 올려다볼 뿐, 아무것도 하지 않았다. 그들은 기차에서 우연히 동석하게 된, 그래서 대화를 나눌 필요도 없고 서로의 얼굴을 들여다볼 까닭도 없는 한시적인 동승자들처럼 보였다. 어느 순간부터 나는 선반의 유실물들을 떠올리고 있었다. 어쩌면 그들은 정말로 세계에서부터 분실된 존재들인지도 몰랐다. 동의 없이 그들을 이 세계로 밀어내고는 향유할 기억과 움직일 수 있는 자유를 빼앗아간 뒤 결국엔 이 어두컴컴한 병원 로비에 방치한 그 최초의 분실자를 용서할 수 없었다. 그자의 잔인함에 가까운 무신경을, 끝까지 아무런 책임을 지지 않는 게으름을, 뒤늦게라도 그들에게 이야기를 되돌려주지 않는 고집스러움까지, 그 모든 것을…….

그때였다. 텔레비전에서 시선을 떼고는 한곳을 유심히 바라보던 고모가 갑자기 의자에서 벌떡 일어나더니 그쪽을 향해 허둥지둥 걸어가기 시작했다. 재빨리 고모를 따라가던 나는 이내 걸음의 속도를 조금씩 늦출 수밖에 없었다. 고모는 현금인출기에서 돈을 찾던 젊은 남자 뒤에 바짝 서 있다가 그가 돌아선 순간, 그때껏 품에 안고 있던 쇼핑백을 넌지시 건넸다. 나는…… 남자가 얼결에 그 쇼핑백을 받자 고모가 힘겹게 입을 열었다.

—나는, 미안합니다.

—…….

—미안하고 또 미안했습니다. 다…….

—…….

—다, 전부, 잊어주세요.

—…….

거기까지 말하고 고모는 남자를 향해 허리를 90도로 꺾었다. 괴로운 건, 서 군을 만날 수 있는 마지막 기회를 놓쳐버린 고모의 오인이 아니라 고모가 가짜 서 군에게 전한 그 몇 마디의 말이었다. 사랑하는 사람에게 영원한 타자일 수밖에 없었던 고모의 긴 인내의 시간은 미안하다는 말과 잊어달라는 부탁으로 끝났다. 고작, 그뿐이었다.

어리둥절한 얼굴로 누구냐고 묻는 남자를 향해 고모는 또 한 번 정중히 목례를 하고는 천천히 돌아섰다. 쇼핑백이 이번 생의 유일한 짐이었다는 듯 느린 걸음으로 로비를 가로질러가는 고모는 홀가분해 보였다. 아니, 그래야 했다, 반드시. 나는 남자에게 다가가 대충 상황을 설명하고 쇼핑백을 받아온 뒤 멀찍이 서서 고모를 지켜봤다. 고모는 어느새 유리로 된 병원의 출입문 앞에 서 있었다. 비가 내리고 있었는지 유리에 투영되는 불빛이 물에 젖은 듯 번져 보였다. 그 캄캄한 유리문을 마주보며 고모는 한참을 서 있었다.

5년 전, 알츠하이머 진단을 받은 날에도 고모는 저런 자세로 병원 출입문 앞에 서 있었을 것이다. 인간이란 구르는 걸 멈추지 않는 한 조금씩 실이 풀려나갈 수밖에 없는 실타래 같은 게 아닐까, 그때 고모는 그런 생각에 잠겨 있었다고 했다. 병원 문을 열고 나가면 실타래는 이전보다 훨씬 더 빠른 속도로 굴러갈 것이고, 실타래에서 풀려나간 실은 밟히고 쓸리고 상하면서 먼지가 되어갈 것이다. 친밀했던 사람, 아끼던 사물, 익숙한 냄새를 잃게 될 것이고 세상도 그 속도로 고모를 잊어갈 터였다. 어느 날은 거울 속 늙고 병든 여자를 보며 이유도 모른 채 뚝뚝 눈물을 흘리기도 하리라. 하나의 실존은 그렇게 작아지고 또 작아지면서 아무도 모르게 절연의 준비를 하는 것이다. 그 누구의 배웅도 없이, 따뜻한 작별의 입맞춤과 헌사의 문장도 없이……. 오후가 저녁이 되고 저녁이 밤이 될 때까지, 실제로 고모는 그 문을 열지 못했다.

*

고모를 요양원에 도로 데려다주고 유실물 센터로 온 나는, 불도 켜지 않고 내 책상에 앉아 고모의 쇼핑백 안에 들어 있던 것을 하나하나 꺼내보았다. 남성용 양말과 비누 세트, 수건과 담요였다. 오래전 고모가 대전교도소에 가면서 준비한 영치물도 이렇게 구성되어 있었을 것이다. 서 군이 서울구치소에서 대전교도소로 이송되고 몇 달 뒤에야 고모는 자리를 털고 일어나 서울역으로 갔다. 그 몇 달 동안 고모는, 서 군에게 잘못을 고해야 한다는 강박증과 그가 자신을 절대로 용서하지 않을 거라는 불안감 사이를 유령처럼 오갔을 것이다. 국가보안법을 위반한 수감자는 직계가족 외에는 면회가 안 된다는 걸 알면서도 부딪치면 방법이 있을 거라고 막연히 기대하며 고모는 대전행 기차에 몸을 실었다. 9월의 어느 날이었지만 교도소 근처는 겨울처럼 추웠다.

놀랍게도 고모의 그 대책 없는 시도는 거의 성공할 뻔했다. 고모가 교도소 문 앞에서 면회 신청을 받아달라며 교도관에게 사정하고 있을 때, 서 군이 투옥된 뒤로 한국으로 건너와 지내고 있던 서 군의 어머니가 마침 고모 곁을 지나가게 된 것이다. 고국이라고는 하지만 친척 하나 남지 않은 한국에서 외롭게 옥바라지를 하고 있던 서 군의 어머니는 아들을 보러 대전까지 내려온 서울 아가씨가 그저 반가웠다. 하지만 그 반가움이 미안한 마음으로 바뀌는 데는 그리 긴 시간이 걸리지 않았다. 서 군에게는 오래 만나온 정혼자가 있었다. 그녀는 서 군과 같은 재일교포로, 서 군 대신 결혼 비용을 벌어놓기 위해 간호사로 재직 중인 병원에서 퇴근한 후에도 오사카 시내 응급실을 돌며 파트타임으로 일을 하던, 보기 드물게 성실하고 속 깊은 사람이었다. 거기까지 말한 서 군의 어머니는, 아가씨를 내 막내딸이라고 속이면 함께 접견실로 들어갈 수 있을 텐데 정말 그걸 원하느냐고, 한층 조심스러워진 목소리로 물었다. 고모는 그 사려 깊은 질문에서 단단한 방어막을 느꼈다. 가족, 그 방어막의 이름이었다.

그날 고모는 영치물을 다시 품에 안고 서울행 기차에 올랐다. 피곤하고 배도 고팠지만 고모는 허리를 꼿꼿이 편 정자세로 정면만을 응시했다. 아무도 의도하지 않은 슬픔이라면 그 감정은 오류투성이인 거라고 고모는 생각했다. 자세가 흐트러지면 그 기만적인 슬픔에 잠식되고 말 터였다. 고모는 자신과의 감정 게임에서 지고 싶지 않았다. 그러나 그 소모적인 게임이 기차에서 내린 뒤에도 끈질기게 이어질 거라고는 고모 역시 예감하지 못했을 것이다. 고모가 사랑한 것은 서 군이 아니라 서 군의 이미지였으므로, 실체가 없는 이미지는 때려눕힌 뒤 링 밖으로 내던질 수가 없는 거니까. 서 군의 한 시절을 망쳤다는 근거 없는 죄책감은 서 군 대신 링에서 내려가려는 고모의 뒷덜미를 잡아채고는 끈질기게 상상의 법정으로 끌고 갔다. 서 군을 향한 고모의 영토는 그렇게 유지됐다. 국경도 여권도 없는 땅, 이민과 망명이 봉쇄된 독재의 나라, 아름답지도 않고 따뜻한 적도 없던 불모의 유형지…….

나는 휴대전화 조명에 의지하여 쇼핑백을 빈 상자에 담아 밀봉한 뒤 작성한 유실물 접수 서류와 함께 빈 선반에 두었다. 41327, 새 유실물의 일련번호였다. 그것은 시간 단위로 환산될 수 없는, 상자 속 사물들에 선고된 기다림의 형량이기도 했다.

전화벨이 울린 건 가방을 챙겨 유실물 센터를 막 나가려던 참이었다. 나는 수화기를 들 생각도 하지 못한 채 어둠 속에서 두 눈만 끔벅였다. 오랫동안 잊고 있었던, 그래서 정지된 화면 같던 어린 시절의 어느 하루가 갑자기 눈앞에 펼쳐지면서 생생하게 움직이기 시작했다. 이제 막 수리된 영사기가 등 뒤편 어딘가에 숨겨져 있기라도 한 것처럼 그날의 모든 일들은 손에 잡힐 듯 선명하기만 했다.

겨울방학이었을 것이다. 어머니를 따라 고모의 아파트에 놀러 간 날, 나는 안방 침대에 누워 책을 읽다가 전화 한 통을 받았다. 한국말에 서툰지 한 음절 한 음절 힘주어 말하는 남자 목소리에 의아해했던 기억이 난다. 장태영 씨의 아들이냐는 물음에 아니라고 대답하려는데 마침 안방 문이 열리면서 고모가 들어왔다. 나는 고모에게 수화기를 건넨 뒤 다시 책을 집어 들었다. 책장을 넘기다가 이상한 느낌에 고모 쪽으로 고개를 돌린 순간, 두 손으로 수화기를 보듬은 채 연거푸 고개만 끄덕이는 고모가 보였다. 그때 서 군이 뭐라고 했는데요? 5년 전, 요양원 휴게소에서 내가 그렇게 묻자 고모는 쑥스러운 듯 작게 웃으며 말했다. 학위를 받고 딸을 낳고 교수 임용을 준비하면서 바쁘게 살고 있었는데, 그러다가 문득 어머니가 한 말이 생각났대. 그분이 생전에 내 얘기를 한 적이 있었나 보지.

—한국에 있는 지인들한테 부탁해가며 고모 전화번호를 알아낸 사람이 고작 그런 말만 했다고요?

—알고 있었대.

—네?

―그 사람은 언젠가 한 번은 내게 연락하리란 걸 늘 알고 있었대.

―…….

―그런 날이 오면 자식과 남편 자랑을 하고 직장 상사를 흉보고 휴가 계획에 대해 떠드는 그런 일상적인 이야기를 듣고 싶었다고 하더라.

―그래서 뭐라고 대답하셨어요?

―아무 말도…….

―…….

―아무 말도 하지 못했어. 그냥 듣기만 했어. 서 군이 작별 인사를 하는데도 입을 꾹 다물고 있었지.

―…….

―그리고 전화는 끊겼고, 그렇게 끝났어.

―…….

고모의 말은 사실이었다. 나는 그때 고작 여덟 살이었지만 말 한마디 없이 고개만 끄덕이는 통화가 이상하다는 것쯤은 알 수 있었다. 수화기에선 곧 남자의 목소리가 사라지고 신호음만 울리는 게 내게도 들렸지만 고모는 좀처럼 수화기를 내려놓지 않았다.

내 기억은 거기에서 끝났다.

그러나 영사기는 계속 돌아가며 그때 내가 미처 보지 못했던 고모의 얼굴을 비췄다. 이제야 확인하게 된 그 얼굴을 하염없이 바라보고 있는데, 지금쯤 잠이 들었을 고모의 꿈속으로 밀려 들어온 듯 몽롱한 기운이 순식간에 유실물 센터를 에워쌌다. 어딘가에서 삐걱거리는 소음이 났고 선반들은 물렁하게 휘어지면서 하나둘 무너지기 시작했다. 고모는 어쩐지 쇼핑백을 내버려둔 채, 대전을 출발하여 45년 만에 서울역에 도착한 기차에서 하차하는 꿈을 꾸고 있을 것만 같았다. 고모가 유기한 쇼핑백이 이곳에 있는 한, 유실물 센터는 세계의 그 어떤 곳으로도 대체될 수 없는 고유한 공간으로 남게 되리란 걸 나는 알 수 있었다. 동시에, 이 세계를 구성하는

데 없어도 무방한 덧없는 조각일 뿐이란 것도, 내가 분명하게 그것을 알고 있다는 사실이, 나는 슬펐다.

* 이 소설을 쓰며 다음 책에서 도움 받았음을 밝힙니다.
최인기, 『떠나지 못하는 사람들』, 동녘, 2014.
노무라 모토유키, 『노무라 리포트』, 눈빛, 2013.
서승, 『서승의 옥중 19년』, 역사비평사, 1999.

이덕화 평택대학교 교수

죽음을 초월한 긍정적 에너지

1.

조해진 작가는 장편『로기완을 만났다』, 단편「빛의 호위」,「번역의 시작」 등의 작품에서 역사에서 사라진, 혹은 잊혀진 자, 정치 경제적인 이유로 한 곳에 머무를 수 없는 경계인을 소재로 작품을 써왔다. 이번「사물과의 작별」 역시 실존 인물, 서승이라는 제일동포 간첩단 사건 혐의로 19년간 옥살이를 한 인물과 한때 관계를 맺었던 한 사람의 고통을 중심으로 국가의 폭력에 대해 질문하고 있는 작품이다. 작가는 이런 소설들을 통해 어떤 폭력에 의해서든 상처받는 사람들의 관계 맺음을 통해 인간다운 세상을 구현하고자 하며 등장인물 간의 공감과 소통을 통해 자기 자신이 소수자이자 타자일 수 있음을 보여준다.

고통을 받는 자가 있다는 것은 고통을 주는 자가 있다. 고통을 주는 자를 폭력을 행사하는 자라고 할 때, 폭력 그 자체에 대한 질문, 그것은 부조리하고 불의한 폭력에 대한 질문이랄 수 있다. 고통은 트라우마, 상처, 상처받을 수 있는 가능성이라는 말로 대체할 수 있다. 들뢰즈에 의하면 누군가가 고통을 받는다는 것은 그에게 진정한 사유가 시작될 수 있는 기회로 작용한다고 했다.

이 작품은 작중화자의 고모의 고통을 중심으로 서사를 진행하고 있지만 그 중심에서는 서승이라는 인물의 고통과 어떻게 연계되어 인물을 사물화시키는가를 보여주고 있다. 재일 조선인이었던 서승에게 국적은 무력하게 당하기만 하는 폭력이자 치유가 불가능한 상처였었고, 막연히 동경해오던 고국의 K대학에 유학을 온 것은 1971년이었다. 그 당시는 휴교와 시위를 반복하던 시대였기 때문에 서승은 시위에 참여하지 않은 자체가 고통이었고 거대한 부채감으로 작용한다.

그런 그가 휴강이 된 날, 그 당시 전태일 분신 사건으로 학생들 간의 화제의 중심지였던 청계천을 거닐던 중 그에게 삶을 뒤흔들 만한 사건, '다리 밑 오물 위로 등을 보인 채 떠 있는 젊은 남자의 시체'를 보게 된다. 그 순간 그는 그 죽음이 자신의 죽음으로 환원되는 경험을 하게 되었고, 그 이후 자신의 삶을 새롭게 직조한다.

서승이 젊은이의 시체를 보면서 자신의 죽음으로 환원된 가상적 체험을 한 것은 일본에서 재일 조선인으로 소수자가 겪은 폭력적 상황과 한국의 군사독재가 가져오는 부조리와 억압적 상황의 타파를 위한 강렬한 욕망에 의한 것이다. 욕망은 무언가에 대한 새로운 에너지의 창출이다. 서승이 시체가 떠내려가는 풍경으로부터 떨어져나와 자신의 죽음으로 환원되는 비인간적 풍경은 인간이 타자로, 즉 동물이나 식물이나 분자나 무로 되는 경험으로서 비인간 되기이다. 이런 지각화를 통해 자신의 감각을 블록화한다.

> 고문받고 투옥되고 수감 생활을 하던 중에도 세계 한복판에 내던져져 있던 그 시체를 생각하면 두려움이 사라졌다고, 언젠가 나 역시 그 어떤 가면이나 장식 없이 누군가에게 시체로 발견될 테니, 설계된 기능에 문제가 생기면 쓰레기통에 버려진 뒤 매립되거나 소각되는 하나의 사물처럼…….
> (296~297쪽)

이 작가가 참고했다는 『서승의 옥중 19년』은 박정희와 전두환 군사독재 시대의 부조리와 억압이 어떻게 감옥 곳곳에 투영되고 있는지를, 그리고 인간성을 말살하고 있는지를 '증언'하는 데 초점이 맞추어져 있는 책이다. 이 책을 통해서 보자면 그 이후 인용문에서 보여주는 것처럼 서승의 삶은 교수가 되기 위해 시간의 대부분을 강의실과 도서관에서 보냈던 방향과 전혀 다른 방향으로, 민중 인권 운동가의 삶으로 변모된다. 이것은 시체와 자신의 죽음을 동일시하면서 그 속에서 생생히 떠오르는 감각들에 의해 자신을 재구성, 새로운 자신으로 탄생하는 순간이다. 일본 유학생 간첩단의 한 명으로 구속되고 그 이후 19년의 세월을 전향하라는 당국의 회유에도 굴복하지 않고 감옥에서 지내게 된다.

2.

작품에서는 서승의 고통은 후경화되고 오히려 이 작품의 화자 고모의 고통을 통해 간접적으로 제시된다. 작품의 구조는 고모가 알츠하이머로 요양원에 들어가면서 고모에게 화자가 서 군이라고 불리는 서승의 이야기를 듣게 되면서 시작된다. 알츠하이머는 젊었을 때의 기억이 더 현실처럼 생생히 떠오르는 것이 특징으로, 고모에게 가장 생생한 기억은 서 군의 기억이다.

고모의 아버지가 청계천에서 경영하는 레코드 가게 앞에서 음악이 가지는 절대적인 힘에 매료되었던 순간 거즈로 레코드를 닦고 있던 고등학생의 교복 차림의 고모는 서 군에게 사로잡힌다. 레코드 가게에서의 몇 번의 만남과 한 번의 데이트로 이어졌고, 그 이후 또 한 번의 사건은 두 사람의 인연을 평생 묶어놓는 계기가 된다.

위의 청계천 시체를 본 사건이 서승의 인생을 바꿔놓은 사건이라면, 원고 뭉치 사건은 또 고모의 인생을 바꿔놓은 사건이다. 서 군이 일본으로 귀국하기 전 일본어로 쓴 원고를 남들 눈에 띄이지 않게 보관해달라며,

다음 학기 개학할 때 다시 찾아가겠다는 말과 함께 고모에게 맡겼다. 청계천 레코드 가게에서밖에 만날 수 없는 서 군이 방학이 끝나도 찾아오지 않자 자신과 엇갈려서 그런 것으로 생각, 서 군의 원고를 들고 K대학으로 찾아간다. 데모로 인한 최루탄 냄새 때문에 정신을 차리지 못하다 법학과 조교인 듯한, 서 군을 알고 있다는 사람에게 원고를 맡기고 돌아온 며칠 후 서 군이 재일 유학생 간첩단 사건으로 구속되었다는 기사를 읽게 된다. 그리고 19년 동안 서승은 감옥살이를 하게 된다.

이 사건으로 고모는 자신의 원고를 받은 조교라는 사람은 조교를 사칭한 기관원이었고, 불온한 내용이 담긴 원고 때문에 서 군이 구속되었다고 상상하게 된다. 서승이 실제 구속된 것은 원고를 넘기기 전이었음에도 그 이후 고모는 스스로를 죄 덩어리로 단죄하며 서 군에게 잘못을 고해야 한다는 강박감과 그가 자신을 용서하지 않을 거라는 불안감 속에서 평생을 살아간다.

이 경우 고모가 서 군에게 사로잡혀 있는 상태에서 원고 뭉치 사건은 군사독재 정권의 부조리한 사회구조와 첫사랑에 대한 죄의식과 안타까움, 불안감 등의 감각이 결합된 집합체이다. 이것은 이성적 판단이나 기억을 통해서 재구성해낸 것이 아니라 '감정적으로 과잉되어 있어' 고모의 그 당시의 감각들, 서 군에 대한 사랑, 죄의식, 안타까움, 불안감 등에 의해 만들어진 꾸며내기이다. 이 꾸며내기를 통해 고모의 서 군에 대한 사랑은 서 군에 대한 죄의식으로 바뀐다. 그러면서 교사로 봉직하며 서 군에게 잘못을 고하고 용서를 빌 마음으로 평생을 결혼도 하지 않은 채 가부장적 사회 속에서 국외자의 삶을 살아왔다.

> 서 군의 한 시절을 망쳤다는 근거 없는 죄책감은 서 군 대신 링에서 내려가려는 고모의 뒷덜미를 잡아채고는 끈질기게 상상의 법정으로 끌고 갔다. 서 군을 향한 고모의 영토는 그렇게 유지됐다. 국경도 여권도 없는 땅, 이

민과 망명이 봉쇄된 독재의 나라, 아름답지도 않고 따뜻한 적도 없던 불모의 유형지……. (309~310쪽)

고모는 고모의 가족이나 다른 타인 관계에서 벗어나 홀로 서 군과의 영토, 불모의 유형지에 스스로를 유폐시키며 혼자 고독과 불안과 고통 속에서 살아왔다. 고모가 사회로부터 스스로를 불모지로 유폐시킨 것은 서 군에 대한 순수한 열정과 과잉 감정에 의한 것이지만, 합리적인 절차나 소통보다는 불통의 부조리한 사회체제와 억압이 만들어놓은 함정이다. 그로 인한 인간 소외와 사물화는 당연한 결과이다. 고모나 서 군 두 사람이 다 말년에 한 사람은 알츠하이머, 한 사람은 근육이 서서히 마비되는 병을 앓고 있는 것은 그로 인한 심적 육체적 고통을 당하고 있음을 보여준다.

3.

이 작품의 화자는 유실물 센터에서 일하는 직원으로 세계를 "유실물 센터와 유사한 조각들로 끝없이 이어져 있는, 무한히 크지만 시시한 퀼트 같은" 사물의 집합으로 인식하고 있다. 그 연장선상에서 인간의 마지막인 시체 역시 설계된 기능에 문제가 생기면 쓰레기통에 버려진 뒤 매립되거나 소각되는 하나의 사물처럼 인식된다. 이런 인식의 바탕에는 죽음 본능이 도사리고 있다. 서 군은 청계천의 오물 속에 떠다니는 시체를 목격하고 그 죽음이 자신의 죽음으로 환원되는 경험을 통해 연민과 공포의 감정을 거쳐서 죽음을 초월하게 된다. 그것은 죽음이라는 극한적 상황과 발가벗은 자신의 모습 속에서 '세계 한복판에 내던져진 존재'라는 실존적인 삶과 대면하게 되기 때문이다. 죽음을 통한 삶의 대면은 미래의 자신의 삶에 대한 두려움을 사라지게 한다. 들뢰즈는 죽음 본능은 자아에 집중된 에로스가 추출 변용되어 어떤 형식적인 능동적인 사유의 주체, 초월적인 나를 낳게 되는 폭력적 에너지를 의미한다고 말한다.

고모의 삶을 되돌아보면, 서 군과 마주쳤던 1971년 늦은 봄밤 사랑의 허상에서 시작된 새로운 자기 영토 속에서 나 자아의 관계가 허물어지면서 비인격화의 과정을 거쳐서 또 다른 자기 영토를 만들어낸다. "서 군이라는 이름의 영토 한가운데엔 상상의 법정이 있었고 고모는 수사관과 피고인, 증인의 역할을 모두 떠맡으며 한평생을 살았다."는 화자의 말처럼 이 순수한 어리석음 역시 죽음 본능의 하나이다. 어리석음 속에서 자신이 깨어져 독단적 의식에서 벗어나 새로운 영토로 진입하는 것과 동시에 '나'라는 주체가 사라진 비인격화되어 소멸의 운명을 맞이한다.

마지막 서사에서 화자가 서 군과 고모를 만나게 해주기로 하고 서 군이 있는 병원 로비로 고모를 데려왔을 때, 두 사람은 같은 공간에 있으면서도 기차에서 우연히 동승한 동반자들처럼 서로를 알아보지 못하고 텔레비전만 보고 있다. 화자는 두 사람을 보면서 유실물 센터의 내버려진 물건들과 환치시킨다. 누구의 "동의 없이 그들을 이 세계로 빌어내고는 향유할 기억과 움직일 수 있는 자유를 빼앗아간 뒤 결국엔 이 어두컴컴한 병원 로비에 방치한 그 최초의 분실자를 용서할 수 없었다."라는 화자의 분노는 부조리한 세계에 의해서 국외자, 사물화되어 떠돌아다닐 수밖에 없었던 그들의 운명에 대한 연민이다. 또 인간 모두가 사물화되어 소멸되어 쓰레기처럼 버려지는 운명에 대한 연민이다. 이런 죽음에 대한 인식은 삶과 죽음을 동일시하면서 죽음을 초월한 미래의 긍정적 생성에 이바지하는 또 다른 에너지의 창출이다.

창백한 무영의 정원

천희란

—

중앙대학교 문예창작학과와 같은 대학원 석사 졸업.

2015년 『현대문학』 신인 추천으로 등단.

창백한 무영의 정원

B의 이름이 떠오르지 않는다. 그녀의 이름은 여진이나 유진, 유정이나 연정이었을 수 있다. 우리가 그녀의 늘어진 몸을 차에서 끌어내 도로 가장자리로 끌고 가는 동안에, D는 트렁크에 실린 그녀의 배낭을 열어젖힌다. 신발이 벗겨진 B의 왼쪽 발꿈치가 아스팔트 바닥에 쓸려 까맣게 변해 간다. "아무래도 들고 가는 게 낫겠어." 누군가 말한다. 우리는 D를 부른다. D가 B의 배낭 안에서 찾아낸 지갑을 흔들며 달려온다. 그는 달려오는 도중에 도로 위에 나뒹굴고 있는 B의 신발 한 짝을 집어 든다. 신발은 B의 발에 꼭 맞는다. D가 지갑을 펼치고 우리는 한 사람의 빼곡한 사생활을 향해 머리를 조아린다. 임윤정, 그것이 B의 이름이다. 신분증에 적힌 그녀의 이름을 확인하자, 비슷하다고 생각했던 몇 개의 이름이 실상은 조금도 비슷하지 않다는 사실을 깨닫게 된다. 나는 한때 내가 그녀의 이름을 기억하고 있었다고 말하지 않는다. 어째서 이토록 쉽게 그녀의 이름을 잊을 수 있을까. 우리는 약속이라도 한 것처럼 B의 이름을 작게 읊조린다. 다시는 그 이름을 잊지 않겠다고 다짐하듯이. 그녀의 이름을 몇 번이고 되뇌면서, 나는 동시에 나의 이름을 곱씹는다. 아마 모두가 그러할 것이다. 서로에게 각인할 자신의 이름을 발설하고 싶을 것이다. 그러나 말하지 않는다. 말하

지 않는 것이 아니라, 말할 수 없는 것이다. 죽은 자의 이름 앞에서 산 자의 이름이 무용해진다.

우리는 B의 팔다리를 하나씩 나누어 붙들고 그녀의 몸을 들어 올려 숲으로 들어선다. 도로는 뜨거운 볕에 달아오를 대로 달아올랐는데도 숲의 공기는 여전히 서늘하고, 숨을 들이쉴 때마다 가슴이 차가워지는 것이 느껴진다. 숲에 조금 더 머무르고 싶다는 생각이 든다. 그러나 우리는 계획된 시간 안에 목적지에 닿기 위해 숲 속 깊은 곳까지는 들어가지 않는다. B를 키가 크고 무성한 덤불 사이에 놓아두고, 그녀의 바지춤에 지갑을 단단히 꽂아둔다. 그녀가 발견될 가능성은 낮지만, 만약 발견된다면 이름이 알려지는 편이 나을 것이다. 뒤에 남겨진 무엇인가가 있다면 누구나 반사적으로 뒤를 돌아보게 된다. 그러나 숲을 빠져나오면서, 누구도 뒤를 돌아보지 않는다. 아무도 뒤를 돌아보지 않는 것은, 뒤를 돌아보지 말아야 한다는 의지 때문이다. 그런 생각에 도달하자, 나는 나의 의지를 버리기로 한다. 나는 멈춰 서서 뒤를 돌아본다. 등 뒤에서 앞서가던 사람들이 걸음을 멈추는 것이 느껴진다. 숲은 어둡고 차갑다. 이미 멀어진 B의 형체는 나뭇잎의 짙은 그림자 속으로 가라앉았다. 우리는 숲을 본다. B가 죽었다. 그리고 이제 네 명이 남았다.

좁은 도로 양옆으로 빽빽하게 우거진 숲의 풍경이 한참 동안이나 지루하게 이어진다. 눈앞에 보이는 도로의 끝이 매 순간 세계의 끝처럼 보인다. 속도를 줄이지 않는다면 우리가 타고 있는 자동차는 허방으로 낙하할 것이다. 우리 중 그 누구의 신체도 자동차가 받는 중력의 크기를 따라잡을 수 없을 것이다. 그러면 몸은 떨어지면서 떠오를 것이다. 그러나 도로의 끝은 한없이 뒤로 물러나고 우리가 지나쳐 온 풍경들은 모두 하나의 소실점에 수렴되어간다. 자동차는 속도를 높일수록 더 낮게 가라앉는다. 운전석에 앉은 D가 라디오를 켠다. 로큰롤 음악이 흘러나온다. D가 노래의 멜로디를 흥얼거린다. "제목이 뭐였지." 그가 혼잣말로 묻는다. 룸미러에 조용히 창밖을 바라보는 두 사람의 얼굴이 비친다. C가 미간을 찌푸린다. 지금과 같은 상황에서 노래를 부르는 것은 부적절하다고 생각했을 것이다. D 또한 자신의 노래가 적절하다고 생각하지는 않았을 것이다. "알 것 같은데 떠오르지가 않네. 따라 부르다 보면 알게 되려나." 지금, 또다시 B의 이름을 상기하는 것은 당연하다. 나는 라디오를 끈다. 순간 D가 눈을 흘기지만, 나는 그의 시선을 아랑곳하지 않는다. 그가 조금 비인간적으로 느껴지더라도, 지금 우리에게는 인간성이라는 단어가 그다지 유용하지 않다. "창문을 좀 열어도 될까요?" E의 목소리가 가늘게 떨린다. 백미러 속에서 E는 솟구치는 눈물을 참기 위해 안간힘을 쓴다. 그녀는 남은 네 사람 중에 가장 어리고, 또한 그 누가 보아도 가장 유약해 보이기만 한다. 우리 중에 누군가는 그녀에게 울어도 괜찮다고 말해야 하지만, 아무도 말하지 않는다. 그녀는 우리의 허락 없이도 눈물을 흘릴 수 있다. C는 여동생의 어깨를 끌어안는다. 나는 창문을 열어 바람 소리가 크게 들어오도록 한다. D는 다시 라디오를 켠다. 곡은 그새 바뀌어 있다. 이번에는 D가 노래를 따라 부르지 않는다. 더 이상은 노래를 부를 수 없는 것처럼. 어쩌면 그저 그가 모르는 곡이기 때문인지도 모른다. 이 순간에는 차라리 노래를 부르는 편이 나을 것 같다. 손톱 밑에 낀 거칠고 쌉싸름한 흙이 혀끝에 닿은 후에야, 나는 비로소 무의식적으로 손톱을 물어뜯는 일을 멈춘다.

이름이 없는 존재들이 있다. 분명히 있지만 아직까지 누구도 찾아내지 못한 식물이나 별, 아직 태어나지 않은 아이들과 누군가의 머릿속에서만 실현된 신세기의 기술 같은 것들 말이다. 실재 여부와 상관없이 호명되지 않기에 존재하지 않는 바로 그런 것들. 이름 없는 존재는 비밀스럽고 아름다우며 때때로 쓸쓸하지만, 결정적으로 그것은 두렵다. 그러나 우리 모두가 그 공포를 깨달은 것은 최근의 일이다. 이름 붙일 수 없는 대상이 돌연 우리의 눈앞에 나타났기 때문이다. 사람들이 죽어가기 시작했다. 사람이 죽는 것은 놀라운 일이 아니지만, 그렇게 빠른 속도로 오랫동안 원인 불명의 죽음이 계속되었다는 이야기는 어디에서도 들어본 적이 없다. 사람들은 죽어가기 시작했고, 죽음은 계속해서 진행되고 있다. 어떠한 전쟁의 시기보다 빠른 속도로 공포가 번성한다.

아무런 징후도 없는 죽음이었다. 사람들은 돌연 깊은 잠에 빠진 것처럼 숨을 거두었다. 누적된 죽음에서는 통계상의 일정한 규칙도 발견되지 않았다. 그들의 시신에서조차 별다른 특수한 증상은 찾아볼 수 없었다. 그저 일순간에 모든 신체 기능이 정지한 것 같았다. 그렇다. 그 표현이 옳을 것이다. 그들은 정지했다. 그들이 단지 정지했을 뿐이므로 그들의 죽음이 연속성을 가지고 있다는 사실을 처음부터 인지한 사람은 없었다. 물론 그 사실을 깨닫게 된 후에도 과연 어디까지가 이름 붙일 수 없는 죽음에 속하는 것인지 정의를 내리기란 쉽지 않았다. 죽음은 항시 예측할 수 없는 곳에서 다가오지만, 이번에는 죽음이 지나간 후에도 그것이 어디에서 왔는지 알 수 없었다. 그 죽음을 질병으로 규정할 수는 없었기 때문에 사람들은 돌연사라는 단어를 사용했다. 그러나 지금까지 있어왔던 다른 돌연사들과 정확히 같은 것이라 할 수도 없었다. 예측도, 정의도, 대비도 불가능한 다발의 죽음이었다. 사람들은 아무 데서나 죽어갔다. 그들이 가장 안전하고 안락하다고 느끼는 곳에도 죽음은 어김없이 찾아왔다. 간혹 그들이 너무 늦게 발견되는 일이 일어나기는 했지만, 그나마 그들은 진정 운이 좋은 경우에 속했다. 안전지대는 없었고 실종자와 사망자를 예측하는 일은 불가능해졌기 때문이다. 발견되지 않은 사람들은 사라져갔다. 아마 B 또한 그렇게 사라질 것이다.

D의 별장은 쉬지 않고 사람의 손을 탄 것이 분명한데도 불구하고 외진 곳에 떨어진 집들이 내뿜는 을씨년스러움을 숨기지 못한다. 2층짜리 석조 건물 앞에 꾸며놓은 정원의 잔디밭에서는 잡초 한 포기를 찾아볼 수 없다. 예술적 완성도를 가늠할 수 없는 몇 개의 석상, 붉은 잉어가 살고 있는 얕은 연못, 꽃이 모두 진 푸른 장미 덤불, 커다란 파라솔과 철제 테이블 따위

가 정원을 빈틈없이 채우고 있다. 별장 터를 둘러싼 시커먼 숲과 취향 없는 인공 정원의 풍경은 서로 어울리지도, 완전히 분리되지도 않는다. 우리는 D를 따라 정원을 가로질러놓은 돌길을 걸어 얕은 계단 몇 개를 오르고서야 별장의 현관 앞에 선다. 지붕이 머리 위에 그늘을 만든다. 그늘 밖의 세계는 불현듯 낯설어진다. 이곳에 당도하기까지 줄곧 그래왔듯이 뜨거운 태양은 삼엄하게 모든 사물들의 정수리를 들여다보고, 모든 사물이 그림자를 빼앗긴다. 세계의 윤곽이 지나치게 또렷하고 날카롭다. 나는 오른쪽 발등에 떨어지는 햇살을 피해 발을 그늘 안으로 옮겨놓는다. D가 잠기지 않은 현관문을 열고 C와 E가 짐을 들어 옮기는 내내, 나는 점점 더 뚜렷해지다가 한순간에 휘발될 것 같은 정원의 풍경을 관망한다. 눈이 피로하다. 눈을 감는다. 눈을 감자 눈 안에 붉은빛이 차오른다. 석양, 산에서 석양이 지는 것을 본 적이 없다. "덥지 않아요? 어서 들어와요." C가 현관 앞으로 돌아와 내 짐을 받아 든다.

"산속에서 해 지는 거 본 적 있어요?"

"해가 뜨는 걸 본 적은 있죠." 하늘을 올려다보는 그의 눈빛이 이내 일출을 떠올리고 있다.

"바다에서 해가 지는 것과는 좀 다른 느낌이겠죠?"

C는 대답하지 않는다. 대신에 내 어깨를 두드린다. 말과 말 사이에 침묵이 길어지고 있다.

아버지는 스물세 명의 탑승객을 태운 고속버스에서 사망했다. 아버지는 스물네 번째 탑승자이자, 고속버스의 운전수였다. 탑승객 중 세 명이 사고로 목숨을 잃었다. 아버지는 고속도로를 달리던 중에 갑자기 의식을 잃었다. 핸들을 붙잡고 있던 손이 풀어지며 바닥을 향해 떨어졌다. 어떤 이유에서였든지 사고 직전에 브레이크 페달을 밟은 것은 다행이었다. 버스는 잠깐 동안 한산한 고속도로 위를 갈팡질팡하며 달렸다. 출입문 앞좌석에 앉아 있던 승객 하나는 정신없이 안전벨트를 착용하며 보았던 주인 없는 핸들의 움직임을 기억한다. 버스의 앞바퀴가 가드레일을 타고 오르며 기울어지는 순간에도 줄곧 핸들의 움직임을 바라보던 그는 다른 승객들을 향해 조금 더 빨리 벨트를 착용하라고 외치지 못한 것이 후회스럽다고 했다. 그는 사고 이후로 매일 꿈에서 갈피를 잡지 못하고 빠르게 회전하는 핸들을 보았다. 사고가 날 무렵에 해가 지고 있었다. 대부분의 승객들은 눈부신 햇살을 피하기 위해 창가에 걸린 커튼을 닫고 잠을 청하는 중이었다. 그들은 창밖의 풍경을 보지 못했다. 창밖의 풍경을 본 사람이 있겠지만, 아무도 창밖의 풍경을 증언하지는 않았다. 아버지는 그것을 보았을 것이다. 나는 그것을 생각한다.

테이블 위에 놓인 음식은 좀처럼 줄어들지 않는다. 별장의 식탁 안에는 열 명이 먹어도 모자라지 않을 만큼 많은 양의 음식이 차려져 있었다. 음식을 보아도 허기가 느껴지지 않았다. C는 방 안에 틀어박힌 여동생을 위해 약간의 빵과 과일을 나누어 담았다. 그리고 그녀와 함께 오랫동안 방 밖으로 나오지 않는다. D는 짐을 풀어놓자마자 무서운 속도로 음식을 집어 먹기 시작했다. 그는 딱 한 번 나에게 음식을 권했을 뿐, 나의 식사 여부에는 큰 관심을 보이지 않는다. 나는 그 많은 음식들이 D의 비쩍 마른 몸속으로 빨려 들어가고 있는 것을 의아하게 바라본다. 우리가 식탁 앞에 함께 앉는 것은 처음 있는 일이고, 그가 식사하는 광경을 바라보며 그가 무척이나 예민하고 신경질적인 사람이라는 것을 눈치챈다. 많이 먹고 살이 찌지 않는 사람들은 성격이 나쁜 거야. 내 여동생은 언제나 나를 가리켜 그렇게 말했다. "노인네들은 너무 손이 크단 말이야." D가 깎지 않은 사과의 물기를 셔츠 앞섶에 문질러 닦는다.

"관리인들은 어디에 있죠?"

"여기 사는 건 아냐. 집안일을 해주긴 해도 내가 여기에 머무는 동안에 와서 일을 하지는 않아. 더 깊은 산속에 살지. 도시에서 살던 부부인데, 마냥 산속에 파묻혀 살다 죽을 생각으로 온 사람들이랄까. 그래도 아쉬울 것 없을 만큼 오래 산 사람들이지."

"……그래요."

"걱정 마, 이제 다시는 이곳에 올 일이 없는 사람들이야." 나는 우리가 모두 사라진 후 천천히 썩어가는 음식들을 떠올렸다. 우리의 몸이 썩어가는 동안에.

"너무 지체하지는 말자고. 순서를 정해야지."

D는 찬장에서 술과 잔을 꺼내 거실로 자리를 옮기며, C와 E가 있는 방을 향해 눈짓을 한다. D가 먹다 만 사과는 그대로 식탁 위에 놓여 있다. 부패는 언제나 예상보다 일찍 시작된다. 나는 방문 앞으로 다가가 조심스럽게 귀를 갖다 댄다. 아무런 소리도 들려오지 않는다. 내가 기대한 것은 무엇이었을까. 아마도 E의 흐느낌이나, 그녀를 달래는 C의 목소리. C의 목소리는 어딘지 모르게 안정감을 준다. 그러나 내 귀와 나무판 사이를 흐르는 미세한 공기의 진동만이 느껴질 뿐, 사람의 목소리는 들려오지 않는다. 나는 손잡이에 한 손을 가볍게 올리지만, 단지 그뿐이다. 문을 여는 것이 두려워진다. 그곳에, 그 아이가 있을 것 같다.

나는 온종일 잠겨 있는 방문에 귀를 갖다 대고 그녀의 이름을 불렀다. 이른 아침, 자신을 내버려두라는 한마디의 말만이 방문 너머로 들려왔고 그것이 마지막이었다. 나는 너무 늦게 방문을 열었다. 그녀의 얼굴을 볼 수 없었다. 그녀는 부드럽고 적당한 어둠 속에서 두꺼운 검정색 비닐봉투를 쓰고, 목에는 청테이프를 친친 동여맨 채 누워 있었다. 내가 문지방 앞에 서서 당혹감과 절망, 공포 따위의, 부정에 가까운 온갖 감정들 속을 서성인 시간은 길지 않았다. 침대 위로 뛰어올라 질기게 늘어나기만 하는 봉투를 뜯으며, 그녀의 숨이 봉투를 부풀리는 것 같은 순간이 있었고, 그럴 때면 나는 더욱 맹렬하게, 허기진 짐승처럼 그녀의 얼굴을 뒤덮은 검은 거죽을 찢어발겼다. 그 또한 긴 시간은 아니었으리라. 땀에 젖은 머리카락이 그녀의 얼굴을 휘감고 있었지만, 두 눈은 평온하게 감겨 있었다. 고통스럽지 않았던 것일까. 그럴 리 없다. 반사적으로 나타나는 경련의 흔적조차 남지 않은 침대는 그녀의 절박함을 반증했다. 절대로 살아남지 않겠다는 완강한 결의가 육체가 지닌 삶의 의지를 이긴 것이다. 나는 주먹을 쥐는 대신에 손바닥으로 가볍게 문을 두드리고 방문이 열리기를 기다린다. 곧장 E의 대답이 들려온다.

"혹시 시간이 좀 더 필요하면……."

"아녜요, 바로 나갈게요."

내게 하나뿐이던 여동생은 머리맡에 짧은 메모를 남기고 죽어버렸다. 나는 스스로 결정하고 싶어. 사랑해. 용서해줘. 사랑해. 그녀는 두 번이나 사랑한다고 썼다. 거기에는 자신의 결정이 지체되는 것을 피하려는 자의 다급함이 있었다. 아마 그녀는 자신이 두 번씩이나 사랑한다고 쓴 것을 인식하지 못했을 것이다. 아버지의 장례를 치르고 채 1년이 되지 않아 그녀의 장례를 치러야 했다. 어머니가 그걸 버틸 수 있으리라 기대하지 않았다. 그녀 또한 머지않아 죽어버릴 거라고, 그것은 단지 시간문제일 뿐이라고, 나는 생각했다. 물론, 아니 어쩌면, 나의 전망이 그녀의 죽음을 견인한 것일지도 모른다.

D는 트럼프 카드를 늘어놓는다. 몇 개의 숫자와 알파벳에 우리의 목숨을 맡기는 것, 이제는 그것이 우리의 유일한 전망이다. 방 밖으로 나온 E는 한결 안정을 되찾은 듯하다. 그러나 그녀의 창백하고 침착한 얼굴이 이제는 검정 비닐봉투처럼 보인다. 우리는 모두 절박하며, 모두 겁에 질려 있다. 거실에 둘러앉은 사람들의 표정이 하나같이 경직되어 있다. 그리고 경직된 표정 위로 언뜻 비치는 형언할 수 없는 감정의 균열은 당장에라도 우리의 얼굴을 깨뜨릴 것처럼 위태롭다. 커다란 거실 유리창으로 해가 비스듬히 들어오기 시작한다. 햇빛은 C의 얼굴을 사선으로 가르며 이마와 왼쪽 눈가를 삼킨다. C가 미간을 찌푸린다. "조금 더 안쪽으로 들어와 앉아요." 그가 응달 쪽으로 몸을 들이자 밝은 빛 속에 갇혀 있던 얼굴이 드러난다.

길고 갸름한 C의 얼굴에서는 날카로운 구석을 찾아볼 수 없다. 살짝 뒤로 누운 이마와 거의 튀어나오지 않은 광대, 둥글게 미끄러지는 턱선을 포함하여, 그의 얼굴은 사포로 잘 문질러낸 돌처럼 부드럽다. 희미한 입술의 경계와 한순간 풀려버릴 것 같은 옅은 쌍꺼풀, 그는 성별을 알 수 없는 존재처럼 보인다. 그가 E를 바라보며 소리 없이 입술을 움직일 때 부유하던 먼지는 휘몰아친다. 입김이 다가오는 것 같다. 나는 내가 그 입술을 읽으려 한다는 것을 깨닫고 시선을 돌린다. 대신에 D가 섞고 나눈 카드를 집어 드는 그의 손을 본다. 얼굴과는 달리 크고 마디가 굵은 손가락이 카드를 펼친다. 마치 그의 손은 그의 육체로부터 완벽히 분리되어 있는 생명체처럼 느껴진다. 나는 이 순간을 최대한 드라마틱하게 구성하고 있다. 그는 그렇게 아름답지는 않은 평범한 외모의 남자이고, 나는 이 모든 상황을 급격하게 낭만적으로 받아들이는 일을 멈추어야 한다. 웃음이 새어 나온다. 모두의 시선이 돌연 나에게 향한다. E와 눈이 마주친다. 그녀의 입꼬리가 길게 늘어진다. 그녀는 C를 바라본다. 그들이 웃음을 주고받는다. 그것이 나에게 웃음을 준다. "자, 이제 시작합시다." D는 모든 것을 비웃기라도 하듯이 우리가 주고받는 웃음을 자르며 말한다. 우리는 카드를 집어 들고 섞여 있는 카드를 정리한다.

우리는 각자의 카드를 가지고 있고, 우리가 서로 어떤 카드를 가지고 있는지는 때때로 짐작 가능하지만, 확실하지는 않다. 그들의 표정을 읽는 게 중요하지만, 그들이 연기를 하고 있는 것인지 아닌지 알 수 없으므로, 판단은 신중해야 한다. 우리는 서로에 대해 잘 알지 못한다. 그리고 우리는 대부분 의미를 알 수 없는 표정을 짓는다. 어떤 표정을 지어야 할지 모르기 때문이다. 대부분의 게임은 승리를 위해 존재하지만, 우리는 지금 무엇이 승리를 의미하는 것인지 모른다. 결정적으로 이 게임의 승자는 존재하지 않는다. 이것은 게임이라기보다는 점이나 주술에 가깝다. 혹은 명령이다. 우리는 신의 계시를 기다리는 자들처럼 카드 판을 둘러싸고 앉아 있다. D는 병에 담긴 투명한 술을 잔에 따라 권한다. 나와 C는 잔을 받아 들고 향을 맡긴 하지만 마시지 않는다. "필요하니?" D가 E에게 묻는다. E는 고개를 젓는다. D는 혼자 한 잔 가득 들이켠다. D는 가장 태연해 보이는 얼굴로, 그러나 이제 그에게서 초조함이 느껴진다. 초조하지 않은 사람은 단 한 명도 없다. D가 카드 판에 펼쳐진 한 장의 카드 위로 첫 번째 카드를 내려놓는다. 우리는 이 게임에 아무것도 걸지 않았다. 우리가 걸 수 있는 것은 아무것도 남아 있지 않다. 혹은 우리가 소유할 것이 남지 않았다. 그것은 전망이다.

죽음을 원하지 않기 때문에 죽음을 선택하는 일은 불가능해 보이지만, 실제로 그런 일은 빈번하게 일어났다. 그러니까 검정 비닐봉투에 머리를 집어넣고 죽은 나의 여동생처럼. 그녀의 장례가 모두 끝난 뒤에도 그녀의 휴대전화로는 수많은 메시지들이 전송되어 왔다. 대부분이 광고 문자였고, 몇 번인가 그녀의 장례식에 찾아왔던 사람들이 보내온 장문의 메시지가 있었다. 나는 그 메시지들에는 답하지 않았다. 내가 답장을 보낸 유일한 메시지는 휴대전화에 설치되어 있는 한 어플리케이션으로 날아든 것이었다. B의 메시지였다.

D가 가장 먼저 손에 쥔 모든 카드를 내려놓는다. C는 끊임없이 E가 손에 쥔 카드의 숫자를 의식한다. 그는 자신의 손에 내려놓을 수 있는 카드가 남아 있지 않은 것처럼 자신의 차례가 돌아올 때마다 카드를 가져간다. 모든 카드를 내려놓은 D가 어깨 너머로 C의 카드를 들여다보며, 웃는다. 아마도 거기에는 C가 내려놓을 수 있음에도 불구하고 결코 내려놓지 않을 카드들이 섞여 있을 것이다. 그러나 D가 웃는다고 해도, 그는 더 이상 이 상황을 비웃지는 않는다. 우연인지, 아니면 그 스스로가 훌륭한 도박꾼인지는 알 수 없지만, D는 가장 먼저 손을 비웠다. 그는 죽음의 전망에 가장 가까워진다. "엘비스 프레슬리!" 갑자기 그가 외친다. 이어 "하트 브레이크 호텔이죠." E가 정직하게 자신이 내려놓을 수 있는 카드 한 장을 내려놓으

며 말한다. D는 눈을 휘둥그렇게 뜨며 손뼉을 친다. "아니 그 나이에 엘비스 프레슬리를 어떻게 알아?" E는 답 없이 어깨를 으쓱한다. "아까 차에서 들었던 그 노래 얘기야. 엘비스 프레슬리." D가 나와 C를 향해 말한다. 그러는 사이에, E의 손에 한 장의 카드만이 남는다. 이 게임의 룰은 간단하다. 자신이 가진 모든 카드를 먼저 내려놓는 사람이 앞선 순서를 가져가게 된다. E는 비로소 조금 안도한 얼굴이 된다. 우리는 훌륭한 도박사가 아니고, 마치 서로의 카드를 열어둔 것처럼 게임을 한다. 내가 가진 카드보다 C가 월등히 많은 카드를 들고 있다. 그가 나보다 먼저 모든 카드를 내려놓는 일은 일어나지 않을 것이다. 그가 마지막 차례일 것이다. 예상대로 E가 먼저 모든 카드를 내려놓는다. 그녀가 자리에서 일어나고, D가 뒤따라 일어난다. E는 식탁 앞으로 가고, D는 꺼져 있던 휴대전화의 전원을 켜며 현관 밖으로 나간다.

"데려와야 하지 않았을까요? 그 언니." E가 말한다. 짧고 완벽한 정적. 현관문이 닫히며 걸쇠가 걸리는 날카로운 마찰음이 지나가고, 공기는 서늘하게 식는다.

'아주 높은 곳에서 떨어지면 바닥에 닿기 전에 정신을 잃는대요.' B가 보낸 메시지였다. B와 동생은 여러 차례 메시지를 주고받았다. 그들은 이 이상한 죽음이 창궐한 뒤에 만들어진 비밀스러운 인터넷 모임에서 만났다. 나는 자동으로 접속이 가능한 어플리케이션 덕분에 그들이 주고받은 메시지를 확인하는 것은 물론, 그들이 만난 비밀 모임의 회원이 될 수 있었다. 내 여동생과 B를 포함하여, 그 모임에 가입되어 있는 사람들은 그곳에서 자살을 계획하고 실행했다. 어떤 사람은 자신의 자살을 예고하고, 그들은 한때 그 모임의 일부였던 사람 중 누군가가 원하는 결과를 얻었다는 소식을 공유했다. 자살에 관한 것뿐만 아니라, 이 기이한 죽음에 관련된 무성한 소문과 공식적인 보도, 미래를 예측하는 온갖 종류의 글들이 하루에도 수십여 개 이상 올라왔다. 그들은 모두 별명이나 이니셜을 사용하고,

죽음을 예고할 때가 되어서야 자신의 실명을 밝혔다. 사람들은 예고된 죽음이 완성될 때마다 함께 그의 죽음을 추모했다. 게시판에는 E의 실패한 자살 예고가 두 개 남아 있었을 뿐, 여동생이 자신의 죽음을 예고한 글은 발견되지 않았다.

B가 그녀에게 계속해서 메시지를 보낸 것은 아마도 그 때문이리라. 그들이 주고받은 대화에 그들의 신상을 짐작할 수 있는 정보는 많지 않았다. B가 자살을 예고하며 실명을 밝힌 기록이 남아 있었는데도 그녀는 여전히 JJ라는 닉네임으로 불렸다. 여동생의 별명은 마누였다. 그들은 대부분 죽음에 대한 관념적인 이야기나, 자살 방법에 대한 정보를 공유했다. JJ는 자신이 세 번이나 자살에 실패했고, 손목을 그어 죽으려는 사람들이 아주 멍청하다고 말했다. 대신에 질식은 생각보다 괴롭지 않은 방식이라고 했다. 그녀가 실패한 방법 중의 하나이기는 하지만, 그건 많이 고통스럽지 않고 그저 정신이 아득해질 뿐이며, 다시 한 번 시도해볼 가치가 있는 방식이라는 것이다. 나는 JJ가 내 여동생을 죽음으로 몰고 갔다고 생각했고, 그러한 생각은 참을 수 없는 분노를 불러일으켰다. 마누는 자신의 죽음을 예고하지 않았으니까, 어쩌면 마누가 비닐봉투를 쓰고 침대에 누웠을 때, 그건 그저 JJ의 말을 시험해보려 했던 것인지도 모른다. 두 번이나 사랑한다고 쓴 성의 없는 그 유서는 다급해서가 아니라, 그저 만약을 대비한 것인지도 모르는 일이었다. 나는 마누의 아이디로 JJ에게 메시지를 보냈다.

'당신이 마누를 죽인 거야.' 그때만 해도 내가 B의 이름을 잊게 되리라고는 상상조차 할 수 없었다. 나는 석양이 지기 전에 죽게 될 것이다.

나는 내가 숨을 쉬고 있는 이 순간, 이 호흡의 의미를 생각한다. 시야는 어둡고 흐릿하다. 공기는 무척이나 습하고 내가 숨을 내쉴 때마다 조금씩 더 뜨거워진다. 신체 말단의 감각이 서서히 되돌아온다. 내가 나의 호흡을 의식하고, 나의 손이 내 얼굴을 향해 올라오기까지의 시간은 아주 짧다. 거의 반사적으로, 숨을 들이마실 때마다 얼굴을 죄여오는 두꺼운 비닐을 늘여 작은 구멍을 낸다. 이쪽의 공기가 너무 뜨겁기 때문에 저쪽의 공기는 비교적 차게 느껴진다. 나는 그 차가운 공기를 크게 들이마시고 참을 수 없을 때까지 머금는다. 갈비뼈가 벌어지는 듯하고, 서서히 등과 머리에 압통이 몰려온다. 숨을 내쉰다. 내쉰 공기가 비닐을 풍선처럼 부풀리다 이내 작은 구멍 밖으로 빠져나간다. 여기는 어디일까. 해가 졌다.

어쩌면 여기가 저승이 시작되는 문턱이리라고 생각한다. 내가 비닐을 뒤집어쓰고 테이프를 친친 감은 채 누운 방에 드리우던 빛이 모조리 사라져버린 풍경. 그러나 저 방문을 열고 나가면 그곳에 가족들이 있을지도 모른다는 생각은 하지 않는다. 여기는 너무나 적막하고, 나는 처음으로 외롭다는 말을 이해할 것 같다. 모든 소리에 신경이 집중된다. 침대의 직물이 움직이는 소리, 발바닥이 습한 마룻바닥과 마찰하는 소리, 나의 숨소리, 어디서 들려오는지 알 수 없는 전기가 흐르는 소리, 죽음 뒤에도 이토록 생생한 육체의 감각이 있으리라고는 상상해보지 않았다. 방문을 연다.

D는 가장 큰 침실의 침대 위에서 숨을 거두었다. 그는 약을 먹었다. JJ의 메시지 중에는 약을 먹고 자살하는 일에 대한 주의 사항도 있었다. '약은 언제나 충분하지 않을 수 있어요. 단지 고통만을 주죠. 위를 세척하는 건 끔찍한 일이에요.' 그러나 D는 단 한 알의 약을 먹었고 얼마 지나지 않아 잠든 것처럼 죽어버렸다. 그는 그것이 얼마나 구하기 어려우며, 그 능력과 값어치가 얼마나 대단한 것인지를 한참 동안이나 늘어놓았다. 나는 결코 그 말들이 불필요했다고 생각하지 않는다. 그가 한 알의 알약을 입속에 털어 넣고 침실로 들어간 뒤 30여 분, C가 그의 죽음을 확인했다. 본래 그것은 E의 몫이지만, C가 그녀를 대신했다. D는 편안해 보였다고 한다. 우리는 그가 방 안으로 들어간 뒤에 그의 가방 속에서 진동하는 휴대전화를 꺼냈다. 김 차장의 전화였다. 우리는 김 차장의 전화를 받지 않았다. 대신에 휴대전화 옆에 가지런히 놓여 있던 D의 지갑을 열었다. 68년생, 황진우. 그의 이름을 기억하기로 약속했다. 아직까지는 그의 이름을 기억할

수 있다. E는 울지 않았다. 세 명이 남았고, 그녀의 차례였다.

"가장 마지막에 남는 사람이 가장 많은 이름을 기억하게 되네요. 그냥 우리 각자 이름을 말하기로 할까요? 마지막 사람의 이름은 아무도 기억할 수 없잖아요." 우리는 처음에 서로의 이름을 말하지 않기로 했다. 닉네임조차 갖지 않기로 했다. 그런 것은 불필요했을 뿐만 아니라, 그 이름으로 인해 우리의 결정이 무산되지 않기를 바랐다. 두 번의 자살을 예고하고 세 번의 자살에 실패한 B의 제안이었다. 그런데 우리는 B의 이름을 보았고, D의 이름마저 기억하기로 한다. 그것이 우리를 심란하게 만들기 시작했다. "어째서 우리는 규칙을 정하고 있는 걸까요? 서로의 이름을 부르지 않기로 했다가, 서로의 이름을 기억하고, 죽는 순서를 정하고. 이건 정말 다 너무 유치하고 무의미해요." E가 말했다. 그녀는 D에게 받은 사냥총을 이리저리 매만진다. "저는 이제 사냥감이에요. 이름 같은 건 필요하지 않아요."

'죄송하지만, 그건 제 잘못이 아니에요. 혹시 가능하다면 그 애의 이름을 알려주시겠어요? 공개적으로 그 애를 추모하진 않을게요.' JJ의 메시지였다.

거실 창으로 달빛이 흘러 들어온다. 사물보다 그림자의 힘이 더 막강해지는 시각이다. 그림자들은 서로 다른 각도와 형태와 크기로 뒤엉켜, 그림자를 보고 본래의 사물을 유추하는 일은 불가능하다. 거실에는 치우지 않은 술잔과 트럼프 카드가 놓여 있다. 카드는 잘 정돈되어 있다. 갈증을 달래기 위해 부엌으로 간다. 먹다 만 음식들이 여전히 식탁 위를 가득 채우고 있고, 그것은 맛도 향기도 없는 딱딱한 정물화처럼 보인다. 식탁에 가까이 다가가자 음식 냄새가 끼쳐온다. 그 냄새가 음식들이 서서히 부패하고 있다는 것을 말해준다. 나는 나도 모르는 사이에 숨을 참으며 식탁을 지나쳐 냉장고의 문을 연다. 차가운 오렌지빛 광선이 쏟아진다. 죽은 사람도 갈증을 느끼는가. 만일 이 갈증이 영영 멈추지 않는다면, 어쩌면 여기는 지옥일 것이다.

"엘비스 프레슬리 말이죠." C가 말한다. "아버지가 엘비스 프레슬리의 팬이었어요." 차는 아주 느린 속도로 나아간다. 전조등 빛이 가닿는 거리는 멀지 않다. 가로등조차 없는 숲길에 갇혀버린 기분이 든다. "혹시, 돌아가셨나요?" "네……." "그래요." "아뇨, 이번 사건으로 돌아가신 건 아니에요. 아주 오래전에. 그게 그 애에게 어떤 감정을 불러일으켰겠죠." "제 아버지, 어머니는 모두 이번 사건으로 돌아가셨어요. 아버지는 버스 운전을 하다가, 어머니는, 아직 어머니를 찾지 못했어요. 찾지 못한 시신이 아주 많으니까요. 그중 하나예요." "돌아가신 게 아닐지도 모르잖아요." "아녜요, 확실히 죽어버렸어요. 틀림없어요." 나는 손에 쥔 삽을 움켜쥔다.

D가 약을 먹고 숨진 방은 비어 있었다. 나는 흔한 미신 속의 유령들처럼 내가 죽어버린 공간에 갇힌 채 그곳을 배회하는 중인지도 모른다고 생각했다. 그러나 절대 벗어날 수 없을 것만 같던 집의 현관문을 여는 순간, 나는 내가 순전히 우연에 의해 살아나버렸다는 사실을 깨달아야만 했다. 달빛 아래, C가 앉아 있었다. 나는 뒷걸음쳤고, 그는 크게 놀란 눈으로 나를 돌아보았다. 그의 손에 한 자루의 삽이 들려 있었고, 정원의 잔디밭은 엉망으로 파헤쳐져 있었다. 나는 그가 아직 묻지 않은 마지막 한 구의 시신이었다. 우리는 서로를 바라본 채 한동안 아무 말도 할 수 없었다. 얼마 지나지 않아 C는 땅을 다지던 삽을 흙 위에 꽂아 세우고 나에게 다가왔다. 그가 무릎을 꿇었다. 그의 얼굴은 온통 땀으로 젖어 있었고, 부어오른 눈 속에 아직도 눈물이 고여 있었다. 길게 늘어진 삽의 그림자가 그의 등 뒤를 조준했다.

우리는 몇 시간째 B의 시신을 찾기 위해 차를 몰고 있다. "어떤 사람들은 엘비스 프레슬리가 살아 있다고 믿죠. 아주 많은 사람들이 그를 목격했다고 해요." "섬뜩하네요." "한편으로는 섬뜩하지만, 모두가 그렇게 생각하는 건 아니에요." 길게 뻗은 도로를 따라 심어놓은 나무들은 거의 다 비슷한 형상이었고, 우리는 그 근방의 이정표 따위는 기억하지 못했다. 수차례

B를 버려두었다고 생각하는 곳에 차를 멈추고 숲으로 들어갔지만, 그녀의 시신을 찾을 수는 없었다. 한밤의 숲은 사람의 진입을 허용하지 않으려는 듯 연약한 손전등의 불빛을 빨아들이며 시시각각 제 모습을 바꾸곤 했다. 곳곳에 튀어나와 있는 돌부리와 기괴하게 엉킨 나뭇가지들이 우리의 걸음을 가로막았다. 그러나 우리는 몇 시간 뒤면 떠오를 태양을 기다리지는 못했다. "기름이 떨어져가요." 우리는 왜 우리가 이토록 다급하게 숲 속을 헤매며 B를 찾으려 하는지, 어째서 뒤늦게 그녀의 시신을 수습해 묻어주려 하는지 서로에게 묻지 않았다. "주유소를 찾는 것보다는 별장 쪽으로 되돌아가는 게 나을 것 같아요." 나는 운전대를 잡는다. C는 이미 너무 지쳐 있다. "피곤하면 자도 괜찮아요." 그는 오른팔에 머리를 괴고 거의 까만 도화지처럼 보이는 창밖을 응시한다. "제가 하지 않았어요. 현지. 그 애 혼자서 한 거예요." 나는 E의 이름을 기억한다.

E는 C와 함께 사냥총을 들고 집 바깥으로 나갔다. 총성은 온 산에 울려 퍼지고 집 안에까지 흘러 들어왔다. 멀리서 커다란 건물이 붕괴하는 소리처럼 들리기도 했다. 어쩌면 C가 순서를 지키지 않을는지 모른다고 생각했다. 마지막 순서가 바뀌는 셈이었다. 그러나 내가 다음 한 발의 총성을 기다리기 시작하고 얼마 지나지 않아 그는 별장으로 돌아왔다. 아직 식지 않은 사냥총을 한쪽 어깨에 멘 그는, 자신이 저지른 살인에 도리어 겁을 먹은 도망자의 얼굴을 하고 있었다. 나는 D가 마시던 술 한 잔을 그에게 건네고 지체 없이 말했다. "돌아오지 않을 줄 알았어요. 이제 제 차례네요." 그렇게 하는 편이 낫다고 믿었다. 그가 방금 보고 들은 것들로 인해 더 겁에 질리기 전에, 그의 두려움이 내게 물러서고 싶은 마음을 불러일으키기 전에.

"돌아가면 이제 어떻게 해야 하는 걸까요?" "총이 있잖아요." 나의 말에 C는 더 이상 대답하지 않는다. 차는 이미 도로를 빠져나와 별장으로 향하는 가파르고 좁은 길로 들어서기 시작했다. "보통 영화에서는 이럴 때 섹스를 하죠." 그가 몸을 곧추세우며 나를 바라보더니, 이내 창을 향해 고개를 돌린다. 당혹스러움과 설렘, 긴장이 섞인 그의 표정을, 나는 그를 바라보지 않은 채 느낀다.

"농담이에요."

"……가능한 일이라고 생각했어요."

"절대로 죽는 게 두려워질 거라고 생각하지 않았어요. 이제 우리는 죽음에 너무나 익숙하고, 누구나 돌연 사라져버리니까." 그에 대해 내가 덧붙일 수 있는 말이란 존재하지 않는다. 살게 되거나 죽게 되는 것, 매 순간 양립 불가능한 두 개의 미래만이 우리 앞에 놓여 있다. 이 결정을 유보할 수도, 포기할 수도 없다는 걸 받아들여야 해요. 우리가 둘 중 하나를 선택하지 않는다는 게 결국 다른 하나를 선택한다는 걸 의미하니까요. 나는 떠오르는 말을 삼킨다. 라디오를 켜고 볼륨을 높인다. 그리고 적당한 채널을 찾기 위해 계속해서 라디오 주파수를 변경한다. 엘비스 프레슬리의 목소리가 흘러나오기를 기대하면서. 그러나 깊은 밤의 라디오는 고요한 음악들을 흘려보낸다. 유리창에 비치는 C의 모습은 그가 왜 여기까지 오게 되었는지를 묻고 싶도록 만든다. 젖었다가 말라 뭉친 머리카락과 생기를 잃고 창백해진 얼굴, 그 얼굴이 감추고 있는 그의 이야기를, 언젠가 묻게 되리라는 예감이 든다. 어쩌면 이 깊은 별장 안으로는 그 어떤 죽음도 침입할 수 없으리라는 기약할 수 없는 기대가 머릿속을 스치기도 한다. 그가 내게 아주 운이 나빴다고 말해주기를, 그리고 그 별장을 지키던 어느 노부부처럼 우리가 썩어가는 음식들을 치우고 죽은 자들의 무덤 위에 채소를 심는 상상을 한다. 우리는 서로의 이야기를 온전히 이해해줄 수 있을 것이다.

잠깐의 침묵 속에서 잠이 든 C는 깨어나지 않는다. 비포장도로를 달리며 흔들리는 자동차는 마치 그의 요람 같다. 그의 어깨가 들썩이고, 흔들리는 머리가 가볍게 창가에 부딪히기도 한다. 곧장 쓰러질 것처럼 위태롭지만 쉽게 쓰러지지는 않는다. 흔들리는 잔처럼, 아직은 잔이 넘어질 만큼의 임계점에 도달하지 않은 것처럼.

자살자들의 모임에 가입한 나는 가장 먼저 JJ에게 메시지를 보냈다. 불가능한 복수의 욕구 때문이었는지, 어떤 호기심 때문이었는지는 알 수 없다. 나는 내가 마누의 가족이라는 사실을 숨겼고, JJ가 마누에게 보낸 수없이 많은 메시지들과 별반 다르지 않은 이야기들을 반복해 들었다. 그리고 어느 날, '당신이 사람들을 모아주면 좋겠어요. 여행을 떠나려고 해요.' 나는 그녀에게 메시지를 보냈다. 어머니가 사라진 지 넉 달이 지난 후였다. JJ에 대한 분노가 사라진 지 오래였다. 믿기지 않는 속도로 사망자들과 실종자들의 이름이 누적되고 있었다. 나는 실종된 어머니가 절대로 돌아올 수 없으리라는 것을 알았다. 어딘가에서 이름 없는 시신이 되어 불태워졌으리라. '우리는 서로를 모르는 채, 서로 죽음의 증인이 되어주는 것입니다.' 그것은 JJ의 아이디어였다. 우리는 각자의 이름 대신, 별명 대신, 그 여행에 참여하기로 결정한 순서에 따라 서로를 알파벳으로 부르기로 했다. 우리는 묻지 않기로 했다. 어째서 자신의 삶을 스스로 중단하는 이 여행길에 오르기로 했는지, 그들을 인솔하는 상황과 감정의 형태에 대해.

우리가 B라고 부른, 내 여동생에게 죽음의 길을 안내한 JJ, 그녀는 명랑하고 에너지가 넘쳤다. 우리가 막 여행을 시작했을 때 그녀는 말했다. "마누의 가족이 나에게 메시지를 보냈죠. 내가 그 애를 죽였다고요. 어쩌면 그럴 수도 있죠. 나는 그 애의 이름을 기억하고 있어요. 그게 내가 해줄 수 있는 유일한 일이에요." 나는 그녀에게 그 메시지를 보낸 것이 나라고 말할 수 없었다. 나는 그녀의 탓이 아니라고, 아마도 아닐 것이라고 말했다. 우리 모두가 원인을 알 수 있는 죽음보다 그렇지 않은 죽음에 더 익숙한 탓이었다.

이 낮은 건물의 옥상 위에서는 숲과 하늘이 맞닿는 스카이라인이 거의 일직선으로 보인다. 어디에선가 푸르스름한 새벽빛이 떠오르기 시작한다. C가 말했던 산에서의 일출을 볼 수 있을 것이다. 나는 방향감각을 상실한 채 옥상 위를 맴맴 돌다가 정원이 내려다보이는 곳에 자리를 잡고 앉는다. 나에게는 한 자루의 총과 몇 모금 남지 않은 술병, 한 자루의 삽이 남아 있다. 우리가 다시 별장으로 되돌아왔을 때 잠든 C는 깨어나지 않았다. 깨어나지 않을 것이다. 그는 여전히 보조석 시트에 몸을 묻고 앉아 있지만, 여기에서는 그의 모습이 잘 보이지 않는다. 식은 바람이 불고, 나는 몇 잔의 술을 마셨지만 좀처럼 취하지 않는다. 나는 C의 주머니에서 그의 지갑을 꺼내고, 그의 이름을 확인했다. 그러나 그것을 영원히 기억할 수는 없으리라는 예감이 든다. 마치 그의 이름을 꿈속에서 보고 온 것처럼 이름은 서서히 잊혀간다. 어쩌면 여기가 꿈일지 모른다는 생각이 든다.

문득, 땅을 파헤치고 싶어진다. C가 파묻은 사람들의 무덤을 파헤치면, 거기에 누워 있는 두 구의 시신이 내가 이곳에 남거나 남지 않도록 결정해 줄 것만 같다. 당장에 목숨을 끊어도 좋을 것이다. 그러나 나는 너무 지쳐 있고, 약간의 음식과 잠을 필요로 한다. 이것은 공포가 아니며, 그들과의 약속을 회피하려는 마음은 더더욱 아니다. 그저 나에게 조금의 휴식이 필요한 것뿐이다. 그러나 음식들은 상해가고, 잠 속에서 다시 잠이 드는 일이 가능한지 알 수 없다. 식은 바람이 불고 이슬이 내린 풀 냄새가 코를 찌른다. 그것을 살아 있는 것들이 내뿜고 있다는 사실을 믿을 수 없다.

어디에선가 바스락거리는 소리가 들려온다. 나는 무거운 몸을 일으켜 소리가 나는 쪽을 바라본다. 피로 때문에 시야는 자꾸만 불투명해진다. 풀숲 사이에서 불쑥 검은 그림자 하나가 나타난다. 그림자가 이쪽을 향해 천천히 다가온다. 아직은 그림자가 멀리 있기 때문에 그것이 들짐승인지, 아니면 사람인지 알아볼 수 없다. 나는 움직이지 않고 그림자를 응시한다. 그림자는 다가올수록 사람의 형상에 가까워지지만, 확실하지는 않다. 만일 그것이 사람이라면, 나는 생각한다. 그 그림자는 별장을 지키는 관리인의 것일 수도 있고, 어쩌다 숲에서 길을 잃은 사람의 것일는지도 모른다. 나는 보조석에 그대로 앉아 있는 C의 존재가 돌연 내게 어떤 위협을 가하리라는 생각에 사로잡힌다. 두 개의 무덤, 그리고 내게 남은 한 자루의 총, 당장엔 내가 그들을 죽였다는 의심을 받게 된다 한들 조금도 이상하지 않다. 저 그림자가 숲에서 B의 시신을 발견한 형사의 것이라면. 혹 우리가 찾지 못한 B의 시신이 살아 돌아온 것이라면. 그림자가 나를 발견했는지 아닌지는 도무지 알 수가 없고, 그것은 다만 아주 느린 속도로 이쪽을 향해 다가온다. 그림자의 움직임은 둔하고 윤곽 또한 분명하지 않다. 나는 다급하게 아래를 내려다본다. 옥상에서 바닥까지의 거리는 멀지 않다. 뛰어내린다 해도 여기에서는 절대로 죽지 않는다. 나는 정신을 잃지 않을 것이며, 내가 낙하하는 사이에 갑자기 죽음이 나의 영혼을 채 갈지도 모르겠지만, 그럴 확률은 높지 않다.

그토록 느리게 움직이던 그림자는 벌써 정원 앞에 세워둔 자동차 근처까지 다가와 있다. 내가 그것을 향해 어떤 신호를 보내는 것이 가능하고, 그것이 그 신호에 답을 하는 것이 가능하다면. 나는 오른손을 들어 느리고 큰 동작으로 흔들어 보인다. 그림자가 멈춰 선다. 그림자가 계속 그 자리에 서 있다면. 언젠가는 해가 떠오르고, 그 빛 속에서 그림자의 존재가 드러난다면. 나는 계속해서 손을 흔든다. 그림자가 손을 들어 올린다. 그림자로 된 팔이 흔들린다. 지금껏 목격한 어떤 죽음 앞에서도 느끼지 못했던 기이한 공포가 엄습한다. 그것이 멈춰 선 이유를 알 수 없기 때문이다. 나는 다른 한 팔을 마저 머리 위로 들어 올려 두 팔을 흔든다. 그림자가 자신의 다른 팔을 들어올리고, 시커먼 나무 막대기 같은 그림자의 팔이, 그림자의 머리 위에서 흔들린다. 어쩌면, 저것이 죽음의 얼굴이다. 나는 그림자에게 눈을 떼지 않은 채 바닥에 놓여 있는 총을 집어 든다. 아직 그것은 너무 멀리 있고, 태양은 떠오르기 시작하면 삽시간에 사위를 밝혀줄 것이다. 아직은 시간이 있다. 그림자가 멈춰 서 있는 동안에. 나에게는 휴식이 필요하다. 그런데, 잠 속에서 다시 잠에 드는 일이 과연 가능한 일일까. 별장의 정원에 아침이 오고 있다.

황현경 문학평론가, 서울예술대학교 강사

永의 祈願

단언컨대 천희란의 등단작 「창백한 무영의 정원」(『현대문학』, 2015. 6)은 '세월호 이후의 소설'의 한 모범적 사례다. 그렇다면 먼저 '세월호 이후'와 '이후의 소설'을 이야기해야 한다. 세월호 침몰에서 '사고'와 '사건'을 분리해야 한다고 말한 이는 박민규였다. 말인즉 세월호는 "선박이 침몰한 '사고'이자 국가가 국민을 구조하지 않은 '사건'이다." 소설은 '사건'을 다루는 까닭에, 쓰는 이에게는 이것이 보인다. 세월호로 인해 '침몰'과 '익사'가 더는 은유나 상징이 될 수 없을 거라고 말한 이는 김애란이었다. 말인즉 세월호는 우리의 "두 눈에 들러붙어 세상을 보는 시각, 눈 자체로 변할 것이다." 소설은 언어의 집이고 언어는 존재의 집인 까닭에, 쓰는 이에게는 이것이 보인다. 사고는 '사실'의 총합으로 구성되며 종결될 수 있지만, 사건은 무한한 '진실'을 가지며 영원히 끝나지 않는다. 하여 2014년 4월 16일로부터 조금씩 멀어지고 있는 우리는 슬픔이 잦아듦에 슬퍼하지 말고 분노가 사그라짐에 분노하지 말자. 그런 우리는 모두 '세월호 이후'를 살고 있으며, 그중 누군가는 '이후의 소설'을 통해 그 세계와 거기 우리 존재의 진실에 다가가고 있으니까.

「창백한 무영의 정원」으로 향한다. B의 죽음과 함께 시작하는 소설 속 세계에서는 이유도 모르는 채 아무 데서나 돌연히 그리고 계속 사람들이 죽어나간다. "죽음은 항시 예측할 수 없는 곳에서 다가오지만, 이번에는 죽음이 지나간 후에도 그것이 어디에서 왔는지 알 수 없었다." 죽음의 정체를 알 수 없고 그것을 피할 수도 없다면, 산 자들은 아직과 이미 사이에 우연히 머물러 있는 존재일 뿐이다. 어제가 오늘로 이어지는 과정과 오늘이 다시 내일로 이어질 거란 예측에 필연성이라고는 조금도 없다. 물론 우리는 "예측도, 정의도, 대비도 불가능한" 마지막 순간을 오래도록 상상해왔다. 그렇게 형이상의 차원에서는 파국을 상상하고, 형이하의 차원에서는 그 불확실성에 맞설 문명과 국가를 고안하며 우리는 있어왔다. 그러나 그 문명과 국가라는 보호막이 눈앞에서 너무도 쉽게 걷혀버린 이후, 우리에게 파국은 은유도 상징도 상상도 아니다. 이렇듯 「창백한 무영의 정원」은 한편으로 세월호 이후의 대한민국이 제 출생지임을 정확히 밝히면서, 다른 한편으로 파국을 상상과 분리해 현실의 층위로 단숨에 끌어내린다.

끌어내려놓고, 이야기가 진행된다. 그 죽음의 세계에서 D의 별장을 향해 함께 떠난 A, B, C, D, E의 이야기이다. B는 가는 길에 이미 죽었고, 남은 자들은 마저 죽으러 간다. 그런데 어느 곳에서도 죽음은 반드시 닥쳐올 것인바, 가만히 있어도 그만일 그들이 애써 죽음을 향해 가는 이유는 무엇일까. 화자 A의 동생이 일찍이 제 목숨을 끊으며 남긴 "나는 스스로 결정하고 싶어."라는 메모가 그 답이다. 반드시 죽는다 한들 그 연유를 끝내 알 수 없다면 그것은 필연이 아니라 우연이다. 죽음이 우연일 때 삶도 우연이다. 다시금 2014년 4월 16일 이후, 우리는 줄곧 이 우연에 대해 생각하지 않을 수 없었다. 배가 가라앉은 것은 필연이지만 하필 거기 타고 있던 이들은 우연이었고, 하필 거기 타고 있지 않던 우리도 딱 그만큼 우연이었다. 그 우연이 삶과 죽음을 가르는 동안 그것을 통제할 어떠한 장치도 작동하지 않았으며, 그 결과 세계는 우연이라는 제 민낯을 생생하게 드러내었다. 그렇다면 크게는 여행 자체로부터 작게는 죽음의 순서를 정하기 위해 벌인, 패를 다 까놓은 것이나 다름없는 카드 게임에 이르기까지, 그들의 '결정'은 이 우연으로 점철된 세계에 단 하나의 필연으로 남으려는 몸부림이다. 그렇게 그들은 "절대로 살아남지 않겠다는 완강한 결의"로 '죽은 삶'과 '산 죽음'을 맞바꾼다.

그래서 그들의 죽음은 익명이 아니다. 탄생과 함께 부여된 이름이 죽음과 함께 다시 살아나 영원히 남는다. 작중에 언급된 엘비스 프레슬리가 그러했듯, 이름이 남으면 삶도 함께 남는다. 그래서 그들은 '얼굴'이 있는 자다. 뜨거운 태양이 "삼엄하게 모든 사물들의 정수리를 들여다보고, 모든 사물이 그림자를 빼앗"기는 세계에서, 가장 어두운 곳으로 향할 때만 비로소 "밝은 빛 속에 갇혀 있던 얼굴이 드러난다." 그럴 때 '창백한 무영의 정원'은 다만 D의 별장 정원만을 가리키는 것은 아닐 테다. 모든 개별자들의 얼굴을 지우고 그들의 삶과 죽음을 한데 뒤섞는 이 창백한 빛의 세계 전체가 곧 그림자 없는 정원이다. 그 빛이 나를 지우고 너를 지울 때 함께 지워진 '우리'가, 그들이 주체로서 죽음을 맞는 순간 희미하게 다시 살아난다. "죽은 자의 이름 앞에서 산 자의 이름이 무용해"지는 것을 느낄 때, "다시는 그 이름을 잊지 않겠다고 다짐"하며 죽은 자의 이름을 되뇔 때, 그들은 다시 '우리'가 된다. "서로 죽음의 증인이 되어주는 것"을 위한 여행이라 했던가. 죽음의 증인이 되는 것은 곧 삶의 증인이 되는 것이다. 그렇게 「창백한 무영의 정원」은 기억하는 자들의 연대를 차분히 모색해온 '세월호 이후의 소설'들과 연대한다.

B가 먼저 죽고, 별장의 주인인 D, C의 여동생인 E가 차례로 떠났다. 아니, 임윤정이 먼저 죽고, 황진우, 현지가 차례로 떠났다. 그러자 해가 지고 거실 창으로 달빛이 흘러들어온다. "사물보다 그림자의 힘이 더 막강해지는 시각"이며, 세계가 잠들고 주체가 깨어나는 시각이다. 그 달빛 아

래, 다음 차례인 A를 묻기 위해 구덩이를 파던 C가 그녀 앞으로 와 무릎 꿇는다. 스스로 죽음을 선택한 이상 그들은 이미 삶이기에, 이는 하나의 삶이 다른 하나의 삶을 마주하는 장면이다. 하여 첫 장면에 버려둔 B의 시신을 찾아 숲으로 향했다 속절없이 돌아오는 길, A는 C의 "얼굴이 감추고 있는 그의 이야기를, 언젠가 묻게 되리라는 예감이 든다." 그리고,

> 어쩌면 이 깊은 별장 안으로는 그 어떤 죽음도 침입할 수 없으리라는 기약할 수 없는 기대가 머릿속을 스치기도 한다. 그가 내게 아주 운이 나빴다고 말해주기를, 그리고 그 별장을 지키던 어느 노부부처럼 우리가 썩어가는 음식들을 치우고 죽은 자들의 무덤 위에 채소를 심는 상상을 한다. 우리는 서로의 이야기를 온전히 이해해줄 수 있을 것이다. (336쪽)

그러나, "다시 별장으로 되돌아왔을 때 잠든 C는 깨어나지 않았다. 깨어나지 않을 것이다." 내내 현실의 '중력'을 의식하며 지면에서 아주 살짝만 떠올라 있던 소설은 C의 돌연사를 암시하는 이 장면을 지나며 잠깐 허공으로 떠올랐다 내려오는 것도 같다. 가령 "어쩌면 여기가 꿈일지 모른다는 생각이 든다."거나 "잠 속에서 다시 잠이 드는 일이 가능한지 알 수 없다."거나. 어째서일까. 우선 "그저 나에게 조금의 휴식이 필요한 것뿐이다."라는 문장을 옮겨놓고, 마지막 장면을 거쳐 다시 돌아와야겠다. 별장 옥상에서 휴식을 갈망하던 A의 눈에 풀숲으로부터 다가오는 검은 그림자가 보인다. 그녀가 팔 하나씩을 들어 올려 흔들자 이내 제 팔을 차례로 들어 흔드는 그것은 아마도 A 자신의 그림자일 것이다. 그리고 "어쩌면, 저것이 죽음의 얼굴이다." 밤의 시간 동안 잠깐 걸음을 멈춘 그것은 태양이 다시 떠오르면 제 모습을 지운 채 무영의 정원을 횡단해 A를 집어삼킬 것이다. 이는 시작부터 마련되어 있던 유일한 결말인바, 이야기의 창조주인 작가에게도 그 리얼리티는 너무 무거웠던 게 아닐까. 잠 속에서 다시 잠들 수 있다면 결말은 한없이 미뤄질 수도 있지 않겠는가. 아니, 차라리 이

게 다 꿈이라면 좋지 않겠는가. 그래서인지 "아직은 시간이 있다."라는 문장이 길게도 짧게도 느껴진다.

과연 시간은 있는 걸까. "나에게는 한 자루의 총과 몇 모금 남지 않은 술병, 한 자루의 삽이 남아 있다."라는 문장에 주석을 다는 것으로 답을 대신할까 한다. 뒤이어 발표된 두 편의 '예술가 소설' 「예언자들」(『문장웹진』, 2015. 9)과 「영의 기원」(『현대문학』, 2015. 12)에서도 세계는 어찌할 도리 없이 무너져간다. 예견된 종말을 앞둔 「예언자들」에서 바이올리니스트인 여자는 최후의 연주를 위해 끊어진 E현을 구하러 다니고, '영'이라는 이름을 가진 친구의 죽음 이후 남겨진 「영의 기원」의 '나'는 문서 작성용 프로그램을 열어 '0'을 썼다 지우기를 반복하기에 이른다. 그러고 보니 「예언자들」에서 여자에게 무언가를 배달하러 자전거를 타고 온 사내도 '시간'을 알 수 있는지를 물었다. 묻는 동안, 쓰러진 자전거의 앞바퀴가 멈추지 않고 돌아간다. 「영의 기원」의 '나'는 동전을 던지며 영의 죽음이 사고인지 자살인지를 묻는다. 사고를 의미하는 앞면은 1로 자살을 의미하는 뒷면은 0으로 기록되지만 사실 그 통계는 어떠한 진실도 말해주지 않는 것, 하여 다만 동전을 던지기 시작했기 때문에 계속 동전을 던지고 있다는 것만이 '나'의 유일한 진실이다. 고작 그런 게 그들이 가진 전부라서, A는 총을, 여자는 바이올린을, '나'는 동전을 든다. 든다고, 작가는 '쓴다.' 어차피 0 아니면 永일 테고, 아직 우리에게는 몇 자루의 펜이 남아 있다.

미카엘라

최은영

—

1984년 경기 광명 출생. 고려대학교 국어국문학과 졸업.

2013년 『작가세계』 신인상에 중편소설 「쇼코의 미소」가 당선되어 등단.

미카엘라

1

그녀는 창밖의 사람들을 무심히 바라봤다. 평소 같았으면 버스와 자동차들이 지나갈 찻길에서 천주교 신자들이 앉아 미사를 보고 있었다. 교황은 저 멀리 있는 광화문 광장에서 미사를 집전하고 있었고, 미사를 드리는 인파가 광화문과 종로 일대에 가득 들어찼다.

"우린 새벽 다섯 시에 모여 출발해. 서울에 도착해서도 자리 잡고 한참 기다려야 되니까."

엄마는 소풍 나가는 어린애마냥 들떠 있었다. 어쩌면 그녀가 일하는 건물 쪽에서 미사를 드릴지도 모른다면서 창밖으로 엄마가 있는지 잘 찾아보라고도 했다. 그녀는 창에 이마를 붙이고 사람들을 관찰했지만, 15층 아래로 보이는 거라곤 흰 미사포의 물결뿐이었다.

"교황 얼굴도 제대로 볼 수 없을 텐데, 차라리 텔레비전으로 미사를 보면 더 잘 보이겠다. 새벽부터 무슨 고생이야."

"네가 아직 뭘 모르는구나. 그렇게 많은 사람들이랑 같이 교황님이 집전하시는 미사를 드리는 거야. 어쩌면 엄마 인생 마지막이 될지도 몰라. 얼마나 감사한 일이니, 미카엘라야."

25년 전, 그녀는 엄마를 따라 폴란드 출신 교황이 집전했던 미사에 갔다. 지금은 사라진 여의도 광장에서 열린 그 미사에는 65만 명의 신자들이 참석했었다고 한다. 그날에 대해 그녀가 기억하는 건 엄마가 그녀의 입속에 넣어준 자두맛 사탕의 맛이다. 엄마는 사탕이 행여 그녀의 목에 걸릴까 봐 이로 사탕을 깨서 그 조각조각들을 그녀의 입속에 넣어주었다. 따뜻하면서도 선선한 가을 날씨였고, 그녀는 엄마의 가슴팍에 달콤한 침을 흘리면서 잠들었다. 그녀의 볼에 닿는 엄마의 공단 한복은 꺼슬꺼슬했다.

엄마는 그날 찍은 기념사진을 벽에 걸어놓았다. 사진 속에서 엄마는 꽃분홍색 한복을 입고 흰 미사포를 쓰고 웃고 있는데, 그녀는 그 옆에서 얼굴을 잔뜩 찡그리고 서 있다. 엄마가 동네 친구들에게 수소문해서 겨우 빌린 흰 드레스를 입고 하얀 타이즈를 신고서, 잠에서 덜 깬 채로 엄마의 치맛자락을 붙들고 있다.

엄마는 그 사진을 보면서 그날 날씨가 얼마나 좋았는지, 흰 예복을 입은 신부님들의 행진이 얼마나 아름다웠는지, 그녀의 가족이 받은 은총이 얼마나 컸는지에 대해서 말했다. 가고 싶어도 가지 못한 사람이 많았다면서 하느님이 그녀를 얼마나 사랑하시는 줄 알아야 한다고 말하기도 했다. 그녀가 하느님으로부터 받은 것들이 얼마나 많은지를 알아야 한다면서 슬픈 일에도 감사하는 마음을 가져야 한다고 했다.

엄마는 매사가 그런 식이었다. 김치가 잘 익었다고 감사, 돼지고기 가격이 내려 마음껏 먹을 수 있음을 감사, 발가락에 난 사마귀 치료가 잘된 것을 감사, 일을 할 수 있는 건강을 허락해주심에 감사, 외식할 수 있는 것에 감사, 일이 잘 안 풀리면 일이 잘 풀릴 때에 감사해야 한다는 것을 알게 되었음을 감사.

엄마의 감사 타령 속에서 그녀는 오히려 엄마의 초라한 현실을 봤다. 언제든 외식할 수 있는 사람이라면 굳이 그런 일에 감사할 필요가 없을 테니까. 언제든 양껏 돼지고기를 먹을 수 있는 사람이라면, 돼지고기 가격이 내렸다고 감사할 필요가 없을 테니까. 돈이 있다면, 부유한 부모나 남편이 있다면 통증을 견뎌가며 매일 열 시간씩 서서 일할 수 있음을 감사할 필요가 없을 것이므로. 그녀는 차라리 엄마가 스스로의 처지에 솔직해져서 불평불만 하기를 바랐다. 초라한 현실에 대한 그녀의 감사가 얼마간은 기만처럼 느껴졌기 때문이다.

일을 마치고 창밖을 보니, 사람들은 다 사라지고 차들이 다니고 있었다. 그녀는 인도를 지나가는 사람들을 가만히 쳐다보다가 문득 엄마가 어디에 있을지 궁금해졌다.

"아는 언니네 갈 거야. 우리 동네 살다가 서울로 올라간 언니가 있거든. 넌 말해도 몰라. 얼마나 감사한 일이니."

엄마는 2박 3일 동안 미용실 문을 닫고 서울을 구경할 계획이었다. 토요일에 교황이 집전하는 미사를 드리고, 일요일과 월요일에 명동이며 남산타워, 63빌딩에 가능하면 한강 유람선도 타보고 싶다고 했다. 그녀는 바쁜 자신의 처지는 생각하지도 않고 무턱대고 서울에 올라온 엄마가 원망스러웠다.

그녀는 엄마가 언급한 '아는 언니'라는 말에 희망을 걸었다. 어쩌면 아는 언니와 함께 구경을 나갈지도 모른다. 엄마가 그녀에게 직접적으로 같이 다니자고 말한 것도 아니니까. 미사가 끝나고도 전화가 오지 않은 것으로 봐서는 이미 아는 언니와 만나서 그 집으로 갔을 공산이 컸다.

엄마가 서울의 그녀 집에 온 건 한 번뿐이었다. 스물일곱이 될 때까지는 같이 사는 룸메이트가 있어서 오지 못했고, 그녀가 혼자 살게 되자 그때서야 그녀의 집을 보러 온 것이었다. 엄마가 가지고 온 아이스박스에는 재운 고기, 코다리 조림, 깻잎 장아찌, 고춧가루, 열무김치, 참기름이 들어 있었다. 엄마가 그 돌덩어리 같은 것을 들고 버스와 기차, 지하철을 갈아타며 그녀를 보러 왔을 생각을 하니 고마운 마음이 들기는커녕 가슴이 답답해졌다.

"무슨 냉장고가 이렇게 작아."

캔 맥주로 가득 찬 미니 냉장고 앞에서 엄마는 한숨을 내쉬었다.

"이걸 다 어쩌니. 고춧가루도 냉장고에 안 넣으면 벌레가 꼬이는데."

엄마는 밀폐 용기의 뚜껑을 열어 재운 고기의 냄새를 맡고는 말했다.

"오늘 안에 먹어치워야겠다, 미카엘라야."

그녀와 엄마는 점심 저녁으로 줄창 고기를 구워 먹었다. 이미 배가 부른데도 엄마는 상하기 전에 빨리 먹어치워야 한다면서 억지로 더 먹게 했다. 엄마는 미니 냉장고에서 캔 맥주를 다 빼내고는 코다리 조림, 깻잎 장아찌, 고춧가루, 열무김치를 봉지에 싸서 넣었다. 내용물이 많아서 냉장고 문이 닫히지 않자 코다리 몇 토막을 꺼내서 먹으라고 했다. 그녀는 그것도 먹었다.

엄마는 하룻밤도 자지 않고 다시 기차를 타러 갔다. 엄마는 쉬는 법을 몰랐다. 가게 월세는 오르는데 커트비, 파마비를 10년 전과 똑같이 받고 있으니 남는 게 없는 장사였다. 서울역까지라도 바래다주겠다고 해도 그 시간에 부족한 잠이나 자라고, 혼자 가겠다고 고집을 피웠다. 엄마가 가고 그녀는 급체를 했다. 먹은 것을 다 토해냈는데도 오한이 나고 온몸이 땀으로 젖어 응급실에 갔다.

엄마는 정말 배려를 몰랐다.

2

미카엘라에게서는 전화가 오지 않았다. 많이 바쁜가. 여자는 한복 소매로 이마에 난 땀을 누르고서는 이 한복이 빌린 것임을 떠올렸다. 어쩌면 저고리 값을 지불해야 할지도 모른다고 생각한 건 미사를 기다리면서부터였다. 깨끗하게 입어야 할 저고리에 겨드랑이 땀이 줄줄 흘러내리더니 정오가 지나고는 급기야 흉한 무늬를 그렸다.

같은 레지오 자매로부터 빌려 입은 한복은 보통 한복이 아니었다. 그 자매가 아들을 결혼시키면서 사돈으로부터 받은 한복이었는데 쪽빛 치마에 병아리색의 저고리가 어우러진 고급품이었다. 그 자매는 대축일 미사가 아니고는 입지도 않는다는 한복을 교황님 집전 미사 때 입으라고 선뜻 빌려줬다. 세탁소에 맡겨도 깨끗하게 세탁되지 않는다면 배상해야 한다고 생각했다. 여자의 어깨에는 농구 가방이 들려 있었다. 이제 잘 곳을 찾아야 한다.

성당 사람들에게는 서울에 사는 미카엘라네 집에서 잔다고 했다. 난생 처음으로 서울 구경을 제대로 할 것이라면서, 남산타워에도 가보고 유람선도 탈 거라고 말했다. 사람들은 미카엘라가 겉으로는 쌀쌀맞아 보여도 속정이 있는 아이라고 했다. 자매님이 평생 고생한 것을 보상해줄 만한 딸이라고도 했다.

사람들의 말이 맞았다. 미카엘라는 언제나 든든한 딸이었다. 제 힘으로 고생해서 서울에서 뿌리를 내린 딸이 여자는 고맙고도 안쓰러웠다. 남들 다 보내는 학원도 보내지 못했고 비싼 메이커 교복 대신 시장 교복을 사다 입혔던 여자였다. 통장에 부어놓았던 돈으로 미카엘라의 대학 입학금과 첫 학기 등록금을 냈지만 그것으로 끝이었다. 첫 여름방학에 고향에 내려온 아이가 이제부터 학비는 제 손으로 벌어 낼 테니 몸을 그만 혹사시키라고 했다.

그런 딸 앞에서 여자는 언제나 면목이 없었다. 엄마로서 제대로 해준 것이 없다는 생각이 들 때면 짐이라도 되지 말자고 다짐하게 됐다. 여자는 한 달에 30만 원씩 적금을 부어서 미카엘라의 결혼 자금을 마련 중이었다. 미카엘라가 결혼한 뒤에도 계속 돈을 모아서 노후를 대비해야겠다고 생각했다. 환갑이 다 되어서도 할 일이 있다니, 얼마나 감사한 일인가.

"나는 결혼 안 할 거야, 엄마."

미카엘라는 어릴 때부터 그런 얘길 했었다.

"그런 얘기 하는 애들이 원래 먼저 시집가게 돼 있어."

여자는 뾰로통한 얼굴로 그런 얘기를 하는 딸이 귀여웠다. 그러던 애가, 나이 서른이 되어서도 같은 얘기를 하는데 그 말이 진심인가 싶어서 여자는 슬그머니 겁이 나기 시작했다. 여자는 미카엘라만 한 신붓감은 없다고 생각했다. 서울에서 대학을 나오고 직장을 잡은 데다가 생활력도 강해서 벌써 제가 살고 있는 방의 보증금까지 모았다. 싹싹하지는 않았지만 예의 바르고 말도 조리 있게 잘했다. 평소에 하는 말만 들어봐도 서울에서 공부한 태가 났다. 부잣집 도령을 잡아도 벌써 잡았을 것이고, 애를 낳아도 벌써 둘은 낳았을 미카엘라였다.

여자는 미카엘라가 왜 쉬운 길을 놔두고 어렵고 힘든 길을 가려고 하는지 이해할 수 없었다. 그 생각의 끝에는 '나 때문인가'라는 일말의 죄책감이 깃들어 있었다. 하긴, 여자는 미카엘라에 대면 너무 처지는 엄마였다.

여자는 걸음을 옮겨서 지하철을 탔다. 딸이 사는 망원동으로 가서 숙소를 찾아볼 요량이었다. 어쩌면 미카엘라가 내일 아침에 전화를 할지도 모르고, 같이 점심을 먹을 수도 있을지도 모른다. 미카엘라에게 먼저 전화를 걸 용기는 나지 않았다. 광복절 날에도, 토요일에도 회사에서 일을 하는 아이가 아닌가. 바쁜 아이에게 부담을 주고 싶지는 않았다. 그저 얼굴이라도 한번 보면 좋겠다 싶었지만 그것도 욕심이라는 생각이 들어서 애써 마음을 가라앉혔다.

딸이 보고 싶을 때면 언제든 볼 수 있던 때도 있었다. 일을 끝나고 집에 가면 '엄마!'라고 기쁘게 부르며 달려오던 딸이었다. 딸을 품에 안으면 모든 통증이 누그러졌고 다음 날 다시 일을 할 수 있는 힘이 났다. 세상의 누가 그만큼 여자를 사랑해줄 수 있을까. 그렇게 밝고 예쁜 얼굴로 한달음에 품에 안길 것인가.

그 시절은 갔지만 여자는 미카엘라에게서 받은 사랑을 잊지 못했다. 세상 사람들은 부모의 은혜가 하늘 같다고 했지만 여자는 자식이 준 사랑이야말로 하늘 같은 것이라고 생각했다. 어린 미카엘라가 여자에게 준 마음은 세상 어디에 가도 없는 순정하고 따뜻한 사랑이었다.

중식당처럼 생긴 모텔의 숙박료는 8만 원이었다. 데스크에 앉은 남자는 여자를 수상쩍은 눈으로 쳐다보고 다시 말했다.

"8만 원이라니까요. 주말 요금이요."

여자는 데스크 유리창에 붙은 요금표를 훑어봤다. 남자의 말대로 주중은 6만 원, 주말은 8만 원이었다. 서울 물가가 사람 잡는다더니 과연 옳은 말이었다. 여자는 근방의 모텔 두 곳을 더 가봤지만 가격은 첫 번째 모텔과 동일하거나 오히려 더 비쌌다. 꽃신 속의 발이 부어오르고 있었다. 여자는 축 풀어진 저고리의 고름을 다시 바짝 묶고 근처 버스 정류장으로 걸어갔다. 겨드랑이 부분만 적셨던 땀이 이제 소매까지 내려오고 있었다. 배상해야 할 것이다. 저고리의 가격이 얼마나 나갈지 가늠조차 되지 않았다.

여자는 버스 정류장 벤치에 앉아서 옆에 앉은 중년 여자에게 말을 걸었다.

"여기서 가까운 찜질방이 어디 있나요?"

"제가 타는 버스 따라 타세요. 제가 나중에 내리니까 알려드릴게. 어디 결혼식 오셨어요? 어디서 오셨어요?"

서울 깍쟁이들이라고 경계했는데, 말을 받아주고 도움을 주는 사람을 만나자 마음이 풀렸다. 여자는 그이에게 오늘 교황님이 집전하는 미사를 드렸노라고 자랑했다. 실은 교황님을 알현한 것이 이번으로 두 번째라고도 말했다. 자랑스러운 마음에 어깨가 으쓱 올라갔다.

"89년도에 여의도 광장에서 미사를 드렸었지요. 그때 요한 바오로 2세 교황님께서……."

"아니 그런데 왜 성당 분들이랑 같이 안 내려가시고 찜질방에서 주무셔요?"

중년 여자가 여자의 말을 끊고 물어봤다. 교황님에게는 별다른 관심이 없어 보이는 말투였다.

"만날 사람이 있어가지고요."

"서울에 사는 자제분들이 없으신가 보구나. 그래도 그렇지 이 차림으로 찜질방에 가셔요?"

"아니 그게 아니고요……."

"여기예요, 여기서 내리셔요."

중년 여자는 여자의 등을 밀다시피 해서 버스 밖으로 내보냈다. 여자는 떠나는 버스를 보고 손을 흔들었다. 서울 사람들이 다 깍쟁이는 아닌 모양이라고 생각하면서.

3

엄마에게서는 전화가 오지 않았다.

어제 엄마는 얼마나 기뻐했을까. 눈에 보이지도 않는 교황과 함께 미사를 드렸다는 이유로 감사 감사를 얼마나 외쳤을지 생각하니 웃음이 나왔다. 엄마는 단순한 사람이었다. 벌어진 일들을 꼬아 생각하거나 사람을 나쁘게 보지 않았다. 그런 우둔할 만큼의 단순함이 엄마의 삶을 힘들게 했다. 엄마는 무능한 남편을 부양하고 가장 노릇을 하면서도 그것을 당연하게 여겼다. 10대 때는 집에서 빈둥대는 아빠와 손이 발이 되도록 일하는 엄마의 모습이 기생충과 숙주의 관계로 보이기도 했다.

아빠의 인생은 끊임없는 구직과 퇴직으로 점철되었다. 약골 주제에 젊은 시절에 이 땅의 노동자들을 위해 투신하겠다며 공장에 위장 취업을 하고 밤에는 야학 교사로 일했다. 아빠는 야학 수업을 하면서 코피를 왈칵 쏟아댔고, 아빠의 학생이었던 엄마는 그런 아빠가 한없이 불쌍해서 눈물이 핑 돌았다. 누가 누구를 돕겠다는 건지, 엄마는 아무 데서나 픽픽 쓰러지는 야학 선생님을 업고 도움을 구하기도 했고, 데이트할 때는 모아놓은 돈을 털어서 보약을 지어주기도 했다. 결혼식도 신혼여행도 없었다. 신혼기간에 아빠가 교도소에서 징역을 살았기 때문이다. 신혼의 즐거움이라고는 1주일에 한 번 교도소에서 만나 말을 섞는 것이 고작이었다.

"참으로 감사한 시간이었지."

엄마는 그 시간에 대해서 그렇게 말했다. 일요일 면회를 앞두고 금요일 아침부터 기분이 좋아져서 잠을 설쳤다는 이야기를 엄마는 자주 했다. 퇴근 후 매일 엄마가 아빠에게 쓴 엽서는 5백 장이 넘었다.

아빠는 출소한 후에 아는 선배나 후배가 소개해준 작은 회사를 조금 다니다가 관두거나 출판사에서 외주를 받아 교정을 보고 번역을 했다. 물론 큰돈이 되지 않았고, 책을 한 권 마무리할 때쯤에는 크게 앓아서 병원 신세를 졌다. 그녀에게 아빠는 병원에서 포도당을 꽂고 누워 있거나, 뼈밖에 안 남은 손으로 숟가락을 들고 묽은 죽을 휘휘 젓던 사람이었다. 아빠는 그런 부실한 몸으로 서울에서 큰 시위가 있으면 빠지지 않고 참여했고, 중학생이던 그녀에게 『김대중 옥중서신』과 함석헌의 책들을 읽으라고 권유했다.

대체 이게 무슨 짓인가, 라고 그녀는 생각했다. 김대중이 대통령이 되든 이회창이 대통령이 되든 그게 우리의 삶과 무슨 상관이란 말인가. 엄마는 그녀의 수학여행비를 마련하기 위해서 손이 발이 되도록 아줌마들의 머리를 말고 있었다. 밥상머리에서 아빠는 말했다. 자본이 가난한 사람들을 소외시키고 있다고. 앞으로는 중산층 붕괴가 가속화되고 더 많은 사람들이 빈곤 속으로 떨어지게 될 거라고.

어쩌라는 건가. 아빠, 지금 이 집안을 빈곤 속으로 떨어뜨리는 주범은 세상도 자본도 아니고 아빠 자신이다. 자기 밥벌이도 제대로 하지 못해서 아내를 세 평도 안 되는 미용실에 하루 종일 세워두는 사람이 그런 말을 할 자격이 있나. 하지만 그녀는 아빠보다도 엄마를 더 이해할 수가 없었다. 엄마는 일을 다녀와서 옷을 갈아입고는 아빠의 안녕을 물었다. 오늘 하루 피곤하지는 않으셨느냐, 읽고 있는 책은 어떠냐. 그녀는 엄마가 아빠를 다 받아주기 때문에 아빠가 세상에 정착하지 못하고 헛꿈만 꾸고 있는 거라고 생각했다. 엄마가 엄마 자신을 충분히 사랑하지 못해서 아빠 같은 사람에게 이용당하고 있는 거라고. 이건 사랑도 뭣도 아니라 일방적인 착취라고 말이다.

그녀는 엄마에게 전화를 걸었다. 전화기가 꺼져 있다는 안내가 나왔다. 충전기를 안 가지고 온 것이 분명했다. 평소 같았으면 전화기가 꺼졌다고 먼저 전화했을 엄마였다. 다른 사람의 전화기라도 빌려서 어제 미사의 소감을 말하고 하루의 계획을 말했을 사람에게서 아무 소식이 없는 것이 이상했다. 그녀는 스콜라스티카 아주머니에게 전화를 걸었다.

"난 어제 서울에 못 갔어. 제비뽑기에서 떨어졌거든. 자매님 걱정은 마라. 그 양반 매번 핸드폰 충전하는 거 깜빡하고 그래. 있어봐, 너 엘리사벳 아줌마 전화번호 아니? 그래, 그 성가대 하는 양반."

그녀는 엘리사벳 아주머니에게 전화를 걸었다.

"응? 그게 무슨 말이야? 너희 집에서 주무신다고 하던데. 너희 집에 안 오셨어? 전화도 안 왔고? 아이고, 이게 무슨 일이니. 아는 언니네 집? 자매님이 서울에 아는 사람이 있어? 그래, 우리한테는 너희 집에서 잔다고 했거든, 분명히."

엘리사벳 아주머니와 통화를 하는 동안, 텔레비전 뉴스에서는 광화문 광장의 전경이 나왔다. 카메라는 세월호 특별법 제정을 위한 서명운동 부스를 비추고 있었다. 그 부스 뒤로 천막이 있었는데, 어느 노파 한 명과 중년 여자 한 명이 천막 아래 붙어 앉아 있었다. 짧은 순간이었지만, 그 중년 여자가 엄마라는 것을 그녀는 단번에 알아봤다. 여자 옆에 놓인 농구 가방까지 엄마의 것이 분명했으니까. 엄마는 대체 왜 저기에 앉아 있는 것인가. 그녀는 세수도 하지 않고 밖으로 뛰어나갔다.

4

버스 정류장에서 만난 여자가 알려준 찜질방은 생각보다 작은 곳이었다. 여자는 갑갑한 한복을 벗어버리고 시간을 들여 온몸의 때를 밀었다. 휴일을 맞아 찜질방으로 놀러 온 모녀들이 눈에 띄었다. 강아지 새끼마냥 종종거리며 뛰어다니는 어린애들을 보니 절로 웃음이 났다. 젊은 엄마들은 목욕탕 의자에 아이들을 앉혀놓고 구석구석 비누칠을 하고 있었다. 아이들도 제 딴에는 열심히 엄마의 등에 비누칠을 했다.

나도 언젠가 할머니가 될 수 있을까. 여자는 언젠가 제 품이 안길지도 모를 손주 생각으로 가슴이 벅찼다. 아직도 인생은 여자에게 새로운 꿈을 열어 보여줬다. 희박한 가능성에 불과한 꿈이었지만 그 꿈이라는 것을 마음에 품고 있으니 생활에 활기가 돌고 밥맛이 좋아졌다.

지금 이 순간을 사는 것이 큰 행운처럼 느껴질 때면 13년 전에 소천한 남편이 생각났다. 남편을 생각하면, 무거운 추 하나가 마음 바닥을 긁고 지나가는 것 같았다. 남편은 미카엘라가 대학에 들어간 것도 보지 못했고, 어엿한 숙녀가 된 모습도 보지 못했다. 교황님이 광화문에서 미사를 드리시는 것도 보지 못했고, 그래…… 너도 나도 가는 제주도도 한번 가보지 못했다. 그렇게 딱한 사람이 있나 싶다가도 이제 그 영혼이 더 이상 아프지 않을 곳에서 잘 쉬고 있다고 생각하면 뜻 없는 눈물이 났다.

동네 사람들은 가장 노릇을 못 하는 남편과 살고 있는 여자를 동정했다. 미카엘라는 그의 무능함이 여자를 힘들게 했다고 말했다. 맞는 말이었다. 그와 만나고부터 인생은 그녀에게 두 배, 세 배의 복종을 요구했다. 여자는 누구보다도 숨 돌릴 틈 없이 살았고, 단풍 구경조차 가본 적이 없었다. 팔자에도 없는 교도소와 병원을 다녔고, 구멍 난 통장을 메우기 위해 휴일 없는 노동을 했다.

하지만 여자는 남편이 노력하지 않았다는 사람들의 말에는 동의할 수 없었다. 책을 읽고 글을 쓰고, 자신이 도울 수 있는 현장에 가 있는 것이 그의 업이었고, 그 부분에 있어서 그는 누구보다도 근면한 사람이었다. 그가 하는 일들이 돈이 되지 않는다고 해서 그가 무능하고 가치 없는 사람이라고 단죄할 수는 없었다.

세상에는 여러 사람이 필요하다고 여자는 생각했다. 파마를 마는 사람도 필요하지만, 그와 같은 사람도 필요하다. 돈을 벌어 가족을 부양하는 남편이 있는가 하면 공부하며 아이를 돌보는 남편도 있다. 여자는 세상을 살며 그처럼 다정하고 섬세한 사람을 본 적이 없었다. 깨끗한 샘물 같은 그에게 더러운 욕탕이 되라고는 할 수 없는 일이었다. 그가 세상에 소용없는 사람처럼 보였을지도 모른다. 하지만 여자는 그 많은 세상의 소용 있는 사람들이 행한 일들 모두가 진실로 세상에 소용 있는 것은 아니라고 생각했다.

찜질방 휴게실에서 삶은 계란을 까 먹으며 여자는 종아리 피부 위로 구불구불하고 불룩하게 튀어나온 정맥을 봤다. 부어오른 정맥 다발이 초록색 혹처럼 보일 지경이었다. 여자는 그 모양이 신경 쓰여서 양반다리 위로 수건을 펴놓았다. 미용 일을 시작한 지 1년 뒤부터 시작된 증상이었는데 치료를 받을 시간이 없어서 방치했다가 이제는 꽤나 악화됐다. 다섯 살 먹은 꼬마 손님이 '엄마, 저 아줌마 다리 무서워.' 하면서 앙 울음을 터뜨린 이후로 여자는 아무리 더운 날에도 긴 바지만 입었다.

텔레비전 뉴스에서 오늘 열린 미사 소식이 나왔다. 대략 백만 명의 사람들이 모인 모양이었다. 여자는 종로 3가에 자리를 잡아서 교황님의 모습을 직접 뵙지 못했다. 교황님이 카퍼레이드를 하실 때에도 인파에 밀려서 보지 못했다. 키가 큰 몇몇 형제들은 멀리서라도 지나가시는 모습을 봤다고 했는데, 키가 작은 여자는 그저 사람들의 등과 머리만 실컷 구경하고 말았다.

스크린 속에서 교황님은 자주 멈춰 섰다. 어린 애들의 머리에 손을 얹어 축복해주기 위해서였다. 그러다 어느 코너에서, 교황님은 자신을 간절히 부르는 남자를 보고는 남자가 서 있는 길로 내려왔다. 그러고는 그 남자의 손을 잡고, 고개를 숙이고 그의 말을 가만히 듣고 있었다. 교황님 옆에 있는 신부님이 그 남자의 말을 통역해서 전달하는 모양이었다. 스크린을 통해서 그 모습을 보던 사람들이 곳곳에서 환호했다. "유민이 아버지잖아요." 옆에 앉은 수산나 자매가 말했다.

교황님에게 간절하게 말하는 남자의 마른 얼굴이 여자의 마음에 파문을 그렸다. 교황님이 그 자리를 떠서 다시 행진을 하시는 모습을 보면서도 그 남자의 얼굴이 마음에 찍힌 듯이 남았다.

그는 교황님에게 무슨 말을 했던 걸까. 그 짧은 시간 동안 자신의 억울한 사연을 전하기 위해서 그는 어떤 말을 해야 했던 걸까. 교황님에게 자신을 좀 봐달라고 소리치던 마음은 어떤 것이었을까. 내 말을 들어달라고, 지구 반대편에서 온 이에게 애원해야 하는 마음은 어떤 것이었을까.

교황님이 집전하시는 미사를 드린 은총을 받고도, 그 큰 기쁨을 누리면서도 여자의 마음은 온전히 즐겁지 않았다. 마음 같아서는 그 인파를 헤치고 그 남자에게로 가서 그를 한번 안아주고라도 싶었다. 그 남자의 아픈 마음을 나눌 재간이 없는 자신의 처지가 서글펴졌다. 텔레비전 뉴스는 그 남자와 교황님의 대화를 보여주지 않았다.

여자가 텔레비전을 보는 동안, 휴게실에 누워 있던 사람들이 하나둘 자리를 비웠다. 매점 아주머니는 매점과 식당의 형광등을 껐다. 작은 찜질방이어서 여러 사람이 휴게실에서 모여 밤을 새우거나 잠을 자는 분위기가 아니었다. 주변을 둘러보니 자리를 잡고 누워 있는 세 명이 모두 남자였다. 30대 총각, 중노인, 백발의 노인이 누워 있었고, 열한 시가 되니 그중의 하나가 텔레비전까지 껐다. 남자들 사이에서 끼어 잘 수는 없는 노릇이었다. 수면실을 찾아봤지만 이 작은 찜질방은 수면실도 없었다. 여자는 수건으로 종아리 뒤쪽을 가리면서 탈의실로 갔다.

디귿 자 모양의 사물함과 일자 모양의 사물함 하나, 평상 하나가 전부인 탈의실이었다. 환갑이 넘어 보이는 여자가 널찍한 평상 위를 선점한 채 침을 흥건히 흘리며 자고 있었다. 바닥은 따뜻했지만 에어컨 바람 때문인지 공기가 찼다. 에어컨 온도 조절 버튼을 눌러봤지만 어떻게 고정된 것인지 움직이지 않았다. 여자는 디귿 자 모양의 사물함 쪽으로 걸어갔다. 사물함들 사이에서 자는 수밖에 없어 보였는데 방금 목욕을 마친 노인 하나가 그곳에 자리를 잡고 누웠다. 그 자리를 포기하고 통로 쪽에서 자려고 누웠더니 그 노인이 와서 자기가 통로 쪽에서 자겠다고 했다.

"애기 엄마가 안쪽으로 들어가서 자요. 난 아무 데서나 잘 자니까."

아니라고 손짓을 해도 노인은 막무가내로 통로에 눕더니 자는 척을 했다. 여자는 노인의 옆에 쭈그리고 앉아서 그 얼굴을 봤다. 백발 커트 머리에 치아가 없어 앙 다문 입, 150센티가 될까 말까한 작은 키의 할머니였다. 뼈밖에 안 남아서 5분만 바닥에 누워 있어도 온몸이 다 배길 것처럼 보이는데도 태연하게 찜질방 바닥에 누워 잠을 청하는 모습이 인생 내공을 짐작케 했다. 선수는 선수를 알아본다고, 보통 고생한 이가 아닌 듯했다.

"할머니, 좀 일어나보세요."

노인은 계속 자는 척을 하는 것 같았다.

"이 할머니 보통 분이 아니시네. 할머니, 그러고 주무시면 몸 다 배겨요. 춥지도 않으신가, 이 할머니. 저 에어컨은 왜 저 모양이래. 노인네 주무신다는데."

여자는 사물함을 열고 농구 가방 안에 넣어둔 수건을 꺼냈다. '프란치스코 교황님 시복 미사 기념. 일월동 성당. 2014.08.16'라는 문구가 푸른 글씨로 새겨진 흰 수건이었다. 미국 영화에서나 나올 법한 넓고 긴 수건이었다. 성당 사무장이 수건 사이즈를 잘못 주문해서 다들 커다란 수건을 받고 난감해했다. 젬마 자매가 이런 건 쓰지도 않고 짐만 된다면서 여자에게 넘기는 바람에 여자는 큰 수건을 두 개나 지니고 있었던 것이다.

"할머니, 이거라도 좀 깔고 주무세요."

노인은 꼼짝도 안 하고 맨바닥에 웅크리고 누워 있었다. 여자는 노인의 자그마한 몸 위로 큰 수건을 덮어줬다. 그리고 사물함 사이로 가서 남은 수건을 덮고 잤다. 여자도 아무 데서나 잘 자는 데는 도가 튼 사람이었다. 여자는 깊은 잠 속으로 빠져들어가며 오후의 미사에서 본 남자의 얼굴을 떠올렸다. 내가 만약 그처럼 미카엘라를 잃었다면 나는 어떻게 살 것인가……. 생각만으로도 여자의 눈에는 눈물이 고였다. 그는 무슨 말을 했던 것일까. 들리지 않았던 그의 목소리를 여자는 듣고 싶었다.

드라이어기 소리 때문에 눈을 떠보니 바닥에 우유팩이 하나 보였다.

"그 우유, 애기 엄마 마시라고 둔 거야. 내 거 사는 김에 같이 샀어."

입가에 주름이 자글자글한 노인이 평상에 앉아서 웃고 있었다.

"어제 덮어준 수건 참 따뜻하데. 일월동 성당에서 온 거야? 그 먼 데서 왔어? 어제 미사 드렸어? 근데 왜 안 내려가고 여기서 잤나?"

여자는 눈곱을 떼고 평상 쪽으로 걸어갔다. 노인은 틀니를 끼워서인지 눈을 감고 있을 때보다 다섯 살은 더 젊어 보였다.

"애기 엄마, 나도 교황님을 알현한 적이 있었어. 1989년에 말이야, 여의도에서. 참으루 영광된 시간이었지."

"그때 저도 거기에 있었어요!"

여자는 아는 사람이라도 만난 것 같은 반가움을 느꼈다. 여자와 노인은 평상에 앉아서 89년, 그 빛나던 가을날의 추억을 공유했다. 반가운 자매님들끼리 만난 기념으로 조식이나 같이 하자고 노인이 제안했고, 여자는 노인과 함께 밖으로 나와 찜질방 근처의 콩나물국밥집으로 향했다.

뜨거운 국물에 새우젓과 청양 고추, 깍두기 국물까지 넣어 먹었더니 속이 풀리고 정신이 들었다. 허겁지겁 먹느라 국밥 반 그릇을 비우기까지 여자와 노인은 자신들이 왜 여기에 있는 것인지, 이름은 무엇인지도 소개하지 않았다. 어느 정도 배가 채워졌을 때 여자가 물었다.

"근데 할머니는 왜 여기서 주무셨어요. 어디 가셔요?"

"애기 엄마, 난 말이지……. 동무가 별로 없어. 원래도 내 성격이 둥글지가 못해가지구 그랬었는데 살다 보니 다들 죽어가지고 살아남은 이들이 별로 없더군."

노인은 국물을 훌훌 불어 떠 마시더니 말을 이었다.

"내 마음으로 아끼는 동무가 이제 하나 남았어. 환갑도 훨씬 넘어 만났는데 그이가 참 나랑 달라. 나는 괴팍하구 성깔두 있는데, 그이는 그저 허허실실이야. 뭔 일이 생겨도 웃고 넘어가고 참 고와. 남덜 숭도 볼 줄 모르는 이거든. 내가 동네로 이사 간 지 얼마 안 돼서 손녀 놀이터에서 만났어. 같은 또래의 손녀를 키웠거든. 알고 보니 같은 성당 자매이기도 했지. 그래서 가까워진 거야. 우리 둘 다 서방이 먼저 가고, 자식들 집에 얹혀사는 처지였으니까. 매일을 만났지. 살아온 얘기도 하구, 서럽던 얘기도 하구. 있지, 그인 내 얘길 들으면서 같이 울어주더군. 내 살며 그런 이를 만나본 적이 없었어. 내 아들 가족이 서울로 떠나고, 나는 그대로 동네에 남아서 혼자 살았지. 그인 내게 자매가 되어줬어. 딸이 맞벌이를 해서 늘 그 손녀 아이를 끼고 다녔지. 그이가 하나뿐인 손녀를 얼마나 애지중지 키우는지, 그 손녀도 제 할머니를 닮아 그렇게 곱구 착할 수가 없었어. 성당 마당에서 만나면 반갑게 인사도 하고, 손에 과자도 쥐여주고, 할머니 진지는 잘 드시냐고 물어보구, 그런 애였단 말이야……."

노인은 그 말을 마치더니 갑자기 애처럼 소리를 내서 울었다. 입에서 밥풀 몇 톨이 흘러내렸다. 아침부터 해장국 집에서 소리를 내서 우는 노인을 사람들은 말없이 바라봤다. 노인은 얼마간 그렇게 울다가 눈물을 닦고 코를 풀고는 물을 마셨다.

"내 팔십을 살아오면서 흘릴 눈물은 이미 다 흘린 줄 알았어. 아니더군. 아니었어. 그이가, 그 고운 동무가 혼이 다 나가서 가슴을 쥐어뜯는데 내가 해줄 일이 없어. 그 생떼 같은 손녀가 그렇게 가버렸는데 그이라고 무슨 수로 견디겠나. 그 애 마지막 모습을 보고 그이 딸은 하던 일도 다 팽개치고 여기저기 다니기 시작했지. 자기 딸이 왜 죽었는지는 알아야 할 거 아닌가. 그이도 그이 딸과 함께 광화문으루, 시청으루, 여의도루 다니기 시작했어. 연락이 잘 닿질 않아. 어제도 그일 찾으러 광화문에 갔다 차가 끊겨 거기에 갔던 거라우."

노인이 말을 다 끝냈을 때, 여자도 같이 울고 있었다.

"오늘두 그일 찾으러 가."

5

엄마의 핸드폰은 여전히 꺼져 있었다. 그녀는 광화문으로 가는 버스에 올라타서, 아까 텔레비전에서 봤던 여자의 모습을 떠올렸다. 여자는 물이 다 빠질 때까지 입은 감색 마 바지에, 그녀가 저번 생일에 선물해준 꽃분홍색 카라티를 입고 있었다. 숱이 별로 없는, 갈색으로 염색한 파마 머리까지. 텔레비전에 나온 여자는 그녀의 엄마가 분명했다. 대체 거기서 엄마는 뭘 하고 있는 걸까. 엄마의 끝 간 데 없는 오지랖에 그녀는 말문을 잃었다.

광화문역에서 내려 횡단보도를 건너려고 하는데, 횡단보도 앞에 '1일 단식 동참'이라고 쓰인 피켓을 목에 건 사람들이 뙤약볕을 맏으며 서 있었다. 40대 아저씨 하나, 20대 초반으로 보이는 여자 둘이었다. 남자는 세월호 사건의 진상을 규명하라는 호소문을 써서 등 뒤에 붙이고 지나가는 이들을 쳐다보고 있었다. 여자애 둘은 지나가는 사람들에게 유인물을 나눠주고 있었는데 그녀는 그들을 피해 횡단보도를 건넜다.

광장에서는 많은 사람들이 서명운동을 하고 있었다. 몇 달 전, 교보문고에 가는 길에 그녀도 서명을 했다. 사고가 일어난 지 네 달이 되어가는데도 그날 있었던 일들의 사실 관계조차 밝혀지지도 않은 상황이었고, 유족들은 수사권, 기소권을 보장하는 특별법을 상정할 것을 요구 중이었다. 야당 의원들이 손바닥 뒤집듯이 유족들과 유족들의 요구 사항을 제외한 합의안을 여당과 함께 발표했을 때, 그녀는 보던 텔레비전을 꺼버렸다.

그런 식이었다. 서명운동을 하고 길거리로 나와서 시위를 한다고 해도 그 목소리는 점점 소수의 것이 되어가는 듯했다. 세상은 참으로 빨리도 그 일을 잊어버리고 없던 일로 덮어두자 했다. 점심시간에 누군가가 특별법의 필요성에 대한 이야기를 입에 올렸다가 '지겹지도 않냐'라는 말을 듣고 입을 다물었을 때 그녀는 입술을 깨물었다. 그녀 나이 서른하나, 그녀 또래의 이들은 함께 힘을 모아 무엇 하나 바꿔보지 못했다. 세상은 그녀가 온몸을 던져도 실금 하나 가지 않을 것처럼 견고해 보였다. 무엇이 잘못된 것인지 안다고 해서 바꿀 수 있는 건 아니라는 걸 그녀는 그녀의 20대를 통해 깨쳤다.

다수의 선한 사람들의 세상에 대한 무관심이 세상을 망친다고 아빠는 말했었다. 아빠의 말은 맞았지만 그녀는 이런 세상과 맞서 싸우고 싶지 않았다. 승패가 뻔한 링 위에 올라가고 싶지 않았다. 그녀에게 세상이란 마음에 들지 않더라도 수그리고 들어가야 하는 것이었고, 자신을 기꺼이 소외시키고 변형시켜서라도 맞춰 살아가야 하는 것이었다. 부딪혀 싸우기보다는 편입되고 싶었다. 세상으로부터 초대받고 싶었다.

광화문을 지날 때에는 되도록 걸음을 빨리했지만 오늘은 그럴 수가 없었다. 그녀는 광장을 천천히 걸어가면서, 뉴스에서 봤던 것으로 짐작되는 텐트를 찾아갔다. 서명운동을 진행하고 유인물을 나눠주는 이들 중에는 생각보다 젊은 사람들이 많았다. 그녀는 할 수 없이 유인물을 받고, 서명은 예전에 했다고 말했다.

문득, 이 투쟁이 언제까지 지속될 것인지 궁금해졌다. 여론은 사건 당시와 다르게 나날이 냉랭해졌다. 이대로 싸움이 길어진다면, 나쁜 쪽은 오히려 피해자들이 될 것이었다. 국가에 착하게 굴지 않는다는 죄목이 뒤집어씌워질 것이고 유세 떨고 있다는 괘씸죄가 더해질 것이다. 대통령도 말하지 않았는가. 과거는 잊어버리고 이제 미래로 나가야 하지 않느냐고. 햇볕이 너무 따가워 그녀는 눈을 제대로 뜨지 못했다.

텐트 앞에 감색 바지를 입고 분홍색 티셔츠를 입은 엄마가 서 있었다. 그녀는 엄마의 어깨에 손을 얹었다.

"엄마."

뒤를 돌아본 여자는 하지만 그녀의 엄마가 아니었다.

"누구세요?" 그녀가 물었다.

"아가씨. 내 딸도 그날 배에 있었어요." 여자가 말했다. 여자는 얼굴만 엄마와 다를 뿐, 모든 면에서 엄마를 닮아 있었다. 물이 빠진 감색 바지는, 그 물 빠진 정도까지 같았고, 분홍색 티셔츠는 상표와 디자인, 크기까지 같은 것이었다. 엄마가 잘 신고 다니는 베이지색 샌들도, 텐트 안에 있는 농구 가방도 모두 엄마의 것과 같았다. 오른쪽 검지에 낀 묵주 반지와 왼쪽 손목에 찬 묵주 팔찌도 엄마의 것과 똑같았다. 목에 난 북두칠성 모양의 점들도, 이마의 흉터도 같았다. 부드러운 중저음의 목소리는 엄마의 목소리 그대로였다.

"내 딸을 잊지 마세요. 잊음 안 돼요."

여자는 그 말을 하고는 광장을 지나가는 다른 사람들에게로 발걸음을 옮겼다. 그녀는 무언가에 얻어맞은 듯이 그 자리에 박혀 서 있었다. 한 무리의 관광객들이 가이드를 따라서 이순신 장군 동상 쪽으로 걸어갔다. 왁자하게 터지는 웃음을 들으며, 그녀는 인파 속으로 섞여 들어간 여자의 모습을 찾았다.

'내 딸도 그날 배에 있었어요.' 그 목소리는 분명 엄마의 것이었다.

그 목소리가 그녀의 가슴을 깊이 찔렀다.

6

여자는 노인과 함께 광화문으로 가는 버스에 올라탔다. 차창 밖으로 보이는 서울 풍경은 꽤나 아름다웠다. 토요일을 맞아 나들이 나온 젊은 부부와 아이들, 희고 매끈한 다리를 드러내고 걸어가는 처녀들의 모습이 참으로 싱그럽고 예뻐 보였다. 텔레비전에서 걸어 나온 것 같은 예쁘고 잘생긴 사람들이 서울에는 거리마다 널려 있었다. 누구보다도 예쁜 딸 미카엘라 생각이 났다. 서울에 와서 어떻게든 미카엘라 얼굴 한 번을 보고 가려고 했는데 이번에는 그럴 수 없으리라는 예감이 들었다.

그 일이 나고, 여자는 자주 눈물을 훔쳤다. 미용실 손님들과 이야기를 하면서, 장을 보면서, 서울에 사는 딸을 생각하면서 그녀는 소리 없이 훌쩍였다. 마음이 불에 덴 것처럼 따갑고 욱신거렸다. 그 애들이 살 수도 있었던 새털 같은 시간들을 생각했다. 살릴 수 있는 생명들이었고 살릴 수 있는 시간도 충분했는데, 모두 다 무사할 수 있었는데 거짓말처럼, 그 애들을 눈앞에서 놓쳐버렸다.

여자는 깊은 가책을 느꼈다. 그 애들이 가엾다는 생각마저도 여자는 괴로웠다. 그 애들을 불쌍하다 여기면서 저 깊은, 마음의 가책을 털어내고 싶지는 않았기 때문이다. 사고가 난 지 얼마 되지 않아 부활절을 맞았다. 여자는 1년 중에 가장 좋아하던 부활절 주간을 예전처럼 보내지 못했다. 예수님이 다시 살아나셨다는 기쁜 메시지도 가슴에 닿지 않고 멀리로 부유할 뿐이었다. '기뻐하세요, 자매님. 부활절입니다.'라는 말조차도 그 애들에 대한 애도를 가로막는 폭력처럼 느껴졌다. 여자는 처음으로 부활절 미사를 참례하지 못했다.

언제나처럼 시간은 흘렀고, 마음의 통증도 무뎌졌다. 그 일에 대해서 화를 내고 눈물을 짓던 손님들도 더 이상 그 일을 언급하지 않았고, 어떤 손님들은 도리어 이 일을 빨리 잊지 못하는 사람들에 대한 피로를 토로했다. 여자는 그이들의 말을 들으면서 재차 마음을 다쳤다. 입을 다물고, 파마를 말고 커트를 했다. 그이들에게 커피를 줬다. 여자는 진심으로, 그 누구도 증오하고 싶지 않았다.

여자는 옆에 앉아서 꾸벅꾸벅 조는 노인을 바라봤다. 이 노인은 얼마나 여러 번에 걸쳐 사랑하는 사람들을 잃어버렸을까. 여자는 노인들을 볼 때마다 그런 존경심을 느꼈다. 오래 살아가는 일이란, 사랑하는 사람들을 먼저 보내고 오래도록 남겨지는 일이니까. 그런 일들을 겪고도 다시 일어나 밥을 먹고 홀로 길을 걷어나가야 하는 일이니까.

여자는 부모와 남편의 죽음을 겪으며 자신의 일부가 죽어버리는 경험을 했다. 마음속에서 죽어 없어진 그 부분은 죽은 사람들과 함께 세상에서 사라져버렸다. 한동안은 제대로 숨을 쉴 수도, 잠을 잘 수도, 먹을 수도 없었다. 뜬눈으로 밤을 새우고 오래도록 울고 나니 그들이 없는 삶과 그들이 여자에게 남겨놓고 간 세상이 남았다. 그 모든 것들이 여자에게는 소중했다. 여자는 여자 안에 여전히 살아 있는 그들에게 보다 좋은 세상을 보여주고 싶었고, 전보다 나아진 자신을 보여주고 싶었다. 슬픔으로 깨끗해진 마음에 곱고 아름다운 것들만 비춰 보여주고 싶었다.

여자는 여자의 어깨에 기대 졸고 있는 노인을 깨워 버스에서 내렸다. 중국인 관광객들이 무리를 지어 광화문 광장으로 걸어가고 있었다. 나무와 나무 사이에 걸어놓은 빨랫줄에 때가 탄 노란 리본들이 펄럭이고 있었다. 젊은 사람들 몇이 서명운동을 하고 있었다. 더운 날이었다. 여자는 농구가방에서 물병을 꺼내서 노인에게 몇 모금 주고 자기도 마셨다. 등이 굽은 노인은 다섯 발자국 걷다가 서서 잠시 쉬고, 또 다섯 발자국 걷다가 서서 잠시 쉬었다. 여자는 노인의 상태가 걱정됐다.

"애기 엄마, 미안해. 내가 원래는 잘 걷는데 오늘은 이 모양이네."

"쉬엄쉬엄 걸으세요. 경주 나온 거 아니잖아요."

"서울 구경 와서 나 때문에, 고생만 하고, 애기 엄마가."

횡단보도를 건너려는데 서명 봉사 활동을 나온 어린 학생 하나가 노인을 부축했다. 오른팔을 여자가 잡고, 왼팔을 학생이 잡은 채로 길을 건넜다.

"서명은 하셨나요?"

노인은 고개를 끄덕였고, 여자는 학생이 준 서명 용지에 서명을 했다.

"우리가 찾는 사람이 있어요. 김입분 할머니라고, 이분 친구인데, 그분 따님 성함이 어떻게 된다고 했죠?" 여자가 물었다.

"이명순이야. 이명순 마리아." 노인이 답했다.

"이명순 씨라고 유족이세요." 여자가 말했다.

"여기에 유족 분들이 계시는데, 제가 그렇게 성함만 들어서는 잘 알지 못해요. 혹시 희생자 이름을 알 수 있을까요? 보통 학생 이름을 따다가 누구 어머니, 누구 아버지, 이렇게 부르거든요."

노인은 가만히 눈을 감더니 입을 열었다.

"그 애 이름이 잘 기억이 안 나. 어릴 때부터 미카엘라라고만 불렀으니까. 아주 꼬맹이였을 때부터 지금껏 이름으로 불러본 적이 없어요. 그 애 할머니도 그냥 미카엘라라고만 불렀어. 가만히 앉아 있다가도 미카엘라야, 혼잣말 하고."

여자는 미카엘라, 라고 발음하는 노인의 입술을 가만히 바라봤다.

미카엘라는 여자아이들의 흔한 세례명이었다.

여자는 세 번의 계류 유산 뒤에 지금의 딸을 임신했다.

"미카엘라 천사에게 기도해줄게요."

지금은 얼굴도 기억나지 않는 미용실 손님이 여자에게 그런 말을 했다. 그이는 세상 모든 어두움을 물리치는 미카엘라 천사가 여자의 속에 뿌리내린 작은 생명을 지켜줄 것이라고 장담했다. 딸애는 여덟 달 뒤에 무사히 세상으로 내려왔고, 여자는 그 애를 미카엘라라고 불렀다. 수진이라는 이름이 있었지만, 어쩐지 미카엘라 쪽이 더 부르기 좋았다. 그 이름이 아이를 지켜줄 수 있으리라고 믿었던 것이다.

딸이 태어난 후로는 그늘진 마음에도 빛이 들었다. 마음속 가장 차가운 구석도 딸애가 발을 디디면 따뜻하게 풀어졌다. 여자가 애써 세워둔 축대며 울타리들, 딸애의 손이 닿기만 했는데도 허물어지고, 그 애의 웃음소리가 비가 되어 말라붙은 시내에 물이 흘렀다. 있는 마음 없는 마음을 다 주면서도 그 마음이 다시 되돌아오지 않을까 봐 불안하지도 두렵지도 않았다. 그저 그 마음 안에서, 따뜻했다.

아이는 저만의 숨으로, 빛으로 여자를 지켰다. 이 세상의 어둠이 그녀에게 속삭이지 못하도록 그녀를 지켜주었다. 아이들은 누구나 저들 부모의 삶을 지키는 천사라고 여자는 생각했다. 누구도 그 천사들을 부모의 품으로부터 가로채갈 수는 없다. 누구도.

여자는 노인을 부축하고 미카엘라의 엄마와 할머니를 찾아 광장을 가로질러 걸어갔다. 그리고 그이들의 걸어가야 할 길이 너무 멀고 힘들지 않기를 바랐다. 다친 마음을 마음껏 짓밟고도 태연한 이 세상에서 그이들이 더 이상 상처받지 않기를 원했다.

"엄마!"

미카엘라가 여자를 불렀다. 여자는 흐르는 눈물을 닦고 마음으로 딸애를 불러봤다.

미카엘라.

박상준 문학평론가, 포항공과대학교 인문사회학부 교수

세월호를 향해 둘러 가는 작은 길

2014년 4월 16일의 그 일이 있고 나서 이제 두 해가 되어간다. 적지 않은 시간이 흘렀지만 아직까지 모든 희생자들을 온전히 수습하지도 못했고 진상 조사가 제대로 이루어지고 있지도 못하다. 세상에 남겨진 가족들, 부모들의 상처는 이중 삼중의 것이 되었다. 자식을, 가족을 잃은 깊고도 큰 상처에 위정자들의 폭력적인 언사와 빤한 거짓말이 반복적으로 가해졌고, 공감의 능력을 완전히 상실한 모진 인간들의 악의적인 왜곡과 비아냥거림이 더해져왔다. 이 위에서, 어렵게 마련된 4 · 16세월호참사특별조사위원회의 청문회에 증인으로 소환된 자 대부분이 자신들의 책임을 회피하고 명백한 행위도 부정하는 작태가 벌어지고 있다. 이렇게 피해자 가족들의 상처가 보듬어지기는커녕 참혹하게 파헤쳐지기만 해왔음에도 불구하고, 이제는 피로(?)를 이야기하는 일반인들의 무심함과 냉담함까지 커지면서 그들을 소외시키고 있다.

우리가 사는 곳이 이렇게 인간 공동체의 덕목들과는 거리가 먼 동물의 왕국에 가까워짐과 동시에, 그날 텔레비전 앞에서 눈물을 흘리며 절망했던 우리들 모두가 느꼈던 문제의 정체가 희석되고 있다. 배의 침몰이라는

(교통)사고가 아니라 구조의 완전한 실패라는 사건이 문제라는 사실이 흐려지고 있다. 세월호라는 조악한 배의 침몰 사고가 문제라기보다, 짧지 않은 시간 동안 우리들 눈앞에서 그 배가 차가운 바닷속으로 천천히 가라앉고 있었음에도 배 안에 있던 단 한 명의 승객도 구해내지 못했다는 믿을 수 없는 구조 실패 사건이 문제라는 사실, 이 자명한 사실이 악의적인 왜곡에 따라 실종되고 있다. 마찬가지로, 따라서 반드시 이루어져야 할 올바른 해결책이란, 피해 보상으로 사태를 종결하는 것이 아니라 진상을 철저히 규명함으로써 재발을 방지하는 일이라는 사실 또한 제 목소리를 내지 못하고 있다.

물론 우리 사회 전체가 이렇게 미쳐 돌아가고 있지만은 않다. 상처와 슬픔을 키우는 일체의 폭력과 냉담한 외면에 맞서는 다양한 노력들 또한 한밤의 봉화처럼 지속되어오고 있는 것이다. 광화문 광장에서 추위와 더위 그리고 당국과 일부 무뢰한의 핍박과 조롱(!)에 아랑곳하지 않고 진실의 규명을 요구하는 피해자 가족들 주위에, 세월호참사국민대책회의와 더불어 유가족들과 함께 추모 집회 등에 참석하는 익명의 시민들 다수가 있고, 그들의 아픔과 슬픔을 덜기 위해 다양한 방식으로 활동하는 사람들이 있으며, 우여곡절 끝에 출범하여 활동을 시작한 4 · 16세월호참사특별조사위원회가 있다. 여기에 더하여, 사태를 제대로 조사하기 위해 노력하는 이들이 있고,[1] 기억을 유지하고 공유하기 위해 애쓰는 사람들이 있다.[2] 이

---

1 대표적인 성과로 『416세월호 민변의 기록』(민주사회를 위한 변호사 모임, 생각의길, 2014. 9)과 『세월호를 기록하다 — 침몰 · 구조 · 출항 · 선원, 150일간의 세월호 재판 기록』(오준호, 미지북스, 2015. 3)을 꼽을 수 있다.

2 『새로운 세대의 탄생 — 세월호 참사에 대한 기억의 의무』(인디고 서원 편, 궁리출판, 2014. 8), 『곁에 머물다 — 그 봄을 기억하는 사람들의 겨울 편지』(NCCK세월호참사대책위원회, 대한기독교서회, 2014. 12), 『금요일엔 돌아오렴 — 240일간의 세월호 유가족 육성 기록』(416세월호참사시민기록위원회 작가기록단, 창비, 2015. 1), 『별이 되다 — 세월호, 슬픔, 그리움…』(편집부, 서울특별시, 2015. 4), 『잊

참사가 갖는 의미를 다양한 방식으로 해명해보고자 노력하는 이들 또한 적지 않다.[3]

이에 더하여, 공동체에 길고 깊은 상처가 생겼을 때 시간을 두고 그것을 위무해온 역사적인 전통을 가진 문학예술인들의 노력 또한 끊이지 않아왔다. 추모 집회의 일부이기도 한 각종 문화예술제를 통해 유가족들을 직접 위로해왔음은 물론이요, 적은 수나마 문인들의 창작 또한 이어져왔다. 고은, 강은교, 도종환, 나희덕, 송경동 등 69인의 시인이 엮은『우리 모두가 세월호였다—세월호 추모시집』(실천문학, 2014. 7)이 그 앞머리에 오는 대표적인 성과이다. 저 80년 광주에 대한 문학적 형상화가 그랬듯이 시가 앞장을 서서 이 유례 없는 참사를 노래한 것이다. 이에 이어지는 것이 에세이와 기록문학이다. '세월호를 바라보는 작가의 눈'을 통해 참사의 의미를 짚어본『눈먼 자들의 국가』(김애란, 박민규 외, 문학동네, 2014. 9)나 한뼘작가들의『세월호 이야기』(별숲, 2014. 9), 그리고 416 세월호참사시민기록위원회 작가기록단에 의해 채록되어 눈물 없이는 읽을 수 없는『금요일엔 돌아오렴—240일간의 세월호 유가족 육성 기록』(창비, 2015. 1) 등이 이에 해당된다.

지 않겠습니다』(4 · 16가족협의회 · 김기성, 한겨레출판, 2015. 4),『망각에 저항하기—302인의 작가가 다가서다』(강기욱 외, 삶창, 2015. 5) 등이 이에 해당된다.

3 『세월호와 역사의 고통에 신학이 답하다』(조석민 외, 대장간, 2014. 8),『사회적 영성—세월호 이후에도 '삶'은 가능한가』(김진호 외, 현암사, 2014. 11),『묻는다, 이것이 공동체인가—눈먼 국가 귀먹은 교회, 세월호 이후의 우리들』(이은선 · 이정배, 동연출판사, 2015. 1),『남겨진 자들의 신학—세월호의 기억과 분노 그리고 그 이후』(세월호의 아픔을 함께하는 이 땅의 신학자들, 동연출판사, 2015. 4) 등과 같은 기독교계의 저술들과,『팽목항에서 불어오는 바람』(인문학협동조합 기획, 현실문화연구, 2015. 4)과『망각과 기억의 변증법—세월호 1년의 고통과 기억, 철학자들이 말하다』(김교빈 외, 이파르, 2015. 4),『니체, 세월호 성인교육을 논하다』(이관춘, 학지사, 2015. 7),『세월호가 우리에게 묻다—재난과 공공성의 사회학』(장덕진 외, 한울, 2015. 10) 등 인문사회과학자들의 성찰 결과가 이런 경우에 속한다.

서정문학과 기록문학에 비해 보면 서사문학 쪽의 성과는 아직 미미한 편이다. 이는 두 가지에 연유한다. 소설이란 장르가 갖는 기본적인 특징과 세월호 참사의 현재적인 상황이 그것이다. 세월호 참사가 벌어진 지는 2년 가깝게 되었지만 세월호 문제는 현재 진행형이다. 정확히 말하면 이제 첫 걸음을 뗀 지 얼마 안 되었다고 할 만하다. 정부의 시행령으로 길이 사라진 상태에서 진상 조사의 여정이 힘겹게 시작되었으며, 선체 인양 후의 충분한 조사 기간조차 제대로 확보되지 못한 상태인 까닭이다. 이러한 상황에서, 사태의 전말에 대한 인식을 바탕으로 하면서 그것을 확장해 나아가는 장르 특성을 지닌 소설문학이 쓰이기 어려운 것은 당연한 사실이다. 세월호에 대한 그간의 소설적 성과가 유종민의 『세월호, 꿈은 잊혀지지 않습니다』(타래, 2014. 10)와 심상대, 전성태, 이명랑 등이 작품을 모은 『우리는 행복할 수 있을까』(예옥, 2015. 4) 정도에 불과한 사정이 여기에 있다.

최은영의 소설 「미카엘라」가 주목되는 것은 바로 이러한 상황에서이다. 2014년 11월에 발간된 『실천문학』 116호에 게재되었다는 점, 세월호 참사에 대한 정부와 일부 언론의 '물타기'가 어느 정도 효과를 거두어 사람들이 피로감(!)을 느끼기 시작했지만 정작 참사의 진상에 대해서는 제대로 밝혀진 것이 없는 시점에 발표되었다는 사실 자체가 우리의 눈길을 끈다. 결론을 당겨 말하자면, 세월호 참사를 다루는 이 짧은 단편소설이 취하고 있는 복합적이고도 간접적인 미학적 특징은 바로 이러한 발표 시기상의 특징과 긴밀히 관련되어 있다. (장편)소설적 형상화를 이루기 난망한 시점이지만 마냥 기다리고 있을 수도 없는 상황 전개에 맞서기 위해, 미학적 고투를 무릅쓰며 창작된 결과가 바로 「미카엘라」라는 말이다. 이 짧은 글이 세월호 참사에 대한 논의로 지금까지 일관한 것은, 이 점을 바로 밝히며 이 소설이 갖는 다양한 의미를 제대로 풍부하게 살리기 위해서였다.

「미카엘라」가 보이는 주제 효과, 최은영이 주목하는 바는 일견 모호해 보일 정도로 중층적이다.

인물 구성 면에서 이 소설의 뼈대는 미카엘라라는 세례명을 가진 수진과 환갑을 넘긴 그녀 모친과의 관계이다. 교황의 방문을 맞아 미용실 문을 닫고 딸이 있는 서울로 올라온 모친은 딸에게 연락하지 못한 채로 잠자리를 찾아 찜질방에 들어선다. 혼자 힘으로 공부하고 서울에서 자리를 잡은 딸에게 짐이 될까 저어해서이다. 딸은 딸대로, 교황의 복음에 즐거워했을 모친을 떠올릴 뿐 제 일이 바빠 다음 날이 되도록 연락하지 않는다. 따져보면 별반 특이하다 할 것도 없는 이들의 관계에서 이 작품의 주된 주제효과 하나가 생성되는 것은, 이러한 모녀 관계의 바탕에, 남편이자 부친에 대한 상이한 평가가 놓여 있기 때문이다. 평생을 사회운동에 바침으로써 경제적으로는 무능한 가장이었던 남편을 두고 모친은 그의 일이야말로 진정으로 세상에 소용 있는 것이라 생각하지만, 스스로는 고학을 하다시피 하면서 힘들게 가장 노릇을 하는 모친을 안타까워해온 딸은 부친이야말로 '집안을 빈곤 속으로 떨어뜨리는 주범'으로서 '세상에 정착하지 못하고 헛꿈만 꾸고 있는 거'라고 생각한다. 이러한 차이는 간난 속에서도 신앙의 힘으로 매사에 감사해하는 모친과 세상에의 도전 대신에 편입을 바라게 된 31세 노처녀인 딸의 차이이기도 하다. 이 소설은 이렇게, 미카엘라의 태도가 갖는 의미를 이들의 가족사가 담지하는 사회의 변화 맥락에서 재고하게 함으로써 청년들의 사회 참여 의지가 약화된, 그럴 수밖에 없게 된 현실을 반영하는 한편, 모친의 남편에 대한 이해와 세월호 유가족을 포함한 고통받는 타인에 대한 그녀의 공감 능력을 통해서 경제적 이윤의 창출만을 목적으로 하는 맹목의 사회, 국민의 생명과 안전까지도 경제적 비용 면에서만 사고하는 사회에 대한 비판을 주제 효과로 드러내고 있다. 남편이자 부친에 대한 모녀의 상이한 이해를 대비시킴으로써, 세상의 '쓸모'에 대한 차분한 문제제기까지 곁들이면서 말이다.

이상으로도 하나의 단편소설이 담을 만한 무게의 주제를 갖췄지만 「미카엘라」는 한걸음 더 나아간다. 서사의 종결을 향해 가면서 세월호 문제에 다가서는 것이다. 따지고 보면 이 맥락에서 「미카엘라」가 보이는 서사 구성은 다소 작위적이라 하지 않을 수 없다. 한편으로는 모친의 독실한 신앙심과 유민이 아빠의 처지를 자신의 것으로 느끼는 공감 능력에서 확인되는 보편적인 인간애라는 두 가지 추상적인 심정에 기대고, 다른 한편으로는 세월호 참사로 손녀를 잃은 동무를 둔 노파를 찜질방에서 만나 말을 섞게 되는 우연에 기대고 있기 때문이다. 후자의 우연은 그 손녀의 세례명 또한 '미카엘라'라는 사실에 의해 한층 강화되기까지 하는데, 이러한 사실은 추상적인 심정과 우연을 활용하는 것이 이 소설의 전략에 해당되는 것이지 작가가 피하고자 했을 결함과는 거리가 멀다는 사실을 의미한다고 할 만하다. 달리 말하자면 단편소설에 기대될 법한 필연적인 구성에 구애받지 않는 자리에서 세월호 문제를 적극적으로 작품에 끌어넣고 있는 것이다. 「미카엘라」가 세월호 참사를 자신의 일부로 하면서 드러내는 주제 효과는 앞서 밝힌 모친의 심정에서 보이듯이 슬픔에 대한 공감이다. 자식을 잃은 세월호 유가족의 끝이 없는 슬픔을 함께 아파하는 공감의 환기가 이 소설의 의도이자 두드러지는 주제 효과인 것이다. 「미카엘라」의 이러한 특징은, 자식의 의미에 대한 성찰과 강조가 반복되는 의미론적인 장치와 지구 반대편에서 온 타인인 교황이 세월호 유가족에게 보이는 관심을 세상의 무관심과 대조시키는 형식적 방법에 의해 한층 강화된다.

「미카엘라」의 인물 및 서사 구성에 대한 분석에 의거한 지금까지의 짧은 해석만으로도 이 소설이 갖는 주제 효과가 얼마나 중층적이고 복합적인 것인지가 잘 드러났다. 정리해보자면, 이 소설의 바탕에는, 인간의 생명과 안위를 포함하여 사회의 모든 문제를 경제적인 '쓸모'만으로 처리하는 경향에 대한 비판과 세월호 참사에 대한 세간의 무심함을 연결 짓는 의미론적 층위가 놓여 있다. 그 위에서 「미카엘라」는, 한편으로는 교황과 모친, 노파를 통하여 고통에 처한 타인에 대한 사랑과 공감 능력을 환기하고, 다른 한편으로는 '부모의 삶을 지키는 천사'로서 그들의 '그늘진 마음에 빛을 주는 존재'인 자식의 의미를 강조하면서 세월호의 침몰로 자식을 잃고서도 사태의 진상을 모르는 채 사회의 외면과 냉대를 받으며 힘겨운 시간을 버텨내는 유가족들의 비극을 부각시키고 있다.

이 짧은 단편이 이와 같은 중층적인 주제 효과를 담게 된 것은, 소설이 쓰이기 힘든 상황의 어려움을 무릅쓰면서 세월호 참사를 형상화하고자 하는 작가의 의지가 앞서 있으며, 더불어 슬퍼하는 공감의 힘으로 세월호 유가족의 깊고 쓰린 상처를 보듬고자 하되 이러한 시도가 의식적인 노력으로 경주되어야만 하는 상황까지 파악하여 경제 중심주의에 맹목이 되어버린 우리 공동체의 근본적인 문제를 건드리는 것까지 마다하지 않은 철저한 작가정신이 놓여 있었기 때문이다. 이렇게 최은영이 보인 바 슬픔에 대한 공감적 응시와 사태에 대한 분석의 고투를 생각하면, 시기적인 문제 때문에 세월호 참사에 대해 에둘러 들어갈 수밖에 없게 됨으로써 작품의 미학적 특성이 보이게 된 복잡함 또한 이 작품의 장점이 되어버렸다고 하지 않을 수 없다.

2016 올해의

문제소설